KB210815

한국 독자님께...♡

늑대 사이의 학

늑대 사이의 학

허주은 지음
유혜인 옮김

SIGONGSA

가장 암울했던 시기에
앞장서서 등불을 비춰 준 이들에게

한국 독자들에게

저는 한국이 그리워질 때면 펜을 들고 글을 쓰기 시작합니다. 한국의 이야기를 다른 이들에게 들려줌으로써 고국에 대한 사랑을 자연스럽게 표출한다고 할까요. 역사 소설의 형태를 띠고 있지만 제가 쓰는 글의 본질은 러브 레터인 셈입니다. 지붕 위에 올라가 서양 세계를 향해 이렇게 외치는 거죠. "저기, 방금 제 고국에 관한 흥미로운 사실을 알게 됐는데 한번 들어 보실래요?"

저는 특히 소외된 인물의 관점에서 한국 역사를 보여 주려고 하는 편입니다. 힘없는 사람의 이야기만큼 강력한 서사는 없다고 믿기 때문이에요. 그래서 전통 방식으로 서술된 역사 속에서도 기록이 부실하거나 존재하지 않는 틈, 주목받지 못하는 목소리가 아스라이 맴도는 틈을 꾸준히 찾고 있습니다. 그 한 꾺의 틈은 상상력을 무럭무럭 키우지만… 또 한편으로는 가슴에 상처를 남기기도 합니다.

자료 조사를 시작할 때만 해도 중종반정이 고결한 쿠데타, 선과 악이 대립하는 이야기라 생각했습니다. 하지만 역사가 제게 보여 준 것은 혁명의 어두운 이면이었습니다. 상류층이 그 외 집단을 희생시켜 이익을 취하는 사례가 참 많았더군요. 이토록 씁쓸한 현실은 가슴을 무겁게 짓눌렀습니다. 이 책을 쓰며 한국 역사, 아니 이 세상 모든 역사에는 막대한 실망과 좌절이 필연적으로 뒤따른다는 사실을 깨닫고 마음이 좋지 않았습니다. 하지만 그 어떤 역경을 만나도 오뚝이처럼 다시 일어나고자 하는 불굴의 의지를 가진 이들이 존재했다는 사실도 차마 머릿속에서 지울 수는 없었습니다.

결국 《늑대 사이의 학》은 밝은 미래가 막막하게 느껴지고 치유의 길은 더더욱 보이지 않는 무력한 청춘들의 이야기로 진화했습니다. 하지만 우리의 주인공들은 실망과 절망에 짓밟히기보다는 고난 속에서도 자그마한 기쁨과 애정의 순간들을 찾아냅니다. 이 순간들은 이들에게 꺾이지 않고 나아가는 힘이 되어 주고요.

부디 여러분도 제가 재창조한 중종반정 이야기를 읽으며 험난한 역경 속에서 사그라지지 않고 기다리는 희망의 불씨의 존재를 다시금 떠올려 주셨으면 합니다. 마지막으로, 제 책을 구입해 주셔서 감사하다는 인사를 꼭 전하고 싶습니다. 디아스포라 한국인의 책이 고국에서 제 집을 찾아갈 수 있다는 것이 제게는 더없이 소중한 의미이기 때문입니다.

진심을 담아
허주은

1494년에서 1506년까지 조선을 통치한 연산군은 한국 역사를 통틀어 최악의 폭군으로 알려져 있다. 재위 9년까지는 큰 문제없이 국정을 운영했으나 1504년 어머니의 사사賜死 사실을 알게 된 후로 복수의 칼을 갈고 잔혹한 숙청으로 피바람을 일으켰다고 한다.

연산군은 절대 권력을 등에 업고 잔학무도한 행위들을 저지르기 시작했다. 백성의 토지를 빼앗아 개인 사냥터로 만들고, 왕족을 처형하고, 잔인하기 짝이 없는 방법으로 신하들의 목숨을 빼앗고, 전국 팔도에서 여인들을 납치해 노리개로 삼았다.

나는 폭력과 부정부패도 엄연한 역사로서 충실히 전해야 한다고 믿기에 연산군 시대의 실상을 숨김없이 표현했다. 물론 연산군의 무수한 범죄를 일일이 다 묘사할 수는 없었다. 하지만 이 책에 다음과 같은 범죄 행각이 등장한다는 점을 독자 여러분에게 미리 안내하고자 한다. 강간(언급), 성적 학대, 여성 혐오 및 납치, 인신매매, 근친상간(언급), 폭력, 살인, 동물 학대, 자살(언급), 영아 살해(언급), 정신적 외상, 공황 발작.

1

이슬

1506년 7월.

절대로 삼악산을 넘으면 안 된다.

할머니의 경고가 귓가에 울려 퍼지며 이쯤에서 그만 돌아서
라고 내 뒷덜미를 붙잡았다. 하지만 그럴 수 없었다. 그러기에는
너무 멀리 와 버렸다. 나는 가시 같은 솔잎에 얼굴을 긁히며 숲
을 헤치고 나아갔다. 물집 잡힌 발에서 피가 철철 흘러 짚신이
젖었지만 개의치 않았다. 바위로 된 산비탈을 오르고 가파른 골
짜기를 지나고 물살 빠른 강을 건너기를 며칠째, 이런 데 익숙지
않은 다리는 감각을 잃었다.

이슬아. 할머니의 목소리가 다시 나를 잡아 세웠다. 그쪽으로는
가면 안 돼.

나는 뒤엉킨 나뭇가지에 걸린 장옷을 잡아 뜯고 좁은 숲길을
절뚝거리며 걷다 비석 같은 탑이 우뚝 서 있는 빈터 입구에 멈춰

섰다. 화강암에는 이런 글자가 새겨져 있었다.

침입자는 처형을 면치 못할 것이다.

빌어먹을 왕 같으니. 원래 이 너머의 땅은 수만 명이 살던 터전이었다. 왕명으로 이곳에서 쫓겨나기 전까지는 말이다. 왕은 용인에서 김포, 포천, 양평까지 경기도 절반을 자신의 사냥터로 만들었다.

"저주받을 인간."

나는 욕을 하고 발을 쿵쿵 구르며 빈터로 들어갔다.

하늘은 온통 비구름으로 가득했고 습한 공기가 나를 감쌌다. 풀밭을 가로지르는 길이 앞에 놓여 있었다. 안개의 장막을 통과하자 푸르른 산이 모습을 드러냈다. 산은 남녀노소 무수한 사람이 이 숲에 발을 잘못 들였다가 다시는 나가지 못하는 모습을 소리 없이 지켜보고 있었으리라. 나 또한 방심하면 이곳에서 죽을 수 있었다.

땀으로 피부에 찰싹 붙어 목을 조이는 옷깃 안에 손가락을 밀어 넣었다.

숲을 헤매고 다녀도 내게 길을 알려 줄 사람은 없었다. 방향한 번 잘못 틀었다가는 끝장이었다.

봇짐을 뒤져 먹으로 그린 지도를 재빨리 꺼내고 지금껏 백 번도 넘게 본 지도를 다시 꼼꼼히 뜯어보았다. 나는 버려진 논과 폐허가 된 마을을 통과해야 했다. 그런 다음 골짜기를 지나고 한강을 건너야 도성의 성문 앞에 도착할 수 있었다. 갈 길이 아직 먼 것을 확인하니 마음이 조급해졌다. 언니에게 가야 하는데. 언니가 저기서 나를 기다리고 있었고, 언니를 집으로 데려와 줄 사람은 나뿐이었다.

"꼭 기다리고 있어, 언니."

먼지 자욱한 길에서 거친 숨을 내뱉으며 내가 말했다.

"금방 갈게."

언니와 나는 이미 공포를 경험한 적이 있었다. 부모님이 의금부 군인들 손에 살해당했을 때도, 머나먼 섬으로 유배되기 직전 할머니 댁으로 도망쳤을 때도 그랬다. 슬픔이라는 감정은 안 그래도 나이가 들며 데면데면하던 우리 사이를 더욱 갈라놓았고 언니와 나는 한 지붕 아래 남남처럼 살았다. 자매라는 허울만 남아 우물쭈물 대화를 피하고 서로 쏘아보기만 했다. 사라진 언니를 찾으러 떠났다는 내 편지를 보고 할머니는 놀라서 까무러쳤을 거다.

나도 충격을 받았으니까.

사이가 좋지 않을 때는 언니가 나를 짐으로 여긴다고 생각했다. 자기 혼자 희생양으로 고통받는 것처럼 신경질적인 분위기를 풍기고 다닌다고 생각했다. 하지만 악몽 같던 지난 사흘 동안 내 마음은 언니와의 추억을 생명줄처럼 붙들었다. 미워하던 자매가 아니라 부모님이 아끼던 딸, 8년을 기다려 얻은 소중한 자식으로 언니를 보기 시작했다. 언니가 태어났을 때 부모님은 열아들 못지않게 애지중지하며 사랑을 듬뿍 주었다고 했다. 나도 어릴 때는 언니를 좋아했다. 천성이 짓궂던 언니는 내가 깔깔 웃음을 터뜨릴 때까지 끊임없이 장난을 쳤다. 여기저기서 모은 헝

겊으로 기발한 인형을 만들고 관객인 내 앞에서 흥미진진한 전래 동화 인형극을 재미나게 선보이기도 했다. 어렸을 적 언니 덕분에 정말 많이 웃었다.

그런 언니가 실종되었다.

죽지 마, 언니. 살아 있어야 해. 반드시.

휴식은 사치였지만 졸졸 흐르는 개천에 잠시 멈춰 섰다. 아침 이후로 아무것도 먹지 못했다. 사흘이 아니라 이틀치 식량만 준비한 탓이었다. 손으로 물을 가득 퍼마셔 쓰라린 굶주림을 달랬다. 그런 다음에는 얼굴의 땀과 때와 눈물을 닦았다. 바위에 기대 몸을 일으켜 세우고 다시 길에 올랐다.

헝겊 인형 하나, 주인 잃은 짚신 한 짝을 지나쳤다. 갈라진 흙바닥 사이로 삐죽 솟은 풀 쪼가리도 지났다.

뼈만 남은 듯한 마을 앞에 당도하자 고요하고 으스스한 분위기에 닭살이 돋았다. 어둑한 초가집을 타고 올라간 잡초가 벽과 지붕을 사정없이 뒤덮었다. 한때 사람들로 북적이고 흥이 넘쳐 시끌벅적했을 거리에는 개미 한 마리 보이지 않았다. 가족, 이웃, 친구 모두 사라졌다. 둘 중 하나였다. 늦기 전에 무사히 탈출했거나, 남아서 집을 지키다 왕의 군대에 학살을 당했거나.

지금 그들의 유령이 나를 지켜보고 있을까.

왜 왔어? 상상 속의 유령들이 내게 물었다. 여기는 금지 구역이야.

차마 괴로운 진실을 마주할 수 없었다. 감당하기 힘들어 애써 밀어냈지만 걷다 보니 나도 모르게 사흘 전의 기억에 빠져들었다. 나는 자기중심적이고 차가운 이슬로, 언니와 같은 공간에 머물기를 거부하는 동생으로 돌아가 있었다.

그날 나는 언니와 심하게 다투고 집을 뛰쳐나왔다. 내 잘못이었다. 언제나 잘못은 나에게 있었다. 언니라면 끔찍해. 죄책감이 가슴을 쿡쿡 찔렀지만 나는 못된 생각을 품었다. 어머니 대신, 아버지 대신 언니가 죽었으면 얼마나 좋아!

정말로 진심은 아니었다. 하지만 내 생각을 들었는지 왕이 우리 마을로 어슬렁거리며 들어왔다. 폭군에게는 여자를 납치하는 취미가 있었다. 남편과 정혼자가 있든, 양반이든 천민이든 가리지 않았다. 미인이라면 아무나 상관없었다. 나를 찾으러 집에서 나왔을 언니는 만개한 진달래처럼 아름다웠다.

우리 언니는 왕에게 납치를 당한 것이 분명했다.

"할머니."

유령 마을을 뒤로 하고 내가 속삭였다. 흙길에 빗방울이 뚝뚝 떨어졌고 멀리서 하얀 안개가 산을 감쌌다.

"꼭 수연 언니를 찾을게요. 그러기 전까지는 집에 돌아가지 않을 거예요."

장대비를 피해 고개를 숙이고 캄캄한 밤하늘이 회색 여명으로 밝아질 때까지 빗속을 걸었다. 온몸에 기운이 빠져 그냥 땅바닥에 드러눕고 싶었다. 멀리서 작은 마을을 발견한 것은 시간이 더 흐른 후인 오후 무렵이었다. 이 마을의 집들은 잡초로 뒤덮이지 않았다. 두툼한 황금색 초가지붕을 얹었고 흙으로 만든 벽은

흠집 없이 매끈했다. 마을 어디선가 종이 울리더니 후다닥 움직이는 발소리와 삐걱거리는 수레바퀴 소리가 들렸다.

사람이 사는 소리였다.

예전에 머리에 쓰고 다니던 비단 장옷을 꺼냈다. 양반의 예법에 따라 착용하는 겉옷이었지만 지금은 얼굴을 가리기 위한 수단에 불과했다. 눈에 띄고 싶지 않았다. 기억에 남고 싶지도 않았다. 도망자인 내게 사람 사는 마을은 위험 요소가 도사린 공간이었다. 나는 얼굴 양옆으로 장옷을 움켜쥐고 옆구리에 봇짐을 단단히 낀 채 걷는 데 집중했다. 한 발, 또 한 발 내딛는 거야. 여기서 쓰러질 수 없었기에 그 말만을 속으로 되뇌었다. 마을에 들어서자 시야 가장자리로 벽에 덕지덕지 붙은 방이 보였다. 할머니 동네에도 같은 방이 쫙 깔려 있었다. 하도 많이 봐서 내용도 다 외울 수 있었다.

전하께서 백성들에 이르시니
살인자가 도주 중이다.
이웃 간에 의기투합해
범인을 찾고…

내가 긴장하며 고개를 번쩍 들었다. 흙길에서 어떤 여자가 수레 끄는 황소와 걸어 나오고 있었기 때문이다. 나무 바퀴가 빠질 것처럼 위태롭게 굴렀다. 여자가 걸음을 멈추고 나와 눈을 마주쳤다. 그 눈에 내가 어떻게 비칠지 짐작이 갔다. 더러운 비단옷

을 입은 계집애가 양반같이 엄숙한 표정으로 거만하게 턱을 치
켜들고 있다 생각하겠지.

"실례합니다."

오랫동안 말을 하지 못해 쉰 목소리가 나왔다.

"혹시 주막이 어디 있는지 알 수 있을까요?"

여자는 말없이 다른 길만 손가락으로 대충 가리키고 황소와
가던 길을 갔다.

가르쳐 준 방향으로 걸어가자 길쭉한 초가집이 나타났다. 넓
은 마당 곳곳에 나그네들이 자리하고 있었다. 나는 장옷을 더 꼭
쥐고 낯선 이들의 얼굴을 살폈다. 아무도 믿으면 안 돼. 지난 2년
의 경험이 내 머릿속에 속삭였다. 안전한 곳은 없어. 장옷을 머리
에 더 깊숙이 뒤집어썼다. 누군가가 나를 쳐다본다 해도 이렇게
경고하는 까만 눈동자밖에 보이지 않게끔. 다가오지 마.

숨을 크게 들이마시고 어깨를 쫙 편 다음, 북적거리는 마당으
로 걸어 들어갔다. 상인들이 물건을 내리고 있었고, 주막을 둘러
싼 툇마루에서는 꼬마 둘이 얼굴을 씻었다. 지친 나그네들은 음
식을 먹으며 조용히 대화를 나눴다. 주방에서 김이 모락모락 피
어 나왔다. 된장국 냄새를 맡으니 입안에 침이 고였다.

속이 울렁거리고 머리가 빙글빙글 돌았다. 사흘간 여행하며
누적된 피로가 나를 덮쳤다. 무릎이 꺾이고 발밑의 땅이 기울어
져 뒤로 비틀거리는데 누군가 강한 손길로 내 팔을 붙잡았다.

"조심해요."

여자 목소리였다.

눈앞의 안개가 걷히고 내 또래인 듯한 여자가 시야에 또렷이 들어왔다. 여자는 윤기 나는 검은 머리카락을 굵게 땋아 두른 형태의 가체를 멋들어진 왕관처럼 머리에 얹고 있었다. 머리만큼이나 새까만 눈동자가 반짝거렸다. 오른쪽 눈썹에는 세로로 흉터가 나 있었다.

"여행객이네…."

여자는 가체가 무겁지도 않은지 고개를 옆으로 휙 기울였다.

"멀리서 오신 것 같고."

"네."

목소리가 갈라져 나와 헛기침을 했다.

"어디서 왔냐면…."

춘천이에요. 하지만 근처 다른 지역의 이름을 거짓으로 댔다.

"흐음."

여자가 내 옷과 피 묻은 짚신을 살펴보고는 나와 눈을 맞췄다.

"금지 구역을 통과했나 봐요?"

"주막은 따뜻한 밥을 먹고 비를 피하는 곳 아닌가요."

내가 딱딱한 말투로 말했다.

"심문하는 곳 아니잖아요."

"아무한테도 말 안 할 테니 안심해요."

그렇게 속삭인 여자가 먼 곳으로 시선을 돌렸다. 길과 갈대밭 너머 비석이 있는 곳을 보는 걸까.

"경기도 저쪽에서 온 사람들은 꼭 저승을 여행한 사람처럼 보여서 해 본 말이니까."

여자가 중얼거렸다.

"눈빛에 다 나와 있거든요. 우리 아버지처럼."

여자가 가볍게 한숨을 내쉬고 다시 입가에 미소를 띠었다.

"숙식이 필요해서 왔어요?"

나는 휴식이 필요했다. 절실히.

"그게…."

"그렇다면 잘 찾아왔어요."

여자가 정중하게 한쪽 팔을 내밀었다.

"우리 주막에서 제대로 모시죠."

"감사하지만 혼자 걸을 수 있어요."

내가 쏘아붙였다. 하지만 발을 내디딘 순간 무릎이 꺾이며 나도 모르게 여자에게 팔을 뻗었다. 얼른 손을 치우려 했지만 여자는 좀처럼 내 팔을 놓아주지 않았다.

"당장이라도 기절하게 생겼네."

나는 어깨에 잔뜩 힘을 주고 여자의 부축을 받으며 마당 안쪽으로 들어가 평상에 앉았다. 같은 평상에서는 다른 손님 세 명이 구부정한 자세로 낮은 탁자 앞에 앉아 국밥을 허겁지겁 퍼먹고 있었다. 삿갓을 쓴 네 번째 남자는 피 묻은 주먹을 스스로 치료하는 중이었다. 나는 무거운 몸을 이끌고 빈 탁자 앞에 앉아 점점 심해지는 현기증을 가라앉히려 탁자 가장자리를 움켜쥐었다.

"여기서 기다려요!"

여자가 외쳤다.

"아주 푸짐한 밥상을 내올 테니까."

나는 어지럼증이 가시기를 기도하며 눈을 강하게 깜박였다. 낯선 사람들이 있는 곳에서 기절하고 싶지는 않았다. 주막 여주인도 예외는 아니었다. 친절한 것도 정도가 있지, 오히려 의심스러웠다. 나는 짐에서 지도를 꺼내 뒷면에 먹으로 그린 언니 얼굴을 바라보았다.

"살아 있어야 해, 언니."

그림에 대고 속삭였다.

"나도 그럴 거야."

언니의 여린 눈동자가 나를 마주 보았다. 차분하고도 우아한 표정은….

목덜미가 따끔거렸다. 누군가 내 어깨 너머로 쳐다보고 있었다.

얼른 그림을 접고 고개를 들자 주막 여주인이 나를 보며 웃었다. 그러더니 김이 모락모락 나는 채솟국 한 사발을 내려놓았다. 눈을 씻고 봐도 고기 한 점 없었다. 어렸을 때 받았던 푸짐한 밥상은 이런 게 아니었지만 나도 지난 2년의 경험을 통해 배웠다. 백성의 절반 이상이 산에서 긁어모은 것들로 근근이 살아간다는 것을.

"그래, 한양은 무슨 일로 오셨어?"

여자가 말을 걸었다.

"그게 왜 궁금해요?"

되묻는 내 목소리는 퉁명스러웠다.

"내 손님이니까 궁금하지. 누구 찾는 사람 있어?"

"아뇨."

"직접 그린 건가?"

여자가 내 손에 들린 종이를 가리키며 물었다.

"네."

"남자애 그림인 걸 보면 아버지는 아니겠고."

"여자인데요."

내가 발끈했다.

여자가 진짜 얄밉게 웃음을 터뜨렸다.

"농담이야! 그럼 언니?"

나는 그림을 봇짐에 다시 쑤셔 넣었다.

"뭐가 됐든, 아줌마는 상관없잖아요."

"아줌마?"

여자가 재미있다는 듯 눈을 밝혔다.

"나는 나이가 많지도 않고, 혼인도 안 했는걸. 사실 혼인할 마음도 없지. 내 입으로 말하기는 좀 그래도 따르는 남자들이야 많지만."

웃음을 예상하는 듯 거기서 말을 끊었다. 내가 웃지 않자 다시 입을 열었다.

"나는 이제 겨우 열아홉이라고. 어휴, 눈빛 참 무섭기도 해라. 사람이 돕겠다는데 말이야. 언니를 찾으러 왔으면 열여덟도 안 되겠구먼."

나는 열일곱 살이었다.

"같이 찾아 나설 사람이 없었던 거야? 아버지나 어머니?"

내 아버지와 어머니는 돌아가시고 없었다. 그리고 나는 참견이라면 딱 질색이었다. 여자를 노려보며 가시 돋친 말을 내뱉을 준비를 했다. 그러다 문득 이런 생각이 들었다. 이 여자의 끈질긴 호기심도 기회로 이용할 수 있겠다는 생각. 주막은 정보와 소문의 보고가 아닌가. 한양을 잘 모르고 언니를 찾을 방법도 막막한데 마침 잘됐다.

"목숨까지 걸고 임금님의 사냥터를 지났단 말이지."

내 침묵에 아랑곳하지 않고 여자가 중얼거렸다.

"그러다 한양 근처인 이곳까지 왔고. 혹시 언니가 가출을…?"

"아니요."

내가 여자를 유심히 쳐다보며 차갑게 대답했다.

"언니는 사흘 전 우리 마을에서 납치됐어요."

주막 여주인이 한숨을 쉬었다.

"역시나."

지금이 기회였다.

"다른 사람들도 있어요?"

여자가 주변을 힐끗 살폈다. 우리 대화가 들릴 법한 거리에는 내 맞은편에 앉은 남자뿐이었다. 하지만 여자는 그 남자를 신경 쓰지 않는 듯했다.

"많지. 오죽하면 마을에 종을 달았겠어. 임금님이 지나갈 때 종을 울려서 여기 사는 처녀들 조심하라고 경고하잖아. 아니, 남아 있는 처녀들이라고 해야 하나. 내 또래 여자애들을 못 본 지도 한참 됐어."

"정말 임금님이 이 마을을 지나가나요?"

여자가 고개를 끄덕였다.

우리 둘 다 말을 잇지 못했다. 그러고 보니 맞은편에 있는 삿갓이 우리 대화를 엿듣고 있었다. 남자는 피 묻은 주먹에 붕대를 두르다 말고 움직이지 않았다. 한참 전에 비가 그쳤는데도 아직 도롱이를 벗지 않았고 삿갓을 깊숙이 내려 쓴 바람에 수염 난 중년 남성의 얼굴은 잘 보이지 않고 그의 분위기만 엿볼 수 있었다.

"어떻게…."

손바닥에 손톱이 박힐 만큼 주먹을 세게 쥐었다. 내가 하려는 질문은 위험했다. 옥에 갇히고 처형될 수도 있는 질문이었다. 아무도 믿으면 안 돼. 아무리 굳게 다짐했어도 지금은 대안이 없었다. 이 여자 말고는 나를 도와줄 사람이 없었다.

"혹시 언니와 만날 방법이 있을까요?"

삿갓을 힐끔거리며 최대한 목소리를 낮췄다.

"얘기하고 손만 잡으면 돼요. 그 이상은 바라지도 않아요."

주막 여주인이 아랫입술을 잘근거리며 내 뒤의 남자를 응시하다 여린 눈썹 아래로 눈을 반짝였다.

"있지, 우리 전하께서는 사냥을 할 때 기녀들도 데리고…."

내가 발끈했다.

"납치한 여자들 말이죠."

"아끼는 기녀 수백 명도 데리고 다니거든."

여자는 내 반박을 무시하고 설명을 계속했다.

"한 명 없어진다고 눈치채지 못할 거야. 잠깐만."

이 나라가 첩자로 넘친다는 사실을 의식하고 여자가 얼른 덧붙였다.

"언니 손만 잡으면 된다고 했지. 그 정도는 반역으로 칠 수 없을 거야. 남편이 아내를 보는 건 왕명으로 금지시켰지만 동생 얘기는 없었으니까…."

처음에는 무슨 뜻인지 알아듣지 못했다. 그러다 내 안에서 작디작은 희망의 불빛이 깜박이기 시작했다.

"저…."

목소리가 떨려 침을 삼켰다.

"전하께서 언제 사냥을 하세요?"

"여름엔 자주 하시지."

여자가 허리에 쟁반을 받쳐 들었다.

"올 때 마을 종소리 들었잖아."

시선을 따라 뒤를 돌아보았다. 저 멀리 언덕 위에서 검은 행렬이 움직이고 작열하는 태양 아래 붉은 깃발들이 펄럭였다. 나는 기름 낀 머리카락을 쓸어 넘기고 떨림을 감추려 손을 얼른 치마폭에 숨겼다.

"전하께서는 여인들을 곁에 가까이 두지."

너무도 걸걸하고 위압적인 남자 목소리가 들려 내가 움찔했다. 우리 대화를 엿듣던 남자였다. 아직도 삿갓을 깊이 눌러쓰고 있어 음산한 그림자가 얼굴을 가렸다.

"최고의 검사와 궁수들도 전하를… 또한 여인들을 곁에서 지키고 있고."

주막 여주인과 내가 그를 빤히 쳐다보았다.

삿갓은 아무렇지 않게 피 묻은 주먹을 치료하며 말했다.

"전하의 코앞에서 언니를 빼내려 했다가는 둘 다 목숨을 잃고
말 거요. 다가가서 손을 잡을 새도 없이 화살에 맞아 죽을 텐데."

"빼내겠다고 한 적 없어요."

가슴에 한기가 번졌지만 침착하게 말했다. 설마 이 남자가 왕
의 첩자는 아니겠지.

"그냥 얼굴만 보면 돼요."

"눈물 나는 자매애로군. 하지만 그 사랑 때문에 명줄을 재촉한
이를 셀 수 없이 많이 보았지. 나라면 신중하게 행동할 거요."

"이분은 원식 아저씨야."

여자가 속삭였다.

"우리 주막의 수호자라고 할까. 흉악범이나 강도와 싸워서 막
아 주는 분이니까 조언을 새겨듣는 게 좋아."

그러더니 나보고 고뇌에 찬 표정을 펴라는 듯 과장되게 손을
흔들었다.

"그렇게 풀 죽은 얼굴 하지 말고."

그렇게 말하는 목소리가 지나치게 명랑했다.

"살아만 있다면 언니를 찾을 방법이 있을 거야."

그러면서 여주인이 몸을 돌려 자리를 뜨자 내 안에 피었던 일
말의 희망도 함께 꺾였다.

"낭자."

원식이 내 우울한 생각을 깨웠다. 그는 피 묻은 천을 치우고

손가락 관절의 상처를 살피며 말했다.

"식사해요."

괜찮은지 시험하듯 손가락을 쥐었다 폈다 했다.

"빈속으로 집에 돌아갈 수는 없지 않소."

"돌아가지 않을 건데요."

말은 그렇게 하면서도 나무 숟가락을 집어 들고 국을 입안에 떠 넣었다.

"언니를 보기 전까지는 못 가요."

원식은 한참 나를 뜯어보더니 일어나 방으로 들어갔다.

나는 그릇을 집어 들고 남은 국을 후루룩 마셨다. 소매로 입을 닦다가 빈 그릇을 물끄러미 내려다보았다. 내게는 언니를 구할 능력이 정말 아무것도 없었다. 지체 높은 무관처럼 힘과 권력을 가지고 있지 않고, 뛰어난 지략가처럼 머리 회전이 빠르지도 않았다. 그냥 이슬이라는 여자애였다. 사고뭉치. 우리 언니 인생의 오점.

"율이 누님! 율이 누님!"

겁에 질린 외침이 들렸다.

주막에 있던 사람들이 다 고개를 들고 쳐다보았다. 나도 따라서 주위를 두리번거리다 희한하게 옷을 입은 말라깽이 청년을 발견했다. 새빨간 옷에 금색 허리띠라니. 그가 마당으로 달려 들어와 주막 여주인에게 직행했다.

"살인 났어! 마을 어귀에서."

그리고는 창백한 얼굴로 헐떡이며 말했다.

"촌장님 말하는 것도 들었는데 한양 포도청에 신고할 거래. 무명화가 또 나타났다고 생각하나 봐. 사실이라면 이번이 열두 번째야!"

무명화.

조정 관료들을 죽이고 도주 중인 익명의 살인자를 백성들은 그렇게 불렀다. 피해자는 전부 왕의 측근들이었다. 살인자를 "수호자"라고 칭하는 이들도 있었다. 범인이 부잣집의 쌀을 훔쳐 굶주린 농민들의 집에 두고 갔기 때문이었다. 무명화. 그 이름이 내 머릿속을 헤집는 사이, 두 사람은 다급하게 속삭이며 대화를 계속했다.

"우연일까?"

율이라는 주막 여주인이 물었다.

"전하의 사냥 행렬이 지나가기로 한 그날에 무명화가 출몰한 거 말이야."

"우연일 리 없어."

율이 긴장된 손길로 자기 목을 만졌다.

"전하께 범죄 현장을 보이면 안 된다고 촌장님이 시체를 갈대밭으로 옮겼어."

그렇게 말하는 청년의 얼굴에서 핏기가 점점 사라졌다.

"사냥을 망쳤다고 우리 마을에 불을 지를까 걱정되시나 봐."

살인범은 이제 내 관심사가 아니었다.

내 방으로 들어가려 몸을 반쯤 일으켰지만 어느 방에 묵으면 되는지 아직 주인에게 듣지 못했다. 대화에 끼려고 몸을 돌리는

데 벽에서 펄럭이는 방이 한 장 더 눈에 들어왔다.

전하께서 백성들에 이르시니 살인자가 도주 중이다.

병사들이 이 방을 처음 저잣거리에 붙인 날, 나도 할머니 댁에서 나와 그 내용을 읽었다. 사실은 집에 숨어 있어야 했다. 죄인의 딸이 병사들로 가득한 거리를 활보하다니 위험하기 짝이 없는 짓이었지만, 나는 그러거나 말거나 집에서 나왔다.

이웃 간에 의기투합해 범인을 찾고 그에 관한 정보를 고하라. 고관 임 씨 외 열 명이 목숨을 잃었다. 발견된 피해자의 시체에는 주상 전하를 비방하는 혈서가 적혀 있었다. 공을 세운 자에게는 큰 상을 내리리라.

"큰 상이라."

내가 씁쓸하게 속삭였다.

이 말을 처음 본 순간, 나는 마법에 걸렸다. 한참이 지나서도 집에 들어가지 않고 상상의 나래를 펼쳤다. 내가 유용한 정보를 찾으면 왕이 우리 가족에게 어떤 상을 내릴까? 예전처럼 안전하고 튼튼한 담장에 둘러싸인 삶, 완벽하게 관리된 정원의 향기를 맡는 삶, 하인들이 언제든 달려와 내 뜻을 받아 주는 삶을 상상했다. 관심사라고 해 봐야 예쁜 손톱과 흰 피부를 관리하는 법이나 나와 혼담이 오갈 상대뿐이었던 어린 시절의 편안하고 권태로운 삶이 영원히 계속되기를 상상했다. 실로 오랜만에 한 줄기 희망을 느끼며 초가집으로 돌아왔을 때, 그 희망은 언니의 말에 짓밟히고 말았다.

멍청하기는. 누가 우리를 구해 준다는 거야. 언니는 나를 타박했다. 왕은 더더욱 그럴 리 없어.

이틀이나 계속된 의견 차이는 격한 언쟁으로 번졌고 내가 집에서 뛰쳐나오는 결말을 맞이했다.

나는 손가락으로 눈꺼풀을 누르며 생각했다. 시간을 돌릴 수 있다면 얼마나 좋을까. 집을 나오지 말았어야 했다. 그 말에 눈길조차 주지 말았어야 했다. 큰 상 따위….

둥둥 떠 있는 듯한 기묘한 감각이 의식의 경계를 맴돌았다. 아득한 생각들이 구름처럼 모여 있다가 어느새 사라졌다. 얼굴을 찌푸리며 내가 뭘 놓쳤는지 기억을 더듬었다. 하지만 찾을 새도 없이 율이 뛰어서 마당을 가로질렀다.

"원식 삼촌!"

율이 창살문을 두드리며 외쳤다. 아까 우리 대화를 엿듣던 삿갓이 들어간 방이었다.

"삼촌!"

문이 열리자 어두운 방을 향해 작은 목소리로 말했다.

"삼촌이 찾는 살인자 다시 나타났나 봐요."

정적이 흐르더니 삿갓을 쓴 남자가 천천히 나와 몸을 쭉 폈다. 키가 크고 어깨가 떡 벌어져 체격이 아주 좋았다. 습기 찬 바람에 도롱이가 살짝 들리며 등에 끈으로 매단 검이 보였다. 매끈한 검은색 칼집은 금으로 화려하게 장식되어 있었다. 이 남자는 평민이 아니었다.

"시체는 갈대밭 깊숙이 옮겼대요."

율이 설명했다.

"끌고 가면서 핏자국을 남겼을 테니 쉽게 찾을 수 있을 거 예요."

"우선 촌장님과 얘기를 해 봐야겠다. 어디 계시지?"

"영호 말로는 갈대밭 북쪽요."

그 순간 내가 해야 할 행동이 보였다. 말할 수 없이 두려웠지만 망설임을 저만치 밀어 두고 주먹을 꽉 쥐었다. 왕은 큰 상을 내리겠다고 했다. 만약, 혹시라도 내가 범인을 잡으면 나 때문에 잘못된 우리 언니를 돌려주지 않을까?

나는 마지막으로 언니 얼굴을 한 번 더 볼 수만 있다면 그것이 무엇이든 왕명을 받들 준비가 되어 있었다.

2
대현

대현이 태어나던 날, 그의 명이 올해로 다할 것이라는 무당의 예언이 있었다. 자신이 언제 죽을지 정확한 일시까지 알지는 못했지만 대현은 죽기 전 반드시 지킬 목표를 하나 정했다. 절대 이 나라의 왕인 이복형의 손에는 죽지 않을 것이다. 꼭 죽어야만 한다면 단 하나의 과제를 완수할 때까지만이라도 하늘을 속여 살아남겠다고 굳게 다짐했다.

반역을 하고 말리라.

"아우야."

위풍당당한 자세로 말에 앉은 왕이 한 손으로 느슨하게 고삐를 쥐고 천천히 말했다.

"간밤에 내가 꿈을 꾸었단다."

"그러셨습니까?"

왕과 나란히 말을 타고 있던 대현이 대답했다.

"길몽을 꾸셨는지요, 전하?"

"악몽이었다. 흉한 징조일지도 모르지….''

대현은 왕의 사냥 행렬이 작은 마을을 지나는 동안 이글이글 타는 태양의 뜨거운 햇빛을 맞으며 가만히 다음 말을 기다렸다. 대신들은 목소리를 낮추고 자기들끼리 불만을 토로했고 후궁들은 더위에 신경이 예민해져 통 넓은 소매를 펄럭이며 부채질을 했다. 포로들이 늘어선 줄은 끝도 보이지 않았다. 납치당한 여자들의 그늘진 얼굴에는 수심이 가득했다. 하지만 말 위에 꼿꼿이 앉은 대현은 바닥에 엎드려 고개를 조아리고 벌벌 떠는 마을 주민들을 응시할 뿐이었다.

"내가 두 눈 뜨고 살아 있는데 내 아우가 곤룡포를 훔치고 옥좌에 앉는 꿈을 꾸었노라.''

왕이 대현을 힐끗 쳐다보았다. 염증으로 완전히 망가진 오른쪽 눈에는 검은 안대를 차고 있었다.

"너는 옥좌를 탐내 본 적이 있느냐?''

대현은 연습한 것처럼 익숙하게 가면을 썼다. 두 눈을 동그랗게 뜨고 천진한 목소리를 연기했다.

"그럴 리가요, 전하. 저 같은 서출이 어찌. 제가 옥좌를 탐낸다는 것은 천부당만부당하신 말씀입니다.''

반은 사실이었다. 대현은 단 한 번도 옥좌를 탐낸 적이 없었다. 설령 그럴 뜻이 있었다 해도 서자인 그에게는 조정을 좌지우지할 힘이 없었다. 하지만 권력만큼은 탐이 났다. 대현은 운명의 잔혹한 손아귀에 굴하지 않을 만큼의 권력을 원했다. 다른 이들처럼 사지가 찢기거나, 왕에게 얻어맞아 죽지는 않을 작정이었다. 사후에 무덤이 파이고 뼈가 갈려 온전한 내세는 꿈도 꾸지 못할 운명은 거부할 것이다. 대현은 왕의 얼굴에서 미소를 지울 힘, 그가 사랑했던 사람들이 왕의 앞에서 엎드려 떨었듯 왕도 똑같이 엎드려 떠는 모습을 볼 힘을 원했다.

"전하께서는 하늘이 점지한 이 나라의 왕이십니다."

대현이 목소리에 숭배심을 더하며 말을 이었다.

"그런데 누가 감히 하늘의 뜻을 바꾸려 하겠습니까? 비록 전하의 눈에는 개미 한 마리로 보일지 몰라도 저는 강직한 개미입니다."

"강직한 개미라."

왕이 그 말을 곱씹었다.

"그렇다면 네 눈에는 내가 무엇으로 보이느냐?"

"전하께서는 해와 달, 산과 만 개의 시내를 지배하는 분이십니다."

대현의 우렁찬 목소리에 마을 사람 몇 명이 고개를 들었다. 그들이 대현을 뭐라고 생각할지 알았다. 궁궐 안의 모든 사람도 같은 생각을 하고 있었으니까. 아첨꾼.

"온 세상이 전하의 것입니다."

대현이 한 번 더 강조하고 고개를 돌렸다.

왕이 큰 소리로 웃음을 터뜨리고 말 위에서 허리를 더 똑바로 펴고 앉았다. 비단으로 만든 사냥복이 햇살에 반짝거렸고 상투를 감싼 금빛 왕관도 빛을 반사했다.

"너는 내가 가장 아끼는 아우다. 그런데도 네가 정녕 어떤 사람인지는 아직도 잘 모르겠구나."

왕의 미소가 날카로워졌다.

"너처럼 철두철미한 사기꾼이 또 있을까 싶다. 무슨 생각을 하는지, 너를 믿어도 되는지 아무도 모르니 말이야. 시간이 지나면 네 본모습이 드러나겠지. 너를 아낀 것이 내 어리석은 판단이었는지는 오직 시간만이 알려 주리라 생각한다."

내가 어떤 사람이냐고? 대현은 몇 줄 뒤에서 말을 타고 있는 내금위 소속 혁진을 슬쩍 돌아보았다. 오랜 벗인 혁진에게도 무수히 들은 질문이었다.

"제가 알던 대현 왕자님은 어디로 사라지신 겁니까? 지금 제 앞에 서 있는 분은 대체 누구시기에 이토록 냉혹한 껍데기만 남아 있는 겁니까?"

대현은 자신이 정확히 언제 본모습을 잃었는지 알았다. 2년 전 3월 20일이었다. 양어머니가 돌아가신 그날.

"시간이 지나면 알게 되실 겁니다, 전하."

대현이 능청스러운 목소리로 대답했다.

"제가 진실로 강직한 개미라는 사실을요."

작열하던 태양의 열기가 마침내 식고 어둑한 숲에 들어서자 서늘한 기운이 감돌며 탁 트인 빈터의 더위가 가셨다. 햇빛이 뾰족한 금빛 창처럼 어둠을 뚫고 들어와 땅바닥을, 왕을 따르는 행렬의 굳은 얼굴을 비췄다. 왕이 말을 타고 호위 무사와 앞으로 나아가자 대현의 어깨도 긴장으로 굳어졌다. 또 사냥놀이를 하려는 것일까? 왕은 유람을 나왔을 때 자주 사냥놀이를 제안했고, 사냥이 끝날 무렵 최소한 한 명은 목숨을 잃었다.

"전하."

다른 왕자가 불안한 목소리로 말했다.

"오늘은 날이 무덥습니다. 옥체 보전을 위해 기력을 아끼시는 것이 어떨지요. 이런 날씨에 장시간 나와 계시면…."

"조용."

왕이 명령했다.

모두 걸음을 멈췄다.

왕은 선두에서 당당하게 말을 타고 있었다. 팔을 앞으로 쭉 뻗더니 입 다물고 가만히 있으라는 의미로 손바닥을 펼쳐 보였다. 나뭇잎이 바스락거리고 잔가지가 부러졌다. 멀리서 암사슴 한 마리와 새끼 사슴이 덤불에서 나와 물을 마시러 개울가로 유유히 걸어갔다.

왕이 씩 미소를 짓자 대현은 숲의 공기가 차갑게 얼어붙는 것을 느꼈다. 귀인 정씨를 내려다볼 때도 폭군은 입을 길게 찢고 지금과 같은 미소를 지었더랬다. 귀인 정씨, 대현을 친아들처럼 품어 준 여인. 머리에 자루를 뒤집어쓰고 축 늘어진 귀인 정씨의 시신, 생명과 함께 흐르던 핏줄기가 몸에서 빠져나오는 모습이 지금도 대현의 눈에는 선했다.

이마에 땀이 송골송골 맺혔다. 기억을 지워. 대현은 자신을 다그쳤다. 과거에 연연하지 마.

시간이 조금 걸렸지만 대현은 겨우 감정을 다스렸다. 얼굴에 미소를 띠고 다시 왕에게 시선을 집중했다. 왕은 활을 들어 화살을 걸고 암사슴을 겨냥했다. 불길한 기운을 감지한 듯 짐승이 고개를 쳐들었고 귀를 쫑긋하더니 새끼를 데리고 다시 숲으로 재빨리 뛰어들어 갔다.

도망쳐. 피의 숙청이 일어나기 전날, 귀인 정씨는 그렇게 속삭였다. 전하께서 우리를 전부 죽일….

화살이 매서운 속도로 날아가 숲을 꿰뚫었다. 그러고는 퍽 하는 섬뜩한 소리와 함께 표적에 명중했다. 암사슴이 흙바닥으로 쓰러졌다. 신음조차 내지 않았다.

웃어. 대현은 스스로에게 명령했다.

왕의 뛰어난 사냥 실력을 칭송하는 북소리가 울려 퍼지는 동안에도 대현은 어색하게 올라간 입꼬리를 고정시켰다. 이제 고아가 된 새끼 사슴이 겁에 질려 덤불 뒤로 쌩하니 달아났다.

"사냥을 하기에 좋은 날이구나!"

왕이 활짝 웃으며 외쳤다.

"다들 그렇게 생각하지 않느냐?"

"예, 전하."

모든 수행원이 입을 모아 대답했다.

"더할 나위 없는 날이옵니다."

그러면서 복종의 의미로 고개를 숙였다. 왕이 착용을 강제한 굴욕적인 신언패의 무게에 대신들의 어깨가 축 처졌다. 목에 걸린 작은 패에는 이런 글귀가 새겨져 있었다.

口是禍之門 입은 화가 들어오는 문이요

舌是斬身刀 혀는 몸을 베는 칼이라

閉口深藏舌 입을 닫고 혀를 깊이 감추면

安身處處牢 어디를 가든 몸이 편안하리라

왕이 두 팔을 활짝 벌리자 숲에서 불어온 바람에 비단 소매가 펄럭였다. 그는 말을 타고 한쪽에 모여 있는 왕자들을 돌아보았다.

"아우들아, 내 기분이 몹시도 좋구나!"

안대를 끼지 않은 눈이 흥분으로 반짝였다.

"우리 놀이를 한판 하는 것이 어떠하냐?"

대현은 고삐를 단단히 쥐고 마음의 각오를 했다.

"왕자들은 활과 화살을 준비하라. 해 질 녘까지 사냥감 없이 빈손으로 돌아온 녀석은 처형을 면치 못할 것이다."

왕이 치아를 환히 드러내며 흉악한 미소를 지었다.

"사냥을 시작하자꾸나!"

3

이슬

조각구름이 퍼진 파란 하늘 아래, 장옷으로 코를 막고 제자리
에 가만히 서 있는 내 주위로 갈대들이 흔들렸다. 발밑에 웅크린
시체가 쓰러져 있었다. 열다섯 살인지, 쉰 살인지도 알 수 없었
다. 얼굴에는 뼈밖에 없었고 얼마나 굶었는지 피부가 빳빳하게
펼친 종잇장 같았다. 헝클어진 검은 머리카락이 어깨까지 흘러
내렸다.

주위를 둘러보았다. 아까 그 검사는 촌장과 아직 대화 중일
까? 금방 가 버리지 않기를 바랐다. 갈대 줄기를 꺾어 시체를 쿡
찔러 보고 머리카락을 옆으로 치워 보았다. 이 남자가 어떻게 죽
었는지 알겠다. 목을 찔렸구나. 그보다 먼저 희생당한 피해자들
처럼 가슴에 붉은 꽃 한 송이가 놓여 있었고, 옷에는 혈서가 적
혀 있었다.

전하께서는 당신이 영리하다 생각하겠지만

당신은 어리석은 사람입니다.

백성들이 굶어 죽는 동안에도

술 취해 여자들과 춤을 추는 멍청이.

당신과 당신 일당의 몰락.

그것은 시간문제일 뿐입니다.

내가 움직이면 벼락처럼 떨어질 테니.

후끈한 여름 공기에 죽음의 냄새가 밀려왔고 코를 찌르는 역한 냄새에 숨을 쉴 수 없었다. 수단과 방법을 가리지 않고 언니를 찾겠다는 결심만 아니었어도 도망쳤을 것이다. 내 발로 무명화를 쫓아야 한다 해도 나는 꼭 언니를 찾기로 했다.

"살인자를 잡으려면 어떻게 해야 하지?"

내가 혼잣말로 속삭였다.

갈대를 더 단단하게 접어 남자의 옷을 들추다 무언가를 발견했다. 남자는 왼손을 말아 쥐고 있었다. 손가락 사이에서 노란색의 무언가가 언뜻 보였다. 얼굴을 찌푸리며 봇짐을 옆에 내려놓은 내가 맨손을 뻗고 잠시 주저하다 피로 덮인 손가락을 하나씩 세워 벌렸다. 무언가 굴러 떨어졌다.

두 개의 구슬이었다. 빨간색 하나, 노란색 하나.

가까이 들여다보았다. 매끈한 밀화 구슬로 양쪽에 구멍이 하나씩 나 있었다. 더 자세히 살펴보고 싶었지만 뒤에서 다가오는 발소리가 들렸다. 나는 잽싸게 빨간 구슬을 내 졸잇말에 숨겼다. 여행을 시작하며 가슴 띠를 특별히 더 꽉 조이고 있어 구슬이 떨어질 염려는 없었다.

"의금부에서는 촌장님을 마땅치 않게 생각할 거야."

사람 목소리가 들려 허리를 펴고 보니 원식과 주막의 율이 갈
대밭으로 들어오고 있었다.

"시체를 범죄 현장에서 옮겼다는 얘기를 들으면…."

흔들리는 갈대 위로 우리의 시선이 얽혔고 원식이 말을 멈
췄다.

"어째서."

가까이 다가온 원식이 천천히 말을 꺼냈다.

"여기 있는 것이오?"

내가 허리를 더 똑바로 폈다.

"방향을 엿들었어요."

"그래… 여기 왜 있는 거요?"

"여기 오고 싶으니까 온 거죠, 아저씨."

원식이 나를 한참 쳐다보다 지친 숨을 푹 내쉬고 말했다.

"요즘 젊은 세대는 어른을 공경하는 법을 모른다니까."

"아이고, 삼촌."

율이 원식을 팔꿈치로 찔렀다.

"말만 들으면 꼭 늙은 할배 같아요. 이제 마흔 살이 됐으면서."

숱 많은 눈썹 아래로 보이는 원식의 눈이 짐스러운 어린아이
보듯 우리 둘을 쳐다보았다.

"내가 옛날 사람인지 아닌지 논할 때가 아니야. 둘 다 입 다물
고 아무것도 건드리지 말도록 해."

내가 졸잇말에 숨긴 구슬 위로 손가락을 두드렸다.

"그러는 아저씨는 여기 왜 계세요? 수사관이에요?"

원식이 대답하지 않자 율이 몸을 기울이고 속삭였다.

"원식 삼촌은 예전에 의금부에 계셨어. 역적 행위를 수사하는 일을 하셨지."

내가 얼어붙었다. 의금부 관원이라면… 우리 부모님을 처형한 이들이었다.

뒷걸음치다 내 봇짐에 걸려 넘어질 뻔했다. 나는 짐을 들고 품에 끌어안았다.

"언제 그만두셨는데요?"

"두 해 전."

"두 해 전 언제요?"

율이 미간을 찌푸리다 다시 미소를 지었다.

"봄이었어."

어깨의 긴장이 누그러졌다. 의금부 관원들이 우리 집에 쳐들어온 것은 가을이었다. 그렇다면 원식이 관여했을 리는 없었다.

"아, 얘한테도 들려줘요, 삼촌!"

고맙게도 화제를 돌리며 율이 외쳤다.

"지금까지 맡았던 것 중에 제일 무시무시했던 사건에 대해서요."

원식은 우리를 무시하고 죽은 남자를 살피는 데 여념이 없었다.

율은 무응답에도 별로 개의치 않는 듯했다.

"원식 삼촌한테 들었던 것 중에 가장 끔찍한 건 죽은 정원 사건이었어."

나는 율의 말에 흥미를 보이는 척했다.

"죽은 정원이라고요?"

"전에 원식 삼촌이 수사하다 어떤 여자가 자기 집 마당에 묻혀 있는 걸 발견했대. 작은 동물들 뼈도 같이 묻혀 있었고. 알고 보니 은퇴한 내금위 병사였던 남편이 폭력을 써서 아내를 죽인 거야."

율이 과장스럽게 몸을 부르르 떨었다.

"아, 더 소름 끼치는 사건도 있다. 사라진 머리 사건이라고. 삼촌이 언젠가 역적 하나를 추적했는데, 가마 안에서 머리가 잘린 채로 발견되었대. 머리는 나중에 다른 사람 책상 아래에서 나왔…."

율이 흥분을 감추지 못하고 수다를 이어갔지만, 나는 원식을 지켜보며 그의 어깨가 긴장하는 모습을 눈여겨보았다. 내가 놓아둔 작은 노란색 구슬을 드디어 발견한 듯했다. 깊은 생각에 잠겼는지 짧은 수염을 잡아당기고 이맛살을 잔뜩 찌푸렸다.

"뭐 발견하셨어요?"

구슬의 의미를 알고 싶은 마음에 내가 물었다.

"피해자가 누구인지 알겠소."

원식이 구슬에 관해서는 언급하지 않고 말했다.

"열두 번째 피해자는 백 도령이오. 전하의 측근 중 하나의 아들로 열여덟 살인데 최근 과거에 급제하고 관직을 하사받았지."

그러면서 시체의 정수리와 등, 목덜미를 계속 살폈다. 귀와 콧구멍도 보았다.

"3주 전 숲을 지나다 실종되었소. 하인 두 명이 함께였는데 하나는 현장에서 죽었고 다른 하나는 부상을 입고 잠실까지 용케 탈출했지만 결국 목숨을 잃었소."

"잠실이면 이곳에서 먼가요?"

내가 물었다.

"한 시간은 걸어야 하오. 한양이 더 가까웠을 텐데."

부상을 입은 하인이 달아나는 모습을 상상해 보았다. 한밤중이었다. 두려움으로 가슴이 뛰고 숨을 쉴 수 없었으리라. 머리 위에서 하늘이 빙글빙글 돈다. 할머니 댁으로 가는 길을 찾아야 해. 누군가의 속삭임이 내 상상을 깨뜨리며 또 다른 기억이 나를 사로잡았다. 언니와 나는 서로의 손을 꼭 잡고 어머니와 아버지를 죽인 군인들을 피해 도망치고 있었다.

눈을 깜박이자 어둠이 걷혔다.

"저기⋯."

내가 떨리는 목소리를 가다듬으려 헛기침을 했다.

"저기, 왜 그 하인은 의원이 있는 한양으로 가지 않고 그렇게나 멀리 떨어진 다른 마을로 도망쳤을까요?"

원식이 고개를 돌리고 나를 재는 듯한 눈으로 보며 내 질문을 곰곰이 생각했다.

"낭자는 칼에 찔렸다면 어떤 장소를 찾겠소?"

"어떤 장소가 아니라 사람이겠죠."

내가 중얼거렸다.

"믿을 수 있는 사람에게 갈 거예요. 나를 해치지 않을 사람요."

원식이 고개를 끄덕였다.

"그 하인도 가족을 찾아 도망쳤나 보지. 잠실에 사는 가족 말이오."

그가 몸을 돌리고 시체를 다시 살펴며 공책에 기록을 남겼다. 현감이었던 우리 아버지를 모셨던 서기들이 생각날 만큼 방대한 양을 아주 꼼꼼하게 기록하고 있었다.

"어떻게 죽은 사람을 보고도 그렇게 침착할 수 있지?"

어머니와 아버지의 죽음을 목격한 후로 나는 두려운 것이 별로 없었다.

"죽음은 이 나라에서 흔히 보는 광경 아닌가요?"

원식이 입을 다물고 고개를 끄덕였다. 그러다 이렇게 물었다.

"언니를 찾는다고 먼 길을 온 사람이 거기 서서 죽은 남자를 궁금해하고 있다. 이유가 뭐요, 낭자?"

"무슨 상관…."

"저 말을 참 좋아하네."

율이 재미있다는 듯 눈을 반짝이며 말했다.

"나한테도 한 번 써먹었거든요, 삼촌."

율이라는 여자가 더 싫어졌다. 하지만 곧 짜증은 사라지고 두려움이 두근거리는 가슴을 차지했다. 원식이 어두운 목소리로 걱정스럽게 말했기 때문이다.

"혹시 전하께 언니를 달라고 청하기 위해 범인을 찾고 있는 거요? 상으로?"

"무슨 말인지…."

"내 짐작이 맞았군."

온몸에 소름이 끼쳤다. 원식은 내 가장 은밀한 생각을 추론해냈다.

"나에 관해 아무것도 모르면서 아는 척을 하시네요."

"맞소. 아무것도 모르지. 양반 계급에 속한다는 사실 말고는."

원식이 중얼거리며 계속 관찰했다.

"부모님은 돌아가셨고 도주 생활을 한다는 것도. 허나 내가 뭘 알겠소."

또 한 방 맞았다. 하지만 이번에는 충격으로 온몸의 감각이 마비되었다.

"저… 우리 만난 적이 있나요? 어쩜 그렇게 확신에 차서 추측할 수 있죠?"

"명백하지 않소? 자기중심적인 분위기를 보면 알지. 고개를 드는 모습, 걷는 모습만 봐도 알 수 있소. 손도 그렇고. 단 하루도 노동을 경험하지 않은 것처럼 굳은살 없이 하얀 손이 아니오. 옷도 비단이고. 양반 계급만이 비단옷을 입을 수 있는데 말이오. 하지만 천의 상태를 보아하니 형편이 매우 어려워졌나 보군. 또한 동행자 없이 금지 구역을 넘은 것을 보면 의지할 사람 없이 외로운 처지라는 생각이 들 수밖에 없지. 낭자의 가족은 추문이나 불법적인 일에 연루되었다고 추측하겠소. 의지할 친구나 가족이 한 명도 없는 것을 보면. 굳이 '도주'라고 콕 찍어 말한 것은 장옷으로 얼굴을 과하게 가리는 모습과 언제나 등 뒤를 힐끔거리는 모습을 보았기 때문이오. 누가 자기를 알아볼까 두려운 것처럼 말이오. 하지만 낭자 말마따나… 전부 추측에 불과하지."

나는 이대로 의금부에 끌려갈까 겁에 질린 채로 서서 원식의 모든 움직임을 관찰했다. 하지만 원식의 차분한 태도는 변하지 않았다. 시간이 흐르고 시체에 몰두하는 원식을 보고 있으니 날카롭던 두려움의 가장자리도 무뎌졌다. 원식은 내게 아무 관심도 없는 사람 같았다.

"경우가 어떻든 간에."

원식이 자리에서 일어나자 내가 움찔하며 뒤로 물러났다.

"전하와 흥정을 하겠다는 생각은 어리석은 짓이오. 하지만 낭자는 남의 충고를 따를 사람 같지 않군."

"뭐라고요?"

내가 황당해서 쳐다보았다. 내게 저런 식으로 말한 사람은 처음이었다. 우리 언니를 제외하면.

"완벽한 계획이라고 생각하는데요. 임금님이 큰 상을 내걸었…."

"계획대로 하기 전에 언니가 한양에 있는지 확인부터 하기를 바라오. 전하와 함께 나온 행렬에 언니가 있었소?"

"아니요…."

내 목소리는 아직도 떨렸다.

"왕의 여인들은 어디서 지내죠?"

"경복궁 근처에 있는 원각사라는 절이오. 하지만 경비가 삼엄

해 절대 들어갈 수 없지. 다른 방법이 없지는 않소. 전하께서 웬만하면 하루도 거르지 않고 기녀들을 성균관으로 데리고 가 여흥을 즐기시니. 담장 밖에서 쉽게 찾아볼 수 있을 거요."

원식이 시체 주위를 다시 한 바퀴 돌더니 반대쪽에 쭈그리고 앉았다.

"내가 잘 알지."

원식이 덤덤한 목소리로 말했다.

"내 딸이 거기 있었으니까."

있었다. 아랫입술을 잘근거리고 시선을 피하는 율의 반응으로 보아 원식의 딸은 죽은 모양이었다. 문득 이 남자가 가여워졌지만 곧 감정을 떨쳐 버렸다. 나는 어머니와 아버지가 돌아가신 후로 누구에게도 마음을 주지 않겠다고 맹세했다.

"아저씨는요?"

내가 황급히 화제를 돌렸다.

"상을 바라고 수사를 하는 건가요?"

"나는 범인을 찾는 사람을 돕고 있소. 내가 돕는 사람은 상에 관심이 없고."

다행이다. 나는 생각했다. 그렇다면 원식을 따라다니다 상을 차지할 수 있지 않을까.

"그 사람은 뭘 원하는데요?"

내가 물었다.

"아저씨가 돕는다는 사람 말이에요."

"내가 할 수 있는 말은 이것뿐이오. 범인이 도성에 득을 주기는커녕 더 큰 혼란을 일으키고 있다는 것."

그러면서 내게 가까이 오라 손짓했다.

"이리 와 보시오. 낭자가 범인을 잡기를 바란다면 멀찍이 서 있으면 안 되오. 직접 살펴봐야지. 조사를 모르는 사람이 하는 연기는 눈에서 걷어 내시오."

나는 앞으로 나가 쳐다보았다. 내 눈에는 섬뜩한 시체밖에 보이지 않았다.

원식이 시체의 다양한 부위를 가리켰다.

"상처와 팔다리의 강직 상태를 보아하니 오늘 새벽에 죽었다는 것을 알 수 있소. 낭자는 뭐가 보이는지 말해 보시오."

"저요?"

"범인을 잡고 싶다고 하지 않았소."

율이 나를 앞으로 쿡 밀었다. 나는 피해자의 반대쪽으로 다가가 곁눈질로 원식을 살피며 마침내 허리를 굽혔다. 피해자의 뒤통수를 보았다. 원식이 그쪽을 살필 때는 멀리서 머리카락밖에 보지 못했다. 하지만 이제는 머리카락과 피가 말라붙은 두피가 보였다.

"머리를 맞은 건가요?"

"그렇지. 상처는 몇 주 된 것 같고."

"그렇다면 납치되었을 때 난 상처겠네요."

내 시선이 피해자의 목에 난 피 묻은 상처로 이동했다.

"하지만 죽은 것은 이 상처 때문이에요."

"지루하게 자세한 설명을 하지는 않겠지만, 어딘가에 갇혀 몇 주 동안이나 굶어 죽도록 방치되었소."

원식이 추론했다.

"그리고 사망 직전, 아직 숨이 남아 있을 때 죽임을 당했지."

"굶어 죽는 건 최악이야."

율이 몸을 부르르 떨었다.

"최악 중의 최악."

나는 율을 무시하고 말했다.

"이런 것들을 어떻게 다 알아요, 아저씨?"

"증거는 언제나 우리 눈앞에 있소. 그걸 발견하느냐 마느냐 이 것이 문제지."

원식이 옷에서 흙먼지를 툭툭 털었다.

"사실 진실은 가장 사소한 부분에….."

우리의 대화가 갑자기 중단되었다. 말발굽 소리가 들리더니 말을 탄 사람들이 검은 구름을 일으키며 빠르게 다가오고 있었 기 때문이다.

"눈을 크게 뜨고 있어요."

원식이 말했다.

"범인은 현장에 돌아오는 법이니까."

우리가 보는 앞에서 검은 윤곽은 붉은 제복을 입은 한 무리의 기마병으로 서서히 선명해졌다.

"의금부 관원들이군."

원식이 중얼거렸다. 그러다 나를 돌아보았다.

"전하께서 특정 사건을 수사하라 명하실 때 출동한다오. 보통은 반역죄와 관련이 있는 사건들이지."

"알아요."

내가 속삭였다. 알아도 너무 잘 알았다.

항상 숨어 있어야 해, 이슬아. 언니의 경고가 내 머릿속을 쿡쿡 찔러 한 걸음 뒤로 물러났다. 우리는 죽은 사람처럼 살아야 해. 이 세상에 존재하지 않았던 것처럼 사는 거야.

바람이 내 맨얼굴에 불어닥쳤다. 정신이 다른 데 팔린 사이 장옷이 벗겨졌나 보다. 장옷은 내 목에 매듭이 걸린 채로 어깨까지 흘러내려 있었다. 재빨리 머리 위로 장옷을 다시 고정하고 자리를 떴다.

"어디 가는 거야?"

율이 외쳤다.

갈대밭의 가장자리를 따라 숲이 있었다. 나는 바람에 휘날리는 갈대 아래로 머리를 숙이고 숲의 경계로 달려갔다.

무성한 나무들이 사방에서 솟아오르고 가느다란 빛만이 뚫고 들어올 수 있는 어둠의 세계가 나를 감싸안았다. 나는 깊은 숲속으로 달려 들어가며 이따금 기묘한 소리가 들릴 때마다 멈춰 섰다. 공기 중에 귀신과도 같은 메아리가 울려 퍼졌다. 더 많은 나무를 빠르게 지나치는데 그 소리가 다시, 이번에는 더 선명하게 들렸다. 멀리서 겁에 질려 애를 태우는 남자들의 목소리와 거칠게 날뛰는 말발굽 소리였다.

숨어.

심장이 빠르게 뛰었다.

숨어. 당장 숨으라고.

치마를 걷어 올리고 골짜기 위로 기어 올라가 좁은 흙길을 뛰었다. 바로 앞의 덤불에서 말 한 마리가 뛰어나왔다. 나는 뒤편의 나무로 뒷걸음치며 말을 탄 남자를 빤히 쳐다보았다. 공포로 창백해진 얼굴의 남자는 피투성이 토끼 한 마리를 쥔 채 말을 타고 사라졌다.

나는 봇짐을 더 꽉 끌어안고 달렸다. 이끼로 뒤덮인 바위를 지나고 제멋대로 뒤엉킨 나뭇가지들을 통과한 후 졸졸 흐르는 개울을 따라 비틀거리며 달렸다. 더는 한 발짝도 내디딜 수 없게 되었을 때에야 걸음을 멈추고 귀를 쫑긋 세웠다. 들리는 소리는 없었다. 사냥꾼을 그토록 두렵게 했던 것이 무엇인지 몰라도 나는 멀찌감치 벗어난 듯했다.

한숨을 푹 내쉬며 봇짐을 내려놓고 개울가에 무릎을 꿇고 앉았다. 한 번 더 주위를 둘러보고 손바닥으로 깨끗한 물을 퍼서 견딜 수 없는 더위를 식혔다. 한 번 더 물을 퍼올리려다가 멈칫하고 저무는 햇살에 붉게 물든 수면 위의 내 모습을 가만히 바라보았다. 나를 마주 보는 소녀는 두려워 보였다. 또 외로워 보였다.

그런 감정들을 억눌렀다.

"정신 차려, 황이슬."

내가 혼잣말로 속삭였다. 차가운 물이 신경을 가라앉히고 차분해질 때까지 세수를 했다.

나뭇잎이 바스락거렸다.

나는 놀라서 벌떡 일어나 나무 사이로 잽싸게 들어갔고 무성한 덤불 뒤에 몸을 숨겼다. 몸을 낮게 웅크리고 나뭇잎 사이로 쳐다보았다.

말발굽이 땅을 쿵쿵 때렸다. 점점 더 가까이 다가오고 있었다.

무릎을 껴안은 팔에 힘이 들어갔다. 제발, 그냥 가. 내 안의 모든 심장 박동이 애원했다. 제발 나를 내버려둬.

불그스름한 금빛 속에서 아까와는 다른 젊은 남자가 활과 화살을 들고 나타났다. 나와 최소한 스무 걸음 거리에 있었다. 안장에 앉은 남자는 키가 컸고 은빛이 감도는 푸른 옷은 월장석처럼 반짝이며 호리호리하지만 건장한 체격을 돋보이게 했다. 남자의 눈은, 검은 눈은⋯ 매의 눈처럼 날카로웠다.

내가 작게 숨을 내뱉었다.

갑자기 그의 시선이 홱 움직였다. 나는 손으로 입을 틀어막고 쿵쾅거리는 심장을 느끼며 그가 다시 돌아서기를 하늘에 빌었다. 하지만 한 번의 민첩한 동작으로 남자는 활에 화살을 걸고 내 쪽으로 쏘았다. 공포에 찬 숨소리가 내 목구멍에 걸렸다. 나는 허둥지둥 뒤로 물러났다. 등이 나무에 픽 부딪치며 주변의 나뭇잎들이 흔들렸다.

맹렬하게 바람을 가른 화살은 내 방향으로 직행했다.

이럴 수는 없어. 내 머리가 빠르게 돌아갔다. 이럴 수는 없어.

강한 힘이 나를 뒤로 넘어뜨렸고 타들어가는 고통이 온몸을 삼켰다. 비명을 지르고 싶었지만 혀를 깨물었다. 피가 터져 입안을 채웠다. 내 왼쪽 어깨 위로 화살 한 대가 나무 몸통에 깊이 박혔고, 자세히 들여다보니 공포스럽게도 내 살이 화살촉에 한 겹 걸려 있었다. 나는 겨우 눈을 돌리고 다가오는 사냥꾼을 피해 몸을 일으키려 했다. 하지만 저고리가 나무에 꽂혀 떨어지지 않았다.

죽으면 안 된다. 어머니의 목소리가 나를 재촉했고, 동시에 어머니가 내 손을 강하게 움켜쥐는 느낌이 들었다. 무슨 일이 있어도 너희 둘 다 살아서 서로를 보살펴 줘야 한다. 너희에게는 서로밖에 없어.

나는 관절이 새하얘지도록 저고리를 움켜쥐었고 얼굴 전체를 땀과 눈물로 적신 후 세 번의 시도 끝에 몸을 떼어 낼 수 있었다. 불덩이 같은 피가 새어 나와 어깨로 흘러내렸다. 지혈을 하려다 동작을 멈췄다. 내 앞의 나뭇잎들이 날렵한 활에 의해 부스스 옆으로 걷혔고 그 사이로 젊은 남자가 나타났다. 그는 특권을 가진 자의 얼굴로 나를 내려다보았다. 잔혹하고 무심하고 냉정하게.

"저리 가!"

이성을 잃은 내가 비명을 질렀다. 손가락으로 돌멩이 하나를 움켜쥐고 웅크렸던 몸을 일으켜 앞으로 달려 나갔다. 얼굴을 내리치고 도망치는 거야. 얼굴을 찍고 도망쳐! 손을 들어 돌을 내리쳤지만 팔이 꿈쩍도 하지 않았다. 그의 강철 같은 손이 내 손목을 감쌌다.

"돌 내려놓지."

그가 명령했다.

"이거 놔!"

잡은 손에 힘이 더 들어갔다. 살을 파고들 만큼 악독한 악력에 내 손에서 무기가 떨어졌다.

"어, 어쩌려고?"

떨림을 멎으려 이를 악물며 내가 속삭였다.

"나를 죽이게?"

그의 검은 눈에서는 감정을 읽을 수 없었다.

"그래야 하나?"

또 다른 말발굽 소리가 가까워졌다. 남자는 내게서 시선을 떼지 않은 채 나를 나뭇잎 사이로 밀었다.

"거기 있어."

그가 명령했다.

"죽고 싶지 않으면 움직이지 말고."

주위의 나뭇잎이 땅으로 쓰러진 내 몸을 덮어 주었다. 나는 눈을 깜박여 눈물을 털어 내고 탈출로를 찾아 나뭇가지 틈을 엿보았다.

하지만 말을 타고 다가오는 군인 한 명밖에 보이지 않았다.

"대현 왕자님."

군인이 외쳤다.

"전하께서 모두 돌아오라 명하셨습니다."

대현 왕자라면… 우리 부모님이 그 이름을 속삭이는 소리를 들은 적 있었다. 잔혹한 시련을 견뎌야 했고, 이후 잔혹하게 변해 악명이 높아진 왕자였다.

"사냥을 나가신 동안 열 명도 넘게 처형하셨습니다."

군인이 말했다.

대현이 얼어붙었다.

"열 명 넘게?"

"무단 침입자들을 잡아 한곳에 몰아넣고 군사 훈련의 표적으로 사용했습니다. 그들의 머리 위에 놓인 과일을 명중해야 했습니다. 저와 몇 명만이 성공했고요."

군인이 한숨을 내쉬며 관자놀이를 문질렀다.

왕자는 작은 소리로 무언가 중얼거리더니 뒤로 물러나 군인과 함께 말을 타고 떠났다. 짧지만 고통스러운 순간이 지나고 나는 마침내 비틀거리며 일어났다. 통증이 온몸을 찢고 지나가며 얼굴에서 땀이 뻘뻘 흘러내렸다. 발밑의 숲이 아찔하게 기울어졌지만 나는 절뚝이며 앞으로 걸어 나가 아까 떨어뜨린 돌멩이를 노려보았다.

나는 옥좌를, 그것이 상징하는 모든 것을 경멸했다.

왕은 내게서 모든 것을 빼앗아 갔다. 왕자라 해서 다르지 않았다. 내가 벌레만도 못한 미물인 것처럼 아무렇지 않게 내 목숨을 쥐락펴락하지 않았던가.

머리를 후려쳐야 했어. 그 생각으로 속을 부글부글 끓이며 떨리는 몸을 굽혀 돌멩이를 집어 들었다. 날카로운 모서리가 손가락에 아프게 박혔다.

만약 우리가 다시 마주치게 된다면 왕자의 피를 보고 말리라.

4

대현

입안에 피가 고였다. 칼자루로 두 번이나 맞은 탓에 머리가 아직도 울렸다.

"아우야."

왕의 목소리가 비단결처럼 부드러웠다.

"나를 위해 짐승 한 마리도 쏘지 못하겠더냐?"

대현은 여전히 무릎을 꿇은 채로 몸의 떨림을 감추려 옷자락을 움켜쥐었다.

"저는 전하와 달리 활 솜씨가 뛰어나지 못합니다."

왕이 날카로운 웃음을 터뜨렸다. 목소리가 험악해지자 주변 공기가 싸늘하게 식었다.

"네가 수련하는 모습을 봤다고 속닥대는 궁녀들의 말을 들었거늘. 백발백중 과녁을 맞힌다지."

왕의 칼끝이 대현의 목에 닿았다.

"누구를 속이려는 것이냐, 아우야?"

대현이 긴장했다. 생각은 두 갈래로 나뉘었다. 하나는 왕의 심기를 거스른 죄로 죽을 수도 있다는 사실이었고, 하나는 아까 그여자아이였다. 그대로 두면 과다 출혈로 죽을 수도 있었다. 무고한 생명을 빼앗는 꼴이 된다.

찾아야 했다.

형처럼 될 수는 없었….

"너를 어떻게 죽이면 좋을지 생각을 해 봐야겠다…."

칼날이 더 가까이 들어왔고 핏방울이 목을 타고 흘렀다.

"네 사지를 썰어 동서남북 끝으로 하나씩 보낼까?"

왕이 나머지 일행을 돌아보았다.

"이 처벌이 적절하다고 생각하느냐?"

신하들이 고개를 꼭두각시처럼 위아래로 움직이며 동의했다.

"예, 전하."

"저를 죽이시겠다고요…."

대현이 나직이 말했다.

"전하께서 가장 아끼는 아우이자 누구보다 전하께 충성하는 신하인 저를요?"

"누구보다 내게 충성한다고? 네가?"

왕이 비웃었다.

"너보다는 뱀의 충심이 더 강할 게다."

"전하, 어머님의 기일을 챙기는 것이 금지되었을 시기에 전하와 함께 슬퍼하던 동생이 저 아닙니까? 그분의 제사를 준비하고 제사상 앞에서 애가 끊어지게 울던 저를 잊으셨습니까?"

왕의 얼굴이 창백해졌다. 한쪽만 보이는 눈이 빨개지고 눈물이 그렁그렁 차올랐다. 왕의 어머니인 폐비 윤씨는 언제나 대현에게 방패가 되어 주었다.

"사악한 뱀들이 전하의 주위를 에워싸고 있는데, 저를 죽이시렵니까? 밀위청은 반역을 꿈꾸는 죄인들로 가득합니다. 전하… 아무렴, 아무렴 그자들보다는 제 충심이 더 크지 않겠습니까."

왕의 목소리에서 적의가 누그러졌다.

"네가 하는 말 중 몇이 진실이고, 몇이 거짓인지 나는 잘 모르겠다."

"그렇다면 제 충심을 증명하게 해 주십시오, 전하."

대현이 목소리에 절박한 감정을 실었다. 그를 찌르는 칼날의 힘이 약해졌을 때는 기회를 놓치지 않았다.

"충심은 무언가를 기꺼이 포기하겠다는 의지로 증명되는 것이 아니겠습니까? 전하를 위해서라면 무엇이든 죽이겠나이다. 맹세컨대 명령만 하시면 다시 나가 짐승 시체를 들고 돌아오겠습니다. 아직 해가 다 지지 않았습니다."

"듣고 보니 그렇구나."

무슨 생각이 들었는지 왕이 입꼬리를 올렸다.

"뭐든 죽이겠다…."

왕이 검을 뽑아 들고 주위를 둘러보다 앞의 한 지점에 시선을 고정했다.

"누구든?"

대현이 고개를 들고 사람들을 보았다. 지금껏 사람을 죽여 본 적은 없었다. 하지만 벌써 손에 묻은 피의 온기를 느낄 수 있었다. 피는 양심을 적시고….

그만.

모든 감정을 차단해야 했다. 공포도, 두려움도.

한 사람의 목숨보다 더 중대한 문제가 있어. 대현은 스스로를 설득했다.

"누구든 상관없습니다, 전하."

대현이 속삭였다.

왕이 화살을 집어 들고 대현 앞에 던졌다.

"충심을 증명하려면 무언가를 기꺼이 포기할 의지가 있어야 한다고 했지. 저 녀석을 죽여 다오."

왕이 손가락으로 가리켰다.

그곳을 바라본 대현의 시선 끝에는 아버지에게 선물로 받은 애마가 있었다.

배 속이 뒤틀렸고 덩치 큰 말이 움직이지 못하도록 고삐를 붙잡은 병사들을 보자 온몸이 긴장으로 차갑게 식었다. 그 말은 아버지를 따뜻하게 기억할 수 있는 유일한 존재였다. 왕의 재물을 다 합쳐도 그보다 귀중한 것이 없었다.

녀석의 이름은 정희였다.

바르다, 정당하다, 바람직하다 할 때의 정.

밝다, 빛나다, 영광스럽다 할 때의 희.

대현은 이를 악물고 미안하다는 말을 속으로 삼켰다.

말이 움직이는 순간, 화살을 쏘았다. 화살촉이 오른쪽 눈에 박혔다. 정희가 섬뜩한 비명을 터뜨리며 땅으로 쓰러져 몸부림쳤고 앞다리로 자기 몸을 끌며 병사들을 쓰러뜨렸다.

대현이 앞으로 뛰어나갔다. 검을 꺼내 정희를 푹 찔렀다. 피가 터져 손목을 타고 흘렀다. 대현은 더 빨리 숨통을 끊으려 칼로 있는 힘껏 말의 심장을 꿰뚫고 비틀었다. 마침내 정희가 피에 흠뻑 젖은 땅으로 쓰러졌다. 필사적으로 명줄을 붙잡으려는지 다리는 계속해서 꿈틀거렸다.

대현은 손을 부들부들 떨며 뒤로 물러났다. 피로 미끌거리는 검이 손에서 떨어졌다. 이제는 정적만이 흘렀다. 모두 그를 쳐다보고 있었다.

"잘했다, 아우야."

왕이 어둠 속에서 중얼거렸다.

"오늘 하루는 더 살아도 좋다. 이 나라에 내 편은 아무도 없다는 마음을 달래 준 상이다."

이내 왕의 사냥 행렬은 피비린내가 진동하는 숲을 떠났다. 그러나 대현은 쉽게 자리를 뜨지 못하고 이제 꿈쩍도 하지 않는 말을, 이어 자신의 손을 내려다보았다. 이렇게 많은 양의 피는 처음 보았다.

후들거리는 다리가 제멋대로 움직이며 그를 숲으로 이끌었다. 삽이 필요했다. 아끼던 말을 땅에 묻어 주지도 않고 떠날 수는….

한 가지 기억이 떠올라 얼어붙었다. 대현의 시선이 휙 북쪽으로 향했다. 그 여자.

"젠장."

대현이 오솔길로 달려갔다. 불안정한 걸음걸이로 숲을 헤치고 그녀를 마지막으로 봤던 곳에 이르렀다. 하지만 나뭇잎을 치워도 보이는 사람은 없었다. 여자는 사라졌다. 화살만 아직 나무 몸통에 박혀 있을 뿐이었다.

피 묻은 화살촉을 뽑아내자 가슴 깊은 곳에 얼음물을 끼얹은 듯 두려움이 엄습했다. 차디찬 물이 그를 집어삼키고 있었다. 너도 전하처럼 될 거야. 형이 죽어 가며 경고했었다. 전하의 놀이에 장단을 맞추다 보면. 너도 잔인한 냉혈한으로 만들걸. 자기 안의 괴물을 숨기려면 다른 사람도 괴물로 만들어야 하니까. 그런 암흑에 물들지 마.

대현은 겨우 고개를 들고 아까 그 여자의 흔적을 찾았다.

"왕자 자가. 왜 여기 이러고 계시는지⋯."

혁진의 걱정스러운 목소리가 들렸다. 대현은 친구가 옆에 다가온 것도 모르고 있었다.

"율의 주막으로 가."

대현이 화살을 꽉 움켜쥐고 개울가에 버려진 하얀 봇짐을 바라보았다.

"말을 묻어야 하니 가서 삽과 힘센 인부 몇 명 구해다 줘. 그리고 원식에게는 이렇게 전해. 반드시 찾아야 할 여인이 있다고."

5

이슬

가시로 뒤덮인 숲에서 휘청이며 나온 나는 마침내 빈터로 향했다. 견딜 수 없는 고통이 내 의식과 내 몸을 단절시켰다. 저녁 하늘 높이 떠오른 내 의식은 돌멩이를 계속 손에 쥔 채, 옅은 금빛 갈대밭과 흙길을 비틀거리며 지나 마당에 도착한 내 몸을 내려다보고 있었다. 다른 사람들은 전부 자러 갔다. 나도 눕고 싶은 마음이 간절했지만 어느 방에서 묵어야 할지 아직 알지 못했다.

뒷마당 부엌에서 냄비 안 찌개가 끓으며 연기가 피어올랐다. 누군가가 근처에 있다는 뜻이었다. 몸을 억지로 끌고 가 보았다. 그 너머의 어둠에서 발소리가 들렸다. 소리를 따라가자 주막 여주인인 율의 그림자가 나타났고, 손에 들린 등불이 율의 얼굴과 붉은 입술을 비추었다.

"저기요."

겨우 그 말만 속삭였다.

율은 내 말을 듣지 못하고 어둠 속에 홀로 서 있는 창고로 사라졌다. 그 안으로 따라 들어간 나는 얼어붙고 말았다. 안쪽 벽에 병풍과 제사를 지내기 위한 낮은 탁자 하나만 놓여 있을 뿐 창고는 텅 비어 있었다.

갑자기 통증이 다시 치솟았다. 비틀거리다 쓰러지지 않으려 문틀을 붙잡고 빈 창고의 정체를 파악하기 위해 눈을 세게 깜박였다. 내 시선이 병풍에 묻은 얼룩에 닿았다. 피 같았다. 그것도 오래된 피.

내가 환각을 봤나? 그때 병풍 뒤에서 금속이 부딪히는 소리가 들렸다. 병풍을 젖히자 문이 하나 나왔다.

이게 대체 무슨….

소리 내지 않고 문을 슬그머니 밀어서 열었다. 처음에는 온통 캄캄했다. 그러다 시야가 어둠에 적응되며 서서히, 아주 서서히 재고를 살피고 있는 듯한 율의 윤곽이 눈앞에 나타났다. 율이 등불 방향을 바꾸는 순간, 피가 차갑게 식었다. 벽에는 사람도 죽이겠다 싶을 만큼 날카로운 낫이 걸려 있었다. 커다란 옹기에는 화살이 가득 꽂혀 있었다. 천장의 대들보에 매달려 있는 것은 활과 받침대였다. 바닥에 수북하게 쌓인 상자에서는 검들이 빛에 반짝거렸다.

나는 두근거리는 심장을 안고 아무것도 건들지 않으려 조심하며 밖으로 나왔다. 주막 주인이 저런 무기고를 가지고 있는 이유가 뭐지? 마당을 서둘러 지나다 창고를 다시 한번 보려고 고개를 돌렸을 때 빗자루에 부딪혔고 빗자루는 요란한 소리를 내며 돌계단으로 떨어졌다.

"안 돼!"

내가 작게 외쳤다.

율이 헛간에서 뛰어나왔다.

"누구야?"

그러면서 등불을 들자 불빛이 나를 향해 쏟아져 나왔다. 율의 눈이 휘둥그레졌다.

"너! 어디 갔나 했어!"

"저…."

내 목소리가 흔들렸다. 조금 전 목격한 광경으로 아직 심장이 쿵쾅거렸다. 나도 모르게 돌멩이를 꽉 움켜쥐고 있었다. 율의 강렬한 눈빛 앞에서 손힘이 빠졌다.

"방이 필요해요."

"의원도 필요해 보이는걸. 피투성이잖아."

율은 부드럽게 내 팔꿈치를 잡고 주막의 본채로 나를 이끌었다. 가로로 긴 초가집에는 툇마루를 따라 문이 줄줄이 늘어서 있었다. 율이 첫 번째 문을 열자 작고 깔끔한 방이 나왔다.

"무사하다고 원식 삼촌에게 알려야겠다. 너 찾으러 갔거든."

율은 나를 방 안까지 부축해 준 후 요와 이불을 깔고 초를 켰다.

"어떻게 된 거야?"

"숲에서 사고가 있었어요. 이제부터는 내가 알아서…."

"그래, 네 목숨이야 내 알 바 아니지. 피를 철철 흘리고 있어도 말이야."

"무슨 피를 철철…."

"하지만 잘 들어. 내 주막에서 머무는 동안은 네 일이 곧 내 일이야."

율이 말했다.

"내 손님은 전부 내 가족이나 마찬가지니까. 잠깐만 기다려. 금방 돌아올게."

나는 관자놀이를 문질렀다. 웃음이 헤프고 집에 무기고를 두고 있는 주막 여주인이라… 생각하니 머리가 지끈거렸다.

율은 붕대와 두 개의 대야를 들고 돌아왔다. 하나는 소금물이고 하나는 찜질약이었다.

"주막을 운영하려면 상처를 치료하는 법을 배우기 마련이지. 이 마을에는 의원이나 의녀가 없다 보니."

가지고 온 것들을 전부 펼쳐 놓으며 율이 재잘거렸다. 율은 다시 나갔다가 마실 것을 들고 왔고 나는 머뭇거리며 잔을 받아 들었다.

"아까도 말했지만."

율이 말을 이었다.

"나는 돈을 주는 손님들을 내 가족처럼 대해."

그 말에 숙박비가 떠올라 돈을 지불하려 잔을 옆에 내려놓고 봇짐으로 손을 뻗었다. 하지만 당황스럽게도 손에 아무것도 만져지지 않았다. 어디다 뒀더라?

율이 내 저고리를 벗겼다. 살점이 뜯겨 피가 나는 상처를 소금물로 닦자마자 몸이 움츠러들었다. 고통이 솟구치자 두개골에서 모든 생각을 쫓아 버렸다.

"아파요."

내가 신경질을 내며 욱신거리는 어깨로 손을 올렸다.

"상처를 치료하라는 거야, 말라는 거야?"

그렇게 묻는 율의 목소리는 다정하지만 단호했다.

"이대로 두면 감염돼서 너 죽어. 죽으면 네 언니는 어쩌고?"

나는 마지못해 율에게 다가가 이를 악물고 치료를 마저 받았다.

"이름이 뭐야?"

"내 이름은…."

본명을 말할 수는 없었다. 관아에서는 나를 황보연으로 알고 있었다. 그렇다고 위조 신분증에 적힌 이름을 알려 줬다가는 이름을 불러도 대답하지 못해 의심을 살 것 같았다.

"이슬이에요."

엄마는 보연이라는 내 정식 이름을 처음부터 마음에 들어 하지 않았지만 시아버지의 일방적인 의견에 굽힐 수밖에 없었다. 내가 태어난 후에는 내 생김새가 보연과 전혀 어울리지 않는다는 어머니 주장에 아버지도 동의했다. 부모님은 내가 이슬방울을 닮았다 했다. 그렇게 부모님이 지어 준 애칭 이슬을 커서도 쭉 사용하게 되었다.

나는 다시 사라진 봇짐을 생각하며 이마 위의 식은땀을 닦았다.

"짐을 다 잃어버렸어요."

움켜쥔 양손에 시선을 고정하며 내가 고백했다.

"봇짐에 전 재산이 있었는데."

율은 잠잠한 분위기에서 계속 말없이 내 팔과 어깨에 붕대를 감았다. 나를 길거리로 내쫓기를 기다렸다. 당연한 얘기였다. 아무도 믿으면 안 돼. 안전한 곳은 없어.

"뭐라도 받아야 하거든."

내 가슴이 조여 왔다.

"드릴 게 아무것도 없…."

율이 저고리를 다시 입혀 주었다.

"없긴 왜 없어. 노동력을 제공해 줄 수 있으면 해결되는 문제야."

못마땅한 기색이라고는 없는 목소리였다.

"언니를 찾을 때까지는 이 주막을 집이라고 생각해."

온몸에 전율이 퍼졌다.

"나, 나를 받아 주는 거예요? 정말로?"

"어두운 시기에 어머니는 다 네 어머니고, 아이는 다 네 아이고, 언니는 다 네 언니고…."

율이 내 저고리의 고름을 들고 앞섶을 여며 주었다.

"도움이 필요한 낯선 사람은 다 네 친구잖아."

율의 말은 심금을 울렸다. 지난 2년 동안 묻어 두었던 그리움이 꿈틀거리며 깨어났다. 나는 친구를 사귀고 싶었다. 웃고 싶었다. 누군가를 믿고 싶었다. 하지만 얼른 그 욕망을 억눌렀다. 잔을 들고 물을 조금씩 홀짝이며 내리간 눈으로 율을 다시 관찰했다. 활기찬 여주인은 내 친구가 되어 주겠다고 했지만 내 머리에서는 백 개의 낫이 예리하게 번쩍였다. 웃고 있는 율의 새빨간 입술은 분명 사악한 비밀을 숨기고 있을 것이다. 친구는 무슨 친구. 그보다는 젊은 여자로 변장하고 지나가는 여행객의 간을 빼먹으려 호시탐탐 노리는 구미호겠지.

"어떤 노동력이 필요한데요?"

내가 천천히 물었다.

"왕을 쫓아내는 걸 도와줄래?"

율이 빙긋 웃으며 말했다.

내가 물을 마시다 사레가 들려 캑캑댔다.

"뭐라고요?"

"농담이야!"

그러고는 또 얄밉게 웃었다. 참 신경에 거슬리는 웃음소리였다.

"나는 이 주막에서 혼자 일해."

율이 말을 이었다.

"이거…."

그러면서 눈썹 위에 삐죽삐죽 난 굵은 흉터를 가리켰다.

"덕분에 왕의 먹이가 되지 않고 있지. 불쌍하게도 내 일을 도와주던 하녀는… 왕에게 잡혀 갔어."

당신이 죽인 게 아니고? 나는 병풍에 묻은 피의 기억을 떨치려 고개를 저었다.

"그러니까."

율이 결론을 내렸다.

"너는 며칠 있다 어느 정도 회복하면 여기서 나를 돕게 될 거야. 요리할 수 있어?"

"아뇨."

"빨래는?"

"…."

"할 줄 아는 게 뭐야?"

율이 내 손을 덥석 잡고 살펴보았다.

"양반은 아닌데 양반의 손을 갖고 있네. 누가 떠받들어 키웠구
나. 언니야?"

내가 움찔했다. 부모님이 돌아가시고 2년 동안 언니는 뼈 빠
지게 고생만 했고 나는 손이 망가진다며 일을 언니에게 다 떠넘
겼다. 나는 이렇게 살 운명이 아니야. 늘 그런 말로 반항하면서.

"그런 동생이구나. 알겠다."

응어리가 맺혀 목구멍이 뜨거워졌다.

"무슨 뜻이에요?"

"부모님이 돌아가신 후로 언니가 얼마나 외로웠을지 상상이
간다."

율은 내 질문에 대답하지 않고 자기가 하던 말만 계속했다.

"부모님 돌아가신 거지?"

내가 반박할 새도 없이 또 얼른 덧붙였다.

"청소는 할 수 있니? 주막에 있고 싶은 거야? 아닌 거야?"

있고 싶었다. 나는 이를 악물고 상처를 삼켰다.

"아마도요. 해 볼게요."

율이 내 손을 놓았다. 그리고 대야와 붕대를 쟁반에 다시 올리
며 가벼운 말투로 말했다.

"이 마을에 머물려면 조심해야 할 것들이 몇 가지 있어. 종이 울리면 무조건 숨도록 해. 왕이 접근하는 중이라는 경고니까. 들판에서 꽃을 꺾듯이 길에서 여자들을 마구 집어 가거든."

그러더니 눈을 내리깔았다.

"또 이상한 활동이나 묘한 정치 얘기가 들릴 수 있겠지만 신경 쓰지 마. 손님들이 장기를 좋아해서 장기를 두지 않을 때도 자기들끼리 전략을 짜거든. 어쨌든 너는 언니를 찾는 데만 집중해. 알겠지?"

창고에 있던 으슥한 비밀의 방이 머리에 슬금슬금 떠올랐다.

"그럼요."

내가 말했다.

그날 밤, 나는 비명으로 목이 막혀 잠에서 깼다.

언니가 어둠으로 끌려 들어가고 그곳에서 웬 그림자가 송곳니로 언니의 살을 베는 꿈을 꾸었다. 죄책감과 자기혐오가 기다란 바늘처럼 내 가슴을 찔렀다. 언니가 궁에서 말할 수 없는 모욕을 견뎌야 하는 것은 전부 내 탓이었다. 봇짐을 더듬어 찾다가 잃어버렸다는 사실이 떠올랐다. 여행길에 들고 온 산조인이 이제는 없었다. 몇 달 동안 말린 대추 씨앗을 겨우 수백 개 모았고 이제 열 개 남짓 남아 있었는데.

대추 씨앗은 흔한 약재였지만 내게는 의미가 달랐다. 혀에 놓고 있으면 신성한 약속이 이루어지는 기분이었다. 곧 잠이 들 것이라는, 이 비참한 삶에서 잠시나마 위안을 찾을 수 있다는 약속. 하지만 봇짐과 그 안에 든 모든 물건과 함께 잃어버리고 말았다. 나는 떨리는 손으로 대야의 물로 얼굴을 씻은 후 창살문을 빼꼼 열어 밖을 내다보았다. 아직 밤이었고, 귀뚜라미 울음소리가 덥고 습한 정적을 채웠다.

가슴을 답답하게 누르는 느낌은 사그라지지 않았다. 너, 네 탓이야. 전부 너 때문이야.

내가 언니 말만 들었더라면 어땠을까. 언니는 나를 안전하게 지키고 싶었을 뿐인데. 내가 언니 말을 들었더라면 우리는 다투지 않았을 것이다. 내가 언니 말을 들었더라면 내가 집을 뛰쳐나올 일도 없었을 것이다. 언니가 왕의 손아귀로 걸어 들어가지도….

후회. 후회뿐이었다.

언니와 싸우지 않던 날을 하루라도 떠올려 보려 했지만 실패하자 가슴이 저릿해졌다. 수연 언니와 나, 우리는 어쩌다 이 지경으로 멀어진 걸까?

고통이 깊어졌고 나는 뼈가 시릴 정도로 차가운 안개에 뒤덮이듯 현실을 깨달았다. 한때 소중한 순간을 공유하기도 했지만 우리 사이는 소리 없이 벌어졌고 성실한 장녀인 언니의 삶과 응석받이 말썽꾸러기인 내 삶의 간극은 해가 갈수록 더 넓어졌다.

처음에는 우리 사이의 이 틈을 완벽하게 알아차리지 못했다. 언니가 멀리 떨어진 곳에 사는 도령과 혼인하게 되었다는 소식을 듣고 슬퍼서 엉엉 울며 언니 방으로 달려 들어갔던 그날까지는. 언니는 결혼하면 이 나라의 반대쪽 끝으로 가서 시집살이를 해야 했다. 이 소식을 듣고 나는 진심으로 낙담했다. 하지만 언니는 눈물을 흘리는 내 얼굴이 꼴도 보기 싫다는 듯 나를 쳐다보지 않고 일기장에 미친 듯이 글씨를 휘갈겨 썼다. 그날 밤, 나는 몰래 들어가 일기장을 훔쳐보았다.

언니 노릇도 이제는 지겨워. 안에는 그런 말이 적혀 있었다. 내가 오늘 처음으로 아버지 말씀에 반기를 들었을 때 아버지는 내 세상이 흔들릴 만큼 실망하는 표정으로 나를 보셨다. 왜 아버지는 내가 반항한다고만 생각하실까? 아버지를 향한 내 절절한 사랑은 모르고? 집 근처에 살고 싶고, 부모님이 나이 드시면 가까이서 모시고 싶은데. 나도 울고 싶다. 나도 동생처럼 툭 하면 주저앉아도 사랑과 이해를 받고 싶다. 하지만 그럴 수 없지. 내가 약할 때, 기대에 부응하지 못했을 때, 실수할 때 부모님은 나를 사랑하지 않는다. 완벽한 딸이 아니면 나는 대체 누구일까?

언니는 열네 살에 그런 말들을 썼다. 얼마나 외로웠을지 이제야 알겠다. 언니는 평생 이런 외로움을 느꼈을지도 모른다.

아침이 밝았을 때 두들겨 맞은 기분으로 넋이 나간 내 모습을 보았다. 눈 밑에 그늘이 드리워졌고 왼팔 전체에 피가 말라붙어 있는 여자아이. 그 아이는 율이 준 깨끗한 옷으로 힘겹게 갈아입었다. 밤하늘 같은 남색 깃이 달린 흰 저고리와 깃과 같은 색인 치마였다. 머리에 장옷을 뒤집어쓰고 칙칙한 회색빛으로 물든 이른 아침의 바깥으로 나갔다. 처마 아래 달린 나무 간판에는 홍등 주막이라고 적혀 있었다.

몸을 부르르 떨자 정신이 다시 몸 안으로 들어왔다.

장옷을 머리에 더 깊숙이 내려 쓰고 비틀거리며 길을 걸었다. 한양에 있는 성균관까지 얼마나 걸리는지는 알지 못했다. 나는 그곳에서 언니를 찾아볼 작정이었다. 하지만 주위에 물어볼 사람이 없었다. 그러다 어떤 남자의 노랫소리를 듣고 그 소리가 들리는 곳으로 향했다.

많지 않은 관중이 광대 패를 에워쌌다. 광대들은 가면을 쓰고 돈 많은 대감과 천한 농민에 대한 연극을 선보였다. 나도 어린 시절에는 우리 집 검은색 기와 담장 너머로 이런 공연들을 보며 자랐다. 부자들을 비난하고 평민들에게 기쁨을 안겨 주는 이야기는 흥미진진했다. 내게 이런 이야기는 먼 곳에 서 있는 산과도 같았다. 단순한 오락거리일 뿐, 다른 이들의 고통에 공감할 수는 없었다. 하지만 이제 그들의 고통이 곧 내 고통이었다. 똑같이 배를 곯고, 빼앗기고, 모욕을 당했다. 지난 2년 동안 쓰디쓴 경험을 했다.

이윽고 공연이 끝나고 관중들도 흩어졌다. 광대들이 짐을 싸서 악기와 가면을 수레에 싣는 동안에도 나는 기억에 잠겨 그곳에 서 있었다.

"누구 기다리냐?"

걸쭉한 전라도 사투리에 깜짝 놀라 고개를 드니 검게 그을린 미남의 얼굴이 보였다. 젊은 남자는 옆구리에 얇은 북을 끼고 있었다.

"아니."

내가 돌아섰다.

"너 누군지 알아. 홍등 주막에 새로 온 손님이지?"

다시 그를 쳐다보았다. 얼굴을 보니 알겠다. 살인이 났다며 율에게 달려온 남자였다.

"이렇게 이른 시간에 어디 가?"

그가 명랑하게 물었다.

나는 망설였다.

"도성에. 어느 쪽이야?"

"우리도 마침 가는 길이야."

남자가 말하며 광대 패를 턱으로 가리켰다. 남자들은 전부 피곤해 보였지만 유쾌한 기운을 풍겼다. 새빨간 옷을 입고 금색 띠를 두른 남자들은 대나무 지팡이를 들고 짚신을 신고 걸었다.

"얘도 같이 가면 안 돼요?"

남자가 동료들에게 물었다.

"원하면 따라오게."

일행 중 한 사람이 걸걸한 목소리로 말했다. 백발에 상투를 튼 노인이었다.

"살인범이 돌아다니고 있는데 젊은 처자가 혼자 다니면 안 되지."

"감사합니다."

내가 뻣뻣하게 말했다. 혼자서는 지도 없이 한양을 제대로 찾아갈 자신이 없었다.

"정말 감사해요."

앞쪽에서 웅얼거리는 대화 소리가 들렸다.

"살인범이 돌아다니는데 그게 누군지 아무도 모른다니."

"자네도 범인 찾아봤나? 우리가 이 범인을 찾으면 임금님이 우리가 원하는 걸 뭐든 줄 것 같아."

그의 동료가 물었다.

"신분 상승을 해 주신다잖아. 궁중 광대로 사는 것도 이제 지 겨워. 뼛속까지 지긋지긋하다."

이 남자들은 전부 궁중 광대였다. 한마디로 산대도감에 소속 되어 나랏밥을 먹는 사람들이었다. 저택이나 궁궐에 행사가 열 리면 고용될 것이다.

머릿속에 어떤 생각이 꿈틀거리며 내 심장이 빠르게 뛰었다.

"네 이름이 뭐야?"

내가 남자에게 조금은 의욕이 앞선 목소리로 물었다.

"영호."

그가 대답했다.

"나는 의정이라고 해."

거짓말을 했다. 내 입에서는 이런 질문이 불쑥 나왔다.

"너와 이분들 궁중 광대니?"

"떠돌이 광대 패인데 임금님을 한 번 웃겨 드린 적 있어서 왕 명이 있을 때면 궁궐에서 공연을 해."

"성균관에서 전하께 공연을 한 적도 있어?"

나를 몰래 들여보내 줄 수 있을까?

"한두 번."

"지금도 거기 가는 거야?"

74

"아니, 오늘 밤은 어느 양반의 환갑잔치에서 공연할 예정이야."

실망감으로 가슴이 내려앉았다. 담장을 기어 넘는다는 원래 계획대로 가는 수밖에 없었다. 오늘 밤 살아서 성균관을 나오지 못할지도 몰랐다. 하지만 언니가 왕의 옆에 없다면 살인범을 찾든 말든 내게는 아무 의미 없는 일이었다.

길을 떠나며 영호가 내게 말을 걸었다.

"그리 멀지는 않아. 한양까지는 반 시간쯤 걸으면 돼. 괜찮겠어? 네… 네 신이 피범벅이잖아. 내가 업어 줄 수…."

"말도 안 돼."

내가 조금은 사납게 대꾸했다.

영호가 방어적으로 양손을 들어 보였고 다른 광대들은 쿡쿡대며 속삭였다.

"우리가 들고양이를 들였나 보네."

조선의 수도 한양을 에워싼 성곽의 문에 다가가며 대화 소리는 배경음으로 작아졌다. 수많은 사람이 허가를 받고 통과하려 기다리고 있었고, 나도 줄에 서서 초조하게 치맛자락을 만지작거렸다. 나는 겨우 살아남은 친가 쪽 친척들과 유배되어 천 리 떨어진 제주에 있어야 했다. 하지만 부모님은 아셨던 것 같다. 어쩌면 내가 태어난 날부터 우리가 도망쳐야 하는 날이 오리라고 예상하셨던 걸까. 부모님은 언니와 내 신분을 위조한 증서를 준비해 두었고 의금부 관원들이 우리 집에 들이닥친 날, 그 문서를 우리 손에 강제로 쥐여 주었다. 나는 옷 속에서 문서를 슬쩍 꺼냈다. 이것만큼은 봇짐에 보관하지 않았다.

성문 앞에 도착하자 경비가 내 문서를 검토하고 지나가라 손짓했다. 순간 안도감을 느꼈지만 오래 가지는 못했다. 내가 들어선 도성은 아버지에게 들었던 찬란한 이야기들과 다른 곳이었기 때문이다. 그러기는커녕 전쟁으로 망가진 불모지에 들어온 기분이었다.

잘린 머리들이 나무 장대에 꽂혀 눈을 흡뜨고 혀를 길게 뺐다. 포졸들은 거리의 벽에 낙서로 적힌 비방 글들을 지우느라 정신이 없었다. 개 같은 왕! 개 같은 왕! 개 같은 왕! 검은 연기가 사방을 어둠으로 뒤덮었다.

"죽은 사람 보는 건 익숙해질 거야."

영호가 거리에 아무렇게나 늘어진 시체를 넘으며 중얼거렸다. 그러다 내 쪽으로 비꼬는 듯한 미소를 지었다.

"한양에 온 것을 환영해."

"연기는 어디서 나는 거지?"

내가 속삭였다.

좁고 지저분한 길을 이리저리 지나는 광대 패를 따라가는데 영호가 동쪽을 가리켰다. 공터에서 책을 태우고 있었다. 압수한 책들을 실은 수레가 끝없이 이어졌고, 활활 타오르는 장작불에 던져졌다. 나는 종이가 까맣게 타고 말려 재로 변하는 모습을 지켜보았다. 불길은 왕의 분노가 이 땅을 집어삼키듯 글을 집어삼키고 있었다. 2년 전에도 같은 광경을 보았다. 언니가 그토록 사랑했던, 세종대왕이 창제한 문자인 언문을 금지하는 왕명이 내려졌기 때문이었다. 왕은 대중의 비방을 막으려 금지령을 선포했다. 또한 남녀를 가리지 않고 글을 아는 모든 사람에게 네 편의 글을 제출하게 했다. 자신을 비방하는 글귀가 나올 경우 필체로 글쓴이를 특정하기 위해서였다.

"전하께서 언문 금지령을 강화하셨다."

영호는 외우고 있는 것처럼 명령을 읊었다.

"언문을 가르치지도, 배우지도 말라. 글을 아는 자는 한성부에 신고해야 한다. 글을 알면서 신고하지 않은 이웃이 있다면 그 또한 벌을 받을 것이다. 글을 쓰는 자는 참수될 것이고, 글을 쓰는 모습을 보고도 신고하지 않은 자는 태형 백 대에 처할 것이다. 한글이나 구결로 쓴 책은 전부 태울 것이다."

타오르는 불을 보고 있으니 목이 메었다. 기둥처럼 솟구치는 검은 연기의 폭정이 점점 올라가 하늘의 숨통을 틀어막았다. 처음으로 책을 태우는 광경을 목격했을 때 내 옆에 서 있던 언니는 공포에 질려 있었다. 나보다는 언니가 더 책을 사랑했다.

"우리는 끔찍한 시대에 살고 있어."

영호가 말했다.

"진실이 범죄가 되는 시대잖아. 그런데도 우리가 할 수 있는 일은 없고…."

갑자기 한 무리의 관원들이 지나가자 영호가 내 손을 잡아 옆으로 끌어당겼다. 사람들이 순식간에 뿔뿔이 흩어졌고 젊은 여자의 겁에 질린 비명이 울려 퍼졌다.

"피처럼 빨간 옷을 입은 관리들을 조심해."

영호가 다급한 눈빛으로 내 양손을 쥐며 속삭였다.

"채홍사야. 왕에게 바칠 여자들을 납치하는 사람들."

그러면서 부끄러운 듯 나를 힐끗 쳐다보았다.

"우리 안 지 얼마 안 됐지만… 네가 다치는 건 보고 싶지 않아. 너도 가서 숨어."

나는 영호의 말을 귓등으로 흘렸다.

"숨을 시간 없어. 성균관은 어느 쪽으로 가야 해?"

그렇게 말하고 참수된 머리와 검은 연기 너머를 응시했다.

영호가 나를 빤히 보았다.

"너 방금 네 무덤으로 가는 길을 물어본 거나 다름없어."

"죽는 건 무섭지 않아."

내가 중얼거리며 어쩔 줄 몰라 뒤통수를 벅벅 긁는 영호를 쳐다보았다.

"언니를 다시 못 볼까 봐 두렵지."

"언니를 정말 사랑하나 보다."

숨이 턱 막혔다. 내가 언니를 사랑한다고?

"사랑하거나, 사랑하지 않거나 둘 중 하나지. 간단한 문제 아닌가?"

내가 한참이나 말을 잇지 못하자 영호가 말했다.

누군가를 사랑한다는 생각만으로 날개 달린 검은 괴물이 내 영혼을 휩쓸고 지나가는 느낌이었다. 뼛속까지 공포가 끓었다. 네가 사랑하는 사람은 다 죽어.

나는 고개를 젓고 땅바닥에 시선을 고정한 채 중얼거렸다.

"내가 언니를 사랑하든 사랑하지 않든 중요하지 않아. 나는 언니를 집으로 데려가야 해. 언니를 찾아낼 거야."

6
대현

"매일 숨 막혀 죽을 것 같은 기분이야."

대현이 속삭였다. 그는 왕실 서고의 책장 앞에 서서 입을 굳게 다물고 군사 서적을 넘겨 보는 중이었다.

"이대로 계속된다면 한 해도 못 버티고 정신을 잃을 것 같다."

"자가만이 아닙니다."

주위에 아무도 없는지 살피며 혁진이 작은 소리로 대답했다.

"다른 관원들과 한잔 마시며 이야기를 나눴는데 이것만큼은 확실합니다. 모두 같은 생각을 하고 있습니다. 군의 충심은 전하를 떠난 지 오래입니다. 다들 변화가 일어나기를 기다리고 있습니다. 두려워서 인정하지 못할 뿐이지요."

밖에서 저벅저벅 들리는 발소리에 두 사람이 긴장했다.

"저희 두 사람의 용기가 시험을 받는 날이 오리라고 누가 알았을까요…."

혁진이 창문을 살짝 열고 순찰하는 경비병이 사라질 때까지 주시했다.

"숲을 탐험하다 폐가를 발견했던 때를 기억하십니까? 그곳을 본부로 삼았었지요. 《삼국지연의》를 읽으며 하루를 다 보내지 않았습니까. 군대놀이를 하고 서로에게 맹세했던 것 기억하십니까. 나 왕자 대현과 나 민혁진은 비록 출신은 다를지언정 형제의 의를 맺고 서로 돕기를 맹세한다. 어려울 때 서로를 구할 것이고⋯."

"위험할 때 서로를 도울 것이며⋯."

그 말들이 대현의 입에서 저절로 흘러나왔다. 대현은 고개를 가로저었다.

"오래전 일이야."

"우리는 나라에 몸을 바치고 백성들을 구하겠다고 맹세했습니다."

혁진은 굴하지 않았다.

"한날한시에 태어나지 않았어도 한날한시에 같이 죽겠다고요."

"어린애 장난이었어."

대현이 굳은 목소리로 말했다. 한때는 대현도 진심으로 백성들의 삶과 이 나라의 얼을 지키고자 했다. 한때는 자신도 선하고 고결한 인간이 될 수 있다고 믿었다. 하지만 지금 그의 두 손을 내려다보면 피가 다 씻겨 나갔어도 아직 그 얼룩을 볼 수 있었다.

"전부 어린애 장난이었고 말고⋯."

대현이 한숨을 쉬었다.

"무슨 말을 하고 싶은 거지?"

"오래 머물 수 없습니다. 누이동생이 만나자고 해서요."

혁진이 그를 돌아보았다.

"오늘 아침에 원식과 대화를 나눴습니다. 무명화가 등장한 후로 어쩐지 행동이 이상하던데요."

"원식의 충심을 의심하는 건가?"

"그럴 리가요."

"원식이 없었으면 우리는 열한 살에 이미 죽었을 거야. 열두 살, 열네 살, 열여섯 살 때도."

"처음을 어찌 잊겠습니까?"

혁진이 건조하게 웃음을 내뱉었다.

"원식이 없었으면 벌에 쏘여 죽을 뻔하지 않았나요. 원식이 저와 자가의 사람이듯, 저희도 그의 사람이지요."

당시 대현과 혁진은 깊은 산속에서 통나무 벌집을 건드렸다. 근처에서 사라진 왕자를 찾고 있던 원식은 자기 몸을 방패 삼아 그들을 보호하다 사경을 헤매었다. 대현과 혁진은 이후 며칠 동안 병석에 누운 원식의 옆에 앉아 무수한 벌침을 제거하는 의원을 도왔다.

"아무튼, 말씀드린 대로 원식과 대화를 했습니다. 원식의 말로는 선봉에 설 사람을 조정에서 구해야⋯."

혁진이 주위를 둘러보고 목소리를 낮췄다.

"거사가 가능해진답니다. 우리가 이끌려다가는 실패할 수밖에 없다고 해요."

"나도 같은 생각이야."

"그런가요?"

혁진은 다소 실망한 기색이었다.

"자가께서도 아시겠지만 중신들이 일을 맡으면 우리는 구석으로 밀려날 텐데요."

"가장 큰 권력은 왕과 가장 가까이 있는 자들이 가지고 있지."

대현이 책장 사이의 빈 통로를 살피며 중얼거렸다. 서고에는 아직 대현과 혁진 둘뿐이었다.

"그런 영향력을 가진 인물들이 필요해. 우리에게는 그럴 힘이 없으니까. 하지만 여기 두 가지 문제가 있지. 첫째, 일을 주도할 대신을 찾아야 하는데 나를 믿는 대신이 없는 상황에서 믿을 만한 사람을 어떻게 찾을지 모르겠다는 것. 둘째, 우리와 손잡을 가능성이 있는 자들을 무명화가 계속 죽이고 있다는 것."

한 무리의 관리들이 이맛살을 찌푸리고 왕의 세금에 관해 불평하며 들어왔다. 그러다 대현을 보자 주춤했다. 혁진은 그림자로 물러나 벽과 책장 사이의 공간에 몸을 숨겼다.

"와, 왕자 자가."

관리들이 말을 더듬고 서로 눈빛을 주고받았다.

"송구하옵니다."

대현은 따분한 왕자의 가면을 쓰고 책으로 시선을 돌렸다. 하지만 그의 신경은 남자들에 고정되어 있었다. 궁궐이나 한양 어디를 돌아다녀도 왕을 욕하는 사람들의 수군거림이 들렸다. 하지만 그 누구도 감히 주상 전하를 배신할 용기를 내지 못했다.

목숨을 걸고 왕을 폐위시킬 마음이 있는 사람을 찾는 것은 보통
까다로운 일이 아니었다.

"깜박했네요."

다시 둘만 남게 되자 혁진이 말했다.

"자가께서 관심 있을 만한 이야기를 원식에게 들었습니다."

대현은 책을 덮어 책장에 다시 꽂다 혁진이 속삭이는 말에 멈
칫했다.

"찾고 계시던 여인 말입니다. 원식이 찾았답니다. 살아 있다는
군요."

7
이슬

영호가 내 앞에 섰다. 우리는 반짝이는 연두색 잎사귀가 달린
가지를 내려뜨린 아름드리나무 뒤에 숨어 있었다. 영호는 성균
관에 들어가게 해 달라는 내 부탁에 드디어 동의했다. 혹시 내
얼굴이 마음에 든다는 이유 하나로 이러는 건가?

"정문에 경비가 두 명 서 있어."

영호가 속삭였다.

"내부 곳곳에 더 많이 배치되어 있고. 내가 경비들 시선을 끌
어서 시간을 벌 테니까 너는 저쪽에 있는….'

그러면서 그 방향을 손으로 가리켰다.

"담을 넘어. 저 부분이 제일 낮으니까. 올라가기가 많이 어렵
지는 않을 거야. 알겠지?"

내가 고개를 끄덕였다.

"혹시 납치당했다가 탈출한 사람도 있어?"

"진실을 알고 싶어?"

"응."

"한 명이 아버지와 용케 탈출했는데 성문을 지나지는 못했어. 임금님이 그 여자를 다시 잡아 오라고 한양 전체를 봉쇄했거든. 가족과 산으로 달아나서 숨은 여자도 있었는데 한 명씩 잡혀서 죽었어. 탈출은 불가능하고 시도만으로도 피를 보게 될 거야. 그러니까 너도 언니와 도망칠 계획은 아니었으면 좋겠다. 그보다는 나은 계획이 필요해."

"내 계획은 달라. 오늘은 언니 얼굴만 보면 돼."

내가 속삭였다.

"좋아. 저 담을 넘어."

상상 속의 나를 담장 너머로 굴려 보내는 것처럼 영호가 손가락을 빙글빙글 돌렸다.

"일단 반대쪽에 착지하면 '비복청'이라는 현판이 걸린 건물이 보일 거야. 거기 가면 안에서 입는 옷이 몇 벌 있으니까 너도 섞여 들어갈 수 있어. 그런 다음에는 경비가 지키는 중문을 두 개 통과해야 해. 하나는 서쪽에, 또 하나는 남쪽에 있고 그걸 지나면 임금님이 연회를 주최하는 커다란 안뜰이 나올 거야."

"임금님이 지금 거기 있을까?"

"사냥을 안 할 때는 거의 성균관에서 주색에 빠져 있지."

나는 수상할 정도로 친절한 광대를 뜯어보았다. 고개를 돌리고 있어 선이 굵은 옆얼굴밖에 보이지 않았다. 남자다운 외모였지만 커다란 귀가 장난스러운 매력을 더했다.

"어떻게 이런 걸 다 알아?"

내가 물었다.

"공연할 기회가 있을 때마다 내부를 돌아다녀 봤거든. 그래서 잘 알지. 부인이나 딸을 보러 가게 해 달라고 돈을 주는 가족들도 있고."

"나는 줄 게 아무것도 없어. 짐을 다 잃어버려…."

"너한테는 받을 마음 없어."

"그럼… 왜 나를 돕는 거야?"

영호가 허리를 똑바로 펴고 뒤를 힐끗 쳐다보았다.

"네 이야기. 내가 원하는 건 그거야."

내가 눈을 깜박였다.

"뭐라고?"

"재미있는 이야기가 있어야 겨울에 먹고살 텐데, 아무래도 너한테 재미있는 이야기가 있는 것 같거든. 사랑하는 언니를 찾아헤매는 미소녀… 관객들의 눈물방울을 짜내고도 남을 거야."

내 얼굴을 본 영호가 한숨을 내쉬었다.

"어처구니없다는 표정이네. 광대로 살기가 얼마나 비참한지 알아? 산대도감 일만으로는 먹고살 수 없어. 그래서 몇 푼이라도 더 벌기 위해 할 수 있을 때 마을에서 공연을 하는 거야. 내가 재미있는 이야기를 찾아서 공연만 할 수 있으면… 아까도 말했듯이 재미있는 이야기 하나로 우리 패 전체가 몇 달을 살 수 있어."

"내 이야기라…."

나는 이제 곧 넘어갈 담장을 긴장된 눈으로 쳐다보았다. 시간이 바닥나고 있었다. 낮게 뻗은 나뭇가지에 장옷을 걸었다.

"지금 가야 돼."

"그럼, 그럼."

영호가 손을 흔들었다.

"너 홍등 주막에 있잖아. 조만간 찾아갈 테니까 이야기 하나 갚으라고."

내가 싫다고 할 새도 없이 영호가 내 손목을 만졌다.

"기억해. 일단 안에 들어가면 절대로 서두르지 마. 산처럼 움직여. 소리 없이 조심스럽게."

그러더니 영호가 경비병들을 향해 달려갔다.

"살인자가 나타났다! 또 시작이라고요. 빨리 와요, 도망치기 전에!"

경비들이 순간 망설이다 영호에게 거기 서라고 소리치며 쫓아가자 나와 담장만 남았다.

드디어 이 순간이 왔다. 우리 언니를 다시 볼 수도 있을 순간.

영호의 말이 다시 떠올랐다. 언니를 정말 사랑하나 보다.

한때는 부유한 삶이 내 인생에서 가장 큰 소망이라고 생각한 적 있었다. 하지만 수연 언니가 사라지며 과거의 삶으로 돌아가 저택 안에 안전하게 틀어박히고 싶다는 환상은 어둠에 잠겼다. 언니의 부재는 나를 힘줄까지 다 벗겨 내고 내게 진실을 마주하라 강요했다. 나는 언니를 사랑했다. 부모님을 향한 사랑으로 슬픔과 절망에 몸져누웠듯이, 몇 날 며칠 괴로움으로 밤잠을 이루지 못했듯이. 지금은 그 어느 때보다도 언니를 향한 사랑이 나를 두렵게 했다. 누군가를 사랑하면 필연적으로 따라오는 고통을 견딜 수 없어 두려웠다.

나는 목걸이에 걸린 어머니의 가락지를 만지며 용기를 끄집어내고 점점 커지는 공포심을 달랬다.

"언니를 집으로 데려갈게요, 어머니."

담장에서 가장 낮은 지점으로 전속력을 다해 달려가 펄쩍 뛰었다. 검은 기와를 붙잡아 더 높이 도약하고 힘겹게 내 몸을 끌어올렸다. 어깨가 타는 듯이 아프고 피딱지가 앉은 상처가 찢어지려 했다. 하지만 어떻게 다리 하나를 담장 위에 거는 데 성공했다. 반대쪽에 착지하는 순간, 언니의 기억이 나를 따라 들어왔다.

어머니가 말하기를, 내가 아기일 적 언니는 내가 누워 있는 두꺼운 이불 옆에 앉아 고사리 같은 손을 콩닥콩닥 뛰는 내 심장에 올려놓았다고 한다. 그리고 나는 언니를 평생 내 곁에 붙여 두려는 듯 통통한 팔다리로 언니의 손목을 감쌌다고 한다.

어린 시절에는 언니를 졸졸 따라다니며 언니가 하는 모든 행동을 관찰하고 흉내 냈다. 나는 어머니의 바람보다 너무 빠르게 기고 걷는 법을 배웠는데 언니를 따라가겠다는 의지 때문이었다. 내 눈에 언니는 이 꽃, 저 꽃을 팔랑팔랑 날아다니는 나비와도 같았다. 나는 오동통한 손으로 언니가 가진 모든 것을 쥐었다. 언니가 입는 옷들은 세상에서 제일 예뻐 보였다. 언니의 머리 장식은 반짝이는 햇빛의 파도를 타듯 반짝였다. 더 커서는 언니의 웃는 모습도 따라 했다. 입을 꾹 다물고 눈가에 주름이 잡힌 채 상체를 들썩이며 웃는 모습 말이다. 나도 교양 넘치고 영리한 우리 언니처럼 말하고 생각할 수 있지 않을까 기대하며 책도 더 많이 읽어 보려 했다.

그러다 어른이 되었다.

"집중해."

어지러운 기억을 밀어내며 내가 속삭였다.

"집중해야 돼."

성균관 내부는 고요했다. 산에서 내려온 안개가 마당으로 퍼져 처마 아래 고였다. 나는 안개에 둥둥 떠서 움직이듯 비복청이라 적힌 건물에 들어갔다. 시야가 온통 흐릿했지만 다리를 빠르게 움직이고 손을 여기저기 마구 더듬어 궤짝 안에서 깔끔하게 접힌 여분의 옷을 여러 벌 발견했다. 잽싸게 청록색 저고리와 남색 치마를 걸쳤다. 옷이 헐렁해 원래 입고 있던 옷 위에 덧입어도 몸에 끼지 않았다. 다시 밖으로 나왔다.

일부러 차분하게 걸으며 영호가 알려 준 대로 양쪽의 대문을 침착하게 통과했다. 경비병들 앞을 지났지만 평범한 하녀의 모습을 한 내게는 눈길도 주지 않았다. 중앙의 안뜰로 들어선 나는 그대로 얼어붙었다.

무수한 여자들이 넓은 공간을 가득 채웠다. 수백 명이 한가운데에서 악기를 연주하고 긴 소매를 나부끼며 춤을 추고 있었다. 줄지어 늘어선 여자들도 수백 명이었다. 왕은 연회석에 앉아 여자들을 내려다보았다. 고개를 좌우로 흔들며 술에 취해 입꼬리를 올려 씩 웃었다. 이 여자들을 내가 다 정복했지. 흡족한 표정은 그렇게 속삭이는 듯했다. 저들의 뼈를 씹어 재로 만들었다.

나는 기둥 뒤에 숨어 움직이며 한 명, 한 명 얼굴을 살폈다. 낯익은 사람이 없었다. 그리고 다 똑같아 보였다. 전부 하얗게 분을 발랐고 버드나무 잎처럼 눈썹을 그렸고 복숭아꽃 색으로 입술을 칠했고… 눈은 새까맣고 공허했다. 개성도, 영혼도 없이 전부 쌍둥이처럼 빚어 만든 조각상이 떠올랐다.

제발 여기 있는 게 아니어라. 나는 기도했다.

이 여자들을 하나씩 뜯어볼수록 누가 누구인지 구분하기 힘들었다. 나도 모르게 언니를 지나쳤을 수도 있지 않을까…. 그때 휘날리는 머리카락이 번쩍이며 내 시야에 걸렸다.

본능적으로 뒤를 돌아본 나는 관자놀이에 익숙한 점이 있는 키가 큰 여자를 발견했다. 양팔을 옆에 축 늘어뜨리고 바닥만 보고 있는 여자의 눈에는 한 번도 보지 못한 눈빛이 있었다. 절벽 가장자리에 매달려 두려운 가운데, 손가락이 하나씩 미끄러져 떨어지자 의지까지 잃어 가는 소녀의 눈빛이었다. 아무도 찾으러 오지 않을 것이라 믿는 눈빛. 자기는 혼자라는 눈빛이었다.

우리 언니. 수연이다.

나는 줄지어 서 있는 여자들 뒤로 가서 손을 떨며 작은 돌멩이 하나를 주워 언니 쪽으로 팅겼다.

아무 반응이 없었다.

돌을 하나 더 던졌다.

언니가 천천히 고개를 돌렸다. 목덜미에 손 모양의 멍이 있었다.

어떻게…

어떻게 감히…

가슴에서 불이 들끓었다. 우리 언니는 누구보다 귀하게 자란 딸, 한 번도 맞거나 꼬집힌 적도 없는 딸이었다. 그런데 이제 폭력으로 멍이 들었다. 나는 벌벌 떨리는 손으로 언니에게 이쪽으로 오라고 은밀히 손짓했다. 눈이 마주친 순간 언니의 눈에 나를 알아보는 빛이 스쳤지만 곧 얼굴이 창백하게 굳더니 겁에 질린 표정으로 변했다.

언니! 비명을 지르고 싶었다. 나 왔어!

언니가 손짓했다. 작지만 거친 동작으로 손을 휘저었다. 가!

무모한 짓이었지만 그림자에서 나와 언니 앞에 고개를 숙였다.

"아씨를 모셔 오라는 지시를 받았습니다."

내가 애매하게 말했다. 기녀들은 나를 두 번 쳐다보지도 않았고, 천 명이 넘는 여자들 중 언니 하나 잠깐 사라졌다고 눈치챌 사람은 없을 터였다.

"이쪽으로 오시지요."

내가 속삭이며 언니의 팔을 세게 잡아당겨 내가 있던 곳으로 데리고 왔다. 처음에는 저항하던 언니도 시든 꽃처럼 내게 이끌렸다. 딱히 따라오는 것도 아니고, 나를 밀어내는 것도 아니었다. 중문에 도착했을 때 나를 통과시키리라 예상한 것과 달리 경비병이 우리를 막아 세웠다.

"이 기녀는 어디로 가는 거요?"

그의 목소리는 쩌렁쩌렁했다.

내가 머뭇거렸다.

"어디로 가느냐면…."

이런 상황은 내 계획에 없었다.

"변소입니다."

언니가 속삭였다.

"제발, 배가 아파요."

우리는 다음 문에서도 같은 핑계를 댔고, 나는 마당을 재빨리 가로질러 언니를 비복청까지 끌고 갔다. 도착한 곳에서 언니는 말없이 서 있기만 했다. 몸의 반이 그림자에 덮인 모습이 남처럼 낯설게 느껴졌다.

"여기서 뭐 하는 거야?"

속삭이는 목소리도 평소와 달랐다. 더 차갑고 냉정했다.

"너 미쳤어?"

"왜 왔을 것 같아? 언니 보러 왔지."

"집으로 가. 다시는 나를 찾지 말고."

"그게 무슨 말이야?"

내가 외쳤다.

"나는 집에 안 돌아가."

"언니 어떻게 된 거 아냐? 내가 언니를 여기 두고 갈 것 같아?"

주위에 침묵이 내려앉았고 애타는 질문은 갑자기 우스꽝스럽게 느껴졌다.

"내가 무슨 수로 기대했겠니?"

언니가 굳은 얼굴로 되물었다.

"2년 동안 한 집에 살면서 내가 얼마나 외로웠는지 알기나 해?"

"미안해."

목소리가 갈라지고 눈시울이 뜨거워졌다.

"내가 만 번이라도 사과할게. 일단 집에 돌아가면…."

"아니. 너는 나를 두고 떠날 수 있고, 그래야 해."

언니가 내 손을 뿌리쳤다. 그나마 남아 있던 핏기가 사라지자 목을 감싼 보라색 멍이 더 짙게 강조되었다. 게다가 언니 몸에서 신경에 거슬리는 향기도 풍겼다. 사향과 살의 땀 냄새, 지나치게 익은 과일이 어딘가에 눌린 단 냄새.

"지금 네가 같이 가자고 해도 나는 떠나지 않을 거야."

"왜 그러는 거야? 제발. 나 계획이 있…."

"듣고 싶지 않아."

"아니, 들어! 여기까지 얼마나 고생하며 왔는데 헛수고로 만들 수는 없어. 나는 범인을 찾을 거야. 임금님이 그토록 잡고 싶어 하는 살인자 말이야. 그 대신 언니를 돌려보내 달라고…."

"너는 그냥 평범한 계집애야. 어떤 짓을 해도 나를 집으로 데려가지 못해."

언니가 냉정하게 말했다.

"여기에는 집에 가고 싶지만 그럴 수 없는 여자가 천 명이 있어. 하지만 그게 우리 인생인 것을 어떡해. 우리는 능욕당하기 위해 태어났어."

언니의 시선이 너무나 먼 곳을 향하고 있었다. 점점 더 멀어져 내 앞에 서 있는 사람이 언니가 아닌 언니의 껍데기 같았다.

"괜찮아. 괜찮다고. 이게 우리 운명인 거야. 고통스러워도 침묵하고 견뎌야 해."

언니의 말들이 차가운 얼음덩어리처럼 내 속에 박혔다. 언니는 살아 있었지만 지금 내 앞에는 살해당한 여인이 서 있었다. 왕이 언니를 자기 여자로 만들며 심장에 칼을 박아 넣은 것처럼.

내가 손을 뻗었다.

"언니…."

언니가 움찔하고 피했다.

"가."

비복청 밖에서 발소리가 저벅저벅 들렸다.

"그만 가 봐."

언니의 껍데기가 속삭였다.

"최익준 당숙을 찾아가. 우리 친삼촌은 아니지만 아버지와 친형제보다 가까운 사이셨어. 궁에서 나를 알아보고 할머니한테 편지를 보낼 수 있게 도와준 것도 그분이야. 네가 집으로 돌아갈 방법을 찾아주실 거야. 네가 꿈꾸던 혼인을 하게 될 수도 있겠네. 너는 아직 네가 원하던 삶을 되찾을 수 있어. 네가 부르기만 하면 달려오는 하인 백 명을 거느리고 말이야."

발소리가 삐걱거리는 소리를 내며 복도를 지나 우리 쪽으로 다가오고 있었다.

"언니."

내가 애원했다.

"약속하기 전까지는 못 떠나. 살아만 있어…."

"황보연!"

언니는 화를 낼 때만 내 본명을 불렀다.

"네가 약속을 지킬 가능성이 있다고 해도 내가 원하지 않아."

언니가 나를 뒤쪽의 창문으로 밀치며 창문을 열었다.

"가, 어서. 죽으면 절대로 용서 못 해. 나는 잊어, 이슬아."

내가 창문 밖으로 떠밀려 흙바닥에 쿵 떨어지는 순간 문이 열렸다.

"뭐지?"

남자 목소리가 들렸다.

"아, 아무것도 아닙니다."

언니가 중얼거렸다.

"무슨 소리를 들었는데…."

소름 끼치는 비명이 울려 퍼졌다. 성균관 담장 밖에서 나는 소리였다.

"무슨 일입니까?"

언니가 속삭였다.

"또 한바탕 체포하고 있는 거지. 신경 쓸 것 없다. 급히 어디로 가던데… 왜 여기 있지?"

나는 배 속에 두려움이 똬리를 트는 것을 느끼며 창가에서 얼어붙었다. 방 안을 엿보았다. 관료 복장을 한 중년 남자였다. 왠지 구더기가 떠올랐다. 하얗고, 끈적거리는 게.

"안뜰로 안내하지."

남자가 말했다.

언니가 고개를 끄덕이고 서둘러 문으로 향했다. 하지만 언니가 밖으로 나가기도 전에 구더기가 언니의 허리를 붙잡았다. 머리카락을 옆으로 넘기고 몸을 숙여 속삭였다.

"우는 모습이 참 아름다워. 전하께서 너를 원하시는 것도 당연하지. 전하께서 네게 호의를 베풀어 주신 것을 영광으로 생각하도록 해."

언니는 허리를 꼿꼿이 펴고 턱을 치켜들어 그 어느 때보다도 완벽한 자세를 유지했다. 하지만 파르르 떨리는 손과 앙다문 턱이 보였다. 나는 언니가 느끼고 있을 감정을 알았다. 한恨, 분노, 잘못을 바로잡으려는 강한 복수심. 그런 감정들을 극심한 고통과 슬픔이 꿰뚫고 있었다. 우리가 정의를 바로 세울 수 있는 가능성이 지극히 낮다는 사실을 알기 때문이었다.

언니가 주먹을 쥐었고 구더기가 욕정 섞인 미소를 활짝 지었을 때는 언니의 이마에 땀이 맺혔다.

언니가 구더기와 나간 후에야 나도 주먹을 움켜쥐고 있었음을 깨달았다.

나는 피가 끓고 정신이 멍해진 상태로 담을 넘어 성균관에서 나왔다. 구더기의 눈을 파내고 싶었다. 비명이 들리는 곳에 사람들이 모여 있어 그쪽으로 달려갔다.

"제, 제, 제, 제발요!"

여자가 울부짖었다. 아까 그 여자의 목소리였다. 언니 또래로 보이는 여자는 땅바닥에 쓰러져 핏빛 옷을 입은 채홍사를 피해 허겁지겁 도망치고 있었다.

"집에 보내 주세요! 어머니 계시는 집에 가야 해요!"

그냥 지나칠 생각이었다. 늘 그러라고 배웠듯이. 어머니와 아버지는 우리 집 담장 밖에서 비명이 들려도 무시하라 가르쳤다. 부모님은 우리가 삶의 고통에서 벗어나 최대한 높은 곳으로 올라가기를 원했다. 그래서 우리 부모님의 주된 관심사는 혼인이었다. 혼인은 사랑으로 하는 것이 아니다. 어머니와 아버지는 항상 강조했다. 사랑은 너희를 지켜 줄 수 없단다, 딸들아. 하지만 강력한 가문은 가능해. 늘 힘 있는 사람들과 어울리도록 하거라. 우리 가문이 왕의 분노에 짓밟힐 위험이 있다는 사실을 알고 있었던 것이다.

하지만 골목으로 걸어가는데 날카로운 감각이 나를 깨웠다. 버려진 수레를 지나다가 삐져나온 나무 조각에 긁힌 손목에서 피가 흐르고 있었다.

이게 우리 운명인 거야. 언니의 무력한 말이 떠올랐다. 고통스러워도 침묵하고 견뎌야 해.

나는 돌아섰다. 군중 너머로 언니가 다시 보였다. 마치 언니가 땅바닥에 쓰러져 있는 것만 같았다. 목에 남은 보라색 멍, 남자들의 욕망 어린 눈빛이 덕지덕지 묻은 살결, 희망 없이 푹 꺼진 눈.

안에서 무언가 껍데기를 깼다.

나는 수레에 있던 나무 조각을 뜯어내 사람들이 모여 있는 곳으로 달려갔다. 밀치고, 밀치고, 또 밀치며 인간 벽을 뚫으니 붉은 옷의 관원이 나왔다. 놈은 몸부림치는 여자의 위에 거의 올라

탄 자세로 여자의 손목을 뒤로 꺾어 밧줄로 결박하고 있었다.

"보내 줘요."

내가 간신히 그 말을 뱉었다.

관원이 여자의 머리채를 쥐고 고개를 들게 했다.

너무 어지러워 똑바로 생각할 수 없었다.

"내버려두랬잖아, 이 더러운 돼지야!"

그가 고개를 돌렸다.

내가 있는 힘껏 팔을 휘둘렀다.

갈라진 나무가 살갗을 찢었다. 내 얼굴로 피가 튀었다.

나는 여자를 붙잡고 재빨리 일으켰다.

"뛰어!"

다시 뒤를 돌아 막대기를 들어 올렸다. 신음하는 관원이 고개를 들자 찢긴 뺨에서는 피가 줄줄 흐르고 있었다. 움직일 수 없었다. 숨이 쉬어지지 않았다.

"이년이!"

관원이 욕을 하며 칼을 뽑았다.

죽음을 앞에 두고 내가 움찔했다. 그 순간 구경꾼들이 앞으로 달려들며 폭동을 일으켰다. 농민들이 관원을 붙잡고 팔을 꺾었다. 다른 사람들은 돌멩이며 썩은 채소며 손에 잡히는 대로 집어 들고 던졌다. 나는 아까 그 여자를 찾아 주위를 둘러보았다. 도망친 모양이었다.

"도망쳐!"

광대 영호였다. 영호가 나를 앞으로 떠밀었다.

"최대한 멀리 가!"

내가 군중 밖으로 비틀거리며 나오자마자 누군가 내 손목을 붙잡았다.

상황이 너무나 빠르게 돌아가는 바람에 몇 가지 감각과 모습 밖에는 머리에 입력되지 않았다. 내 손목을 감싼 손은 굳은살로 딱딱했다. 우리는 빠르게 움직이며 사람들을 지나고 더 많은 사람들을 지나고 그보다 많은 사람들로 빽빽한 어둠과 좁은 골목을 통과했다. 그러다 사방이 고요해졌다.

"언니를 돕겠다면서."

익숙한 목소리가 들렸다.

"죽는다면 그게 어떻게 가능하지?"

눈을 깜박이자 상대의 얼굴이 선명해졌다. 주막에서 만난 검사 원식이었다. 우리는 아무도 없는, 상점 몇 개의 뒤쪽 벽으로 둘러싸인 작은 마당에 들어와 있었다. 바깥에서는 시장의 소음을 뚫고 포졸들의 호루라기 소리가 들렸다.

"순찰대가 한양 전체에 깔려 있소."

원식이 말을 이었다.

"더 오래 있으면 체포되어 재판도 받지 못하고 내일 처형될 거요."

내가 입을 열었지만 목소리가 나오지 않았다. 모든 것이 꿈만 같았다. 다시 입을 열고 마침내 물었다.

"왜 여기 계세요?"

"포도청 심문을 보려고 왔는데 성균관에 가면 낭자를 만날 수 있다고 율이 그러더군. 제대로 시선을 끌었어."

그러면서 내 팔에 부드러운 물건을 던졌다. 내 장옷이었다.

"근방에서 발견하고 알아보았다오."

"왜…?"

목소리가 또 나오지 않았다.

"왜 나를 찾아 다녀요?"

"낭자가 살아 있는지 확인해 달라고 율이 애원했으니까. 상처에 관해 들었소. 숲에서 사고를 당했다면서."

원식이 나를 유심히 쳐다보았고 내가 고개를 끄덕이자 말했다.

"활에 맞은 듯한 사고라던데. 율이 말로는."

"말했듯이 우연히…."

"누구에게 맞았소?"

가슴에서 불안감이 피어올랐다.

"아무도 아니었어요."

처음에는 진실을 밝히고 싶지 않아 얼버무렸다. 그러다 호기심이 생겼다. 원식은 무언가를 감추고 있었다.

"아니, 아무나가 아니라. 왕자였을 거예요. 하지만 너무 순식간에 일어난 일이었어요."

원식이 고개를 절레절레 저었다.

"숲과 왕자는 가까이하지 않는 게 좋지. 장옷을 쓰시오."

원식이 마침내 고개를 돌리고 걸어가 골목의 상황을 엿보았다.

"영원히 여기 숨어 있을 수는 없으니. 낭자의 봇짐도 찾았소."

"내 봇짐요?"

"주막으로 가져다주겠소."

숙면을 약속하는 산조인을 한시라도 빨리 손에 넣고 싶어 장옷을 급히 쓰던 내가 고통으로 얼굴을 찌푸렸다.

"안에 동전 주머니도 있었나요?"

율에게 정식으로 숙박비를 내고 싶어 물었다.

"아니. 털린 채로 발견되었소."

가슴이 철렁했다. 이제 내 손은 노동을 피하지 못했다.

"봤소?"

원식이 목소리를 낮추고 물었다.

"뭘요?"

내 말은 차갑고 날카롭게 나왔다.

"언니 말이오."

언니라는 말만 들어도 칼에 찔리는 기분이었다.

"네."

"왕에게서 언니를 되찾아 오는 일은 쉽지 않을 거요, 낭자. 친구들이 필요할 거야."

"친구를 사귀러 한양에 온 게 아니에요."

"늘 강하고 현명하고 용감한 사람이 될 수는 없소. 그래서 친구가 필요한 것이고. 친구라면 아무리 앞이 캄캄해져도 올바른 길로 이끌어 줄 거요."

"그런 친구는 존재하지 않아요."

내가 톡 쏘았다.

우리가 어려워졌을 때 언니와 나를 지켜 주는 친구는 한 명도 없었다. 언니 말처럼 가족은 고난이 닥쳐도 나를 버리지 않는다. 우리는 피로 묶여 있기 때문이다. 하지만 친구는 아니다. 의리를 지킬 이유가 어디 있는가? 친구들은 혼란 속에서 나를 떠났고, 나도 그들을 원망하지 않았다.

원식이 삿갓의 챙을 낮춰 쓰며 말을 이었다.

"그런 친구를 찾으면 우리는 친구를 위해 싸우고 친구도 우리를 위해 싸워 주지. 하지만 혼자서는 한양에서 살아남지 못해. 결국 패배나 죽음에 굴복할 것이고, 결단코 언니를 집으로 데려가지 못할 거요."

8
대현

태양이 궁궐 담장 너머로 모습을 감췄다. 전각의 지붕들은 하늘을 배경으로 검은 윤곽을 그렸고, 넓은 처마가 짙게 드리운 그림자가 정문으로 서둘러 걸어가는 대현을 집어삼켰다. 왕과의 독대를 무사히 끝낸 후, 지금까지 왕실 서고에서 과거의 반정에 관한 자료들을 읽고 있었다. 하지만 시간이 늦었다. 통금을 알리는 종이 울렸고 열 살 이상의 왕자는 왕세자를 제외하면 그 누구도 궁궐 안에 머물 수 없었다.

일렬로 늘어선 붉은색 기둥을 지날 때였다. 목구멍 깊숙한 곳에서 나오는 듯한 비명에 대현이 걸음을 멈췄다. 안뜰 저편에서 누군가가 다른 사람을 위협적으로 내려다보고 있었다. 미동조차 없는 남자를 구타하는 동안 붉은 곤룡포가 펄럭였고 등에 새겨진 용 문양이 등불에 금빛을 반사했다.

"왜 살리지 않은 것이냐?"

왕이 호령했다.

"너는 어의 아니냐! 감히 죽게 놔 둬?!"

왕이 검을 뽑았다. 겁에 질린 아랫사람들의 그림자가 전각 안으로 사라졌다. 대현은 고개를 돌렸다. 칼날이 살을 꿰뚫는 소리, 비명을 지르다 숨이 막혀 컥컥대는 소리가 섬뜩하게 밤공기에 퍼지자 그의 팔다리가 뻣뻣하게 굳었다. 담장 안에서 지금껏 수많은 사람이 죽었지만 대현은 매번 가슴을 도려내는 충격을 받았다.

"아, 아우야."

대현의 피가 차갑게 식었다. 즉시 뒷걸음치려 했지만 뒤에 벽이 있어 그러지 못했다. 왕이 그를 향해 달려오고 있었다. 왕이 대현의 얼굴을 감싸자 어의의 뜨끈한 피가 뺨을 적셨다.

"승평부부인이 죽었단다, 아우야."

"전하⋯."

두려움에 찬 목소리로 대현이 속삭였다.

"며칠 전만 해도 더없이 건강하지 않으셨습니까."

"내게 어머니와도 같은 승평부부인이 죽었다."

왕은 겨울에 떨어진 낙엽처럼 벌벌 떨었다.

"자결이라고 하지만 그분이 왜? 오늘 아침에도 그 아름다운 얼굴을 보았거늘. 나이 쉰에도 미모에 깜짝 놀라겠다는 말까지 했는데. 누군가 독살한 것이 분명하다."

"독살이라 하셨습니까?"

"어의가 찻잔에 가라앉은 수상한 가루를 발견했다."

왕이 팩 돌아서며 외쳤다.

"문 내관!"

허약하게 생긴 내관이 그림자에서 튀어나왔다. 창백한 얼굴에서는 땀이 뚝뚝 떨어졌다.

"구 도사는 어디 있느냐?"

왕이 버럭 외쳤다.

"찾아서 당장 오라고 하라. 부부인의 죽음을 수사할 것이니라. 범인을 내 손으로 찢어 죽이고 말 것이야!"

얼어붙은 채 서 있는 대현을 뒤로 하고 왕은 어둠 속으로 비틀거리며 사라졌고 내관도 서둘러 뒤를 따랐다. 대현은 뺨에서 목까지 피를 흘리며 한참이나 그 자리에 서 있었다.

"자가."

대현이 움찔했다. 소리를 찾아 헤매던 시선이 기둥 뒤에서 빼꼼 고개를 내민 젊은 여자를 발견했다. 무수리 지유였다. 대현은 궁궐 내에서 종종 지유에게 은밀한 심부름을 시키며 대가로 병든 어머니의 치료비를 지원해 주었다.

"자가!"

다리를 움직일 수 없었다.

지유가 주변을 살피더니 생쥐처럼 재빨리 그의 옆으로 다가왔다.

"아까 말씀드리고 싶었는데…."

뒤에서 바스락거리는 나뭇잎 소리에 지유가 화들짝 놀랐다. 나뭇가지에 앉아 있던 새 한 마리가 날개를 퍼덕이며 날아갔다. 지유는 몸을 떨며 말을 이었다.

"내금위 민혁진의 누이동생에게 이상한 부탁을 들었습니다."

대현의 목에서 목소리가 나오지 않았다. 그는 뻣뻣한 팔로 손수건을 꺼내 뺨이 다 까질 때까지 옆얼굴을 벅벅 문질러 닦았다.

"자, 자기 오라비에게 편지를 전해 달라는 부탁이었습니다. 약을 구해 달라는 편지로, 그, 그러지 못하면 부, 불충한 죄로 벌을 받을 것이라 했습니다. 외부의 약을 궐에 들여오는 것은 금지되어 있다고 경고했는데도 민혁진 님은 누이동생의 청을 들어주었습니다. 자가께서도 아셔야 할 것 같아서 말씀드립니다."

"내가 이런 얘기를 왜 알아야 하지?"

대현이 차갑게 대꾸했다.

"왜, 왜냐하면…."

지유가 눈을 깜박거리며 주위를 다시 한번 살폈다.

"손희 항아님이 승평부부인께 드린다고 오, 오라비에게 구해 달라고 한 약이 경포부자였기 때문입니다. 부부인께서 돌아가셨지 않습니까."

대현의 가슴이 조여 왔다. 경포부자라니… 자그마한 보라색 꽃은 약이 될 수도, 독이 될 수도 있었다. 제대로 쓰면 진통제가 되지만… 누군가를 은밀히 죽이고 싶은 사람에게는 치명적인 독이었다.

혁진은 대체 무슨 덫에 걸렸단 말인가?

9

이슬

이후 닷새 동안 나는 이부자리에서 거의 일어나지도 못하고 쓰러진 왕후라도 된 것처럼 지극정성으로 간호를 받았다. 한양에서 유능한 의원이 의녀와 같이 와서 나를 치료하고, 율에게 내 상처를 어떻게 관리해야 하는지 알려 주었다. 율은 매일 상처를 소독하고 깨끗한 붕대를 감아 주었다. 주막 손님들을 가족처럼 대한다는 율의 말은 진실이었다. 이렇듯 따뜻한 보살핌 덕분에 어깨의 통증은 눈에 띄게 좋아졌다. 그러다 엿새째 되던 날이었다. 이제 겨우 동이 트고, 공기 중에 촉촉한 향기를 퍼뜨리는 밤이슬이 나뭇잎에 반짝이며 매달려 있던 시각, 율이 나를 깨웠다.

"이만하면 오래 쉬었다. 이제 너도 밥값을 해야지."

율이 명랑하게 말했다.

율과 나는 짚을 짜서 만든 바구니와 호미를 들고 얕은 언덕의 숲으로 갔다. 헉헉대고 몸을 떠는 나와 달리 율은 가벼운 발걸음으로 언덕을 올랐다. 그러면서 민요를 부르는데 노랫소리가 가슴에서부터 터져 나오는 것만 같았다. 도착해서 함께 나무껍질을 벗기고 쑥 뿌리를 캐는 동안에도 율은 노래를 계속했다.

"이건 뭐에 쓰는 거야?"

내가 물었다.

율이 노래를 멈추고 대답했다.

"초근목피. 우리의 거칠고 초라한 식량이지. 이걸로도 허기가 채워지지는 않겠지만 다 같이 나눠 먹을 보리가 없으니까."

뾰족한 호미로 땅을 내리쳤다. 흙이 튀었다. 땅에서 질긴 뿌리를 뽑아내자 내 손톱에 흙이 끼었다.

"예전에는 나그네들이 재료를 밥값 대신 주면 밥을 차려 줬었지."

율이 혼잣말을 하는 듯한 목소리로 말했다. 이마의 땀을 닦으니 얼굴에 얼룩덜룩 흙이 묻었다.

"하지만 요새는 손님이 별로 없잖아. 왕의 사냥터 때문에 길이 끊겨서. 또 다들 가진 게 없어 물물 거래도 안 되고. 나라에서 내라는 건 얼마나 많은지. 왕이 전답들을 자기 땅으로 바꿔 놓고 사람들이 일 년 내내 키운 작물들을 빼앗아 가고 있다니까. 그래서 나물을 캐다 먹기 시작했지. 그런데 산나물에 영양가가 풍부하다는 말을 듣고 왕이 그것도 다 쓸어 갔어. 보리를 구할 수 있을 때까지는 이 땅에서 쓴 뿌리나 캐 먹고 살아야 하는 거야."

율이 초록색 쑥 다발을 바구니에 던져 넣었다.

"뱃병이 나고 변비가 생겨도."

내가 율의 말을 받아 속삭였다.

"죽지는 않을 테니까."

고된 노동에 어깨가 욱신거렸다. 나는 숨 돌릴 시간도 없이 일을 계속했다. 언니의 공허한 눈을 생각하느니 육체적 고통에 시달리는 편이 더 나았다. 하지만 이내 떠오른 기억이 내 발목을 붙잡고 과거로 깊이 끌고 들어갔다.

네 살. 나는 환한 햇살을 들이마시며 튼튼한 나뭇가지에 묶인 그네를 탔다. 언니가 그네를 밀어 주고 있었다. 우리 자매의 웃음소리가 여름 하늘에 울려 퍼졌다.

열 살. 그 무렵부터 언니와 멀어지기 시작했지만 언니는 나를 위해 늘 마지막 약과를 남겨 주었다.

열다섯 살. 언니는 나를 꽉 끌어안고 내가 부모님의 비명을 듣지 못하게 내 귀를 손으로 막았다.

몇 달 전, 열일곱 살 생일. 나는 할머니 집에 틀어박혀 자수를 놓으며 이 마을에 제대로 된 남편감이 없다고 한탄하고 있었다. 우리 가족이 비참한 삶에서 탈출할 길은 혼인뿐이라 굳게 믿었다. 봉선화 꽃잎을 으깨 손톱을 물들이며 시간을 낭비하곤 했다. 내 손에 더러운 것을 묻힐 수 없다고 고집을 부리며 매달 우리 생리대를 빠는 언니도 돕지 않았다. 언니는 추위에 떨며 돌아와 빨래한 천을 널고 동이 트기 전에 걷었고….

그 기억을 떠올리기만 해도 내 살갗을 벗겨 버리고 싶은 심정이었다.

율을 쳐다보았다. 오늘은 가체를 벗고 얼굴에 두꺼운 분과 붉은 입술연지도 칠하지 않아 평소와 달라 보였다. 간을 빼먹는 구

미호가 아니라 내가 친구라고도 할 수 있을 또래 소녀 같은 모습이었다.

"형제 있어?"

내가 물었다.

율은 손을 멈추지 않고 대답했다.

"남동생이 있었지. 나보다 한 살 어린."

있었다.

"지금은 왕의 사냥터가 된 경기도의 한 마을에 살았어."

"강제 퇴거를 당한 거야, 그럼…?"

"이모의 주막을 물려받고 최악의 상황은 끝났다고 생각했어. 하지만 최악 다음에 또 최악이 있잖아?"

밝은 목소리가 오히려 듣기 괴로웠다.

"동생이 집으로 돌아갔어. 어머니 묘가 거기 있었거든. 무덤을 파서 다른 곳으로 이장할 결심이었지만… 성공하지 못했지. 동생을 찾으러 간 아버지도 마찬가지였고. 둘 다 잡혀서 처형당했을 거야."

그러면서 땅을 내리쳤을 때 율의 손에 들린 호미는 치명적인 무기로 보였다. 율이 공허한 웃음을 내뱉었다.

"그래도 이제는 잔소리할 사람이 없으니까. 나만 보면 혼인을 하라고 성화여서 귀가 얼마나 따가웠는지 몰라."

율이 미소를 지었지만 목소리는 떨렸다.

"아침마다 나한테 젓가락을 흔들면서 말이야… 이 세상에 나 혼자 남은 모습을 보기 싫다고 했어. 하지만 나는 혼자가 아닌

걸. 혼자였던 적 없어. 내게는 주막과 원식 삼촌이 있으니까."

함께 바구니를 채우는 동안 나는 말없이 율을 관찰했다. 똑같이 활짝 웃고 있지만 전처럼 미소가 밝아 보이지 않았다.

"야."

율이 내 옆구리를 찔러 다시 돌아보았다. 율이 꽃을 꺾어 내밀었다.

"인동초야. 이렇게 꿀을 마시면 돼."

나는 율이 노란 꽃의 뒷부분을 빨아 먹는 모습을 지켜보았다. 예전의 나라면 더럽다고 꽃을 쳐냈을 것이다. 하지만 배가 고파 죽을 지경이었고, 식사 시간이 돼도 형편없는 밥밖에 먹지 못한다는 사실을 알았다. 나도 인동초를 꺾어 율을 따라 했다. 달콤한 꽃향기와 꿀향이 입에 퍼지자 기분이 좋아졌다.

"나는 이러고 자랐어."

율이 말했다.

"동생이랑 여름이면 우리 집 뒤에서 매일 꽃을 빨아 먹었지. 배가 고팠거든."

발밑에 열 송이도 넘는 인동초를 떨어뜨린 후 나는 입술을 핥고 새로운 꽃에 손을 뻗었다.

"때로는 말이야."

율이 몇 송이를 더 꺾어 내 바구니에 던지며 말했다.

"약간의 달콤함이 영혼에 기쁨을 주기도 해."

나는 홍등 주막의 손님들을 위해 식사를 준비하는 율을 도왔다. 투숙객은 세 아이의 엄마, 언제나 장기판을 들고 다니는 군인 출신 노인, 가난하지만 콧대 높은 선비를 비롯해 총 열 명이었다. 이들은 하나같이 투덜이에 참견쟁이인 대가족처럼 대화하고 티격태격했다. 나는 이 사람들을 유심히 지켜보며 풀뿌리와 나무껍질을 끓인 국을 먹었지만 사실은 다른 음식을 먹고 있는 상상을 했다. 쌉쌀하고 질긴 건더기를 씹을 때마다 몽글몽글한 흰 쌀밥의 기억을 혀에 심었다. 진하고 뽀얀 곰국을 숟가락으로 떠먹고 있다고, 매콤하고 아삭아삭한 장아찌의 맛을 느끼고 있다고, 대추로 단맛을 낸 전약이 입에서 사르르 녹고 있다고. 상상이 통하지 않자 마당 구석에서 흘러나오는 대화를 엿듣는 데 정신을 집중했다.

"지금까지 알려진 사실은 이거야."

나무 장기판을 펼치고 원식이 말을 움직이기를 기다리며 노병이 말했다.

"첫 번째 피해자는 고관 임 씨였지. 무거운 것으로 맞아 머리가 움푹 파인 채로 골목에서 발견되었어."

구경하러 장기판 주위에 모여든 사람들 중 하나가 흥분해서 지껄였다.

"내 생각에 범인은 대장장이야. 망치로 머리를 깬 거지. 퐁돌이일지도 몰라. 일하는 걸 봤는데 짐승 같더라고."

"아이고, 아이고, 퐁돌이 아들이 아저씨 딸하고 정분이 났다고 살인자로 만들게?"

두 번째 구경꾼이 손가락을 흔들었다.

"말조심해요, 영감님. 상을 받고 싶은 마음이야 다 똑같지만 죄 없는 사람 목숨을 함부로 내걸면 안 되지."

"퐁돌이한테 죄가 없다고 누가 그래…?"

주변에서 불평과 조롱이 터져 나왔다.

노병이 말을 이었다.

"임 씨가 발견됐을 때도 옆에 꽃이 있었어. 옷에 피가 묻어 있었지만 혈서 같은 건 없었지. 무명화가 피로 글씨를 써서 왕의 잘못들을 나열하기 시작한 것은 두 번째 피해자부터야."

나는 조용히 비웃으며 밥을 한 입 더 떠먹고 거친 뿌리를 질겅질겅 씹었다. 왕의 죄를 전부 나열하려면 범인은 살인을 얼마나 더 많이 해야 할까.

"열두 번째 피해자가 백 도령."

노병이 중얼거렸다.

"왕의 측근의 아들이지. 손에 꽃이 들려 있었어. 하지만 이번에 범인은 왕의 죄를 피로 쓰는 대신 편지를 남겼어. 피해자를 말린 생선 같은 꼴이 될 때까지 굶기다 살해했고. 이거 다 의금부에서 공개 심문을 할 때 들은 이야기…."

원식이 고갯짓을 했다.

"영감님 차례예요."

노병은 몸을 숙이고 장기판을 신중하게 살폈고 구경꾼들도 담배 연기를 내뿜으며 목을 빼고 훈수를 두었다.

나는 다시 식사에 집중하며 방금 얻은 정보들을 검토했다. 첫 번째 피해자는 두개골이 깨져 사망했다. 열두 번째 피해자는 아

114

사 직전에 살해되었다. 고개를 숙여 손으로 머리를 감쌌다. 얼마나 혹사했는지 뇌가 쑤실 지경이었다.

"잠실 사는 여자를 만나러 간다며."

노병이 말했다.

"수사와 관련이 있나?"

구경꾼들이 호기심 어린 눈으로 원식을 돌아보았다. 나도 마찬가지였다. 잠실이라… 생각이 날 듯 말 듯 했다. 전에 이 마을 이름을 들어 본 적 있었다.

"오덕이라는 여자? 그 여자 남편이 백 도령을 모시고 가다 죽었다며…."

"내금위 청년이랑 같이 가는 거유? 민혁진?"

구경꾼이 끼어들었다.

"다들 잘생긴 그 청년 얘기야. 사냥 실력이 좋다고 전하께서 칭찬하셨대. 우리 딸 말로는. 우리 딸들 다 그 청년 얘기밖에 안 한다니까. 사냥 행렬이 지나갈 때 말을 타고 가는 모습을 보려고 난리들을 피우고. 언젠가는 전하께서 호위 무사로 승진시킬 거라더만."

원식이 지친 듯 한숨을 내쉬었다.

"설마 그런 날이 오겠습니까."

"삼촌!"

율이 외쳤다.

"항아리 몇 개 좀 옮겨 줄 수 있어요?"

원식이 자리를 뜨고 구경꾼이 원식의 자리에 대신 앉았다. 나는 움직일 수 없었다. 머리 한구석에서 생각들이 깜박였지만 간 밤에 잠을 자지 못해 사고가 정지된 상태였다. 더 강하게 집중한 후에야 마침내 기억이 떠올랐다.

낭자는 칼에 찔렸다면 어떤 장소를 찾겠소? 열두 번째 피해자와 동행하다 겨우 잠실까지 도망쳤던 하인의 죽음에 관해 이야기 하며 원식이 내게 물었다.

믿을 수 있는 사람에게 갈 거예요. 나를 해치지 않을 사람요. 나는 그렇게 대답했다.

목격자 하인은 아내에게 달려갔다.

그녀라면 해답을 알고 있을 것이다.

나는 사람들로 꽉 찬 배에 몰래 탔다. 강을 건너는 내내 강물 이 어찌나 햇빛으로 환히 반짝이던지 잠실에 도착했을 즈음에 는 머리가 지끈거렸다. 갈대가 자욱하게 피어난 강변을 따라 빨 래하는 아낙네들이 돌 위에 쭈그리고 앉아 더러워진 옷을 빨고 있었다. 오덕이라는 여인에 대해 묻자 마을 사람들은 내게 이곳 으로 가 보라 했다.

언니의 꾸중이 귓가에 들리는 듯했다. 원식 아저씨를 기다렸어 야지. 너 지금 뭘 해야 하는지 전혀 모르잖아.

그래, 나는 아무것도 몰랐다. 하지만 원식을 믿을 수는 없었 다. 오덕이 누구인지 알면서도 정보를 숨기다니. 나도 범인을 찾 는 걸 알면서도 말이다. 이 여자에게 수집한 정보가 뭔지 모르지 만 원식이 내게 알려 주리라는 보장이 없었다.

"실례합니다. 오덕이라는 분을 찾고 있는데요."

빨래 중이던 아낙이 저쪽 강둑에서 다른 사람들과 뚝 떨어져 홀로 빨래하는 여자를 가리켰다. 그쪽으로 다가가자 낯익은 느낌에 나는 깜짝 놀랐다. 길쭉한 얼굴, 톡 튀어나온 광대, 코의 형태까지 수연 언니와 닮아 있었다. 가까이 가니 멀리서 볼 때만큼 닮아 보이지는 않았지만 비슷하다는 느낌은 사라지지 않았다. 여자 옆에 쪼그려 앉자 꼭 언니 옆에 앉아 있는 기분이 들었다.

"뭐야."

여자가 사납게 말했다.

꼭 언니가 했을 법한 말이었다. 구경만 하러 왔어? 언니는 이렇게 덧붙였을 것이다. 아니면 도와주러 온 거야?

예전의 나는 벌떡 일어나 통명스럽게 중얼거리며 자리를 떴을 것이다. 하지만 지금은 그 자리에 서서 오덕이 굳은살 박힌 손을 강물에 넣는 모습을 보며 후회의 물결 속으로 끌려가는 듯한 서글픔을 느꼈다. 수없이 많은 날 밤 남몰래 빨래를 하기 위해 빨랫감을 들고 밖으로 나갔던 언니를 따라가지 않은 것을 진심으로 후회했다. 둘 다 얼음장 같은 강물에 빨개진 손을 떨며 함께 집으로 돌아왔어야 했다. 그렇게 고통을 나눴다면 고통도 좋은 추억이 될 수 있었을 텐데.

"도와드릴게요."

내가 어색하게 말했다.

오덕이 나를 쳐다보았다.

"원하는 게 뭐야?"

"우리 언니가 생각나서 그래요."

오덕이 놀라서 눈을 크게 떴다. 그러면서도 빨래 바구니를 내 쪽으로 밀었다.

"도와준다면 나야 좋지. 내 등골을 부러뜨릴 옷이 하나 줄었네."

나는 옷을 꺼내 물에 담그고 어설프게 헹구기 시작했다.

"아가씨 빨래할 줄 모르지."

오덕이 나를 빤히 쳐다보며 말했다.

"버릇없이 커서요."

내가 설명했다.

"애지중지 큰 거지. 누가 자기 손과 허리를 희생해서…."

뜻밖에도 여자의 눈에 눈물이 고였다.

"내가 왜 그 인간을 위해 희생했지?"

목이 메는 목소리로 속삭였다. 오덕은 고개를 젓고 내게 그만 가 보라 손짓하더니 근처의 통나무로 가서 앉았다. 나도 옆에 앉았다. 우리는 한참이나 말없이 앉아 있었다.

"저도 부모님이 다 돌아가셔서 얼마나 아프실지 이해해요."

내가 나를 보고 얼굴을 찌푸리는 오덕에게 속삭였다.

"얘기 들었어요. 남편분 일요."

오덕이 다시 눈을 내리깔았다.

"저희 부모님도 살해되셨어요."

내가 덧붙였다.

"하지만 그 범인은 절대 잡히지 않을 거예요. 하지만 아주머니 남편을 죽인 범인은 잡혀서 벌을 받았으면 좋겠어요."

오덕이 코웃음을 쳤다.

"나는 범인 놈에게 고마울 뿐이야."

"고맙다고요?"

"나한테 괴물이었거든. 우리 남편."

숨소리가 빨라지고 먼 곳을 바라보는 듯 눈이 멍해졌다. 흐릿해진 기억을 응시하는 것일까.

"괴물이 괴물한테 죽은 거야."

캐묻고 싶지 않았지만 어쩔 수 없었다.

"보셨어요? 돌아가시기 전에?"

"봤지."

오덕이 잠시 뜸을 들이다 말했다.

"지나가던 사람이 쓰러진 남편을 발견하고 나한테 연락을 해서… 내가 이 얘기를 왜 아가씨한테 하고 있지?"

"남편분이 뭐라고 하셨어요?"

내가 정중하게 물었다.

오덕은 앞만 바라보며 이마를 문지르고 혼잣말로 중얼거렸다.

"뜻을 알 수 없는 얘기였어."

나는 잠자코 기다렸다. 굳은 자세로 오래 앉아 있으니 등이 쑤시기 시작했다.

"혹시요."

내가 조심스럽게 말을 꺼냈다.

"제가 도울 수 있지 않을까요? 남편분 말을 알려 주시면요. 무슨 뜻인지 알고 싶잖아요. 어쨌거나 마지막으로 남긴 말이니까….”

내 말을 못 들었나? 잠시 의문이 들었지만 오덕이 속삭였다.

“‘긴 그림자, 반은 사람이고, 반은 늑대야.’ 그렇게 말했어. 헛것을 보고 있었던 거지.”

저벅저벅 자갈을 밟는 소리에 내가 깜짝 놀라 돌아보았다. 원식이 도착해 있었다.

“잠깐만요.”

내가 속삭이고 원식에게 달려갔다.

“여기서 뭐 하는 거예요?”

내가 따져 물었다.

원식은 팔짱을 끼고 나를 쳐다보았다.

“조사를 마저 하러 왔지… 뭐, 낭자도 같은 이유로 이곳에 온 것 같군.”

자기 수사를 망친다고 원식이 나를 꾸짖으리라 생각했다. 하지만 원식의 입꼬리가 실룩였다. 즐겁다는 의미였다.

“뭐 알아낸 것 있소?”

나를 놀리고 있었다. 내가 무능하다고 생각했다.

“반은 인간이고, 반은 늑대였대요.”

내가 불쑥 말했다.

“뭐라고 했소?”

“저 아주머니가 그랬어요.”

귀중한 증거를 알려 주는 셈이었지만, 아무리 귀중한 증거도 이해하지 못하면 의미가 없었다. 원식은 뭐라도 알고 있지 않

120

을까?

"남편이 죽어가면서 그런 말을 했대요. 범인을 가리키는 말이 었을 거예요."

원식이 허리를 똑바로 펴고 섰다. 가벼운 태도는 사라지고 내 말을 신중하게 검토하는 듯 보였다.

"털을 쓰고 있었던 걸까요?"

내가 물었다.

"아니면 늑대 가면? 그렇지 않으면 인간이 반 늑대로 보일 리 없잖아요?"

"피해자의 아내가 말했다고?"

"네. 아저씨도 알고 있었어요?"

원식이 불편한 표정으로 헛기침을 했다.

"아니, 내게는 아무 말도 하지 않았소. 어떻게 마음을 열게 한 거요? 무슨… 무슨 전략을 써서?"

"저는 대화하는 법을 알거든요."

내가 말하며 깃털 같은 갈대와 한강 너머에 있는 한양을 쳐다 보았다. 오늘 해야 할 임무가 하나 더 남아 있었다.

"이제 가서 편하게 질문하세요. 아저씨는 반 늑대라는 말이 무 슨 뜻인지 알아낼 수 있을 거예요."

"추가로 질문할 필요는 없소. 저 여인은 남편이 무슨 뜻으로 그런 말을 했는지 모를 테니."

원식이 말했다. 내가 준 정보로 만족하는 눈치였다. 정말로 중 요한 단서였나? 내가 더 캐묻기 전에 원식이 물었다.

"주막으로 돌아갈 거요? 내가 바래다줄⋯."

"가족을 만나러 한양으로 갈 거예요."

실제로 숙부를 찾아가 볼 계획이었다. 숙부라면 내게 도움이 되지 않을까 하는 기대도 있었다. 내 머리 하나에만 의지하면 범인을 찾는 데 몇 년이 걸릴 터였다. 언니에게는 몇 년이라는 시간이 허락되지 않았다.

"최익준 대감이라고 아세요?"

원식이 숱 많은 눈썹을 찌푸렸다.

"최 대감을 찾고 있다고? 왜?"

"그런 분을 안다는 거예요, 모른다는 거예요?"

내가 날카롭게 물었다.

"당연히 알지. 용산 근방에서 군납품을 관리하는 관청을 이끄는 분 아니오. 하지만 북쪽 지구에 있는 자택을 자주 왔다 갔다 하는 것으로 알고 있소. 가족이 한양에 살고 있어서."

"북쪽 지구⋯ 정확히 어디예요?"

원식이 한층 더 얼굴을 찡그렸다.

"안 되오."

"안 된다고요?"

"오늘은 한양에 가지 마시오. 낭자가 한 행동으로 곳곳에 얼굴 그림이 붙었을 텐데, 현상금을 노리고 눈에 불을 켜는 이들이 있단 말이오."

내 고집을 감지한 듯 원식은 잔소리를 멈추지 않았다.

"낭자가 공격한 관원은 제 손으로 복수를 하려 들 거요. 그런 부류를 알지. 채홍사 소속 관원들은 하나같이 극악무도한 놈들이오. 사소한 잘못도 벌하지 않고는 못 배기는데 일개 처녀가 자기 동료를 공격했다면 말할 것도 없겠지."

나는 원식을 무시하고 부두에 늘어선 배들을 향해 걸어갔다.

"강 반대쪽으로 태워 주실 수 있을까요?"

느긋하게 담배를 피우고 있는 뱃사공 한 명에게 다가가 내가 물었다. 그가 고개를 끄덕여 배에 올라탔다. 발밑에서 배가 흔들려 나는 균형을 잃지 않으려 양팔을 벌렸다.

뱃사공의 입에서 연기가 피어올랐다.

"뱃삯은?"

"도착하면 드릴…."

원식이 밧줄을 잡고 배를 멈춰 세웠다. 뱃사공은 그러거나 말거나 투덜대며 노를 저으려 했지만 원식이 도포를 젖히고 칼을 보였다.

"이 아가씨는 사기꾼이오."

원식의 말에 내 눈이 휘둥그레졌다.

"땡전 한 푼도 가지고 있지 않소. 반대편까지 노를 젓게 한 다음 달아날 거요."

뱃사공이 담배를 빨고 나보고 배에서 내리라 턱으로 지시했다.

"안 그러면 밀어 버릴 줄 알아."

한마디 덧붙이기까지 했다.

나는 욕을 하고 발을 쿵쿵 구르며 배에서 내려 원식을 지나쳤다. 반대쪽까지 태워 줄 다른 사람을 찾거나 사람들로 북적이는 배에 몰래 타면 되지.

원식이 몇 걸음 만에 나를 따라잡았다.

"생각 없이 뛰어드는 버릇 좀 고치시오. 때로는 시간을 들여 전략을 짜는 법을 배워야 하오. 이러다가는 죽고 말 거요."

"다른 식으로는 할 줄 몰라요."

"정말 진지한 거요? 범인을 찾는 데?"

"네."

"내게 가르침을 받을 정도로 진지하오?"

내 걸음이 느려졌다.

"뭐라고요?"

"다시는 성균관에 침입하는 어리석은 결정을 반복하지 않을 거요?"

"살아 나왔잖아요."

원식이 콧대를 쥐었다.

"순전히 운이었지."

그러다 지친 듯 덧붙였다.

"그리고 다음부터는 범죄 현장에서 아무것도 가져가지 말고…."

내가 걸음을 멈추고 원식을 노려보았다.

"내가 뭘 가져갔다는 거예요, 아저씨."

원식이 꿍하게 말했다.

"낭자가 현장을 살피는 모습을 봤소. 구슬 두 개 중 하나를 가져가던데. 수사 경험 하나 없으면서 말이야. 증거를 훼손하면 범인을 찾는 게 더 어려워질 뿐이오. 그렇게 되면 범인은 더 많은 사람을 죽일 테고."

내가 어깨를 으쓱했다.

"마음대로 하라고 해요. 이 나라 사람들 반을 죽여도 나는 슬프지 않으니까."

진심이었다. 조선은 다 타 버려도 상관없었다. 나는 언니와 다시 만나기를 바랄 뿐이었다. 그러다 멈칫했다. 내 생각들이 원식의 말에 초점을 맞추었다.

"그 구슬들이 증거예요?"

"언니를 집으로 데려가겠다고 멋대로 서두르다 다른 사람들에 피해를 입히지 마시오. 다시는 진실을 짓밟거나 숨기지도 말고. 장담하는데 범인은 다시 살인을 저지를 것이고, 언젠가는 피해자를 살릴 수 있었다고 후회하는 날이 올지도 모르오."

"구슬들이 증거냐고요?"

내가 한 음절, 한 음절 강조하며 다시 질문했다.

"아는 대로 말해 줘요, 아저씨."

원식이 걸음을 멈추고 마지막으로 한 번 더 나를 쳐다보았다. 그의 눈에 어떻게 보일지 상상이 됐다. 늑대로 가득한 나라에 홀로 서 있는 들고양이처럼 작은 계집애. 원식의 입에서 무거운 한숨이 터져 나왔다.

"스스로 물어보시오. 그게 어쩌다 피해자의 손에 들어갔을까? 그 남자는 어째서 죽어가면서도 구슬 따위를 움켜쥐었을 것 같소? 답은 아주 간단하오."

짜증이 일었다.

"말해 달라고요, 아저씨. 어디 있던 구슬이에요?"

"유추를 해 보시오."

나는 화가 나서 입을 꾹 다물었다.

"가만히 주위를 둘러보시오."

원식이 계속 말했다.

"사소한 것들을 놓치지 말고 눈에 담아야 하오. 매일 무엇이 바뀌었는지 살피고 전에 어떤 모습이었는지 기억하기를 바라오. 이 연습을 하면 기억력과 분석력이 좋아질 거요."

원식이 허리를 굽혀 돌멩이 하나를 집어 들더니 내게 던졌다. 간신히 돌을 받았다.

"이따가 그 구슬을 잘 살펴보고 왜 피를 흘리며 죽어가면서 그걸 붙잡고 있었을지 스스로 물어보도록 해요."

원식이 삿갓의 챙을 내렸지만 나는 그 전에 호기심으로 반짝이는 눈을 포착할 수 있었다.

"낭자가 이 질문의 답을 알아낼 수 있으면 살인자를 잡을 만큼 관찰력이 있는 사람인지 스스로 알게 될 거요."

10
대현

대현은 밤늦도록 창살문 옆에 앉아 텅 빈 안뜰을 바라보았다. 누군가가 급히 다가오는 듯하더니 혁진이 도착했다는 소리가 들렸다. 하녀가 작은 상에 야식을 차렸다. 상에는 향기로운 약밥과 밥알이 떠 있는 달콤한 식혜 두 잔이 놓여 있었다.

"식사 못 했겠네."

대현이 중얼거렸다.

"들어."

혁진이 식혜 잔을 집어 들었다. 손이 떨리고 있었다. 혁진이 잔을 다시 내려놓았다.

"온종일 감시당하고 있는 느낌을 받았습니다. 저를 미행하라고 사람을 붙이셨나요?"

대현이 얼굴을 찌푸렸다.

"아니, 안 했어."

혁진이 고개를 저었다.

"제 착각이겠죠."

"또 모르지… 갈 때 하인에게 동행하라고…."

"자, 자가께서도 며칠 전 소식 들으셨지요."

혁진이 말을 잘랐고 얼굴의 당황한 빛이 갈수록 심해졌다.

"승평부부인이 돌아가셨다고요."

"네가 경포부자를 드렸다며."

"어, 어떻게…?"

"우리 심부름꾼. 얘기 듣고 계속 너를 찾았어."

혁진이 한 손으로 수척해진 얼굴을 문질렀다.

"아무도 눈치채지 못할 줄 알았는데. 그건 약이었습니다."

두려움으로 심장이 빠르게 뛰었지만 대현은 목소리의 평정을 유지하며 물었다.

"손희가 부부인을 해친 거니?"

"아닙니다. 손희가 와서 고백하더군요. 곤경에 빠졌다며 어떻게 벗어나면 좋겠냐고 물었습니다. 독을 구해 온 사람이 되었으니까요. 저는 꾀병을 핑계로 근무에서 빠지고 동생을 탈출시킬 방법을 강구했습니다. 하지만 탈출시키다 동생이 죽을 수도 있겠다고 생각하니 밤에 잠이 오지 않았습니다… 그래서 자가께 여쭈러 온 것입니다. 우리 남매 어떡하면 좋겠습니까?"

"전부 말해 봐. 하나도 빠뜨리지 말고."

"승평부부인이 팔다리가 쑤신다며 동생에게 경포부자를 몰래 구해 달라 했답니다. 손희는 그러겠노라 했고…."

"자기가 하는 일이 얼마나 위험한지 몰랐대?"

대현이 맥 빠진 목소리로 물었다.

"손희가 얼마나 단순한지 아시지 않습니까. 듣는 대로 믿죠. 하, 열두 살까지는 돌아가신 어머니가 하늘의 선녀라고 믿던 아이입니다. 제가 오래전에 들려줬던 이야기 때문에요! 그런 아이가 어찌 부부인의 말을 의심했겠습니까. 연로하신 어른이 약을 달라 하니 당연히 구해다 드리죠!"

대현이 한숨을 쉬며 관자놀이를 문질렀다.

"계속해 봐."

"손희는 독으로 쓰일 줄 몰랐다고 맹세했습니다. 전부 순진해서 저지른 실수였습니다. 어쩌면 좋겠습니까? 저는 생각들로 머리가 복잡해서…."

"왜 승평부부인이 자결을 원했는지 안다고 해?"

말을 잇지 못하던 혁진이 양손으로 얼굴을 감쌌다.

"예. 어리석은 것. 처음부터 입궁을 하지 말았어야 하는데."

혁진이 손가락으로 눈을 꾹꾹 누르며 계속 한탄을 하다가 심호흡을 하고 평정을 되찾았다.

"손희에게 들으니 기이한 일이 있었답니다. 어의가 다녀간 후 승평부부인이 눈물을 흘리며 수치스러운 사정을 기록하지 말아 달라 사관에게 애원했다더군요. 하지만 사관은 궁에서 일어나는 모든 일을 기록할 의무가 있기에 거부했고요."

대현이 호기심이 동해 허리를 똑바로 펴고 앉았다. 정확한 정보를 수집해 객관적이고 냉정한 태도로 사초를 작성하는 것이 사관의 의무였다. 설령 왕이라 해도 사초의 내용을 조작할 수는 없었다. 살인을 일삼는 폭군도 예외는 아니었다. 사관들은 기록된 역사를 지키기 위해 목숨을 걸고 싸웠고 그 어떤 애원으로도 흔들리지 않았다. 승평부부인도 이 사실을 알았을 텐데 기록을 지워 달라 애원했다. 후대에 자신의 비밀이 밝혀질까 그만큼 두려웠다는 이야기다. 하지만 죽음을 선택할 정도로 끔찍한 비밀이 대체 무엇이란 말인가?

"그래서?"

대현이 친구에게 시선을 고정하며 말했다.

"뭐라 적혀 있었지?"

"부부인은… 수태의 징후를 보이셨습니다."

"하지만 과부가 아닌가. 누구 아이야?"

혁진이 창백해진 얼굴로 이를 악물었다.

"전하입니다."

대현은 한마디도 하지 못하고 혁진을 바라보았다. 구역질이 밀려들었다. 폭정, 살인, 강간. 왕이 이보다 더 깊은 타락의 구렁에 빠지기는 불가능하다고 생각했다.

"어릴 적부터 소문을 들었는데…."

그 말들이 가시처럼 날카롭게 목에 걸렸다. 대현은 식혜를 한 모금 마시고 잔을 가만히 들여다보며 마음을 진정시켰다.

"전하께서 백모인 승평부부인을 연모하신다는 소문은 들어보았어. 그때는 믿지 않았지… 승평부부인에게 애정을 퍼붓기는 했어도 자기 어머니가 떠올라서 그런다고 생각했어."

대현이 얼굴을 찌푸렸다.

"아무리 그래도 나이 쉰에 임신을 하다니… 그게 가능한가?"

"가능합니다."

"부부인의 임신 사실을 또 누가 알지?"

"손희 말로는 아직 알려지지 않았다고 합니다."

"이런, 입맛이 싹 사라지는군."

대현이 가슴 앞에 팔짱을 끼고 음식을 내려다보았다.

"네 동생이 경포부자를 구해 온 것이 발각되면 사형에 처해진다는 거 알지."

"압니다. 어찌할지 모르겠습니다, 자가."

"너를 보호할 방법을 찾을 테니 나를 믿어. 독을 구한 사실을 또 누가 알지?"

"아무도 모릅니다. 그, 그렇다고 확신해요."

"손희를 비롯해 승평부부인을 모셨던 궁인은 전부 심문 과정에서 고문을 당할 거야. 손희는 어때? 고문을 받고도 입 다물 용기가 있을까?"

혁진의 목소리가 갈라졌다.

"단순한 아이지만 우리 둘보다는 용감할 겁니다."

"손희만 입 다물고 있으면 아무도 알아차리지 못할 거야. 너도 입 다물고 있어야 하고. 지금부터 너는 아무것도 모르는 거다."

혁진이 등을 구부리고 잔을 내려다보았다.

"다른 방법은 없겠습니까? 같이 도망칠까요? 동생에게 밝은 미래가 보장된다면 저는 수만 번도 죽을 각오가 되어 있습니다."

"도망치는 건 죄를 인정한다는 뜻이야. 왕이 잡아 오라 전군을 보내겠지."

"그렇다면 손희는 독 안에 든 쥐로군요."

혁진이 속삭였다.

"빌어먹을 왕은 죽어야 마땅해요."

"아직 기회를 엿보고 있…."

대현이 멈칫했다. 슬픔에 잠긴 친구를 보고 있으니 어떤 깨달음이 닥쳤다.

"잠깐…."

"이 반정이라는 것 말입니다… 때로는 실현되기나 할지 궁금해요."

혁진이 식혜를 한입에 다 비우고 달콤한 음료가 소주였기를 바라는 듯 마땅치 않은 표정으로 잔을 응시했다.

"얘기하고 꿈만 꾸지 않습니까. 아무 일도 일어나지 않는데요."

"혁진아."

대현의 목소리가 거칠어졌다.

"중추부지사를 어떻게 생각해?"

혁진은 어리둥절해서 이마를 찌푸리고 대현을 가만히 쳐다보았다.

"왕의 최측근이지요, 자가. 조정을 쥐락펴락할 권력을 가지고 있고 절대 왕을 배신하지 않을 인물입니다."

"생각은 바뀔 수 있어. 원식을 봐."

"처음 영입했을 때 원식이 거절한 것은 우리 둘을 걱정했기 때문입니다. 하루 종일 우리를 꾸짖다가 제가 무릎 꿇고 빌고 나서야 동의하지 않았습니까."

혁진이 말했다.

"하지만 중추부지사요? 그를 끌어들이려 했다가는 영입은커 녕 우리 목이 달아날…."

"혁진이 너라면 어떻게 하겠니."

대현이 부드럽게 물었다. 심장은 쿵쾅쿵쾅 뛰었다.

"네 누님이 시조카에게 수년간 희롱을 당했다는 사실을 알게 된다면 말이야. 누님이 욕을 보고 결국 임신을 해 자결했다면 어 떡할래?"

"조카 놈을 죽여야지요. 저라면…."

혁진의 얼굴에서 핏기가 사라졌고 커다랗게 뜬 눈이 밝게 빛 났다.

"승평부부인은 중추부지사의 여동생이지요."

"그래."

대현의 목소리가 희망으로 힘차게 들렸다.

"그리고 박 대감과 박씨 가문은 그런 모욕을 좌시하지 않을 거야."

정중부 장군, 1170년. 수많은 이름과 날짜가 방으로 돌아가는 대현의 머리에 쏟아져 들어왔다. 그는 밤낮으로 반정을 공부했 다. '역사'가 가장 현명한 스승임을 알기 때문이었다. 이성계 장군, 1388년. 왕자 이방원, 1398년. 수양대군, 1455년.

모든 성공한 반정에는 황금 같은 기회를 비롯한 여러 요인이

있었다. 그와 혁진은 동이 트기 전까지 토론을 했고 그들의 황금
같은 기회가 이제야말로 도래했는지 궁금해졌다. 어쩌면 승평부
부인의 죽음에 숨겨진 진실이 분노에 불을 붙여 마침내 왕을 폐
위시킬 수도….

깜박 잠이 들었나 보다. 대현은 탁상에 머리를 댄 채로 잠에서
깨어났다. 방은 이른 아침의 청회색 빛이 가득했고 문밖에서 다
급한 목소리가 들렸다.

"자가! 자가!"

대현이 몸을 곧추세웠다.

"들어오너라."

몸에 진흙이 덕지덕지 묻은 하인이 숨을 헐떡이며 뛰어들어
왔다.

"내금위 민혁진을 자택까지 모셔다 드리라 하셨지요."

그렇게 말하는 하인의 목소리가 파들파들 떨렸다.

"말씀하신 대로 자택으로 들어갈 때까지 지켜보고 주변이 안
전한지 확인했습니다. 아무 이상 없어 떠나려는데 민혁진 나리
가 곧바로 말을 타고 나오는 게 아니겠습니까! 그 집 하인에게
주인이 어디로 가느냐고 물었지만 겁에 질린 얼굴을 하면서도
목적지를 말하지 않았습니다!"

"긴급한 일이 생겼나 보지."

하지만 배 속에서 불안한 감각이 꿈틀거리기 시작했다. 대현
은 침착하게 전갈을 준비했다.

"이걸 원식에게 전하게."

11

이슬

다음 날은 별일 없이 지났다. 대화할 원식이 없다 보니 나는 대부분의 시간을 홀로 보내며 무명화에 관해 내가 아는 사실들을 되짚어 보았다. 저녁이 되자 음식을 하는 씁쓸한 냄새가 내 방까지 흘러 들어왔다. 율은 그것이 초근목피라고 했다. 가난하고 비참하게 사는 사람들은 거칠고 형편없는 식사로 끼니를 때울 수밖에 없었다. 예전 같으면 한 수저도 못 뜨겠다고 입을 다물어 버렸겠지만 이제는 안다. 한 끼라도 걸렀다가는 몸이 쇠약해진다는 것을.

나는 방에서 나오다 문 앞에 놓인 책 한 권을 밟을 뻔했다. 다섯 개의 실로 책장을 엮은 책은 표지가 누렇게 바랜 상태였다. 책을 집어 들고 펼치자 짤막한 글귀가 보였다.

가장 먼저 할 일은 수사관처럼 생각하는 법을 익히는 것이오. 나중에 이야기합시다. 원식.

짜증이 치밀었다. 원식은 내게 진실로 가는 지름길을 알려 주지 않고 먼 길로 이끌며 직접 진실을 찾으라 강요했다. 이미 하라는 대로 해 보았다. 밤새도록 구슬을 붙들고 죽어 가는 남자가 왜 이 구슬을 움켜쥐었는지 질문을 던졌지만 머리를 쥐어짜 봤자 답답함만 커질 뿐이었다.

나는 마당의 평상에 놓인 탁자에 앉아 한숨을 푹 쉬며 《무원록》이라는 법의학서를 휘리릭 넘겨 보았다. 첫 번째 장은 전통적인 지식과 과학적인 수사로 억울한 살인을 막을 방법들을 다루고 있었다. 두 번째 장에는 온갖 사인이 나열되어 있었다. 목이 졸리거나 칼에 찔리는 것 같은 일반적인 사인은 물론, 번개를 맞거나 끓는 물을 뒤집어쓰거나 산 채로 매장되거나 호랑이에게 물리는 등의 황당한 사인도 많았다. 음식이 나왔을 무렵에는 입맛이 떨어진 지 오래였다. 된장국의 쌉쌀하고 질긴 쑥 건더기를 씹는 동안에도 시체 생각이 내 머리를 채웠다.

내 앞에 그림자가 드리워졌다.

고개를 드니 영호가 보였다. 마당에 모인 영호네 광대 패는 전원이 탁자 하나에 둘러앉아 음식을 기대하며 손을 문지르고 있었다.

"여기서 뭐 해?"

내가 물었다.

"우리가 이 마을에서 공연할 때면 율이 누님이 늘 밥을 먹여 줘."

영호가 내 손에서 책을 빼앗아 책장을 넘겨 제목을 확인했다.

그러고는 한쪽 눈썹을 세우고 작게 휘파람을 불었다.

"너 똑똑하구나. 취미로 이런 책도 다 읽고?"

"누가 이런 책을 취미로 읽니?"

내가 건조하게 말했다. 언니는 좋아했겠지만.

영호가 책을 덮고 내가 다 비운 국그릇 옆에 놓았다. 그러고는 탁자에 팔꿈치를 얹고 몸을 앞으로 기울였다.

"어때? 네 얘기 들으러 왔는데."

"별로 얘기하고 싶지 않아."

영호가 허리띠와 같은 색인 황금빛 주머니를 열고 하얀 가루를 한 꼬집 꺼내 먹었다.

"넌 나한테 이야기 하나 빚졌어."

내가 주머니를 다시금 쳐다보았다.

"그건 뭐야?"

내가 물었다.

"석회 가루."

"이름만 들으면 엄청 쓸 것 같아."

"우리 어머니가 맛있는 과자를 만들어 주실 때 썼던 재료야."

영호가 입맛을 쩝쩝 다시고는 고개를 돌리며 중얼거렸다.

"우리 어머니도 돌아가셨어."

내 몸이 굳었다.

"너희 부모님도 돌아가셨으니까 이렇게 혼자 돌아다니고 있는 거겠지?"

영호가 말을 이었다.

"그럼 내 얘기 들어 볼래?"

"싫어."

"나도 많은 사람처럼 밝은 미래를 운명으로 가지고 태어났어. 외눈박이 용이⋯."

영호가 몸을 더 가까이 기울이고 목소리를 낮췄다.

"우리 임금님의 별명 말이야⋯."

그러고는 다시 목소리를 높였다.

"우리 삶을 망가뜨리기 전까지는. 처절하게 살다 거의 죽어가던 나를 형님들이 동료로 받아 준 거야. 우리 패나 이 주막은 너랑 나 같은 사람들을 위한 곳이지."

내가 한쪽 눈썹을 추켜세웠다.

"너랑 나 같은 사람?"

"집이 없고 가족이 없는 사람."

영호가 씩 미소를 지었지만 목소리에는 고통스러운 느낌이 배어 있었다.

"미래도 없는 사람."

"미래도 없다⋯."

내가 속삭였다. 이 나라의 젊은이에게는 아무런 미래가 없었다. 우리는 살아서 내일을 보느냐 마느냐 하는 생각으로 머리가 가득할 뿐이었다.

《무원록》이 내 시선을 사로잡았다. 나는 영호와 광대 패가 허겁지겁 식사를 하고 인사하며 떠날 때까지도 책을 응시하고 있었다. 석양이 반은 빛, 반은 어둠으로 표지에 고이는 모습을 지켜보았다. 책을 보고 있으니 원식이 손을 내밀어 가르침을 주겠다고 제안하는 느낌이 들었다. 자기를 믿으라고 하는 느낌.

다시 책장을 가볍게 넘기자 낡은 종이의 퀴퀴한 냄새가 공기에 퍼졌다.

정말 지루한 책이었고 내용의 반절은 무슨 말인지 이해조차 할 수 없었다. 그럼에도 포기하지 않고 계속 읽어 나갔고, 4분의 1을 읽었을 즈음 주막 입구 앞길에서 커다란 하품 소리가 들렸다. 농부 하나가 수레를 끌고 집으로 돌아가는 중이었다. 해가 거의 다 졌고 지상에 마지막 남은 빛마저 약해지며 책을 읽기가 힘들어졌다.

나는 방으로 들어가 초를 켰다. 앞에 책을 놓고 땋은 머리를 풀어 빗기 시작했다. 두피부터 시작해 허리까지 슥슥 빗질을 했다. 머리카락은 부모님이 돌아가신 후에도 내가 결코 포기할 수 없는 허영의 상징 중 하나였다. 하지만 오늘 밤은 쉰 번째에 동작을 멈췄다.

책이 이렇게 속삭이는 것만 같았다. 어둠 속에 버려진 원통함을 외면하지 말거라.

빗을 옆으로 툭 던지고 책을 집어 방에서 달려 나갔다. 주막을 둘러싼 툇마루로 걸어가 처마에 걸린 환한 등불과 가까운 곳에 자리를 잡고 앉았다. 하늘이 아직 새까맣게 변하지는 않았지만 물 빠진 진회색이었다.

긴 머리카락을 어깨 뒤로 넘기고 다시 책을 펼쳤다. 언니를 집으로 데려갈 수만 있다면 뭐든 할 각오가 되어 있었다. 세상에서 가장 따분한 책을 읽고 암기해야 한다 해도.

따뜻한 바람이 불어 책장이 팔락였다.

안마당을 저벅저벅 밟는 발소리가 들렸다.

흩날리는 머리카락 때문에 앞이 보이지 않았다. 머리카락을
귀 뒤에 꽂고 고개를 들었다.

심장이 엇박자로 뛰었다.

젊은 남자가 보통 사람에게는 볼 수 없는 우아한 동작으로 움
직이며 안마당에 성큼성큼 들어왔다. 등불 빛을 가리려 갓을 눌
러 썼고, 큰 키의 몸에는 황금색 실로 짠 비단옷을 걸치고 있
었다.

내가 책을 옆으로 밀었다. 작은 움직임에 남자가 내 쪽을 쳐다
보았다. 숨이 턱 막혔다. 매와 같이 날카로운 눈빛과 마주하자
등줄기를 타고 공포가 퍼졌다.

나는 벌떡 일어나 금방 침입할 수 있는 내 방과 반대 방향으로
마당을 가로지르고 율이 있기를 바라며 부엌으로 들어갔다. 율
은 그 안에 없었다. 불씨가 있는 아궁이의 흐린 불빛이 어두운
부엌을 비출 뿐이었다. 나 말고는 아무도 없다는 말이었다. 다가
오는 발소리에 내 몸이 얼어붙었다.

살아남거라. 어머니의 부탁이 들리는 동안에도 그의 화살이 내
왼쪽 귀를 휙 스치던 기억이 떠올랐다. 화살이 날아오는 소리가
어찌나 컸던지 주방 깊숙이 몸을 숨기면서도 다리가 후들거렸
다. 무슨 일이 있어도 살아남아야 한다.

어둠 속을 더듬던 내 손이 부엌칼에 멈췄다. 아궁이 불빛에 칼

날이 붉게 빛났고 어머니의 피가 내 기억으로 뚝뚝 떨어졌다. 입에서 선홍색 핏줄기를 흘리면서도 어머니는 이렇게 외쳤다. 살아. 살아남아야 해.

누군가 내 어깨를 만졌다.

내가 뒤를 돌았다. 그의 목에 칼을 겨눈 채 무한한 밤처럼 어둡고 꿰뚫을 수 없는 얼굴을 올려다보았다.

남자가 칼을 쥔 내 손을 감싸자 온몸이 두려움으로 굳었다.

"떨고 있군. 사람을 죽여 본 적이 없나?"

"이제 해 볼까 합니다."

망할 목소리는 왜 떨리는지.

"제 손을 놓지 않으시면요."

"정확히 어디를 찌를지 모르면 사람을 죽이는 건 불가능해. 내 갈비뼈 아래에 칼을 박거나 내 심장을 찌르거나…."

그러면서 내 얼굴 가까이 상체를 기울이고 자기 목에 칼을 눌렀다.

"피가 흐르는 곳을 베야지."

"왕자님께서 저를 놀리시나요."

한 번의 깔끔한 움직임으로 그는 내 손목을 비틀어 나를 무장해제시켰다. 발에 차인 칼은 바닥을 미끄러져 부엌 밖으로 사라졌다. 내가 입구로 달려 나갔지만 그가 몸으로 막아섰다.

"네 손에서 무기를 빼앗은 게 벌써 두 번째로군."

그가 중얼거렸다.

"마주칠 때마다 이런 일이 생기면 곤란한데."

"이번이 마지막일 겁니다."

"그런가?"

"무슨….""

내가 한 걸음 물러나며 갈라진 목소리로 물었다.

"제게 하실 말씀이라도?"

"집 떠나 여기서 뭐 하는 거지?"

"상관하실 일 아닙니다."

내가 퉁명스럽게 말했다.

"그래, 상관할 일 아니지…."

그의 검은색 눈이 진지하게 반짝였다.

"하지만 이곳에 있는 모습을 보니 호기심이 드는걸. 내가 호기심을 못 참는 성격이라서 말이야. 허술한 지도 하나 들고 한양에 가려고 전하의 사냥 구역을 지나 여기까지 왔다."

그가 부엌에 놓인 탁자에 그림이 보이도록 내 지도를 펼쳤다.

"우리가 마주친 날 웬 여자가 이곳에서 화살에 맞은 상처를 보였다고 들었지."

그가 지도를 뒤집어 내가 그린 그림을 빤히 보았다.

"이 여자를 찾아온 건가? 친구? 아니… 형제?"

내 얼굴과 목이 뜨거워졌다. 나는 그의 손에서 지도를 빼앗고 바닥으로 눈을 내리깔았다.

"내가 한마디 하지. 형제는 죽었다고 생각해. 전하의 손에서 절대 구해 오지 못할 거다."

그의 말이 내 가슴을 강하게 때렸다.

"아니요."

그보다는 나 자신에게 말하듯 내가 단호히 쏘아붙였다. 뜨거운 눈물이 흐르며 코가 찡해졌지만 애써 침착하게 목소리를 냈다.

"사랑하는 사람이 잡혀 갔으면 호랑이 굴에 들어가야지요. 이 땅의 끝에서 끝까지 가로질러야 하지 않겠습니까. 그 사람이 있는 곳으로 가야죠. 찾아야 합니다. 어떤 대가를 치른다 해도요."

"그래서 왕의 여인을 빼앗겠다고?"

"우리 언니예요!"

"마음대로 하든가."

그가 중얼거리며 돌아섰다.

"막지 않겠다. 돕지도 않겠지만."

나는 어둠 속에 가만히 서 있었다. 아궁이의 약한 불빛이 벽에 일렁였다. 당연히 도와주지 않겠지. 여전히 몸을 떨며 생각했다. 가당키나 해? 자기 혈육을 죽였다는 소문까지 있는 사람이?

"왕자 자가."

밖에서 걸걸한 목소리가 들렸다.

"어인 일로 여기까지 오셨습니까?"

어둑한 주방 밖을 내다본 나는 깍듯이 예를 갖춰 왕자에게 인사하는 원식의 모습에 입을 떡 벌렸다. 원식이 다시 허리를 폈다. 등불에 비친 얼굴은 왕족의 얼굴을 감히 바라보지 못하고 눈을 여전히 깔고 있었다.

"민혁진의 행방에 대한 소식은 아직 없는가?"

왕자가 물었다.

"아직입니다. 보내 주신 서찰은 받아 보았습니다. 혁진은 근무 시간임에도 입궐하지 않았습니다. 집으로 갔더니 하인 말로는 새벽에 뛰쳐나가 돌아오지 않았다고 합니다. 이 편지를 남기고요. 반은 타 있었습니다."

대현 왕자가 편지를 보았다.

"혁진의 여동생이 보낸 편지네. 궁에서 도망쳤다는데… 본인일 리 없어. 혁진의 여동생은 오늘 아침에도 다른 나인들과 함께 심문을 받고 있었거늘. 둘이 가족이라는 사실을 또 누가 알지?"

"저희 셋이 있을 때 자주 동생 이야기를 했지요… 한번은 동생이 몰래 궁에서 저와 혁진이를 만나러 이곳 주막에 오기도 했고요. 하지만 지금 문제는 이 편지입니다. 무명화와 필체가 같습니다."

왕자가 즉각 긴장했다. 아까 부엌에 있던 사람의 모습은 온데 간데없었다. 일부러 꾸민 가벼운 말투도, 치가 떨리는 냉정함도 사라졌다. 그 대신 다정한 걱정이 목소리 깊이 스며들어 있었다. 완전히 다른 사람 같았다.

"그래서 혁진의 흔적을 따라가 보았습니다."

원식이 말을 이었다.

"마지막으로 봤다는 사람은 농부였는데, 아차산으로 말을 타고 가는 모습을 봤다고 합니다."

"가지."

왕자가 속삭였다.

"당장 떠나야 하네."

나는 두 사람이 주막 뒤편의 마구간에서 말을 끌고 나와 등에 화살을 단단히 매고 화살통을 말에 묶은 후 달려 나가는 모습을 보았다. 두 사람이 시야에서 사라진 다음에는 내 방으로 걸어가다 멈칫했다. 저들은 범인을 잡으러 갈 것이다. 만약 언니에게 이르는 유일한 방법이 범인이라면 나도 따라가야 했다.

말을 빌리러 마구간으로 달려갔다. 저들을 따라 아차산으로 가다니 무모한 짓이라는 걸 알았다. 하지만 내 생각에 둘러싸여 침묵하고 앉아 있느니 목숨을 거는 편이 더 쉬웠다. 달리지 않는다면, 앞으로 돌진하지 않는다면 자기혐오가 나를 구석에 가둘 것 같았기 때문이다. 시작도 하지 않고 패배감을 느끼고 싶지는 않았다.

12
대현

 귀신과 같이 흩날리며 언덕을 뒤덮은 안개와 불길한 예감이 그를 감쌌다. 하지만 대현은 그의 동지요, 전우인 혁진에게 위험이 닥쳤다는 사실을 믿고 싶지 않았다.

 "혁진이가 편지를 받고 아차산으로 갔다던데, 왜 아차산인가?"

 대현이 말을 타고 숲으로 달려 들어가며 나뭇잎이 바스락거리는 소리보다 크게 외쳤다.

 "아차산 너머에 있는 할머니 댁에 자주 갑니다."

 원식도 목청 높여 대답했다.

 "동생이 집으로 도망쳤다고 생각하지 않았을까요?"

 "헌데 무명화가 이런 사실들을 어떻게 알고?"

 "그보다 혁진이를 왜 그곳으로 유인했는지 궁금합니다, 자가. 왜 하필 오늘…?"

 원식이 굵은 눈썹을 찡그렸다.

"전하께서 언제 사냥을 나갈 계획인지 아십니까?"

"내일이야. 남양주 광릉으로 갈…."

혈관에 얼음 같은 한기가 퍼졌다.

"전하의 사냥 행렬이 아차산을 통과할 거야."

"범인이 지금까지 공통적으로 보인 수법은 딱 세 가지입니다. 혈서, 꽃… 그리고 전하께서 발견할 수 있는 곳에 시체를 두는…."

수풀 너머에서 그림자가 움직였다. 대현이 몸을 홱 돌리며 화살에 손을 뻗었고 원식은 횃불을 더 높이 들었다.

"거기 누구냐?"

원식이 외쳤다.

누군가 말을 타고 앞으로 나오자 횃불에 여린 얼굴이 드러났다. 톡 튀어나온 광대뼈는 숲을 헤치고 달려오느라 여기저기 상처가 나 있었고 두 눈에는 불신이 가득했다. 바람에 머리카락이 휘날렸다. 허리를 곧추세우고 턱을 치켜든 여자는 전장에 달려드는 여제의 기상을 풍겼다.

"주막에 있던 아이 아니냐?"

대현이 도저히 믿을 수 없다는 목소리로 말했다.

"우리를 미행하다니. 자네도 알고 있었나?"

"알았다면 돌려보냈겠지요!"

요란한 바람 소리에 원식이 목소리를 높였다.

"됐습니다. 계속 가야 해요. 곧 폭풍우가 쏟아질 겁니다!"

여자가 말을 타고 앞으로 나오자 대현이 말의 고삐를 붙잡고 가로막았다.

"왜 왔지?"

"같이 수사하기로 원식 아저씨와 약속했어요. 협력하기로요."

대현이 원식을 쏘아보았다.

"협력?"

원식이 안장에서 불편한 듯 자세를 바꿨다.

"범인을 찾는 걸 돕겠다고 했습니다."

"그랬단 말이지?"

대현의 목소리는 짜증으로 퉁명스러웠다.

"저희는 무명화가 누구인지만 알면 됩니다."

원식이 설명했다.

"저 아이는 무명화를 전하께 바치고 상을 받고자 하니 그냥 두시지요."

"상이라니…."

대현이 말을 흐리고 이슬을 돌아보았다.

"전하께 네 언니를 돌려 달라고 할 속셈이로군?"

그러고는 이슬이 그의 말을 한마디도 빠짐없이 들을 수 있도록 가까이 말을 몰았다.

"나를 봐."

대현이 명령했다.

"전하와 직접 협상을 하겠다고?"

이슬의 턱 근육이 움직였다.

"맞아요."

어쩜 저렇게 생각이 단순한지 기가 막혔다.

"네가 언니를 구할 수 있다고 생각해? 협상을 해서?"

대현이 고개를 절레절레 저었다.

"여인들을 납치하는 왕이 협상은 고사하고 네 말을 들어줄 것 같아?"

자신감이 떨어졌는지 이슬의 얼굴에 경련이 일었다.

"더 좋은 방법이 있으면 말씀해 주세요!"

"원식, 저 아이를 가까운 마을에 데려다주게."

대현이 고삐를 단단히 쥐고 말의 머리를 돌렸다.

"우리와 같이 갈 수는 없어. 내가 허락하지 않을…."

세 사람 모두 얼어붙었다. 앞에서 어슬렁거리는 말 한 마리를 보았기 때문이다.

안장주머니에 시든 꽃다발이 매달려 있었고 꽃잎이 바람에 부스스 떨어졌다.

"혁진의 말입니다."

원식이 속삭였다.

"흩어지지."

대현이 자신의 횃불에 불을 붙이며 말했다.

"아직 여기 있을지도 몰라."

원식과 말을 타고 떠난 여자는 그의 머리에서 사라졌다. 홀로 남은 대현은 마구 흔들리는 나뭇가지들을 피해 고개를 숙이며 움직였다. 소용돌이치며 떨어진 나뭇잎들이 말발굽 자국을, 친구의 모든 흔적을 지우고 있었다.

"혁진아!"

대현은 목이 터지도록 친구의 이름을 계속 불렀다.

낮은 산봉우리까지 말을 타고 달려가 커다란 바위산을 조심스럽게 넘었다. 밤하늘이 칠흑같이 캄캄해져 반짝이는 한강의 물결과 한양의 불빛도 이제는 거의 보이지 않았다. 대현은 산등성이를 따라 움직이다 나뭇가지 하나에서 펄럭이는 흰 천 조각을 발견했다. 황급히 말의 방향을 틀고 울퉁불퉁한 길을 따라 내려가자 낮은 절벽 위에 작은 빈터가 나왔다.

"혁진아!"

대현이 외쳤다.

"혁진아…!"

뺨에 비가 한 방울 떨어지더니 더 많은 빗방울이 규칙적으로 뚝, 뚝, 뚝 떨어졌다. 빗방울의 느낌이 이상해 뺨을 만져 보았다. 손끝에서 검붉은 액체가 반짝였다. 가슴이 불안하게 조여 오는 것을 느끼며 대현은 횃불을 들고 위를 보았다.

달랑거리는 맨발. 흔들리는 팔다리. 산발이 되어 얼굴 위로 흩날리는 머리카락.

숨 쉬어. 대현이 스스로를 달랬다. 숨 쉬어, 대현아.

숨을 깊이 들이마셨다. 어둠의 수위가 오르더니 기억 하나가 가슴까지 차올랐다. 땅바닥이 반짝거리는 피로 물든 궁궐 안뜰이 그를 에워쌌다. 머리에 자루를 뒤집어써 누구인지 알 수 없는 두 여인을 이복형들이 몽둥이로 구타하고 있었다.

죽여라! 왕이 명령했다. 죽고 싶지 않으면 죽여!

숨 쉬어.

대현은 차가운 밤으로 더 깊이 가라앉았다. 비명을 지르며 뒷걸음치는 형들의 손에서 몽둥이가 떨어졌다. 의자에 묶인 여자들은 움직이지 않았다. 머리에서 자루가 벗겨졌다. 이미 죽어서 깜박이지 못하는 어머니의 눈이 아들들을 응시했다.

숨을 쉬자.

그럴 수 없었다. 죽음이 그의 등줄기를 타고 올라와 어깨 너머로 귓속말을 했다. 너는 절대 사랑하는 사람들을 구할 수 없어. 끊이지 않는 속삭임이 나무에 매달린 시체를 올려다보는 대현을 집어삼켰다.

허공에서 맨발이 움찔거렸다.

순간 온몸이 차가워졌다.

"혁진아! 기다려!"

대현이 뿌리를 사방으로 뻗으며 절벽 가장자리에 서 있는 나무를 향해 정신없이 비탈길을 올랐다. 나무 몸통에 밧줄이 묶여 있었다. 아직 친구를 구할 시간이 있었다. 늦지 않았다. 이번에는.

대현은 앞으로 달려 나가 한 손으로 밧줄을 쥐고 다른 손으로는 최대한 멀리 손을 뻗었다. 손이 혁진의 옷깃을 스쳤다. 옷깃을 붙잡았다. 친구를 절벽으로 끌어올리고 단검으로 밧줄을 자르는데….

굵은 목소리의 기분 좋은 외침이 어둠에 메아리쳤다.

대현이 황급히 뒤를 돌아보았다. 헛소리를 들은 것일까? 잎사귀를 흐트러뜨리며 불어오는 바람에 나무들이 즐거이 춤을 춰 댔다. 그림자가 붙었다 떨어졌다 하며 흔들렸다. 하지만 지체할 시간이 없었다. 대현은 뒷목이 따끔거리는 것을 느끼면서도 계속 밧줄을 썰었다.

"내 작품을 망쳤군."

누군가가 뒤로 다가와 말했다.

대현의 눈 뒤에서 고통이 폭발했다. 얼굴이 진흙에 처박혔다. 일어나려 발버둥쳤다. 친구를 향해 땅 위로 손을 뻗었다. 하지만 그림자는 혁진의 몸 아래 발을 끼우고 강하게 한 번 힘을 주어 혁진을 절벽 아래로 떨어뜨렸다. 곧이어 그가 뒤돌아서 몽둥이를 휘둘렀다.

어둠이 대현을 삼켰다.

13
이슬

말을 멈춰 세운 후 옆으로 고개를 쭉 빼고 귀를 기울였다. 폭
풍이 나무 사이를 요란하게 헤집었고 밤의 동물들이 울어댔다.
가벼운 비가 숲 전체를 적시기 시작했다. 하지만 분명 나는 숨
막힌 비명을 들었다.

"아저씨?"

조심스럽게 불러 보았다. 내 목소리는 사방의 소음에 먹혔다.

실종자의 말을 발견하고 원식을 뒤쫓았지만 어디에도 사람이
보이지 않았다. 어둠 속에서 길을 잘못 들어 끔찍한 악몽에 들어
온 것일까. 나무의 바다에 나 홀로 존재하는 세계로.

옆에서 불어닥친 바람에 말에서 떨어질 뻔했다.

"가만히 있어요."

깊은 목소리가 들렸다.

머리카락을 넘기고 뒤를 돌아보았다. 원식이었다.

"어디 가셨던 거예요?"

원식에게 달려가며 내가 외쳤다.

"나야말로 낭자에게 묻고 싶소. 내 뒤에 있던 사람이 갑자기 사라지니 말이오."

"왕자님은 어디 계세요?"

"갑시다. 비 피할 곳을 찾아야지!"

우리는 말을 묶어 두고 동굴로 허둥지둥 뛰어들어 갔다. 굵어진 빗줄기가 입구로 흐르는 바람에 마치 폭포수 뒤에 있는 동굴로 몸을 숨기는 느낌이었다.

"어디까지 이어질지 모르겠네."

생각을 소리 내어 말하며 동굴 깊숙이 들어가 보았지만 돌무더기가 통로를 막고 있었다. 나는 뒤로 돌아와 긴장된 형상으로 동굴 입구에 서 있는 원식을 바라보았다.

"왕자님이 걱정되어 그러시죠."

내가 말했다.

"그분을 보호하는 것이 내 임무요."

원식이 속삭였다.

"그분의 생모께서 집사람과 먼 친척이지만 친자매처럼 가까운 사이였거든. 열아홉 해 전, 자가를 출산하셨을 때 무당이 그분의 죽음을 예언했소. 그때부터 아드님을 지키겠노라 맹세했다오."

대현이 죽을 것이라는 예언에 대해서는 나도 들은 적 있었다. 우리 부모님은 그의 이야기가 나올 때마다 "불운한 왕자"라고 일컬었다. 병인년에 죽을 운명인 왕자였기 때문이다.

"예언이 사실이라면 올해 돌아가시겠네요."

내가 무심히 말했다.

"그래서 그분을 가까이서 지켜보는 것이오. 나는 무당이나 미신을 믿지 않지만 왕이 폭력적이고 패륜적인 행위를 저지르기 시작하니 조금은 불안해지더군."

"그런 약속이 없었다고 해도 그분을 보호하셨을까요?"

"그럼."

원식의 목소리에는 묘한 애정이 담겨 있었다.

"정말요?"

내가 믿을 수 없어 빤히 보았다.

"그런 사람을요?"

"낭자가 생각하는 그런 사람이 아니라오."

"그럼 어떤 사람인데요?"

"어려서부터 참 다정하셨소. 하도 울어서 '울보'라는 별명까지 붙을 정도였지. 툭하면 엉엉 울고 별것도 아닌 일들에 감동하고 상처를 받으셨소. 그러다 어느 날 갑자기 변한 거요. 2년 전에. 비탄이라는 감정을 잘라 내시더군. 하지만 하나의 감정에 무감각해지면 다른 모든 감정에도 무감각해지는 법이지. 이제는 그 어떤 감정도 깊이 느끼지 않으신다오. 수치도, 분노도, 기쁨도, 감사도…."

"당연히 사람이 달라지겠죠."

소문으로 들은 이야기를 떠올리며 내가 중얼거렸다.

"살인을 저지르고 달라지지 않는 사람이 어디 있겠어요. 자기 형들의 목숨을 빼앗았잖아요."

"배다른 형들이었소."

원식이 대답했다.

"안양군과 봉안군은 자가를 친동생처럼 대해 주셨는데…. 낭자는 대체 무슨 소문을 들은 거요?"

나는 손을 뻗어 축축한 동굴 벽을 만졌다.

"두 형이 자기 어머니를 때려죽이고 유배되었다고 들었어요."

"왕이 명령했소. 친어머니를 죽이라고."

"그리고 대현 왕자님한테 도주한 형들을 잡아 오라고 명령했다면서요. 왕자님은 시키는 대로 자기 가족을 잡으러 갔고요. 비밀이 아닌걸요. 다들 수군거리는 이야기예요."

"어쩐지."

원식이 속삭였다.

"뭐가요, 아저씨?"

"그런 이야기를 믿으니 자가를 그런 눈으로 보는 거로군."

원식이 동굴 바닥에 자리를 잡고 앉았다.

"괴물로 보이겠지. 내 눈에는 자기 자신을 잃어버린 청년일 뿐인데 말이오."

우리는 빗줄기로 반짝이는 동굴 입구를 응시했다.

"쉬어요."

원식이 말했다.

"이런 날씨에는 이동할 수 없으니…."

"구슬 말이에요."

내가 구슬을 꺼내 손가락 사이로 굴렸다.

"아저씨 말대로 해 봤지만 여전히 답을 모르겠어요. 그냥 말씀해 주시면 안 돼요?"

"내가 준 책 읽어 봤소?"

"읽어 봤지만 너무 지루해요. 저는 교육을 받으러 한양에 온 게 아니라고요. 언니와 다시 만나기 위해 온 거예요."

"《무원록》이라는 제목의 무無는 없애다, 원寃은 원통함이라는 뜻이라오."

답답한 내 심정을 철저히 무시하고 원식이 설명했다.

"제목을 보면 알 수 있듯《무원록》은 사람들의 원통함을 없애는 방법에 관한 서적이오. 나는 낭자가 이 책을 공부하며 인간의 목숨보다 귀한 것은 없다는 사실을 이해하기를 바라오. 죽음보다 큰 형벌은 없기 때문이오. 나와 수사를 하겠다면 성급히 판단하고 결론을 내려서는 안 되오. 무분별하게 행동해서도 안 되고. 아주 작은 증거라도 더없이 신중하게 수집하고 기록해야 하오. 설령 증거가 없다 해도 말이오. 사실을 확인하는 결정적인 역할을 할 수 있기 때문이라오. 나와 함께 일하려면 그걸 알아야 하오."

나는 얼굴을 찌푸리고 원식을 보며 초조하게 손가락을 두드렸지만 못내 고마운 마음도 들었다. 사실 원식은 나를 도와줄 의무 따위 없는 사람이었다.

"각오해 두시오, 낭자."

원식이 거친 목소리로 말했다.

"이번 수사는 낭자 자신과의 싸움이 될 테니. 어둠에 굴복하라는 목소리에 맞서 싸우게 될 거요. 언니를 집으로 데려가는 일, 가능한 한 돕겠소. 나를 믿어 준다면."

원식의 말이 머리에 새겨지며 마지막 남은 짜증까지 다 녹아 내렸다. 이토록 친절한 제안을 어떻게 잊으랴.

이후 원식은 내가 불편함을 느끼지 않도록 등을 돌린 채 밤을 보냈다. 여명이 동굴을 비추었을 때, 나는 피곤해서 머리가 빙글빙글 돌 지경이었다. 거의 한숨도 자지 못했다.

"뭔가 찾았습니다, 대장님!"

처음 듣는 목소리가 크게 울렸다. 나는 고개를 번쩍 들고 원식을 찾아 두리번거렸다. 원식도, 원식의 말도 사라지고 없었다.

"전하께서 곧 도착하실 텐데 어떻게 할까요?"

왕이라고? 나는 잠시 가만히 서 있다가 소리가 나는 곳으로 달려가 나뭇가지 사이를 엿보았다. 한 무리의 내금위 병사들이 파리로 뒤덮인 피투성이 시체 앞에 서 있었다.

속삭이는 소리가 드문드문 들렸다.

"민혁진입니다… 여러 군데를 찔리고… 추락으로 목이 부러져…"

고개를 들자 그들 위로 낮게 툭 튀어나온 절벽이 보였다.

나는 덤불 속에 몸을 숨기고 미끄러지지 않으려 나무를 붙잡으며 젖은 나뭇잎이 깔린 경사로를 올랐다. 심장이 쿵쿵 뛰는 것을 느끼며 현장이 내려다보이는 절벽에 조금씩 다가갔다. 조심조심 나무 한 그루를 붙들고 절벽 가장자리 너머로 눈을 빼꼼 내

밀자 군인들의 전립 꼭대기가 보였다. 그들의 턱 아래에서는 구슬 갓끈이 흔들거렸다.

"그러면… 어떻게 하죠?"

한 사람이 주위를 둘러보며 물었다.

"무슨 말이야?"

"시체를 옮길까요? 전하께서 마지막으로 시체를 보셨을 때 기억 안 나요? 그때….'"

군인이 손으로 목을 긋는 시늉을 했다.

"하지만 전하께서 지나가실 동안만이라도 숨기면….'"

"미쳤어? 살해당한 피해자에 손댄 걸 알면 구 도사님이 우리를 죽일 거야. 아무것도 건드리면 안 돼.'"

모여 있는 군인들 뒤로 한 명이 더 보였다.

키가 큰 젊은 남자로, 얼굴이 귀신처럼 새하얬다. 새까맣고 번들거리는 눈을 좀처럼 깜박거리지 않는 게 꼭 까마귀 같았다. 나는 그를 까마귀라 부르기로 했다. 까마귀는 작은 물체가 떨어진 곳으로 걸어가더니 여전히 자기들끼리 수군거리는 동료들의 눈치를 살폈다.

그 물체를 덤불 아래로 걷어찼다.

"건우야!"

까마귀가 움찔하고 뒤를 돌아보았다.

"왜?"

"와서 이것 좀 봐!"

무엇일지 궁금해할 새도 없이 무수히 많은 말발굽 소리가 우레와 같이 들리더니 왕이 사냥 행렬을 이끌고 나타났다. 호위 무사에게 뭐라 속삭이는데 소리가 너무 작아 들리지 않았다. 폭군의 모습을 눈에 담자 내 등이 긴장으로 뻣뻣해졌다. 하얀 얼굴, 호리호리한 몸, 강하지 않은 이목구비만 보면 도저히 이 나라를 파괴할 힘을 가진 사람 같지 않았다. 그가 입술을 쭉 찢고 입꼬리를 올려 조소를 짓자 주변 사람들이 공포로 몸을 떨었다.

"또 꽃을 남겼더냐?"

왕이 날카로운 칼날처럼 목소리를 내질렀다.

"응? 대답해!"

"예, 예, 예, 전하."

군인 중 한 명이 더듬거렸다.

"허, 허, 허리띠에 꽂혀 있었사옵니다."

"편지도 또 남겼고?"

왕이 거칠게 말했다.

"읽어 보거라."

"전하….."

"읽으래도!"

벌벌 떠는 군인이 짙은 빨간색 옷을 입은 한 남자를 앞으로 밀었다. 그가 시체 앞에 멈춰 서서 피로 쓴 글자를 읽었다.

왕은 국본이 아니라 도적이다.

그의 폭정은 범보다 더 무섭다.

잘못이 셀 수 없이 많으니 두려워 말고 버리라.

쥐 죽은 듯한 침묵이 뒤따랐다.

"구 도사."

왕의 말에 나는 얼른 붉은 제복을 입은 남자를 다시 쳐다보았다. 전립의 챙을 내려 얼굴이 보이지 않았다.

"무명화가 내금위 민혁진을 공격하고 내 앞길에 두고 갔다. 듣자하니 너도 스승처럼 모든 것을 꿰뚫어 본다던데. 이것이 우연일까? 아니면 내가 이곳을 지나간다는 사실을 범인이 아는 것인가?"

"의도적인 행동입니다."

"어떻게 확신하지?"

"모든 상황이 전하 한 분을 위해 연출된 듯하옵니다."

마침내 구 도사라는 사람이 고개를 들자 다부진 얼굴을 엿볼 수 있었다. 많아야 스물다섯으로 보였다.

"내금위 민혁진은 바로 저 나무에 매달려 있었을 것이고…."

나는 황급히 고개를 집어넣고 몸을 웅크렸다. 모두의 시선이 내 앞에 놓인 나무와 나무 몸통에 묶인 밧줄로 향했기 때문이었다. 그런 게 있는지 미처 모르고 있었다.

"하지만 무슨 일이 생겼을 겁니다."

구 도사가 설명을 계속했다.

"밧줄이 풀리며 시체가 절벽 아래로 떨어졌습니다. 끌린 자국을 보시면 알겠지만 시체를 덤불에서 끌고 와 이곳에 두었습니다. 전하의 길목에 말입니다."

"하지만 어떻게?"

왕이 버럭 외쳤다.

자세를 바꾸고 절벽 아래를 다시 내다보니 왕이 말에서 뛰어내리고 있었다. 민혁진의 시신으로 성큼성큼 다가가자 앞에 있는 사람들이 전부 몸을 움츠리고 피했다. 왕은 정처 없이 서성이며 입꼬리를 올리고 웃었다.

"내가 오늘 말을 타고 나올 것을 범인이 어떻게 알았지? 내 일정을 어떻게 알 수 있느냔 말이야? 다음 주에 광릉으로 사냥을 가려다 생각이 바뀌어 오늘 아침에 출발했거늘."

"언제 생각이 바뀌셨사옵니까?"

구 도사가 물었다.

"이틀 전이다."

"그렇다면 범인은 지난 이틀 사이 전하 곁에 있던 인물입니다."

왕이 몸을 휙 돌리고 함께 온 호위 무사, 군인, 참모, 후궁 들을 노려보자 사람들 사이에 공포의 물결이 일었다. 곧 다들 나무 몸통을 가리키며 자신들은 내금위 민혁진의 죽음과 아무 관련이 없다고 외치리라는 예감이 들었다. 나는 자세를 다시 바꾸고 절벽에서 천천히 내려왔다. 누가 나를 보거나 내 목소리를 듣지 못할 만큼 멀어졌을 때에야 허리를 펴고 옷에 묻은 흙을 털었다.

그만 떠나려는데 앞의 진흙에 선명히 새겨진 흔적이 눈에 들어왔다. 무거운 것을 끌고 간 자국이었다. 자취를 따라가자 나지막한 경사로와 숲이 나왔다. 그때 선홍색으로 뒤덮인 형체가 근처 나무 몸통에 등을 기대고 축 늘어져 있는 것을 발견했다.

왕자였다.

"자가."

내가 속삭였다. 조금의 움직임도 없었다.

다가가 그의 앞에 쭈그리고 앉아 피로 물든 얼굴을 들여다보았다. 죽은 건가?

"왕자 자가."

다시 작은 소리로 불러보았다. 한참 동안 움직이지 않자 마지못해 옷깃을 젖히고 목의 옆 부분에 용기 내어 손을 올렸다. 아무것도 느껴지지 않았다. 여기 맥박이 뛰는 곳이 맞기는 한가? 손가락으로 피부를 조심스럽게 훑으며 맥을 찾았다.

"너."

속삭임이 들렸다.

깜짝 놀라 고개를 드니 검은 눈이 보였다.

"죽지 않았네요."

"실망했어?"

"굉장히요."

내가 일어나 한 걸음 뒤로 물러났다.

"무슨 일이 있었던 거예요?"

대현이 다시 오라고 힘없이 손짓했다.

"팔 줘 봐."

"나는 이래라저래라 명령하는 거 별로….."

"감히 왕자의 명령에 불복한다고?"

"왕자라는 칭호를 떼면 뭐가 남죠?"

무력한 모습에 담대해진 내가 심술궂게 말했다.

"꽃이라는 이름을 떼면 그냥 식물 아닌가요?"

"그렇게 건방 떨 시간 없어."

대현이 이를 악물고 한마디 뱉을 때마다 얼굴을 찡그리며 말했다.

"얼른 팔 내놔."

내가 또 한 걸음 물러나자 내 속셈을 깨달은 모양이었다. 내게는 그를 구해 줄 이유가 없었다.

"나 여기서 발견되면 큰일 나."

천천히 말하는 목소리에서 가시가 사라졌다.

"용의자가 될 거고, 아무도 내 죄를 의심하지 않을 거야. 우리 가족에게 그런 일이 있고 나서는 다들 내가 무명화가 되어 복수할 때를 기다렸다고 믿을 거야."

"요약하자면."

내가 말했다.

"여기 두면 죽는다는 얘기죠."

"그래."

대현이 쉰 목소리로 말했다.

"설마 왕자를 죽게 놔두지는…."

"그럴 건데요."

대현의 얼굴이 창백하게 질렸다.

두고 가. 내 머릿속의 목소리가 재촉했다. 그런데도 도저히 움직일 수 없었다.

"제발, 기다려…."

피 묻은 관자놀이에서 한 줄기 땀이 흘러내렸다.

"너 이름이 뭐야?"

"이슬이요."

내가 조심스럽게 대답했다.

"이슬아."

대현이 속삭였다.

"도와줘. 그러면 대가로 언니와 만나게 해 줄게. 약속해."

그 제안을 듣자 소름이 돋았다.

"어떻게 믿어요?"

"나를 믿어야 할 거야."

그를 믿으라고? 내가 바보인 줄 아나? 아래를 힐끗 바라본 순간, 내 사고가 정지했다. 아래쪽 땅에서 군인들이 절벽을 향해 올라오고 있었다. 듬성듬성 늘어선 나무 너머로 한 번이라도 고개를 돌렸다가는 우리를 발견할 것이 뻔했다.

"큰일 났다."

내가 속삭이고 왕자를 쳐다보았다. 나를 쏘고도 죽든 말든 내버려둔 자.

"움직이지 않고 있으면 못 볼지도 몰라요."

"내 비밀을 알려줄게. 들키면 사형을 면치 못할 비밀 말이야. 그렇다면 내 말이 진심이라는 걸 알겠지. 네 언니가 집으로 돌아갈 수 있게 꼭 도와줄게."

잠시 망설였지만 지금은 머뭇거릴 시간이 없었다. 왕자를 붙잡고 젖 먹던 힘까지 다해 일으켜 세웠다. 그러고는 그의 팔을

내 어깨에 둘렀다. 상처 – 이 인간이 낸 상처 말이다 – 가 벌어져
피가 흐르고 통증이 등까지 번졌다.

"시야에서 거의 다 사라졌어."

대현이 속삭였다. 하지만 잠시 후, 군인 한 명의 외침이 공기
를 갈랐다. 화살 한 대가 휘익 소리를 내며 나뭇가지와 잎사귀를
찢으며 날아갔다.

"더 빨리 뛰어요!"

내가 대현의 팔을 더 꽉 붙잡아 내 몸에 가까이 붙이며 소리
죽여 외쳤다.

"잡히기 전에!"

14

대현

간신히 산을 넘고 탈출해 개미 한 마리 없는 곳에 이르렀다.

"어디로 가죠?"

길을 걷는 동안 이슬의 입에서는 가쁜 숨이 터져 나왔다.

"멀리 돌아갈 거야."

대현이 걸음을 내디딜 때마다 인상을 쓰며 속삭였다.

"산길은 왕의 친위대로 득시글거릴 테니까."

그래서 두 사람은 금지 구역으로 더 깊숙이 들어가 나뭇가지가 뒤엉킨 숲을 헤치고 뼈대만 남은 마을들을 지났다. 말없이 걷고 있으니 어젯밤의 기억이 이제야 대현의 머리에 입력되었다.

혁진이 죽었다.

대현은 한 손으로 수척해진 얼굴을 문지르며 겨우 붙잡고 있던 이성의 끈이 풀리는 것을 느꼈다. 혁진의 웃음소리와 야심 찬 선언으로 반짝이던 어린 시절의 기억이 메아리처럼 찾아왔다. 혁진이는 이 나라를 위해 몸 바쳐 일하다 죽었다. 무엇을 위해?

날카로운 통증이 가슴에 박혀 갈비뼈를 짓누르자 숨조차 쉬기 힘들어졌다. 살다 보면 슬퍼할 일이 얼마나 많은데 일일이 다 느끼면 어쩌라는 거야. 여기서 무너질 수는 없었다. 가족이 죽었을 때 느꼈던 그 절망에 다시 빠질 수는 없었다. 몇 달이나 계속된 슬픔은 그를 만신창이로 만들었다. 벗어나지 못할 암흑에 가뒀다. 당시 대현은 몇 시간이고 괴로움에 몸부림쳤다. 온몸에 몸살이 날 때까지 울었다. 그때로 돌아갈 수는 없었다. 대현은 이를 악물고 감정을 차단한 후 감각을 마비시키는 안개가 밀려오기를 기다렸다.

"아파요."

대현이 아래를 쳐다보았다. 슬픔에 잠기지 않으려 애쓰다 이슬의 손목을 멍이 들 정도로 세게 움켜쥐고 있었다.

얼른 손을 뗐다.

"미안해."

대현은 나무 한 그루 옆을 지나며 나뭇가지를 아래로 꺾었다.

"가장 위험한 비밀을 들려주겠다고 하셨죠."

이슬이 말했다.

"뭐예요?"

대현에게는 비밀이 많았다. 무엇을 들려줄까. 하나를 그냥 지어낼까? 대현은 잠시 속으로 계산을 하며 이슬을 가만히 바라보았다. 바람에 머리카락이 마구 날리고 찢긴 옷은 진흙투성이가 되었지만 이렇게 흐트러진 모습을 하고도 고위 관리의 여식이라는 분위기를 숨기지 못했다. 봇짐에서 발견한 문서에 따르면 이슬의 아버지 황씨는 현감이었다. 이슬의 집안은 걸출한 양반가로 유명했다. 대현은 이슬의 인맥을 생각해 보았다. 그에게 도움이 될 수 있을까?

"언니를 위해서라면 호랑이 굴에도 들어가겠다고 했지."

대현이 말했다.

"왕에게서 언니를 훔쳐 올 거라고."

이슬은 그의 시선을 피했다.

"제가 그런 말을 했나요? 모르겠어요. 자가께서는 제 질문에 대답을 안 하시고…."

"그렇다면 왕을 배신할 용의도 있어? 언니를 만날 수 있다면?"

대현이 물었다. 그러다 이슬이 아무 말도 하지 못하자 다시 입을 열었다.

"말이 없네. 내가 두렵니?"

이슬이 대현의 눈을 똑바로 쳐다보았다.

"자가께서는 왕을 배신할 용의가 있으신가요?"

진실을 꿰뚫어 보는 듯한 시선에 대현이 긴장했다.

"말씀이 없으시네요."

이슬이 한쪽 눈썹을 세우며 말했다.

"제가 두려우세요, 왕자님?"

대현의 입꼬리가 실룩였다. 이 아이는 뭘까? 양반 출신이면 유교 사상으로 자랐을 텐데. 어렸을 적부터 고분고분 순종해야 한다고 가정에서 철저히 주입했을 터였다. 그런데도 이슬은 철딱서니 없이 행동했다. 경멸해야 마땅했지만 그보다는 호기심을 느꼈다.

"원래 이랬어?"

대현이 물었다.

이슬이 눈을 가늘게 떴다.

"무슨 말씀이세요?"

"원래 반항적이었냐고."

"그럴 수밖에 없죠."

이슬이 반쯤은 혼잣말로 중얼거렸다.

"여자이기 때문에 지켜야 할 규율이 천 가지인데 그런 규율이
왜 존재하는지 아무도 설명해 주지 않으니까요."

"부모님이 엄격하셨나 보군."

대현이 말했다.

"언니한테만요. 언니는 늘 완벽하려고 노력했고 늘 불행해
보였…."

이슬이 말을 멈추고 속삭였다.

"내가 왜 이런 말을 하고 있는 거지?"

"부모님은 어디 계셔?"

대현이 캐물었다.

이슬의 턱 근육이 움찔하더니 입술이 고집스레 다물어졌다.

"너 여기까지 혼자 왔지."

대현이 말을 이었다.

"지금은 가족이 언니밖에 없겠구나."

이슬이 대현을 쳐다보았다. 눈가가 깜짝 놀랄 만큼 빠르게 붉

어졌다.

"사실을 말한다고 반역이 되지는 않겠죠."

이슬이 속삭였다.

"음해성 발언도 아니고. 왕이 우리 아버지를 죽이고 우리 가족의 삶을 망가뜨렸어요. 왕자님의 형이."

나와 같은 처지네. 대현은 생각했다.

"혈혈단신이라는 말이네. 두렵지 않아?"

이슬이 턱을 치켜들었다.

"아주 혼자는 아니에요. 숙부님이 계세요."

"숙부가 누구인데?"

대현이 중얼거렸다.

"푸줏간 주인?"

"최익준 참판이라고 들어 보셨어요?"

이슬이 한쪽 눈썹을 꿈틀거렸다.

"제 기억이 맞다면 정2품 관직이죠. 그 정도면 꽤 높다고 알고 있어요."

"최익준…?"

대현이 놀라서 속삭이자 이슬은 흡족한 표정을 지었다.

"충주 최씨 가문의?"

"네. 역시 아시는…."

"중추부지사 박원종과 친한 벗이잖아."

"네?"

대현이 고개를 들고 이슬을 보았다. 이슬의 형상이 선명해지고 뒤편의 산은 배경으로 흐릿해졌다. 바로 이슬이었다. 장기판에서 사라진 말이.

이슬이 발을 헛디뎠다. 넘어지지 않게 손을 뻗어 어깨를 붙잡았지만 이슬은 작게 숨을 들이마시고 몸을 빼냈다. 얼굴에서 핏기가 사라졌고 어깨 위를 맴도는 손은… 피로 축축했다.

대현의 손에서도 피가 반짝였다.

"피 나는….."

그러다 말을 멈췄다. 자신이 부주의하게 활을 쏘았을 때 생긴 상처였기 때문이다.

"그래서요? 우리 언니를 궐에서 빼내는 걸 어떻게 도와주실 건데요?"

이슬의 목소리는 날카로웠고 눈빛은 이글거렸다.

"약속하셨잖아요. 잊지 않으셨기를 빌어요. 한 입으로 두 말하는 게 아니셨으면 좋겠어요."

"복수해."

대현이 속삭였다.

"그래야만 네 언니를 구할 수 있어."

이슬이 이맛살을 찌푸렸다.

"그게… 그게 무슨 말씀이세요?"

저편의 어둠 속에서 반짝이는 빛이 두 사람의 대화를 방해했다. 넓은 들판 한복판에 집이 한 채 서 있었다.

"금지 구역에서 다시 벗어났나 보다."

대현이 이슬의 어깨에서 눈을 떼지 못하며 속삭였다. 가슴에서 역겨운 죄책감이 솟아올랐다.

"곧 캄캄해질 거야. 오늘 밤은 여기서 어둠을 피하자."

15

이슬

악귀를 막으려는 용도인 듯한 흰 부적들이 집을 둘러싸고 바람에 펄럭였다. 하지만 우리가 마당에 들어섬과 동시에 귀신도 따라 들어왔는지 문이 스르르 열리고 무당이 나왔다.

"누구시오?"

"다음 마을은 어디 있는지 아십니까?"

대현이 물었다.

"안사람과 여행 중에 몸을 다쳐 하룻밤 쉴 곳이 필요합니다."

안사람. 웃기지 말라 비웃고 싶었지만 불로 지지는 듯한 고통이 어깨를 찔렀다. 아무 생각도 할 수 없었다.

"다음 마을로 가려면 반나절은 더 걸어야 합니다."

무당이 갈라진 목소리로 말했다.

대현이 아내를 걱정하는 남편의 얼굴을 한 가면을 쓰고 나를 보다가 다시 노파에게 고개를 돌렸다.

"오늘 밤 여기서 묵어도 되겠습니까?"

"되기는 하지만 대가를 치러야지요. 먹을 거 있소? 말린 과일이나 오징어?"

대현이 동전을 건네자 무당은 좋아하며 우리를 방 한 칸으로 안내했다. 방이 얼마나 좁은지 대현과 스치지 않으려 벽에 등을 딱 붙여야 했다.

"설마 제가 여기서 같이 자겠다고 생각하는 건 아니시겠죠."

내가 대현을 힐끗 보며 말했다.

대현도 눈에 띄게 불편한 기색이었다.

"나도 너와 한 공간에서는 절대 눈을 감지 못하지."

그가 작은 소리로 말했다.

"칼로 공격하면 어떡해. 아니면 돌로."

그러다 됐다고 손을 내저었다.

"쉬고 있어. 나는 조금 후에 다시 올 테니까. 밤 동안 밖에서 보초 서고 있을게."

나는 대현이 방을 나가자마자 안도의 한숨을 쉰 후 방을 둘러보았다. 좌식 책상, 깔끔하게 갠 이불이 놓여 있고 방 한 구석에는 한 사람이 몸을 누일 요도 있었다. 더 관찰할 새도 없이 무당이 쟁반을 들고 나타났다. 쟁반에는 물이 담긴 대야 두 개와 수건 두 장이 있었다.

"신랑이랑 쓰라고."

내가 어깨를 건드리며 얼굴을 찌푸렸다.

"혹시 깨끗한 붕대 있을까요?"

"아이고, 깜박했네. 신랑한테 들려 보낼게."

"왕… 서방님은 어디 갔는지 아세요?"

"산책한다고 나가더라고. 이 시간에 왜 그러는지는 모르겠지만."

그러면서 무당은 열려 있는 격자창 너머로 보이는 밤하늘을 손가락으로 가리켰다.

"이 집이 금지 구역 변두리에 있단 말이지. 몇 발만 잘못 디뎌도 군인들에 둘러싸일 텐데."

인근을 정찰하러 갔나….

"혹시 제 상처를 봐 주실 수 있을까요? 감염되었을까 걱정돼서요."

나는 낑낑거리며 저고리를 벗고 신음을 흘리지 않으려 이를 악물었다.

"그리고 처치도 가능한지…."

무당이 혀를 끌끌 찼다.

"그런 건 신랑한테 해 달라 해야지. 서방은 뒀다 뭐에 쓰게?"

그러고는 방을 나가 버렸다.

"젠장."

또 혼자가 된 내가 중얼거렸다. 어깨와 위쪽 팔에 새 붕대를 두르려 치마의 어깨 끈을 말기(한복 치마의 허리 부분 – 옮긴이) 쪽으로 내렸다. 상처를 씻어야 했지만 무서워서 붕대를 벗길 수가 없었다.

다시 문이 열리는 소리에 고개를 들었다. 왕자가 표범과도 같이 소리 없이 다가와 방문 앞에 서 있었다. 순간적으로 놀랐는지 표정이 굳었다. 나는 머리가 너무 어지러워 창피함도 느끼지 못했다.

대현이 붕대를 내려놓고 얼른 방에서 나갔다.

"밖에서 기다릴게."

문을 닫은 후에는 다시 안에 대고 말했다.

"원래 붕대는 내버려두는 게 좋아."

내가 붕대를 벗기자마자 나온 말이었다. 피가 다시 흘러 팔을 적셨다. 겁이 덜컥 났다.

"벗기면 어떻게 되는데요?"

내가 물었다.

"피가 엉겨 붙어서 헝겊을 벗기면 출혈이 다시⋯."

대현이 말을 멈추고 착잡하게 물었다.

"벌써 벗겼구나?"

"네."

내가 울먹이는 소리로 말했다.

"내가 도, 도와줄까?"

콸콸 흐르는 피를 보자 판단력이 흐려졌다.

"네."

뒤에서 발소리가 가까워지더니 대현이 내 머리카락을 옆으로 넘겼다.

"끄, 끔찍해요?"

대현이 참는 듯 한숨을 내쉬었다.

"아주 심각한 정도는 아닌 것 같아."

"감염됐어요?"

"아니. 한양에 도착해서 치료만 제대로 받으면 이대로 아물 거야."

죽을 수도 있다는 두려움이 사그라들었다. 고통은 견딜 수 있었다.

피부에 땀이 배는 것을 느끼며 낡은 황동 거울에 비친 우리 모습을 힐끗 살폈다. 너무 가까이 붙어 있었다. 불편할 정도로 가까이. 뛰어나가고 싶은 마음에 온몸의 근육이 수축되었다. 하지만 혹시라도 나를 다치게 할까 두려운 듯 조심스럽게 움직이는 손가락을 느끼며 잠자코 그의 손길을 받아들였다. 실상은 내 몸에 손을 대는 것조차 두려운 듯했다.

"팔 들어 봐."

상처를 씻은 후 대현이 속삭였다.

"가능하다면."

나는 순순히 시키는 대로 하며 거울을 통해 그를 유심히 지켜보았다. 내 몸에 긴 붕대를 감아 주던 대현이 상체에 이르러 얼굴을 찌푸리더니 자신의 옆구리를 부여잡았다. 자기도 다쳤으면서 붕대를 마지막까지 다 꼼꼼히 두를 때까지 멈추지도, 머뭇거리지도 않았다.

"다 했다."

대현이 안도의 한숨을 내쉬었다. 상상도 할 수 없던 다정한 손길로 저고리까지 입혀 준 후에야 내게서 떨어졌다.

"이제 쉬어. 나는 밖에서 계속 망을 볼 테니."

대현은 그 말을 남기고 문으로 성큼성큼 다가갔다. 나도 그가 빨리 나갔으면 했다. 대현이 있으면 방 안의 공기가 사라지고 내 살갗은 괜히 달아오르고 예민해졌다. 하지만 열기로 욱신거리는 어깨 뒤쪽을 조심스레 만지자 나보다 더 심하게 다친 누군가가 생각났다.

"잠깐만요."

내가 외쳤다.

"왕자님도 치료하셔야죠."

대현이 걸음을 멈추고 경계하는 눈빛으로 내 쪽을 쳐다보았다.

"피를 그렇게 묻히고 이동할 수는 없어요. 사람들 시선만 끌 거예요."

대현은 한동안 가만히 서 있더니 마지못해 깨끗한 수건과 대야가 놓인 곳으로 걸음을 옮겼다. 수건을 물에 적시고 뒤통수의 피를 닦으려 했지만 뒤로 손을 뻗자 얼굴이 고통스럽게 일그러졌다. 대현이 책상에 수건을 내려놓고 이를 악물며 옆구리를 부여잡았다.

"원하시면 도와드릴게요."

내가 제안했다.

평정을 되찾으려는 대현의 이마에 땀방울이 송글송글 맺혔다. 나는 그제야 상황을 파악했다. 세모꼴로 파인 목선의 옷깃 위로 시뻘건 멍이 드러났다. 갈비뼈 부근에는 멍이 더 많을 것 같았다.

"어디 봐요."

내가 나직이 말하며 수건을 집어 들고 대야의 물에 적셨다.

대현도 거부하지 않아 까치발을 들고 그의 뒤통수와 뒷목을
살살 닦아 주었다.

"말씀 안 하셨는데… 누구한테 당한 거예요?"

대현의 등에 소름이 번졌다. 감정의 둑이 무너졌고 목소리에
묻은 비애를 느낄 수 있었다.

"놈이 절벽에서 혁진이를 미는 걸 봤어…."

대현이 고개를 저었고 분위기가 섬뜩하리만치 차분해지며 그
의 등 근육이 굳었다.

"죽은 사람을 위해 슬퍼해 봤자 소용없는 일이지."

대현이 혼잣말을 하듯 중얼거렸다.

"죽은 사람은 영영 떠났으니까."

"우리를 남겨 두고요."

내가 속삭이며 수건을 물에 담그고 비틀어 피를 짜냈다.

"이 나라에서, 그들이 존재하지 않는 세상에서 어떻게 살아가
야 하는지 모르는 채로요."

대현이 가만히 앉아 있더니 나를 돌아보았다. 짧은 순간 우리
의 시선이 얽혔다. 먼저 고개를 돌린 것은 나였다. 대현이 다시
앞을 돌아볼 때까지 수건을 헹구기만 했다.

"언니가 사라졌을 때 너도 그랬어?"

대현이 물었다. 짐짓 차분하고 냉정해진 목소리에 대답할 마
음이 들지는 않았다.

"그래서… 비밀이 뭐예요?"

내가 화제를 돌렸다.

"내게 비밀을 들려주겠다면서요."

"아침에 말하려고 했는데, 지금 말하는 편이 낫겠지…."

가장 은밀한 비밀을 들려줘요. 대현은 내게 가장 치명적인 비밀을 말해 줄 의무가 있었다. 언니를 돌려주겠다는 약속을 저버릴 때 협박용으로 쓸 수도 있을 만큼 끔찍한 비밀. 만약 비밀이라는 게 기껏 언제 마지막으로 궁녀를 유혹했는지 고백하는 거라면 핏물을 대야째 얼굴에 끼얹어 버리고 말….

"나 반역을 하려고 해."

대현이 옷깃을 똑바로 세우며 말했다.

내 생각이 정지했다. 손에서 피 묻은 수건이 떨어졌다. 황급히 수건을 집어 들었다.

"거짓말."

"이런 거짓말은 하지 않아."

바닥으로 물이 뚝뚝 떨어졌다. 나는 더러워진 수건을 들고 멍하니 서 있었다.

"무슨… 무슨 반역 말이에요?"

마침내 대현이 내 얼굴을 다시 돌아보았다.

"왕을 폐위시킬 거야."

폐위…? 충격으로 정신이 흐릿해졌다.

대현의 고백이 머리에 입력되기까지는 약간의 시간이 걸렸다. 폐위라니!

"왜 나한테 이런 고백을 하는 거예요?"

갑자기 그런 생각이 들었다.

"역모에 나를 끌어들이려고…."

"반정이야."

대현이 조용히 말했다.

"하늘을 바꾸는 데 성공하면 반정이라 불리겠지. 위험한 폭군의 손에서 우리 왕국을 되찾는 거야."

"실패하면 반란밖에 되지 않아요. 하늘의 뜻에 따르기를 거부하는 모반자가 될 뿐이라고요."

내가 고개를 저었다.

"나는 언니를 데리러 왔지, 나라를 뒤흔들 마음 따윈 없어요. 그런 일에 내가 동참할 거라 생각한다면 착각이에요."

대현이 내 눈을 지그시 바라보았다.

"나라를 뒤흔들지 않고서는 언니를 데려올 수 없어. 왕과 거래할 수 있다고 생각하는 네가 어리석은 거야."

틀린 말은 아니었다. 적절한 시간 내에 범인을 잡아야 한다고 생각하면 의기소침해졌고, 왕과 협상을 시도한다는 생각만으로 공포스러웠다.

"실패할 수도 있어요."

내가 속삭였다.

"그런데 왜…."

내가 창호지문을 곁눈질하며 입을 다물었다.

"반정을 하겠다는 거예요?"

대답이 없자 호기심이 배가되었다.

"하늘을 바꾼다고요. 폭군에게서 이 나라를 구한다고 했죠. 말은 그럴듯하네요. 그런데요, 왕자님. 대체 누구를 위해 이 나라를 구한다는 거예요?"

대현은 감정 없는 눈으로 나를 물끄러미 보더니 냉정하게 세 마디 말을 뱉었다.

"그런 사람은 없어."

내가 어리둥절해 눈을 깜박였다.

"그런 사람이 없다고요? 하지만 누군가를 위해 나서서 싸운다는 거잖아요?"

"영예를 얻으려 한다는 거짓말은 하지 않을게. 반란이 된다면 누구보다 내가 먼저 목이 달아날 거야. 나를 싫어하는 대신들이 많거든. 하지만 나는 살고 싶어."

왕을 폐위시키려 한다는 사람의 입에서 더 거창한 이유들이 나올 줄 알았다. 내가 고개를 절레절레 저었다.

"이 반정이라는 건 누가 이끄는데요? 직접 하시려고요? 아무도 동참하지 않을 거예요!"

"나는 아닐 거야."

대현이 건조하게 말했다.

"네게 지루한 설명을 하지도 않을 거고. 한양에 도착할 때까지 시간을 줄게. 우리와 함께할 건지, 말 건지 결정해."

"우리라니요?"

"원식, 율, 그리고 혁….."

대현의 낯빛이 어두워졌다.

"우리 셋 말이야."

"거부하면요?"

"언니를 다시는 보고 싶지 않나 보다 생각하겠지."

거부하면 살아서 내일도 보지 못할 테고.

바깥의 하늘이 새까맣게 변할 때까지도 떨림은 멎지 않았다. 나는 여전히 몸을 떨며 몇 시간째 가만히 누워 움직임 없는 자세로 보초를 서고 있는 왕자의 그림자가 새겨진 문을 응시했다.

"반정이라…."

혼자였지만 그 단어를 속삭여 보았다. 감각을 혀끝으로 느껴야 했다.

놀라운 상상이었다. 왕의 지배를 벗어난 왕국이라니. 지난 2년은 10년 같았고 폭정은 도무지 끝나지 않을성 싶었다. 불가능해 보였다. 모든 사람이 조선의 왕은 하늘이 점지해 준다고 믿었다. 정말로 왕을 바꿀 수 있을까?

긴장된 숨을 깊이 들이마셨다가 천천히 내뱉었다.

생각이 복잡해 잠이 올 것 같지 않았다. 하지만 한참 만에 눈을 감은 나는 과거로 휩쓸려 갔다. 어머니 꿈을 꾸었다. 나를 감싸안은 어머니를 상상했다. 반대쪽에는 언니가 누워 있었다. 아버지는 말없이 책상에 촛불을 켜고 독서를 하고 있었다.

달아, 달아, 밝은 달아… 어머니가 익숙한 자장가를 부르는 목소리가 들렸다.

금도끼로 육계나무를 벨 테니

옥도끼로 매끈히 다듬어 주렴

초가집을 한 채 지어

방이 하나, 둘, 셋

하나는 수연이 방

하나는 이슬이 방

하나는 엄마 아빠 방

우리 가족 그 집에서

천 년 만 년 살게 해 주거라

노랫소리가 뚝 끊겨 돌아보니 내가 피 웅덩이에 누워 있었다. 어머니, 아버지, 언니는 대자로 누워 눈도 깜박이지 않았다. 비명이 터져 나왔다. 공포와 슬픔이 내 가슴을 갈가리 찢어 놓았다. 고통스러워 견딜 수가 없었다.

복수해. 어둠 속에서 대현의 말이 나를 맞이했다. 나는 잠에서 깨 퉁퉁 부은 눈을 떴다. 복수. 그래야만 네 언니를 구할 수 있어.

해가 뜰 때까지도 눈의 붓기는 가라앉지 않았다. 나는 조심스럽게 팔다리를 움직이며 자리에서 일어나 누군가 방에 들여놓아 준 깨끗한 물로 세수를 했다. 그런 다음 방에서 나가다 우뚝 멈춰 섰다.

어둑한 형체가 툇마루에 등을 꼿꼿이 펴고 다리를 꼰 채로 책상에서 독서를 하는 중이었다. 새벽의 어슴푸레한 빛에 눈을 찡그리고 보니 원식이었다. 원식이 책장을 넘기고 붓에 먹을 묻히더니 소매를 걷고 글씨를 쓰기 시작했다. 수사 일지였다.

"우리 어떻게 찾았어요?"

내가 물었다.

원식이 고개를 들었다. 얼굴에 짙은 그늘이 깔려 있었지만 목
소리에는 안도감이 묻어났다.

"드디어 일어났군. 자가께서 남기신 흔적을 따라왔소."

그래서 왕자가 일부러 나뭇가지를 꺾었던 거구나.

"이제 떠나면 되나요?"

내가 물었다.

"내일 떠날 거요."

원식이 다시 일지를 돌아보며 말했다.

"아직 왕의 친위대가 서쪽 관문을 뒤덮고 있어서."

머릿속의 생각이 달팽이처럼 느릿느릿 움직이다 또 다른 기
억에 초점을 맞췄다. 왕자의 위험한 제안. 가슴이 답답하게 조여
왔다. 반란을 일으킨다는 생각만으로 가슴에서 천 마리 새가 날
개를 파닥이는 느낌이 들었다. 나는 원식의 옆에 털썩 주저앉아
멍하니 앞을 바라보았다.

"자가께 들었소."

원식이 책장을 넘기며 대수롭지 않게 말했다.

내가 입을 떡 벌리고 쳐다보았다. 아저씨도 일당이었지. 이제
생각난다.

"전부 다요? 마땅치 않다는 표정이네요."

"자가께서는 위험한 계획에 낭자를 끌어들였소. 혁진이 율이

186

에게 같이 하자고 설득할 때도 나는 반대했으니."

내가 주위를 살피고 목소리를 낮췄다.

"아저씨의 자가께서 왕이 되기를 원하는 거예요?"

"아니. 조정을 최대한 흔들려면 가장 명백하고 이견이 없는 후보를 선택해야지. 선왕의 적자가 한 명 더 있지 않소. 진성대군."

내가 천천히 고개를 끄덕였다.

"왕이 대군 마마를 죽이지 않기를 빌어야겠네요. 거사가 일어나기 전에."

"여태껏 살려 두었으면 앞으로도 살려 둘 거요. 대군 마마의 모후이신 대비 마마께서 친어머니와도 같은 존재이니. 대군 마마는 그 이유 하나만으로 사사를 피할 수 있었소."

나는 고개를 끄덕이다 가로저었다. 갑자기 불안감이 밀려들었다.

"이 일이 성공할 가능성은 말도 안 되게 낮아요. 아저씨 말고는 다 어린 사람들뿐이잖아요. 율 언니도, 왕자 자가도, 저도…."

"역사는 순리대로 흐르는 법이라오, 이슬 낭자."

원식이 중얼거리며 수사 일지를 한 장 더 넘겼다. 다시 붓을 집어 들었다.

"하지만 흐름의 방향을 바꾸는 것은 젊은이들이지."

16

대현

대현은 원식이 숲에서 다시 주워 온 안장을 말에 얹었다. 그러다 문이 드르륵 열리는 소리에 하던 일을 멈췄다. 뒤를 돌아보니 손힘이 야무진 무당의 부축을 받으며 이슬이 천천히 걸어 나오고 있었다. 무당이 내준 깨끗한 백의로 갈아입은 후였다. 아직 머리를 땋지 않아 생머리가 검은 물줄기처럼 어깨 아래로 흘러내렸다.

"복수심에 불타는 귀신 같네."

안장을 조절하며 대현이 중얼거렸다.

"왕자님 같은 사람을 평생 쫓아다니며 괴롭히는 귀신요."

이슬이 맞받아쳤다.

대현은 대답할 기운도 없었다. 이슬이 곁에 오자 허리를 잡고 들어 올려 안장에 앉혔다. 걱정스러울 정도로 가벼운 몸이었다. 왕이 백성들의 식량을 빼앗는다는 사실은 익히 들어 알고 있었지만 그 탐욕이 얼마나 잔인한지 이제야 실감이 났다. 이슬은 나뭇가지처럼 건드리면 부러질 것 같았다. 이슬의 뒤에 앉으니 전에 없던 분노가 가슴에 들끓었고….

"그만."

대현은 자신에게 명령했다.

신경 쓰고 싶지 않았다. 지금껏 세상에 무관심했기에 제정신을 유지할 수 있었다.

"네?"

이슬이 외쳤다.

"안 가요?"

두 사람은 곧 출발해 들판을 빠른 속도로 가로질렀다. 대현은 앞에 있는 성가신 여자와 거리를 두고 싶었지만 안장 하나에 같이 앉은 채로는 불가능했다. 이슬은 꼼지락거리며 몸을 쭉 뻗어 뒤를 돌아보다 대현을 팔꿈치로 두 번이나 찌를 뻔했다.

"원식 아저씨는 어디 있어요?"

거센 바람에 이슬이 목소리를 높였다.

"병사들 있는지 정찰하러 먼저 말을 타고 갔어."

햇빛으로 물결이 반짝이는 한강에 도착하자 대현은 말이 종종 걷도록 고삐를 쥐고 강의 상류를 따라 움직였다. 두 시간 조금 안 되어 큰길이 나타났고 한양으로 가는 사람들이 점점이 보이기 시작했다.

"결심했어?"

대현이 물었다.

"우리가 얘기했던 문제?"

이슬의 몸이 굳어졌다. 한참 말이 없던 이슬이 입을 열었다.

"제가 제안을 거절할 이유가 있나요? 지금 언니에게 갈 수 있는 길은 두 가지예요. 왕과 거래를 하거나 왕자님과 거래를 하거나. 한 명은 언니에게 데려다주기를 바랄 뿐이죠."

"그런 어리석은 생각을 계속 하겠다고?"

"왕을 봤어요. 그 인간이 얼마나 분노하고 수치심을 느끼는지도 봤고요. 틀림없이 언니와 무명화를 맞바꿔 줄 거예요. 여자가 천 명이나 되니 하나쯤은 놓아주겠죠."

"그걸 알아내려다 목숨을 잃을 수도 있는데?"

이슬이 어깨 너머로 머리카락을 넘기고 땋아 내리기 시작했다. 대현은 긴 목에서 눈을 피했다.

"사람들이 수군거려요. 만약 반란이 일어난다면 비탄에 빠진 남편들과 아버지들이 왕을 끌어내릴 거라고요."

"여동생들도."

대현이 속삭였다.

주먹을 쥔 손, 분노로 붉어진 목덜미가 눈에 들어왔다.

"여동생들도요."

이슬이 단호히 말하고 그를 돌아보았다.

이슬과 눈이 마주치자 가슴 안에서 묘한 감각이 꿈틀거리며 피어났다. 대현은 황급히 고개를 돌리고 남은 여정 동안은 이슬에게 더 이상 말을 걸지 않았다.

17

이슬

"우리는 깊은 속마음을 감춰야 하는 시대를 살고 있소."

원식이 장기판의 말을 옮겼다.

"진실을 말하면 처형될 수도 있는 시대. 이런 시대에 무명화 같은 자들이 더 위험한 법이오."

"왜요?"

내가 물었다. 나는 원식과 함께 마당의 평상에 앉아 왼팔을 움직이지 않으려 애쓰고 있었다. 몇 시간 전 위험한 여행을 마치고 돌아왔고 그사이 상처가 덧났기 때문이었다.

"무명화는 확실성 없이 살인을 하기 때문이오. 왕에게 동조하는 자를 노린다지만, 그 사람이 어디에 충성하는지 어떻게 확신할 수 있단 말이오? 그래서 민혁진이 죽었지. 겉보기에는 왕이 무예를 높게 평가하는 인물이었으니까. 다른 근거도 없이."

원식이 내게 고갯짓을 했다.

"낭자 차례요."

나는 장기판을 내려다보았다. 쿡쿡 쑤시는 통증에서 벗어날
수 있다면 무엇이든 환영이었다.

"범인이 누구일지 짐작 가는 사람 없어요?"

내가 물었다. 손은 장기판 위를 우물쭈물 맴돌다 마침내 졸을
움직였다.

"구 도사가 아저씨 제자였다고 했죠? 그 사람은 범인이 신임
받는 조언자거나, 아무튼 왕의 측근이 분명하다고 했어요."

"왜 그렇게 생각한답니까?"

"범인이 왕의 사냥 일정을 알았잖아요."

"왕의 측근은 한두 명이 아니오. 왕자, 공주는 물론 후궁, 조정
대신들도 있지. 그런 측근들과 긴밀한 사이인 사람들도 있고. 또
한 궁에서 일하는 이들, 광대들, 천 명의 기녀들처럼 그저 왕의
곁에 있는 부류도 있소. 왕의 사냥 일정은 아무나 알 수 있는 거
요. 그것만으로는 후보를 추리지 못하오."

내가 한숨을 쉬었다.

"이러다 영영 무명화를 못 찾겠어요."

"반드시 찾아야지."

원식이 자신감 넘치는 목소리로 말했다.

"대개 진실은 우리 눈앞에 있소. 어디를 봐야 할지만 알면 되
는 거요. 나는 근래 왕자님을 도와드리느라 바빠서 이 사건에 집
중할 시간이 부족했소."

"이제는 제가 도와드릴게요, 아저씨."

원식이 차를 옮기고 내게 고개를 끄덕였다.

나는 궁을 집어 들었다가 동작을 멈췄다.

"궁은 왕이라고 생각하면 되오. 궁성을 나갈 수 없지. 여기 있는 네 개의 칸이 낭자의 궁성이오."

나는 입술을 톡톡 두드리며 내 말들을 다시 주의 깊게 바라보고 각각의 말이 어느 방향으로 움직일 수 있는지 기억을 되짚었다.

"나를 어떻게 도와서 수사하려고?"

원식이 물었다.

"제가 할 일을 말씀해 주세요. 그렇게 할 테니."

"구슬의 의미를 깨닫는 것부터 시작하면 좋겠군."

"아저씨는 그 의미를 알면서 대답을 안 해 주는 거잖아요."

내가 따지는 투로 말했다.

"저는 언니 걱정으로 정신이 없어서…."

원식이 내 말을 잡았고 이동할 때마다 더 많은 말을 잡았다. 나는 내 왕국이 무너지는 모습을 보고도 아무것도 하지 못하고 원식의 잔소리를 듣고 있을 수밖에 없었다.

"스스로 알아낼 노력조차 하기 싫다면 내가 알려 줄 것이라 기대하지 마시오. 내가 봤을 때 그런 사람들은 진실을 찾는 데 진심이 아니었소."

가슴에 짜증스러운 한숨과 비수 같은 말들이 모여들었다. 그러다 멈칫했다. 언니와 말다툼을 한 것도 이래서였다. 언니 말을 진심으로 듣지 않고, 언니의 걱정을 가슴 깊은 곳에서 이해하지 않으려 했기 때문에.

"진실을 찾고 싶어요."

내가 말하며 이제야 치마끈에 묶인 주머니를 내려다보았다.

"저는 그냥…."

꼴사나운 말이겠지만 입 밖으로 뱉어 버렸다.

"받는 것에 익숙해서요."

원식이 무거운 한숨을 내쉬고는 아까보다 온화해진 목소리로
말했다.

"하지만 낭자에게는 본인도 모르는 능력이 있소. 그래서 이곳
에 있는 거고. 언니를 찾기 위해 이 먼 곳까지 오지 않았소. 그 정
도의 고집과 근성이 있다면 진실이 얼마나 깊이 파묻혀 있든 답
을 찾아낼 수 있을 거요."

그러면서 아주 강렬한 눈빛으로 나를 보았다. 한순간 그의 친
딸이 되어 앞에 앉아 있는 기분이었다.

"낭자의 판단력은 귀중한 보물이오. 특히나 지금처럼 불안감
에 휩싸여 갈팡질팡하고 위험한 결론에 이르기 쉬운 시절에는
말이지."

나는 주머니에서 구슬을 꺼내 똑바로 앉으며 얌전한 학생처
럼 자세를 고쳤다.

"어디서부터 시작해야 할지 모르겠어요."

"아주 간단하오. 구슬을 들고 앉아 자신에게 묻는 거요. 전에
어디서 본 적이 있을까?"

"본 적 없는데요."

"다시 봐요."

나는 자리에 앉아 그 물건을 빤히 쳐다보았다.

"그냥 구슬이에요."

"구슬의 용도는?"

"장식?"

"무슨 장식?"

원식은 꼿꼿한 시선으로 나를 바라보았다.

"음….."

나는 기억의 책장을 넘기며 과거에 보았던 구슬들을 모조리 훑었다.

"목걸이와 팔찌요. 염주도 있다! 염주인가요? 스님들이 사용하는?"

"염주처럼 보이오?"

"아니요."

내가 중얼거렸다.

"염주는 더 작고 나무로 만들어요."

원식은 장기판을 비우고 천천히 말들을 보관함에 정리하며 마당에 모여 있는 농부, 군인 들을 바라보았다. 모두 고된 하루 일과를 마치고 술 한잔 하기 위해 이곳에 왔다.

"기억의 웅덩이를 잘 헤쳐 보시오. 작은 부분에 집중하면서."

원식이 말했다.

"사소한 것들이야말로 전반적인 인상보다 더 중요하거든."

"아저씨는 꼭 제가 이 구슬을 전에 봤다고 믿는 것 같아요."

"그랬다고 확신해요. 그게 언제인지 알아내면 되오. 시간이 얼마나 걸리든 진실은 낭자를 기다리고 있을 거요."

원식이 입술을 오므렸다.

"공자님 말씀이 생각나는군. 하늘은 진리가 소멸되게 두지 않는다."

예전에 군인이었던 장기판의 주인이 느지막이 주막으로 돌아왔다. 그와 원식이 사람들에 둘러싸여 장기를 두는 동안, 나는 툇마루로 나가 앉아 눈부신 석양을 피하려 기둥 뒤에 몸을 숨겼다.

진실은 내 앞에 있어. 구슬을 내려다보고 손가락 사이에 굴리며 기억을 더듬었다. 진주 한 알을 찾아 바다를 헤치고 걷듯이. 불가능해….

하늘이 어두컴컴해졌다. 처마에 걸린 등불이 켜졌다. 영호가 나타나 나를 보고 웃으며 금색 주머니를 찾아 더듬었다. 그러다 주머니를 찾지 못하자 그냥 앉아서 맛없는 밥을 먹었다. 그러는 동안 다른 광대들은 사흘 전 궁궐에서 벌인 공연에 관해 수다를 떨었다.

"더 야한 농담이 필요해."

한 광대가 이마를 문질렀다.

"또 전하를 웃기는 데 실패하면 이번에는 우리를 죽이고 말 거야."

영호네 광대 패의 신세도 참 딱했다.

식사를 마친 영호가 입가를 닦고 급히 툇마루로 올라와 방문을 열었다. 방 안에서는 대현 왕자가 책을 넘기고 있었다. 깎은 듯한 얼굴 위로 촛불의 불빛과 그림자가 일렁이며 도도한 입매와 콧대를 어루만졌다. 대현이 고개를 들자 나와 시선이 얽혔다. 내 손가락 사이에 있던 구슬이 빠져나갔다.

"안 돼."

내가 구슬을 잡으려 손을 뻗으며 속삭였다.

툇마루를 굴러 흙바닥으로 떨어진 구슬은 마침 지나가던 군인의 발을 맞고 옆으로 튕기더니 소년의 발에 차여 마당 끝으로 날아갔다. 그쪽으로 황급히 달려가 구슬을 주운 내 눈 앞에 풍성한 남색 치마가 나타났다.

"여행 다녀와서 푹 쉬게 해 주고 싶었는데, 아까는 원식 삼촌 하는 말에 빠져 있더라."

율이 가쁜 숨을 몰아쉬었다.

"저녁 먹으러 온 사람들 줄이 끝날 기미가 안 보여!"

나는 구슬을 넣어 두고 일어났다. 율은 찌개와 막걸리병을 가득 담은 쟁반 네 개를 위태롭게 들고 있었다. 성한 팔이 하나뿐이라 일단 쟁반 하나만 받아 주었다.

"원식 삼촌이 언니한테도 그래?"

율과 함께 음식을 나르며 내가 물었다.

"답을 스스로 찾으라면서 절대로 말해 주지 않는 거?"

"아니. 애초에 나는 수사에 끼워 달라고 한 적이 없으니까. 네가 자초한 거란다, 이슬아. 삼촌의 교육열을 깨운 거지. 지금 생각하니…."

율이 말을 하다 말았다. 율이나 나나 이 밥상에서 저 밥상으로

옮겨 다니며 음식을 나르고 더러워진 상을 닦느라 바빴기 때문
이다. 손님들이 줄어들자 율이 과장된 한숨을 내쉬었다.

"무슨 얘기 하고 있었지?"

율이 팔을 주무르며 중얼거렸다.

"맞다. 지금 생각하니 원식 삼촌은 의금부에서 낭청들을 가르
치던 시절이 그리운 것 같아. 네가 가르침의 대상이 된 거지…."

율이 또 말을 흐렸다. 시선이 술 취한 남자 옆에 앉아 율을 향
해 손을 흔드는 젊은 여자에게 꽂혔다.

율도 신경질적으로 손을 흔들어 주고 몸을 홱 돌렸다. 그러고
는 작은 청동 거울을 꺼냈다.

"연지가 다 녹아내렸잖아!"

짜증을 부리는 율을 따라 나도 율의 방으로 들어갔다.

"쟤는 왜 저런 지저분한 돼지와 혼인하기로 했을까? 이해가
안 돼."

갑자기 율이 동작을 멈추고 나를 돌아보았다.

"너무 바빠서 깜박했다!"

"깜박하다니?"

"아침부터 네게 줄 게 있었는데 네가 그 영감탱이 잔소리를 듣
는 바람에 기회가 없었어."

"뭐를…?"

율이 가까이 다가와 나를 꼭 껴안았다.

"대현 왕자님께 다 들었어. 괴물을 물리치는 거 너도 같이 하
기로 했다며."

다음으로는 내 손을 잡고 흔들었다.

"우리 조직에 여자 동지가 들어와서 너무 기뻐. 남정네들하고
만 일하는 것도 지겨워지던 참인데."

아직 사라지지 않은 포옹의 온기가 내 가슴까지 스며들었다.
홍등 주막에 머무는 사이, 친구 없이 외톨이로 살겠다는 내 결심
은 무너져 내렸다. 내가 눈시울을 붉히는 것을 눈치챘는지 율이
물었다.

"왜 그래?"

"아니야. 언니는 어쩌다 합류하게 된 거야?"

내가 화제를 돌리려고 물었다.

"맡은 임무는 뭐고?"

"혁진이가 소꿉친구였어. 주막을 운영하는 사람이 있으면 쓸
모가 있겠다 생각한 거지. 내 주막은 정보가 모이는 공간인 셈이
야. 무기 창고 겸. 나중에 비밀의 방도 보여 줄게."

그 방은 이미 알고 있었다.

"무기를 왜 하필 이곳에 보관하는 거야?"

"공간이 있으니까. 아무도 예상하지 못하는 곳이기도 하고. 무
기를 들여와도 아무도 무기 상자를 수상하게 여기지 않아. 주막
에는 상인들도 자주 오니까. 뭐, 예전에는 자주 왔어. 왕의 사냥
터로 길이 막히기 전에는."

검이 가득한 상자를 봤던 기억이 머릿속을 스쳐 지나갔다.

"혹시… 훔치는 거야?"

"상인들이 자주 온다고 했잖아. 내가 믿는 친구 중에 단골 상

인 한 명이 있어. 그 상인 친구 중에는 대장장이가 있고. 거래를 주선할 수 있었지. 혁진이와 돼지가 밤새 상자를 풀고….”

율이 예쁘게 장식된 나무함을 열어 그 안에 빼곡히 찬 화장품 병들을 훑고는 방 안을 둘러보았다.

“내가 연지를 어디다 뒀더라.”

“돼지가 누구야?”

내가 물었다.

“영호! 혁진이가 붙여 준 별명이야. 나는 그렇게 부르지 말라고 했지만. 이 세상에 돼지 소리를 듣고 싶은 남자가 어디 있겠니?”

율이 궤짝을 열고 작게 접힌 담요를 꺼냈다. 다른 물건도 딸려 나왔다. 붉은 진주가 박힌 용 모양 비녀였다.

내 입에서 작은 탄성이 터져 나왔다. 너무나 아름다운 비녀였다. 내가 가졌던, 아니 보았던 그 어떤 비녀보다 만듦새가 정교했다.

“어디서 난 거야?”

율이 재빨리 비녀를 주웠다.

“어떤 아저씨가 선물로 줬어.”

“선물로 줬다고?”

호기심을 억누를 수 없었다.

“가보야?”

율은 나를 쳐다보지도 않고 조심스러운 손길로 비녀를 궤짝 깊숙이 다시 넣었다.

"십 년 후에 전당물로 써서 그 돈으로 혼인하고 아이도 키우라고 했어. 나야 결혼할 생각도 없었지만. 남자도, 자식도 관심 없거든."

머릿속에 그 비녀의 모습이 각인되었다. 떠올릴 때마다 사방에서 금빛이 반짝거렸다. 나는 장식용 비녀에 관해서라면 모르는 게 없었다.

비녀는 결혼한 여인들만 착용하는 장신구였고, 비녀의 재질은 그 사람의 지위를 상징했다. 금, 은, 옥은 오직 양반 계급에만 허용되었고 평민들은 나무나 동물의 뼈, 뿔로 만든 비녀를 사용했다.

"상징…."

내가 중얼거렸다. 어떤 생각이 닿을락 말락 머리의 가장자리를 맴돌았다.

"왜 그래?"

"우리가 쓸 수 있는 것과 쓸 수 없는 것을 가르는 법칙들이 있어. 우리가 착용하는 물품은 머리 장식부터 갓끈까지 전부 신분을 나타내지."

내가 목덜미로 손을 올렸다. 진실을 깨닫자 전율이 일었다.

"구슬로 된 갓끈은 자기 신분을 나타내려는 양반들 것이고… 그건 군인도 마찬가지…."

심연 속에 잠겨 있던 기억에 빛이 들어오며 숨이 턱 막혔다. 나는 다시 절벽 끝에서 내금위 병사들이 혁진의 시신을 살펴보는 모습을 몰래 내려다보고 있었다. 그들은 무관의 갓인 전립을 쓰고 있었고 긴 구슬 끈이 양 끝에 매달려 있었다. 두 가지 색의 밀화 구슬이 교차되었다. 빨간색, 노란색, 빨간색, 노란색, 빨간색, 노란색.

"빨간색과 노란색."

말도 잘 나오지 않았다.

"사건 현장에서 발견된 구슬 색과 똑같아."

"소름 끼치네."

율이 중얼거렸다.

"너 꼭 뭔가 깨달은 원식 삼촌이랑 똑같이 생겼어."

나는 율을 무시하고 방에서 달려 나갔다. 왕국을 수정 돋보기로 비춘 듯 아주 작은 부분들까지 내 눈을 사로잡았다. 아주머니의 검은색 나무 비녀, 아저씨의 옷에 묻은 보라색 얼룩, 할아버지의 무릎에 묻은 흙먼지. 저기 구슬이 보였다. 빨간색과 노란색 구슬을 번갈아 꿴 끈이 군인들의 전립에 달려 있었다. 그들은 밥상 앞에 구부정하게 앉아 술을 또 한 잔 따르는 중이었다. 내 금위는 아니었다.

이 사실을 곰곰이 생각하는데 옆에 건장한 그림자가 드리워졌다. 돌아보지 않아도 누구인지 알 수 있었다.

"밀화 구슬요⋯."

내가 작은 소리로 말했다. 심장이 점점 더 빠르게 뛰었다.

"무명화는 군인인 거죠."

"일반적인 군인은 아니오."

원식이 말했다.

"과부가 했던 말을 떠올려 봐요."

"반은 사람이고, 반은 늑대다. 남편이 죽기 전에 그런 말을 했다고…."

나는 죽은 목격자의 말뜻을 마침내 이해했다. 대부분의 군인이 쓰는 전립은 윗부분이 둥근 형태였다. 하지만 내금위의 전립은 양쪽에 뾰족한 깃털 두 개가 꽂혀 있다. 부상을 입고 겁에 질린 남자의 눈에는 충분히 늑대 귀처럼 보일 수도 있었다.

"무명화는 내금위 소속이군요."

"아니면 그렇게 되고 싶거나."

원식이 뒷짐을 지고 나를 쳐다보았다.

"어떻소, 이슬 낭자? 마침내 스스로 진실을 찾아낸 기분이?"

나는 손바닥에 놓인 구슬을 내려다보았다.

"말로 표현할 수 없게 짜릿해요."

숨이 가빠져 속삭였다. 원식의 눈꼬리에 주름이 잡히더니 더 즐거워졌는지 큰 소리로 껄껄 웃기 시작했다. 어느새 나도 따라 웃었다. 찰나의 순간이지만, 정말 다 이루어질 것만 같은 느낌이 들었다.

18
대현

바깥에서 이슬의 낭랑하고 매혹적인 웃음소리가 울려 퍼졌다.
대현은 호기심에 사로잡혀 어떤 말이나 행동도 하지 못하고 그
소리를 가만히 듣고만 있었다.

"왕자 자가?"

그를 부르는 소리에 몸가짐을 바로 하고 앞에 서 있는 청년을
바라보았다. 궁중 광대 영호였다.

"민혁진이 자네를 신임하는 것 같더군. 전에 애칭으로 부르는
모습도 보았어."

"돼지 말이지요!"

영호의 입가에 씁쓸한 미소가 걸렸다.

"많고 많은 별명 중에 하필…."

"자네에게 의기가 있다는 말도 자주 했네. 이유를 아나?"

영호가 욕심 많은 어린아이처럼 눈을 밝혔다.

"선과 악을 구분할 수 있는 사람은 아무래도 현실을 있는 그대

로 받아들이기가 어렵죠."

"인간에게는 누구나 선과 악을 구분하는 능력이 있지."

대현이 중얼거렸다.

"탐욕에 눈이 먼 일부가 늑대로 변하는 바람에 모든 윤리와 가치를 내버리는 것일 뿐."

너는 늑대야. 왕의 속삭임이 귓속으로 흘러 들어왔다. 나와 같은 늑대. 대현은 막걸리를 한 사발 더 따라 마셨다.

"언젠가 혁진이 비밀스러운 일로 도와달라 청한 적이 있지. 기억하나?"

"기억하고 말고요, 자가. 율 누님과 짐을 옮기는 데 손을 보태달라 했습니다."

"그 안에 무엇이 있었는지 아는가?"

영호가 축축한 손바닥을 옷에 닦았다.

"그날 이것저것 주워들었습니다."

대현은 광대를 뜯어보며 그가 알고 있을 가능성을 가늠해 보았다. 그들의 무기를. 계획을.

"연극에 관해 혁진에게 들었다. 자네 패는 목숨을 걸고 전하의 행각을 비판한다고?"

"저는 광대니까요. 할 일을 하는 거죠. 목숨 걸고 임금님을 비판하고 사람들에게 기쁨을 주는 게 제 일입니다요."

"내가 듣기로는 작년에 지금의 광대 패에 들어갔다던데?"

"공연에는 잘 못 나가게 해요. 제가 대사를 막 바꾸고 설정을 더 자세하게 부풀린다고요. 할 말이 좀 많아야죠!"

빠르게 쏟아지는 강한 전라도 사투리에 무슨 말을 하는지 겨우 알아들을 수 있었다.

"그래서 제가 먼저 제안한 거예요. 같이 지내게 해 준다면 이 야깃거리를 주겠다고요. 이야기가 있어야 돈을 벌지요. 몇 번은 관리들이 돈을 주고 소문을 퍼뜨려 달라고…."

"광대 패에 들어가기 전에는 무엇을 했나?"

"두 해 전, 왕이 아버지를 좌천시키고 관직과 재산을 박탈했습니다. 그런 사람이 한둘이 아니라고 들었어요."

"그랬지."

"가족의 생활이 몹시도 궁핍해졌습니다. 어머니는 우리를 먹여 살리려고 노비로 팔려 가시고요. 그러다 다음 해에 전염병이 돌아 부모님이 돌아가셨습니다. 저는 빈손으로 가출을 했어요. 형님들이 딱하다고 저를 받아 준 겁니다."

"고마운 사람들이군."

대현이 덤덤하게 말했다.

"그래서 이슬이에게 마음이 쓰이나 봐요."

영호가 중얼거리는 말이 대현의 귀에 박혔다.

"저처럼 외로운 처지잖아요. 겉으로는 겁도 없어 보일지 모르지만 솔직히 처음 봤을 때 이런 생각이 들었어요. '이렇게 외로움 많은 아이는 처음 본다.'"

대현이 팔짱을 꼈다. 드러내 놓고 이슬에 호감을 보이는 영호를 영입하자니 찜찜했지만 앞에 나서 민심을 휘저어 줄 인물이 필요했다. 더 큰 불안감을 일으키고 대중이 천지개벽을 받아들이고 동참하도록 설득해 줄 인물. 그래야만 전쟁의 흐름이 그들에게 유리해진다.

"관리가 돈을 주며 소문을 퍼뜨려 달라 했다고? 어떤 소문이었나?"

"장녹수 때문에 왕이 잔혹한 통치를 하는 거라고요."

영호가 대답하며 예의 바르게 대현의 빈 술잔을 채우고 자신의 잔에도 술을 따랐다.

"대화하는 걸 엿들었는데 왕의 책임을 덜고 싶은 것 같더라고요. 이장곤이 귀양 간 다른 신하들과 반란을 계획하고 있는 소문이 돌 때였거든요. 평소 같으면 왕에게 도움이 될 일에는 신경 안 썼죠. 그런데 장녹수가 흑마술을 부려 왕을 조종한다는 얘기는 저도 믿고 있어서…."

"이장곤이 반역을 일으키리라 보는가?"

대현이 물었다.

"그 사람이 아니라도 누군가는 할 거예요."

"그래?"

"뭐, 자가께서도 그렇게 생각하지 않으세요?"

영호가 황급히 자신의 입을 틀어막았다.

"생각나는 대로 말하는 습관을 고쳐야 하는데."

"자네를 곤란하게 하려고 온 게 아니네."

이어 대현이 동전 주머니를 꺼냈다.

"이야기를 하나 퍼뜨려 주게."

주머니를 낚아챈 영호가 내용물을 보고 눈을 동그랗게 떴다.

"무슨 이야기입니까?"

창살문의 한지를 통과한 등불 빛이 바닥에 금색의 직사각형 무늬를 찍었다.

"승평부부인에 관한 이야기라네."

대현이 속삭였다.

"그분이 왜 자결했는지 알 수 있는 비극적인 이야기로, 자네의 임무는 왕에 대한 증오심을 불러일으키는 걸세."

"하지만 사람들은 이미 왕을 증오하는뎁쇼, 자가."

"더 불을 붙여. 더는 입 다물고 있을 수 없다, 가만히 있을 수 없다는 마음이 들 만큼 압도적인 증오를 일으키게."

영호도 이제는 손을 떨었다.

"이 순간만을 기다렸습니다. 세상을 바꿀 수 있는 순간을요. 맹세합니다."

영호가 눈을 반짝이며 고개를 들었다.

"절대 왕자 자가를 실망시키지 않겠습니다."

19
이슬

나는 밤이 깊도록 바닥에 앉아 구슬을 관찰했다. 한껏 부풀어 오른 가슴이 놀라움과 경이로움의 날개를 타고 하늘을 날았다. 전에 미처 보지 못했던 아름다운 진실이 여기 있었다. 진실은 내 머리에서 하나의 기억을 끄집어냈다. 언젠가 가족 다 같이 깊은 산중으로 여행을 간 적이 있었다. 절에 들렀던 우리 가족은 굶주린 늑대 무리에 에워싸인 한 마리 학을 보았다. 늑대 떼가 학을 갈가리 찢어 잡아먹을 것이라 생각했는데 놀랍게도 학은 엄청난 힘으로 내 예상을 깨뜨렸다. 진실은 그날의 학과도 같았다. 그만큼 강력했다. 아무리 흉악한 상대라 해도 맞서 공격할 용기를 가지고 있었다.

날이 밝았을 때 나는 구슬을 꼭 쥔 채 바닥에 웅크리고 누워 있었다. 의식은 숲과 학과 늑대가 있던 꿈나라 주위를 맴돌았다.

"이슬아, 늦잠을 자면 어떡해!"

문 앞에서 율이 외치는 소리에 정신이 번쩍 들었다.

"벌써 아침 손님들 오셨어! 음식 나르는 것 좀 도와줘!"

나는 억지로 몸을 일으켜 세우고 몸단장을 했다. 율이 이쪽저쪽 바삐 움직이는 소리가 들렸지만 지금 이대로 나가려니 내 허영심이 허락하지 않았다. 청동 거울 앞에 무릎을 꿇고 앉아 머리카락을 빗고 땋아 내리며 밀화 구슬의 의미가 무엇일지 상상의 나래를 펼쳤다.

"이슬아!"

율이 외쳤다.

재빨리 옷매무새를 가다듬고 방을 나가다… 왕자와 부딪치고 말았다. 수사에 대한 생각이란 생각은 다 날아가고 무당집에서의 기억이 머리에 가득 찼다. 맨살이 드러난 내 어깨와 살에 닿지 않으려 애를 쓰던 그의 손길도. 하지만 지금 대현은 계단으로 굴러떨어질 뻔한 나를 붙잡아 주었다. 내가 몸을 빼자 내 팔에서 손가락이 스르르 미끄러졌다.

"안녕, 이슬아."

인사하는 목소리가 깊었다.

"안녕하세요."

나는 그렇게 말하며 자리를 떴다. 조금은 무뚝뚝했는지도 모르겠다.

갑자기 수줍어졌고 내게서 떨어지지 않는 왕자의 시선을 느끼자 수줍은 것을 넘어 부끄러워졌다. 나그네 손님들을 맞이하며 그릇과 잔을 상에 날랐다. 찌개와 막걸리가 치마에 튀었고 이리저리 돌아다니느라 머리가 흐트러졌다. 나는 이렇게 살 사람이 아니었다. 문득 대현에게 보여 주고 싶었다. 과거의 내 모습을… 단아하고 정숙하고 흰 꽃처럼 여리고 청초했던. 하지만 그 생각은 금세 사라졌다. 언니를 다시 볼 수만 있다면 남은 평생 상만 차리고 살아야 한대도 만족할 수 있었다.

"들었어?"

내 신경이 그리로 향했다. 노인은 국물을 벌컥벌컥 마신 후 입술을 핥고 말을 이었다.

"무명화가 또 나타났대."

내가 멈칫했다. 주위의 손님들도 마찬가지였다. 숟가락질을 멈추고 술잔도 입술에 대지 않았다.

"이번에는 누구를 죽였소?"

왕자의 목소리는 날카롭고 위협적이었다.

노인이 당황하며 손을 내저었다.

"죽이기는! 이 청년 보게. 또 선행을 베풀었다는 말이지. 우리 옆집에 쌀 한 포대를 두고 갔다지 뭔가. 그 집 아들이 굶어 죽을 지경이었거든."

그러면서 혀를 끌끌 찼다.

"버르장머리 없게 어디 어른 앞에서 그런 말본새인가!"

"버르장머리?"

왕자가 속삭였다. 얼음장처럼 차가운 목소리였지만 어디선가 비웃음이 터져 나오는 바람에 말을 잇지 못했다.

사람들 틈에 서 있는 비웃음의 주인공은 세 아이의 엄마였다. 내가 왔을 때부터 이 주막에 머물고 있었다.

"무명화는 흉내쟁이지."

아이 엄마가 젓가락을 들고 장아찌를 집어 입안에 쑤셔 넣었다.

"내 남편이 의적 홍 대장이라고. 양반집을 털어 가난한 사람들을 도와준 건 우리 서방님이 원조란 말이야."

다들 수군거리기 시작했다.

"그 의적 홍 대장?"

"왕의 물건도 훔치지 않았어?"

"홍 씨라면 6년 전에 붙잡혔잖아!"

마침내 누군가 용기 내어 물었다.

"그런데 당신은 과부가 아니오?"

"밀위청 안에 갇혔으면 죽은 목숨이나 다름없소."

여인이 대답했다.

"왕이 반역자는 절대 풀어 주지 않으니."

그러더니 자랑스럽게 덧붙였다.

"거기서는 우리 서방님이 마왕이라 하오. 지위가 가장 높은 죄수들을 그렇게 부른다지."

여인이 거만하게 고개를 젖혔다.

"우두머리 자리를 지켜 줄 부하들도 있소. 그 안에 적어도 오백 명은 갇혀 있는데 말이오. 다들 우리 서방님이 만 백성의 진정한 수호자라 믿는다니까. 무명화가 아니라…."

아이 엄마의 일장 연설은 거기까지였다. 마을의 종이 울렸기 때문이다.

손님들이 일제히 밥상을 버리고 달아났고 마당 너머에서는 여인들이 집 안에 몸을 숨기고 문과 창문을 쾅 닫았다.

"왕이 근처에 있어."

율이 얼음처럼 딱딱한 목소리로 말했다. 그러고는 쟁반을 턱 내려놓고 얼굴에 바른 분을 지워 이마 한가득 물결 모양으로 난 흉터를 드러냈다. 흉터는 먹잇감을 노리는 왕의 관심을 막아 줄 율만의 무기였다.

"저 경종이 더 이상 울리지 않는 날이 오면 내 주막에서 이 세상 가장 성대한 잔치를 열 거야."

율이 내게 손짓하며 부엌으로 사라졌다.

"이슬이 너는 나를 따라와."

"맞는 말이야."

대현이 작은 소리로 말하며 내 팔꿈치를 가볍게 밀었다.

"가서 숨도록 해."

"언니를 보고 싶어요."

내가 찌개 그릇을 내려놓으며 속삭였다.

"아직 살아 있는지 알아야겠어요."

대현이 내 팔을 덥석 붙잡고 가까이 다가왔다. 낮은 소리로 경고하는 속삭임이 내 귓가를 간지럽혔다.

"얼굴 하나 보려고 목숨 걸지 말고, 목숨은 언니를 탈출시키는 데 걸어."

심금을 울리는 말을 듣자 충동으로 경직되었던 팔다리의 힘이 풀렸다. 언니를 본다면 마음이 조금 편안해지겠지만 그보다 중요한 것은 왕의 손아귀에서 언니를 빼앗아 오는 일이었다.

"알겠어요."

슬픔을 감추지 못하고 내 목소리가 떨렸다.

"어떻게 하면 되는지 알려 주세요."

"안전하게 이야기를 나눌 곳을 찾아야지. 따라와."

부드럽지만 단호한 손길로 내 손을 잡은 대현이 마당을 가로지르더니 뒷문으로 나가 마을의 꼬불꼬불한 길로 나를 이끌었다. 걸으면서도 경계를 늦추지 않고 내 몸을 가리려는 듯 옆에 바짝 붙어 떨어지지 않았다. 빈터로 나왔을 때에야 우리가 마을의 익숙한 경계에서 한참 벗어났다는 사실을 알 수 있었다.

"왜 주막에 있지 않고요?"

내가 물었다.

"방에 숨은 사람이 너무 많아. 왕의 목소리에 귀를 기울이는 사람도 한둘이 아니라 우리 소리까지 들을 수 있어."

나는 계속해서 대현을 따라 넓은 들판을 지나고 나무 한 그루가 덩그러니 서 있는 언덕을 올랐다. 몸통이 얼마나 커다란지 우리 둘이 양팔을 다 벌려도 감싸기 힘들 정도였다. 나뭇가지는 하늘에 초록색 파도처럼 퍼져 나갔다. 멀리서 새벽안개가 아무도 없는 풀밭에 미끄러졌다. 비밀 이야기를 하기에 완벽한 장소였다. 누가 접근한다 해도 몇 리 떨어진 곳에서 이미 들킬 터였다.

"하려는 말씀이 뭐예요?"

아직 내 손목을 붙잡은 그의 손을 내려다보며 물었다.

대현이 실수를 깨달았는지 손을 움찔하고 내게서 몇 걸음 물러났다. 시선이 먼 곳을 향했고 낯빛이 어두워지며 이마에 걱정스러운 주름이 잡혔다.

"네가 이 일에 동의하려면 우선 위험한 작전에 발목이 묶이게 된다는 사실을 이해해야 해. 꼭 경고하라고 원식이 신신당부하더라. 한 번 동의하면 그때부터는 돌이킬 수 없는 거야."

"뭔지 말해 줘요."

나는 점점 안달이 났다.

대현의 턱 근육이 움찔했다. 눈빛에서 안도감과 괴로움이 섞여 나왔다.

"네 숙부인 최익준 대감을 찾아가 줬으면 해. 닷새 후 여행에서 돌아오면."

대현이 말을 멈추고 나를 유심히 관찰했다.

"그리고 정치적 입장을 알아내. 왕에게 충성하는지, 그 반대인지."

내가 얼굴을 찌푸렸다.

"왜 하필 숙부님이에요?"

"왕의 사냥터를 관리하는 일을 했는데 왕이 마음에 들지 않는다고 2품에서 9품으로 강등했어. 왕에 대한 감정이 좋지 않겠지. 만약 우리 편이 되어 준다면 중추부지사 박원종도 우리 쪽에 합류하게 설득해 줄 수 있어."

"그게 누군데요?"

"너는 중추부지사가 조정에 막강한 영향력을 행사하는 사람이고 그 가족이 왕에게 복수하게 만들 비밀을 내가 안다는 것만

215

알고 있으면 돼."

불인김이 꿈틀댔지만 외면했다. 내 감정은 중요하지 않았다. 언니만 살리면 돼.

"좋아요, 저를 이용하세요."

"꼭 그런 식으로 표현해야겠어?"

대현이 앞을 보며 중얼거렸다.

우리는 말없이 서 있었다. 어쩌된 일인지 서로 어깨가 닿을 만큼 다시 가까워졌고, 대현의 제안이 나를 무겁게 짓눌렀다. 실로 위험한 작전이었다.

따스한 바람이 불어오며 나뭇잎들이 해변의 파도처럼 큰 소리로 바스락거렸다. 눈을 감자 평온한 어둠 속에서 바다 한가운데 떠 있는 우리를 상상할 수 있었다. 파도에 내 몸이 올라갔다 내려왔다.

"진심이에요."

내가 속삭였다.

"언니를 구할 수만 있다면 뭐든 하겠어요."

대현이 나를 쳐다보았다.

"이름이 뭐야? 네 언니 말이야."

"황수연이에요. 하지만 종금이라는 가명을 쓸 수도 있어요."

서서히 왕의 사냥 행렬이 먼 길에서 나타났다. 뒤따르는 병사만 수천 명이었다. 가까이서 봤을 때는 어깨가 떡 벌어진 거대한 짐승처럼 위압적이었다. 하지만 이렇게 멀리서 보니 작고 하찮은 개미 같았다. 우리 앞에 펼쳐진 광활한 풍경에 묻혀 잘 보이지도 않았다.

"왜 저렇게 많은 사람을 달고 나오는 거예요?"

내가 물었다.

"사냥 나들이는 후궁과 기녀가 이렇게 많다고 과시하려는 목적이거든. 군대가 전투태세를 유지하게 군사 훈련도 겸하고."

대현이 대답했다.

"병사들을 훈련시키는 거지. 자기 두려움을 달래려고."

"자기 멋대로 행동하고 사람을 죽이는 왕이요?"

내가 인상을 쓰며 대현을 쳐다보았다.

"두려워한다고요?"

"죽을 만큼 두렵지. 지난해부터 망상이 심해져서 궁궐 모든 출입문의 경비를 예순 명으로 늘렸어. 병사들조차 궐 방향으로는 칼을 돌리거나 활을 쏠 수 없고."

나는 가만히 앞을 보며 하나같이 펄럭이는 분홍색 옷을 입은 사람들의 무리를 응시했다. 이곳에만 수백 명이었고, 절에 수백 명이 더 있었다. 이 생각을 하자 서글퍼졌다.

"왕은 왜 여자들을 천 명이나 데리고 있어요? 나는 남편 천 명을 갖고 싶다는 상상도 못 하겠는데."

"왜냐하면 겁탈은⋯."

대현이 불편한 듯 내 쪽을 힐끗 쳐다보았다. 여자의 감수성을 잘못 건드렸을까 봐 걱정이라도 되는지. 하지만 나는 그 단어를 피할 마음이 없었다. 우리 언니가 견뎌야 하는 현실을 내가 어찌 감히 피하겠는가?

"왜냐하면 겁탈은 권력을 행사하는 수단이니까. 욕망이나 사랑과는 아무 관련 없어."

대현이 나직이 설명했다.

"왕은 권력에 굶주린 짐승이고 게걸스럽게 더 많은 것을 노리고 있어. 백성들에게 소중한 것을 빼앗는 것보다 최상의 권력을 보여 주는 수단이 또 어디 있겠어?"

"하지만 아무리 많은 여인을 탐해도 끝나지 않아."

대현이 말을 이었다.

"더 굶주릴 뿐이지. 천 명으로는 만족하지 못할 거야. 언젠가 왕이 꿈꾸는 것처럼 만 명을 얻는다 한들… 여느 때보다 탐욕이 강해지지 않을까."

20

대현

이튿날 입궐한 대현은 나인들이 왕의 수라상을 내려놓는 모습을 가만히 지켜보았다. 총 세 개의 상에 12첩 반상이 차려져 있었다. 어떤 음식이든 소주방에서 조금씩 맛을 보고 독이 들었는지 확인하고 내와야 했지만, 망상에 시달리는 왕은 다시 기미를 하라 명령했다. 결국 오랜 시간이 소요되는 과정이 현장에서 시작되었다.

기미 나인이 가장 큰 상의 다양한 반찬을 하나씩 베어 물고 오물오물 맛보았다. 산삼구이, 육전, 생선회, 장아찌, 깍두기, 젓갈로 맛을 낸 배추김치, 백김치, 갈비찜, 수육, 젓갈, 생선….

그러다 쿨럭 기침을 했다.

대현을 비롯해 모든 사람이 긴장했다. 왕의 얼굴이 새하얗게 질렸다.

"소, 송구하옵니다."

나인이 가쁜 숨을 내뱉었다.

"목에 생선 가시가 걸렸나이다."

나인은 진정하고 작은 원탁으로 자리를 옮겨 팥밥을 조금 먹어 보고 뽀얀 사골국을 한 수저 뜨고 약과와 유과를 한 입씩 깨물었다. 이어 입술을 핥고는 대현을 힐끗 쳐다보더니 신선로에 넣고 끓일 재료들이 놓인 네모난 탁자로 향했다. 나인은 기미가 끝날 때까지 목숨이 붙어 있었고 내리깐 눈으로 초조하게 대현을 주시했다.

대현이 왜 이곳에 와 있는지 궁금한 듯했다.

왕의 맞은편에 무릎을 꿇고 앉은 대현도 의아하기는 마찬가지였다.

"저, 전하."

긴장된 침묵을 깨고 내관이 더듬거리며 말을 꺼냈다.

"진지가 마음에 들지 않으시옵니까? 어찌 한 수저도 뜨지 않으시고…."

왕이 젓가락을 집어 들고 가장 좋아하는 음식인 사슴고기찜을 푹 찔렀다. 육즙이 흘러나왔다.

"잠이 오지 않는다. 생각을 할 수 없어. 정신을 잃을 때까지 울 뿐이지. 궐 안에 있으면 어디를 가도 그분 생각밖에 들지 않는다."

목소리가 갈라지고 얼굴은 시뻘게졌다.

"도저히 못 참겠다! 이놈의 담장을 언제 넘을 수 있단 말이냐?"

"다음 달 개성 행차가 예정되어 있사옵니다, 전하."

내관이 떨리는 목소리로 대답했다.

"여, 열여드레예요."

왕이 고깃덩어리를 또 한 번 푹 찔렀다.

"사슴 꼬리는 부안군의 그늘에서 말린 것이 가장 맛있지만 제주산 사슴 꼬리도 맛이 썩 괜찮지."

왕이 이를 빠드득 갈며 말했다.

"사슴 혀 요리는 회양군 사람들이 가장 잘하는데…."

관절이 하얗게 될 만큼 꽉 움켜쥔 주먹이 부들부들 떨렸다.

"내가 좋아하는 산해진미를 보아도 더 이상 즐겁지가 않다. 그분이 이 세상에 없으니!"

거칠게 떠미는 손길에 밥상이 넘어가며 그릇과 접시가 바닥으로 와르르 쏟아졌다. 나인들이 황급히 뒤로 물러났다. 대현은 왕 앞에서 흐트러짐 없이 정자세를 유지했다.

"그분이 왜 이 세상에 없는지 아느냐?"

왕의 시선이 대현을 겨누었다.

"응, 아우야?"

"알지 못합니다, 전하."

대현이 겨우 속삭였다.

"아우야."

왕이 네 발로 몸을 질질 끌며 기어 와 대현의 옷깃을 움켜쥐었다.

"근래 너를 보면 내가 어떤 기분인지 아니?"

떨리는 입술에 미소가 번졌다.

"네 피가 보고 싶어."

"전하, 무슨 말씀이신지…."

대현은 재빨리 머리를 굴리며 지난 며칠 사이 그가 한 말과 행동을 하나하나 되짚고 또 되짚었다. 어느 순간 실수를 한 것이 분명했다.

"제가 무슨 잘못을 했기에 전하의 마음을…."

날카로운 통증이 얼굴을 강타했다.

"네 놈이 무슨 짓을 했는지 모를 리가!"

왕이 목소리를 높이며 손을 다시 쳐들었다.

"네 형들과 똑같은 방법으로 죽여 주랴? 네 머리와 사지도 방방곡곡 뿌려 줄까?"

형들. 형들의 머리. 대현은 기억에 잠식되지 않으려 발버둥을 쳤다. 하지만 손바닥이 또 한 번 얼굴에 날아왔고 공포가 폭발하듯 그를 덮쳤다.

숨 쉬어. 대현이 마음을 다잡았다.

폐로 공기를 빨아들였지만 이미 캄캄한 물속에 잠긴 후였다. 형들은 묶여 있었다. 배에 올라 대현을 응시했다. 대현을 응시하며 안개 속으로 사라졌다. 머나먼 섬을 향해. 유배지를 향해.

심호흡을 하라고.

대현은 어둠 속으로 더 깊이 빠졌고 궁궐이 다시 나타났다. 그는 무릎을 꿇고 있었다. 목이 잘린 형들을 보자 온몸이 마비되어 울 수도 없었다. 몸은 섬에 묻혔지만 머리는 왕에게 진상되었다.

숨 쉬어. 숨을 쉬어야 해.

방이 기울었다. 하지만 대현은 바닥에 무릎을 대고 몸을 지탱했다.

"아우야."

왕이 여전히 대현을 굽어보며 속삭였다.

"진실을 말해 다오. 승평부부인의 죽음에 관여하였느냐?"

대현은 정신을 똑바로 차리기 위해 눈을 빠르게 깜박거렸다.

"아닙니다, 전하."

"약방에서 증언이 나왔다. 네 벗인 민혁진이 경포부자를 구해 달라 했다고. 승평부부인의 사인이었던 독 말이다."

왕이 대현의 옷을 움켜쥐고 세차게 흔들었다.

"민혁진이 자의로 그랬겠느냐. 그렇다면 승평부부인을 죽이라고 누가 명령했을까? 네가 아니라면 누구 짓이란 말이냐? 놈의 누이를 포함해 한 명도 빠짐없이 심문했는데 부부인이 왜 돌아가셨는지 도저히 이해를 할 수 없어! 그분이 자결하였다는 항간의 말은 믿지 않는다. 누군가 살해한 게야!"

당연히 진실을 믿지 않겠지. 자신이 승평부부인을 죽음으로 몰고 간 장본인이라는 사실을.

"네 놈은 뭔가 알고 있어. 실토해!"

왕이 윽박질렀다.

"나, 나인 손희가."

목이 졸린 목소리로 대현이 간신히 대답했다.

"승평부부인이 사망한 날 밤 찾아왔습니다."

왕이 도끼눈을 떴다.

"혁진의 누이? 내가 고문을 해도 아무 말 안 하던데."

"그…."

대현은 천천히 말을 하며 마음을 가다듬을 시간을 벌었다.

"그 아이가 말하기를….”

"뭐라고 해?!”

"자신의 오라비가 부부인 댁 주변을 맴도는 것을 보았다고 합니다. 몇 시간 후 부부인이 독살당했고… 손희 말로는 오라비가 부부인의 방에 백색 물질을 숨기는 것을 보았답니다. 무엇인지는 물어봐도 대답해 주지 않았다고 했습니다.”

"손희라는 나인이 그런 이야기를 다 했다고?”

왕이 노여운 목소리로 말했다.

"손희는 제 오라비가 살인에 연루되었다고 생각했습니다. 하지만 저는 그렇게 생각하지 않았기에 입 다물고 있으라 주의를 줬던 겁니다.”

대현은 얼굴로 또 한 차례 주먹이 날아올세라 왕이 가장 두려워하는 말을 속삭였다.

"하지만 지금 보니 진실이었나 봅니다. 이렇게 된 이상 저는 전하의 신변이 더더욱 우려되옵니다.”

왕이 얼어붙었다.

"그게 무슨 뜻이냐?”

"이상하지 않으십니까? 민혁진이 바로 다음 날 무명화의 손에 죽다니요. 혹시… 혹시 무명화가 전하 곁에 있는 인물이고, 승평 부부인을 독살하라 민혁진을 협박한 거라면요? 그런 다음 책임을 피하려 민혁진을 죽이고요. 제 생각은 그렇습니다, 전하. 그래서 전하의 신변이 우려된다는 말씀입니다. 무명화는 전하의

224

코앞에, 훤히 보이는 곳에 있을지도 모릅니다."

왕의 얼굴이 창백해졌다. 마치 두려움에 취한 사람의 얼굴이었다. 무명화가 민혁진을 죽인 것은 사실이었다. 살인한 시점이 승평부부인의 사망 직후인 것도 사실이었다. 두 사건이 서로 연결되어 있다는 추측은 비약이 아니었다.

"구 도사도 비슷한 말을 했다. 범인이 내 주변에 있는 사람이라고. 헌데 무명화가 왜…."

왕이 동작을 멈추고 눈을 크게 떴다.

"승평부부인을 향한 내 마음을 알았던 게야."

"전하께서 잡으셔야 할 자는 무명화입니다."

대현이 속삭였다.

"통촉하여 주십시오, 전하. 부디 그 아이는 살려 주시기를 바랍니다. 혁진의 누이는 부부인의 죽음과 아무 관련이 없습니다."

왕이 비틀거리며 일어나 힘없이 팔을 들어 올렸다.

"문 내관, 가서 구 도사를 불러 오라."

그러더니 대현을 돌아보았다.

"너는… 나가."

고개 숙여 절을 하고 방에서 나오고 보니 몸에서 땀이 철철 흐르고 있었다. 대현은 인적이 없는 안뜰에 이르러 구토를 하고 도저히 걸음을 옮길 수 없어 벽에 등을 기댔다. 어둠 속에 영원히 파묻혀 모든 공포와 두려움을 차단하고만 싶었다.

이를 악물고 눈을 감았다. 다섯 번 심호흡을 하고 높은 설산에 작은 점처럼 홀로 서서 차디찬 서리를 맞으며 숨을 들이마시는 중이라 상상했다. 모든 감정에 초연해지며 내면의 나약함이 봉인되었다. 대현은 이제 무심하고 차분한 마음을 되찾고 궁궐의 우물로 향했다. 무수리 지유는 아직 보이지 않았다. 하지만 해가 저물 즈음, 지유가 양동이를 들고 다급한 발걸음으로 모퉁이를 돌아 나왔다. 하루도 거르는 법이 없었다. 곧 있으면 왕족과 후궁들에게 깨끗한 세숫물이 담긴 대야를 대령해야 할 시간이었다. 안뜰의 끝과 끝에서 눈이 마주치자 지유가 양동이를 내려놓았다.

"자가!"

지유가 속삭이며 어둠 속에 서 있는 대현 곁으로 후다닥 다가왔다.

"자가께서 자비를 베풀어 주신 덕분에 어머니의 병세가 호전되고 있습니다."

"다행이로구나."

대현의 목소리는 머리 위의 하늘만큼이나 공허했다.

"네게 중요한 부탁이 있다."

"말씀만 해 주세요, 자가…!"

갑자기 지유의 눈이 휘둥그레졌다.

"피를 흘리고 계시지 않습니까!"

"별일 아니다."

대현이 터진 입술의 피를 문질러 닦았다.

"나인 손희를 찾아가 다오. 심문을 받기 위해 잡혀 있는데, 네가 사람들 눈을 피해 궁을 몰래 드나드는 재주가 있다고 들었다.

가능하겠니?"

"가능합니다, 자가. 가서 뭐라고 전할까요?"

"오라비가 죽었다고 전해라. 승평부부인의 죽음을 전부 오라
비의 책임으로 돌리라고. 거부하겠지. 하지만 죽은 자를 보호해
봐야 아무 소용없다고 꼭 설득해야 한다. 나도 의금부를 찾아갈
준비가 되면 직접 만나 서로 이야기가 어긋나지 않도록 말을 맞
춰야겠지."

"이제 가 보면 되겠습니까, 자가?"

대현이 멈칫했다.

"한 가지 더…."

머릿속의 안개를 뚫기가 쉽지 않았지만 대현은 기어이 원하
던 것을 찾아냈다.

"그 아이가 자기 언니 이름을 이야기했어."

"무어라 하셨습니까, 자가?"

대현이 무수리를 내려다보았다.

"혹시 원각사에 들어갈 수 있느냐?"

"뒷정리를 하러 자주 갑니다. 거기 있는 기녀가 천 명은 되다
보니 절이 늘 어수선하거든요."

"그렇다면 기녀 한 명을 찾아 다오. 이름은 수연인데 종금이라
고도 불릴 수 있다. 그 여인을 찾는 것이 내 청이다. 그리고 무엇
을 하든 눈에 띄어서는 안 된다. 내가 믿고 맡긴 임무를 다른 사
람에게 절대 들켜서는 아니 돼."

21

이슬

위압적인 돌담이 저택을 에워쌌다. 목구멍에서 두려움이 고동쳤다. 실패하면 어쩌지?

"두렵소?"

내가 침을 삼켰다.

"두렵긴요, 아저씨."

"왕자 자가와 내가 근처에 있을 거요."

원식이 내 손에 호신용 패도를 쥐여 주었다.

"장식용 칼이지만 날카로워 상처를 내기는 충분하지. 옷에 달아 두시오."

나는 왕자가 숨어 있는 으슥한 골목을 쳐다보았다. 아침 내내 갓을 깊이 눌러 쓰고 있었지만 내려 쓴 챙으로도 입술과 턱에 심하게 든 멍이 가려지지는 않았다.

나는 원식을 돌아보며 물었다.

"이게 왜 필요해요?"

"예방책이오. 실제로 필요할 일은 없겠지만. 그랬다면 낭자를 안에 들여보내지도 않았겠지."

칼에 매달린 술을 치마에 묶었다. 원식이 떠나는 모습을 보자 전에 없던 긴장감이 밀려들었다. 담장에 둘러싸인 저택으로 다시 시선을 돌렸다. 침착하게 깊은 숨을 들이마시고 대문으로 향했다. 문을 두드리니 하인이 고개를 내밀었다.

"최 대감마님 댁에 계십니까?"

내가 작은 소리로 물었다.

"조카딸이 뵙기를 청한다고 전해 주세요."

말을 전하러 갔던 문지기가 돌아와 나를 들여보내 주었다.

"이쪽입니다."

그가 계단을 올라 사랑채로 나를 안내했다. 길쭉한 건물은 튼튼한 기둥이 처마 지붕을 지탱했고 툇마루를 따라 십여 개의 문이 늘어서 있었다. 안으로 들어가자 자개장과 섬세한 화병으로 장식된, 넓고 쾌적한 방이 나를 맞이했다.

삼촌이 낮은 탁자 앞에 앉아 나를 지켜보고 있었다. 예전에 여러 가족과 함께 우리 집을 방문했던 기억이 났다. 둥글고 하얀 얼굴에 맥없이 흐린 눈빛을 지녀 관상은 평범했다. 내가 절을 하자 덥수룩한 수염이 움찔거렸다.

"숙부님."

내가 무릎을 꿇고 앉으며 작은 소리로 말했다. 삼촌이 탁자에 장기판을 펼치고 있다는 사실을 그제야 알아차렸다.

"장기 두시는데 제가 방해했나 봅니다."

"아들과 한판 두고 있었다. 여기 오는 데 아무에게도 들키지 않았겠지?"

"예."

"흐음."

삼촌이 손가락을 두 번 두드렸다.

"네 숙모는 지방에 내려가 있다. 하지만 집에 있었으면 단번에 너를 쫓아냈을 게다. 아무래도 네가…."

우리 둘 말고 또 누가 없는지 확인하기 위해 주위를 둘러보았다.

"죄인 신분이니 우리 가문 전체를 위험에 빠뜨릴 수 있지 않니."

사과하러 입을 열었지만 삼촌이 먼저 말을 꺼냈다.

"네 언니를 찾으러 왔겠지? 현재 전하의 소유임을 알고 있을 게야."

"하지만… 그래도 언니를 집으로 데려가고 싶습니다."

삼촌이 눈썹 하나를 세웠다.

"놀랍구나. 네가 그런…."

그러면서 손을 내저었다.

"일을 할 만큼 용감한 아이라고는 생각지 못했는데."

나는 두 손을 더 꽉 움켜쥐었다.

"그러셨어요?"

"태어날 때부터 너를 알았지만 너희 자매 사이에 애정을 본 기억이 없어서 말이야. 가장 인상적이었던 것은 네가 열세 살 때였지. 수연이가 옷을 빌려주지 않겠다고 하니 네가 언니에게 책을 던졌어. 모서리에 세게 맞아 피가 날 정도로. 어린아이가 그렇게 사소한 일로 자기 언니를 때리는 모습에 깜짝 놀랐다."

"그렇다면 제가 더 노력해야겠네요."

화끈해진 얼굴로 내가 속삭였다.

"언니를 데려오려면요, 숙부님."

삼촌이 손가락 사이에 장기 말을 돌리다 고개를 숙였다.

"대단하구나. 장하기까지 해."

다시 고개를 들었다.

"너희 자매는 정말 많은 일을 겪었지. 부디 하늘이 관용을 베풀어 네 소원을 들어주시기를 바라고⋯."

잠시 생각에 잠긴 듯하던 삼촌이 중얼거렸다.

"네 언니가 가는 길이 순탄하기를 비마."

그러더니 몸을 일으켰다.

"숙부님."

내가 황급히 불렀다. 벌써 나를 물리칠 수는 없었다.

"청이 하나 있는⋯."

삼촌이 다시 방석에 앉아 생기 없는 눈빛으로 나를 쳐다보았다.

"네 아버지가 왜 처형을 당했는지 아니?"

그 질문은 장장 2년 동안 나를 괴롭혔지만 여기서 갑자기 그 말을 꺼낼 줄은 예상하지 못했다.

"아마도요. 하지만 제 추측일 뿐 아무도 확인해 주지 않았습니다."

내가 속삭였다.

"숙부님은 아시나요?"

"갑자년에 일어난 사화에 관해 아느냐?"

"알고 있습니다."

그럼에도 삼촌은 설명을 계속했다.

"전하께서 어머니의 사사에 동조했던 관리들을 처형하신 사
건이지. 당시 궁에 있었다는 이유만으로 처벌하는 경우도 있었
다. 어머니의 죽음을 막지 못한 죄로 말이야."

삼촌이 절박하기까지 한 느낌으로 내 눈을 응시하다 말을 이
었다.

"네 아버지도 그중 하나였어. 사촌지간인 후궁을 만나러 입궐
했는데 네 아버지가 궁에 있었다는 사실은 아무도 기억하지 못
했단다. 누군가 전하께 비밀을 폭로하기 전까지는."

나는 눈을 내리깔고 손톱 주변의 살을 뜯었다.

"그럴 거라 생각했어요."

내가 떨리는 목소리로 말했다.

"다른 관리들이 숙청당한 것과 같은 시기에 아버지도 처형을
당하셨으니까요."

고개를 들었을 때 내 시선은 장기판에 머물렀다.

"낯빛이 좋지 않구나."

삼촌이 중얼거렸다.

"하인에게 마실 것을 내오게 하랴?"

"제 부모님은 이 세상에 안 계세요. 전하께 목숨을 빼앗겨서요."

내가 장기판에서 눈을 떼지 않고 말했다. 원식이 각각의 말의 이름을 알려 주었다. 졸은 보병으로서 앞이나 옆으로 움직여 상대의 말을 잡는 역할을 했다. 졸은 뒤로 움직일 수 없었다. 나도 후퇴하지 않을 작정이었다.

"숙부님도 아실 거예요."

내가 작은 소리로 조심스럽게 말을 이었다.

"전하께 언니도 빼앗길 수는 없어요."

"네 언니를 궁에서 빼내기는 불가능해."

"계획이 있습니다."

"계획?"

"전하와 협상을 하려고 해요."

내가 말했다. 지금 생각하니 터무니없게 들리는 계획이었다.

"살인범인 무명화를 찾아서 상으로 언니를 달라고 할 겁니다."

삼촌이 장기 말을 내려놓았다.

"네가? 살인범을 잡겠다고? 전하께서 전국에 내로라하는 수사관들을 불러 모았는데도 무명화는 잡히지 않고 있다."

"시도라도 해야죠. 그래서 숙부님을 찾아온 거고요. 혹시 수사에 도움을…."

"위험하고 무익한 짓이야. 너는 집으로 돌아가는 것이 좋겠다."

"제 집이 어디인가요, 숙부님?"

"조모님이 계시지 않니?"

"할머니는 언니만 사랑하는걸요. 아무도 저를 원하지 않아요. 저는 갈 데가 없어요."

그 말에 목구멍이 뜨거워져 침을 꿀꺽 삼켜야 했다.

"만약 전하께서 우리 어머니와 아버지를 죽이지 않았더라면 이렇게 되지 않았을 거예요, 숙부님. 제가 이토록 비참한 것은 전부 전하 때문이라고요."

"쉿."

삼촌이 주위를 둘러보았다.

"하인이 네 말을 들으면 어쩌려고?"

"다들 똑같이 생각하는데요! 숙부님도 그렇게 생각하시지 않나요? 강등 처분을 받으셨잖아요."

삼촌의 왼쪽 눈에 경련이 일어나고 입이 굳게 다물어졌다. 잠깐은 감정에 사로잡힌 듯 보였다. 분노가 아닌 회한에.

"2품까지 오르기 위해 평생을 바쳤지만 추락하는 것은 참으로 쉽더구나⋯."

삼촌이 고개를 들었다.

"황보연, 네게 꼭 해야 할 말이 있다. 내가⋯."

그러다 고개를 저었다. 두려움으로 얼굴의 핏기가 다 사라지고 있었다.

"네 언니와 다시 만나지 못할 거다. 언니를 두고 너는 가서 새 인생을 살거라. 수연이도 그걸 바랄 거야."

이 대화는 계획대로 흘러가지 않았다. 삼촌은 내 바람과 달리 왕에게 분노를 표출하지 않았다.

인내심을 잃지 않으려 주먹을 꽉 움켜쥐었다. 하지만 온몸의 자제력이 뒤흔들리는 느낌이었고, 장기 말을 응시하고 있는 내 머리에 경고의 말이 울려 퍼졌다.

안 돼, 이슬아. 언니가 이곳에 있었다면 그런 말을 했을 것이다. 무모하게 행동하지 마. 바보처럼 굴면 안 돼. 시간을 끌고 때를 기다려.

하지만 시간은 내 편이 아니었다. 시간이 흐를 때마다 언니는 궁에서 괴물에게 산 채로 잡아먹히고 있었다.

"숙부님도 저처럼 꿈같은 상상을 하시나요?"

내 목소리가 떨리고 갈라졌다.

"어떠세요?"

삼촌이 나를 보고 얼굴을 찌푸렸다.

"너 우니?"

내가 떨리는 손을 뻗어 나무로 된 장기 말을 집었다. 각각 붉은색과 파란색 글씨가 새겨진 한 쌍. 왕을 상징하는 두 개의 궁은 장기판에서 서로를 마주 보았다.

"저는 우리 가족의 삶이 어땠을지 상상하곤 해요."

내가 붉은색의 궁을 장기판에서 들어 잡힌 말들의 무덤에 내려놓으며 말했다.

"전하께서 어머니와 아버지를 죽이지 않았다면요. 그랬다면 언니와 저는 집에 있었을까요? 언니는 지금 같은 절망을 모르고 살았을까요? 어떻게 될까요⋯."

내가 파란색의 궁을 붉은색 말의 구역에 놓았다.

"만약 왕이 사라진다면요?"

삼촌이 내 손을 빤히 보다 천천히 미간을 찌푸렸다.

"왕을 바꾼다⋯."

다음으로는 나를 관찰했다.

"통치자를 교체한다···."

삼촌이 어두워진 얼굴로 장기판을 옆으로 치웠다.

"황보연, 그런 생각은 함부로 하는 것이 아니다."

"하지만 숙부님께만 말씀드리는 건 안전하지 않나요?"

삼촌이 나와 눈을 맞추고 속삭였다.

"그래."

"숙부님··· 하늘이 지금의 왕을 못마땅하게 여긴다고 생각하지 않으세요?"

"그래."

삼촌이 속삭였지만 곧 눈을 내리깔았다. 이제는 얼굴 전체에 경련이 일어나고 있었다. 긴장의 표시였다.

"그만 가 보거라. 당장 나가."

나는 저택에서 나와 한양 위로 우뚝 솟은 북악산을 멍하니 쳐다보았다. 잠시 눈을 감고 불안한 한숨을 내쉬었다.

삼촌은 그렇다고 했다. 반역을 꿈꾸는 내 생각에 동의했다.

하지만 과연 왕을 타도해야 한다는 것과 같은 의미일까?

나는 긴장된 어깨로 비틀거리며 길을 걸었다. 정신이 멍했고 무릎이 후들거려 벽을 짚어야 했다.

잠시 멈춰 서서 마음을 다잡고 다시 출발하며 원식과 대현이 어디로 갔을지 생각했다. 주위를 두리번거리는데 뒤에서 가까이 들리는 남자들의 목소리에 귀가 따끔거렸다.

"맞는 것 같아. 네가 찾는 계집."

내가 돌아볼 새도 없이 누군가 내 손목을 붙잡았다. 갓을 너무 깊이 눌러 쓰고 있어 처음에는 누구인지 알아보지 못했다.

"너를 미행하고 있어."

대현의 목소리였다.

"누가요?"

"돌아보지 마."

그가 명령했다.

"모르는 척해."

그러면서 지름길인 골목으로 접어들었고 골목을 지나 시장에 들어서자 떠들썩한 소음이 우리를 반겼다. 우리는 긴장해서 뻣뻣해진 걸음으로 인파를 헤치고 계속 걸었다. 다급하게 내 손을 붙잡고 있는 것을 보니 아직도 미행을 당하는 중이었다.

"원식이 시선을 끌 거야. 셋을 셀게."

대현이 속삭였다.

"그러면 관원들을 피해 도망치는 거야. 하나….."

"관원들이라고요?"

내가 어리둥절해 속삭였다.

"둘."

뒤가 소란스러워지고 행인들이 옆으로 밀려나기 시작하자 대현이 내 손을 더 꽉 쥐었다.

"셋."

귀가 찢어지는 충돌음이 울려 퍼지고 대현과 달려 나가며 뒤를 힐끗 보았다. 검은 깃털이 하늘 높이 날렸다. 나무 우리에서 뿔뿔이 나온 암탉들이 사람들과 진홍색 제복을 입고 손을 마구 휘젓는 3인조 사이에서 날개를 퍼덕였다. 채홍사 관원들의 모습에 내 피가 얼어붙었다. 그중 한 명은 얼굴에 징그러운 딱지가 앉아 있었다. 내가 날카로운 나무 막대기로 후려친 자였다.

내 손목을 강하게 잡아당기는 힘에 이끌려 나는 진흙 벽에 둘러싸인 어둠 속으로 뛰어들어 갔다. 줄에 매달린 옷들이 내 얼굴을 때렸다. 또 잡아당기는 힘에 빈터로 나왔고 이내 우리는 사방에 매달려 형형색색 휘날리는 비단 사이로 상점을 통과했다. 눈 깜짝할 새 다른 골목에 접어들었지만 대현의 도포 색깔이 아까와 달라졌고 내 머리에 장옷이 씌워졌다. 내가 밝은 녹색 비단에 손을 올렸다.

"언제···."

내가 헐떡이며 말했다.

"언제 이걸···."

대현이 굳은 얼굴로 나를 벽에 밀어붙였다.

"저자들이 왜 너를 못 잡아서 안달인 거야?"

"저 사람···."

내가 두근거리는 가슴에 손을 올렸다.

"저 사람이에요···. 내가··· 공격했던 사람."

"기가 막히는군. 채홍사 관원을 공격했다고?"

대현이 뒤를 힐끗 보다가 다시 앞으로 고개를 돌렸다. 막다른 골목에는 우리밖에 없었다.

"예전 삶이 궁금해지네. 혹시 거리의 폭력배 소속이었어?"

대현은 농담을 하고 있었다. 다급히 내 손목을 붙잡았던 힘도 느슨해졌다. 나는 손을 뿌리치고 계속 호흡을 가다듬으며 벽에 털썩 기댔다.

"우리 이제 안전한 거예요?"

"그런 것 같아."

대현도 내 옆의 벽에 기대섰다.

해가 저물며 하늘이 짙은 분홍색과 보라색으로 물들기 시작했다. 투명하게 보일 정도로 희미한 달이 떠올랐고 고요한 달을 바라보자 마음이 안정되고 호흡도 규칙적으로 변했다.

"곧 통금 종이 울릴 거야."

대현이 말했다.

"북쪽 지구에 있는 우리 집으로 가자."

내 눈이 커졌다.

"네?"

"밤 동안 성문이 닫히면 나갈 방법이 없어. 원식은 알아서 우리를 찾아올 거야."

기묘한 감각이 나를 사로잡았지만 어떤 느낌인지 따져 볼 새도 없이 골목으로 사람의 발소리가 가까워졌다. 왕자와 나는 눈빛을 주고받았다.

"원식 아저씨?"

내가 입 모양으로 묻는데 누군가에게 질문하는 남자 목소리가 들렸다.

"소복 입은 여자가 이쪽으로 오는 것 못 봤나?"

즉시 나는 대현의 옷깃을 쥐고 내 몸의 굴곡이 그의 단단한 가슴에 밀착되도록 내게로 끌어당겨졌다.

"연기해요."

내가 속삭였다.

"연인 사이인 것처럼…."

대현이 장옷에 손을 뻗고 망토처럼 내 얼굴을 가리게 끈을 묶었다. 이어 다정한 손이 내 손목을 쥐었다.

"내 옷깃을 놓으면 그나마 목을 조르는 것처럼 보이지 않을 거야."

"농담하는 거예요? 이런 때?"

내가 작은 소리로 따지며 대현의 뒤를 재빨리 살폈다. 아직 아무도 없었다.

"저 인간들은 나를 왕의 노리개로 데려가려고 한다고요. 그게 웃겨요?"

대현의 표정이 어두워졌다.

"그럴 일은 없어."

"무기도 안 가지고 계시잖아요."

"내 신분이 있잖아. 필요하면 사용해야지."

내 손의 힘이 풀렸고 그제야 다시 호흡하는 법이 생각났지만 발소리가 더 가까이 들리고 한 남자가 나타났다. 슬쩍 보니 채홍사 관원은 아니고 하인 복장을 하고 있었다. 누구인지는 몰라도 우리를 쳐다보는 따가운 시선이 느껴졌다. 1분이 흘렀다. 어쩌면 10분일까? 그런데도 남자는 떠나지 않았다. 내 맥박이 다시 빨라졌다. 대현이 신분을 공개한다면 그 이야기가 왕의 귀에도 들어갈 수 있었다. 채홍사 관원들은 왕을 위해 나를 납치하려 했지만 왕자가 방해했다고 주장할 것이고….

대현이 내 장옷 아래 손을 넣었다. 내 머리가 잠잠해졌다. 내 팔과 목덜미를 스치듯 타고 올라간 그의 손이 헐겁게 묶인 장옷의 끈을 지나 내 얼굴을 감쌌다. 대현이 몸을 기울였다. 내 입을 바라보며 눈을 내리까는 모습에 온몸으로 짜릿한 감각이 퍼지며 발가락이 꼬였다. 영원과도 같은 시간이 흘렀고 우리는 몇 치도 안 되는 거리에서 서로의 숨을 들이마시고 내쉬며 가만히 서 있었다.

"어디 갔지?"

하인이 중얼거리고 다른 곳으로 달려갔다.

우리는 안전했다. 하지만….

"이슬아…."

대현의 속삭임이 내 귀를 간지럽혔다.

"이 이름은 누가 지어 준 거야?"

"부모님요."

이상하게 거칠어진 목소리로 내가 속삭였다.

"저… 저를 보면 이슬방울이 생각난다고 해서요."

하늘이 캄캄해졌어도 대현은 여전히 움직이지 않았다. 긴장된 숨을 쉴 때마다 내 가슴이 떡 벌어진 어깨와 큰 키에 가까이 달라붙었다.

"나는 너를 보면 가시나무가 생각나는데."

내가 코웃음을 쳤다. 그러다 대종이 울리는 소리에 심장 박동이 다시 빨라졌다.

"통금이 시작됐어요."

내가 지적했다.

"그래."

뜨거운 시선은 흔들리지도 않고 나를 향했다. 대현은 여전히 내 뺨을 손으로 감싸고 있었다.

"그만 가야죠."

내가 말했다.

천천히, 아주 천천히 대현이 손을 내렸지만 나는 아직도 뭉근하게 끓어오르는 듯 따스한 손길을 느낄 수 있었다.

"가자."

대현이 벌써 앞장서며 다시 차갑고 오만해진 목소리로 말했다.

"내 옆에 붙어 있어."

나는 묘하게 엇박자로 뛰는 심장을 느끼며 대현을 따라 골목에서 나와 벽에 걸린 등불이 밝힌 대로를 걸었다. 그러다 좁은 길로 방향을 꺾고 으리으리한 기와집들이 모여 있는 북쪽 지구로 향했다. 동네는 고요했고 우리도 침묵을 지켰다. 시장을 떠난 뒤로 우리는 한마디도 하지 않았다.

"밤이 쌀쌀해졌네요."

내가 가볍게 말을 꺼냈다.

"여름도 곧 가려나 봐요."

대현이 무표정으로 나를 쳐다보았다. 우리는 잠시 어색하게 서 있다가 오르막길을 마저 걸었다. 저택의 대문 앞에 도착했을 때는 팽팽하게 감도는 긴장감에 숨조차 쉴 수 없었다.

"여기 사세요?"

그 말만 겨우 했다.

대현은 대답 없이 고개만 끄덕이고 앞을 바라보았다.

초대받지 않은 상상들이 머리 한구석을 스치고 지나가며 몸이 달아올랐지만 곧바로 그런 나 자신을 질책했다. 상대가 누구인지 잊지 마, 황이슬. 악랄한 왕의 동생이야. 이 사람의 가족 때문에 어머니와 아버지가 돌아가셨어.

이 사실을 떠올리자 얼음장처럼 차가운 바닷물을 끼얹은 듯 열기가 식었다. 드디어 마음을 차분히 진정시키고 질문할 수 있었다.

"원식 아저씨도 여기로 온다고요?"

대현이 대답하기도 전에 일정한 말발굽 소리가 들렸다. 뒤를 본 우리의 눈앞에 말을 탄 남자의 그림자가 있었다. 근처의 등불 불빛으로 그림자가 걷히며 그의 얼굴이 드러났다.

"하인을 시켜 보연이 네 뒤를 쫓았다."

삼촌이 눈을 가늘게 뜨고 대현에게 시선을 돌렸다.

"대화를 청해도 되겠습니까, 자가."

조금 더 잠자코 있던 대현이 집 안에 대고 도착했다고 알렸다. 하인이 뛰어와 문을 열었다.

"최 대감을 사랑채로 안내하라."

대현이 명령했다.

"나도 곧 그리로 갈 것이다."

삼촌이 하인의 안내를 받으며 가고 난 후, 나는 놀란 눈으로 대현을 쳐다보았다.

"어쩌죠?"

대현이 한숨을 푹 쉬었다. 그 소리에 패배감이 묻어나는 듯했다.

"우리와 함께하자고 제안해야지. 거부한다면 네 숙부는 죽어야 해."

피가 차갑게 식었다.

"하지만 제 잘못이잖아요. 더 모호하게 말했어야 하는데 괜히 마음이 앞서서…."

"네 잘못이라니. 이 문제를 모호하게 말하는 것 자체가 불가능해."

"제발, 해치지 말아 주세요. 제 가족이에요."

"살려 두면 나만큼 너도 위험해져. 너는 언니와 만나러 여기 온 것 아냐. 수단과 방법을 가리지 않고."

"살인은 절대 안 돼요."

"이슬아, 너는 이미 나와 한배를 타겠다고 약속했고 이제는 돌이킬 수 없어."

대현이 나와 눈을 맞췄다. 잠시뿐이지만 동정 어린 시선이 따스하게 느껴졌다.

"우리가 선택한 길에는 죽음이 널려 있어. 자유를 얻으려면 대가를 치러야 하는 법이야."

22

대현

대현은 대화 장소로 어둑한 방을 택했다. 공손히 무릎을 꿇은 최 대감의 어깨에서 바닥등의 불빛이 일렁였다. 하지만 공손한 자세는 예의에 지나지 않았다.

"제가 왜 이곳에 왔는지 아시지요, 자가."

최 대감의 시선은 두 사람 사이의 탁자에 고정되어 있었다.

"자가께서 그 아이를 제게 보내셨습니까?"

대현은 침묵을 지키며 최 대감이 작은 물체를 꺼내 놓는 모습을 지켜보았다. 나무에 붉은 글씨를 새긴 장기 말이었다. 왕을 상징하는 궁이 탁자의 중앙을 떡하니 차지했다.

"어째서 그 아이의 머리에 위험한 생각을 심어 주신 겁니까?"

최 대감이 굳은 목소리로 물었다.

"아무것도 모른다고 하지 마십시오. 저는 그토록 황당무계한 말이 자가의 영향이라고 확신합니다."

대현은 계속해서 앞에 있는 남자를 관찰했다. 만약 대화가 엉뚱한 방향으로 걷잡을 수 없이 흘러간다 해도 쉽게 묻어 버릴 수 있었다. 이자의 시신과 함께. 두려워할 이유가 하나도 없었지만 두려움으로 가슴이 답답해졌다. 이 남자를 해치고 싶지는 않았다. 단 하나, 이슬의 삼촌이기 때문이었다. 이슬은 가족을 잃을 만큼 잃은 아이였다.

"나는 대감이 우리와 함께하지 않으면 목숨을 부지하지 못한다고 확신하고요."

최 대감의 입꼬리에 경련이 일었다.

"지금 협박하시는 겁니까? 현명치 못한 말씀입니다."

"협박이 아니라 약속입니다. 반정은 반드시 일어날 것이기 때문입니다. 피할 수 없고, 그날이 도래하면 대감이 왕의 지지자로 오인받고 죽임을 당하지 않는다는 보장이 없습니다."

최 대감은 한동안 말을 잇지 못하고 눈을 내리깐 채 가만히 앉아 있었다. 뺨에 혈색이 하나도 없었다.

"글쎄요…."

그가 힐끗 올려다보며 말했다.

"자가께서는 그날을 피할 수 없다고 하시는데, 두 해 동안 조정의 대신들은 자신을 보호하는 길을 택했습니다. 침묵을 강요하는 굴욕적인 신언패를 거는 쪽을 택했어요. 그런 이들이 인제 와서 왜 마음을 바꾸고 목숨을 걸겠습니까? 저는 개인의 신념과 가치관이 두려움 앞에서 무너진다고 생각하는 사람입니다."

"시대가 달라졌습니다."

"그런가요?"

"두 해 동안 부와 권력을 가진 이들은 자신들이 전하의 폭정의 대상이 되지 않는다는 이유로 침묵을 지켰습니다. 하지만 전하께서는 양반의 부와 자산에도 세금을 부과하기로 하셨지요. 이제 전국 방방곡곡에서 소문이 퍼지고 있습니다. 관료들이 불만을 품고 있을 뿐만 아니라 반란을 계획하고 있다고요. 세상은 그렇게 변했습니다."

최 대감은 경계하는 표정으로 긴장을 늦추지 않았다.

"머지않아 재앙이 닥칠 것은 자명합니다."

대현이 주장했다.

"하늘은 왕을 버렸습니다. 우리도 버려야 할 때가 왔어요."

"다음 옥좌에 누구를 올리시렵니까?"

최 대감이 별안간 훈장의 분위기를 풍기며 성미 급하게 물었다.

"왕자 자가입니까?"

"진성대군. 그분을 추대하는 것이 갈등을 최소화하는 길입니다. 기존에도 승계자 후보셨으니까요."

최 대감은 아직도 눈을 내리깔고 있었지만 대현은 변화를 알아차렸다. 내리깐 속눈썹 아래의 동공이 보이지 않는 장기판의 모든 말을 신중하게 읽는 것처럼 탁자 위를 움직이고 있었다. 보상과 위험을 계산하는 중이네. 대현은 현재의 상황을 파악했다. 최 대감은 반정군이 승리할 가능성을 평가하고 있었다. 실패할 경우의 참혹한 결과를 상쇄할 만큼 가능성이 높은지.

"저는 동원할 군대가 없습니다."

대현이 천천히 말했다.

"하지만 그럴 수 있는 분들을 압니다. 중추부지사 대감과 절친한 사이라고요."

"박원종 말입니까?"

최 대감이 얼굴을 찌푸렸다.

"그이는 전하의 측근입니다."

"하지만 그 전에 자결로 생을 마감하신 승평부부인의 동생이지요."

"그것은 소문이 아닙니까."

"전하의 아이를 가지셨습니다."

"그런… 소문을 들은 적은 있습니다. 아주 오래전에요. 실제로 유혹에 넘어간…."

"겁탈입니다."

대현이 정정했다.

최 대감이 불편한 기색으로 크게 헛기침을 했다.

"전부 소문에 불과합니다."

"사초를 보시면 증거가 나와 있을 겁니다. 사관은 독립성이 보장된 직책이지요. 겁탈과 임신을 거짓으로 꾸며 낼 이유가 없습니다."

"오래도록 기록에 남을 텐데…."

최 대감의 목소리가 떨렸다.

"단순히 소문이라고 믿고 싶었습니다. 승평부부인은 제게도 누님 같은 분이었습니다."

대현은 몸의 떨림을 막으려 주먹을 꽉 쥐었다. 이자를 설득할 기회는 지금이 마지막이라는 예감이 들었다.

"궁금하군요. 누님이 돌아가신 진짜 이유를 알게 되면 대감의 친우인 중추부지사가 어떻게 생각할지."

최 대감이 눈썹을 잔뜩 찌푸렸다.

"박원종은 군에 깊이 관여하고 있지만 설령 그 친구가 군대를 동원한다 해도 수적으로 한참 부족합니다. 전하께서는 한양에만 사천 명의 군사를 두고 계시지 않습니까."

"대감이 아셔야 할 정보가 또 있습니다."

대현이 말했다.

"전하께서는 다음 달 열여드레에 개성으로 떠나실 예정이고, 행차하실 때마다 대규모 병력을 이끌고 가십니다. 따라서 한양은 비어 있겠지요."

최 대감이 고개를 저었다.

"열여드레는 너무 이릅니다. 그렇다고 해도 우리가 수적으로 열세라는 사실은 변하지 않고요."

그러고는 깊은 한숨을 쉬고 자리에서 일어나려는 듯 바닥에 손을 짚었다.

"승리할 가능성이 너무 낮습니다. 저는 이런 일에 낄 수 없고 그럴 마음도…."

"잠시만요."

"왕자 자가, 저는 그만 일어나야…."

"전에 내금위 민혁진이 이런 말을 했습니다…."

슬픔이 저절로 터져 나와 대현은 이를 악물어야 했다. 혁진의 발이 드리운 그림자가 머릿속에서 이리저리 흔들렸다.

"내금위 병사들과 나눈 대화 내용을 들은 적이 있어요. 전하에 대한 충성심이 떠난 지 오래라고 했습니다."

목소리가 쓸데없이 떨리자 대현은 잠시 눈을 감고 모든 감정의 문을 무심히 닫았다.

"지금 무슨 말씀을 하시는 겁니까, 자가?"

마침내 냉정을 되찾자 목소리의 떨림도 사라졌다.

"전하께서 사만 명의 군대를 가지고 있다 한들 주인에 대한 충심을 잃은 검은 쓸모없는 물건에 불과하다는 말입니다."

최 대감이 눈을 깜박였다. 한 번 더 깜박인 후에야 무슨 뜻인지 알겠다는 눈빛이 반짝였다.

"그렇지요."

마음이 움직인 최 대감이 속삭였다.

"궁에 들어갈 때마다 저도 보았습니다. 전하를 향한 충심이 분명 사라졌어요."

그가 떨리는 손을 뻗어 붉은색의 궁을 뒤집었다.

"자가를 돕겠습니다."

이글이글 타오르는 눈빛이 대현의 눈과 마주했다.

"함께 하늘을 움직입시다."

23
이슬

사랑채 깊은 곳에서 삼촌의 웃음소리가 울려 퍼졌다. 나는 심장이 두근거리는 채로 툇마루의 낮은 계단을 뛰어 올라갔다. 문앞을 지키고 서 있는 원식에게 속삭였다.

"합류한다고 하는 걸까요…?"

"우리 조카인가?"

안에서 삼촌의 목소리가 들려 화들짝 놀랐다.

"들어오라고 하세요. 그 아이와도 이야기하고 싶으니."

원식과 내가 눈빛을 주고받았다.

"예의를 지켜요."

원식이 그렇게 말하고 문을 열어 주었다. 얼른 안으로 들어가자 놀랍게도 대현이 조용하고 차분하게 미소를 짓고 있었다. 좋은 소식을 들은 눈치였지만 확신이 들지는 않았다.

"우리 조카, 들어오너라."

삼촌이 손짓했다.

"앉아."

나는 옆에 무릎을 꿇고 삼촌과 대현을 번갈아 쳐다보았다. 그러다 다시 삼촌을 보았다. 왜 저런 눈으로 나를 보는 걸까? 심지어 눈물을 글썽이고 있었다.

"황보연."

삼촌이 쉰 목소리로 말했다.

"네 돌잔치 때 멀리 사는 친척들까지 와서 돌잡이를 지켜본 것 아니?"

왜 이 이야기가 나오는지 몰라 자세를 똑바로 했다.

"네 앞에 여러 상징이 담긴 물건들이 놓일 때 나도 보고 있었지. 너는 과일, 바늘을 건너뛰고 금비녀를 집어 들었다. 부유한 삶이 네 운명이었던 거야. 그 운명이 아직 유효한지도 모르겠구나."

"제 운명요…?"

"만약 하늘이 움직인다면 내 약속하마. 네 아버지의 명예를 회복하도록 최선을 다하겠다고 내 어머니의 무덤에 약속해. 너와 네 언니에게 근사한 신랑감도 찾아주마."

삼촌이 손뼉을 치고 다시 껄껄 웃었다.

"네 상대로 완벽한 짝도 생각해 뒀다. 내가 아는 아주 잘생긴 관리가 있어! 어떠니?"

"네… 좋아요."

내 목소리는 내 귀에도 진심으로 들리지 않았다. 나는 그런 운명을 꿈꿔 왔다. 하지만 기쁨의 눈물을 흘리는 삼촌의 모습은 내 안에 왠지 모를 불협화음을 일으켰다.

"정말 감사합니다, 숙부님. 저희 자매의 앞날에 신경 써 주셔서 감사…."

"속죄를 하는 거지."

삼촌이 혼잣말처럼 중얼거렸다.

"오랜 세월이 지나 이제야!"

이후로도 두 남자는 계속 대화를 나눴고, 나는 삼촌이 마침내 자리에서 일어났을 때도 곧바로 눈치채지 못했다. 원식이 내 옆에 다가온 것도 알아차리지 못했다. 내 머리는 삼촌이 내뱉은 단어 하나를 곱씹느라 바빴다. 속죄. 무엇을 속죄한단 말인가?

"웃지 않네."

대현이 퉁명스럽게 들릴 법한 목소리로 말했다.

"기쁘지 않아? 잘생긴 청년과 혼인할 수도 있는데."

원식이 나를 쳐다보았다.

"혼인이라고요?"

"지금 그런 건 중요하지 않아요."

내가 쏘아붙이며 두 사람의 관심을 쳐냈다.

"숙부님과의 대화요. 어떻게 되셨어요?"

"잘됐어."

대현의 대답은 간단했다.

"그래서요?"

내가 손을 내저었다.

"더 말씀해 주세요."

"중추부지사와 얘기를 해 보겠대. 네 숙부 말로는 박 지사가 거사를 이끌기로 한다면 그에 합세하기를 원할 관료들이 더 많을 거라고도 하고."

"좋은 소식이네요."

안도감에 어지러움을 느끼며 내가 말했다.

"아주 좋은 소식이지."

대현이 무미건조한 웃음을 내뱉었다.

"혁진이가 살아 있었다면 기쁨의 눈물을 흘렸을 거야."

"자가, 제가 최선을 다해 혁진을 죽인 범인을 찾겠습니다."

원식이 엄숙히 말했다.

"빨리 찾아야 할 걸세."

대현이 말했다.

"무명화가 잡히지 않으면 거사가 흐지부지될 위험이 있으니 말이야. 우리는 무명화의 계획을 전혀 모르지 않나. 다음 공격 대상도 모르고."

무명화를 척결하는 것이야말로 반정군을 지키는 방법이자 언니에게 가는 길을 수호하는 방법이야. 나는 그렇게 생각했다.

"수사의 다음 단계는 뭐예요?"

조수가 되기로 결심하고 내가 원식에게 물었다.

"누구를 만나 볼까요? 누구를 찾아야…?"

내가 말을 멈췄다. 머리의 가장자리에 들어올락 말락 스치는 생각이 있었기 때문이다. 잠시 시간이 걸렸지만 불현듯 머릿속에 기억이 떠올랐다.

"아!"

원식과 대현이 나를 보고 다음 말을 기다렸다.

"민혁진이라는 분이 돌아가신 현장에 있을 때 내금위 병사들을 봤던 기억이 나요. 그중 한 명이 덤불 아래 뭘 숨겼어요. 작은 물체요. 뭔지는 알아보지 못했지만요."

원식이 고개를 저었다.

"그 근방은 전부 수색했소."

"그런데 수상한 물건이 하나도 안 나왔다고요? 지나친 곳이 있다는 말로밖에 해석되지 않아요. 그 덤불 아래를 수색하지 않은 거예요."

"나중에 우리가 가서 살펴보지."

대현이 제안했다.

"과거 구 도사를 가르칠 때 범죄 현장을 샅샅이 훑으라고 했습니다. 돌멩이 하나도 지나치지 말라고요."

원식이 말했다.

"하지만 정 그렇다면…."

그러다 멈칫하고 내게 물었다.

"그 병사가 어떻게 생겼는지 아오?"

"까마귀를 닮았어요."

내가 말했다.

"검은 머리카락에 기름이 잔뜩 껴서요. 이름이 건우였던 것 같아요."

그 이름을 말한 순간, 두 남자의 몸이 굳었다. 한참 만에야 대현이 작은 소리로 말했다.

"전부 설명해 줘야 할 것 같군."

원식은 시선을 내리깐 채로 침묵을 지키며 양손을 앞에 모았다.

"내게 딸이 있었다는 말 기억하오?"

"네."

내가 말했다. 왠지 점점 불안해졌다.

"아들도 하나 있었다오. 내 삶에서 영원히 떠난 아이가."

원식의 넓은 어깨가 오르내리고 입에서 떨리는 숨이 흘러나왔다.

"왕이 내 딸을 납치했지만 그 아이는 용케 탈출했소. 그래서 왕은 당시 군사 수련생이었던 내 아들에게 명령했지. 누이동생을 붙잡아 오지 않으면 죽이겠다고. 아들 녀석이 제 누이를 쫓아갔지만 잡기도 전에 딸아이가… 스스로 목숨을 끊었소."

머리가 멍해지고 싸늘해진 몸의 감각이 다 사라졌다. 나는 공포에 질려 이야기를 듣고 있을 수밖에 없었다.

"무언가를 숨기는 모습을 봤다는 내금위가… 내 아들이오."

원식의 턱 근육이 움찔했다.

"오래전부터 그 아이를 의심하고 있었지만 사건과의 명백한 연결 고리는 아직 발견하지 못했소."

"왜…."

목소리가 나오지 않았다. 다시 시도했다.

"왜 의심을 하게 되었는데요?"

원식이 떨리는 숨을 또다시 내뱉었다. 눈은 빨개졌다.

"첫 번째 살인이 발생했을 때 내 아들이 가장 먼저 출동했소. 수사 과정에서 피해자의 옷에 피로 글씨가 쓰여 있었다 주장했지만 지원군과 현장으로 다시 갔을 때 글씨는 사라지고 없었소."

내가 얼굴을 찌푸렸다.

"어떻게 사라질 수 있죠?"

"누군가가 그 위에 피를 더 묻혔다 하오. 범인이었겠지. 자기가 쓴 글을 감추려 돌아왔던 거요."

"왜 그런 짓을 하죠?"

"순간에 휩쓸려 글을 썼나 보지. 나중의 살인들처럼 제대로 생각하지 않고 한 행동이었을지도 모르고. 아무튼, 혈서에 관한 질문을 받았을 때 아들은 무어라 쓰여 있었는지 읽을 수 없었다 주장했소. 하지만 나는 그 녀석을 잘 안 다오. 언제 거짓말을 하는지도 알지. 늘 오른쪽 귀를 만지작거리거든. 수차례 대화를 시도해 봤지만 늘 누이 문제로 말다툼을 하는 것으로 끝이 났소."

원식이 초췌한 얼굴을 양손으로 쓸어내리고 고개를 가로저으며 중얼거렸다.

"내 딸은 열네 살에 죽었지. 나는 아들의 배신으로 거의 죽을 뻔했소. 내가 가장 사랑했던 이들이 나를 가장 암담한 시기로 끌고 들어간 셈이지. 그래도 다음 생에는 다시 사랑하지 않을까 싶소."

내 금위의 까마귀가 원식의 아들이었다니.

이 사실이 뇌리를 떠나지 않아 나는 잠자리에서 뒤척였다. 불면증이 견딜 수가 없을 지경에 이르렀을 때 동이 트고 대종이 울렸다. 나는 이부자리에서 일어나 쪽방 밖의 복도를 걸으며 창호지문들의 창살을 어루만졌다. 저택의 등불은 전부 끈 상태였다. 일을 마치고 자러 들어간 하인들도 아직 일어나지 않았다.

어떻게 그럴 수 있지? 나는 초조한 마음을 떨치려 걸음을 재촉하며 생각했다. 그렇게 기름지고 사악하게 생긴 남자가 원식 아저씨의 아들이라고?

내가 멈춰 섰다. 미닫이문이 꽉 닫혀 있지 않았다. 그림자가 괴로운 마음을 잊게 해 주겠다며 나를 유혹했다. 나는 방으로 들어가 안을 둘러보았다. 바깥의 안뜰에서 타고 있는 화로의 불빛이 내부를 겨우 비추었다. 조금 있으니 어둠에 시야가 익숙해졌다.

이 방은 서고였다. 뚫려 있는 높은 책장이 벽을 따라 늘어서 있었다. 책들은 주제별로 꽂혀 있었다. 역사, 시, 수필, 유교 경전, 정치, 군사, 전쟁. 책장이 없는 곳은 자개장과 귀한 꽃병이 공간을 장식했다. 나는 꽃병 하나 앞에 멈춰 서서 도자기에 비친 내 모습을 보았다. 땋은 머리가 헝클어지고 밤새 뒤척이느라 저고리가 벗겨져 쇄골이 드러나 있었다. 저고리 고름에 손을 뻗어 다시 묶고 머리도 다시 땋으려는데 문득 다른 곳으로 신경이 쏠렸다.

서고의 앞쪽에 책상이 하나 놓여 있었다. 책상을 덮은 천에는 산과 강, 숲, 폭포가 수채화로 정교하게 그려져 있었다. 제일 위쪽의 그림은 칠한 지 얼마 되지 않은 듯, 산등성이를 따라 젖은 물감이 반짝거렸다. 산꼭대기에는 작은 오두막이 있었는데 자세히 들여다보니 집 안에 작은 형체 두 개가 눈에 띄었다. 두 소년이 책을 읽고 있었다.

"눈도 못 붙였어?"

남자 목소리에 뒤를 휙 돌아보았고 대현을 보자 가슴이 빠르게 뛰었다. 키가 컸고 진중해 보이는 검은 눈썹이 달빛처럼 우아한 얼굴을 강조했다. 대현이 다가와 본능적으로 한 걸음 물러났지만 내 허리가 책상에 부딪혔다. 내 옆에 선 대현과 시선이 얽히자 뺨이 달아올랐다. 동도 트기 전의 그 순간, 불안한 친밀감이 우리를 감쌌다. 온 세상에 고요한 정적이 흘러 왕자와 나를 에워쌌다. 나는 그의 눈빛에서 직접 그린 세계를, 사적인 생각과 기억과 꿈을 엿볼 수 있었다.

"죄, 죄송해요. 보면 안 되는데."

대현은 대수롭지 않다는 듯 그림을 치웠다.

"마음의 긴장이 풀리거든. 그림을 그리다 보면."

그러다 동작을 멈추고 내 소매와 스친 자신의 소매를 내려다보았다.

"너도 그 사람 생각하고 있었어?"

"누구를 말씀하시는…?"

뒤늦게 이해했다. 원식의 아들.

다시 가슴이 무거워졌다.

"제가 착각한 거였으면 좋겠어요."

내가 속삭였다.

"까마귀가 뭘 숨기는 걸 차라리 보지 말걸."

"까마귀?"

그렇게 물었지만 따로 설명을 요구하지는 않았다.

"원식이 네게는 다정한 사람일지 모르지만 잔인한 면도 있어. 정의를 바로잡는 일이라면 사랑하는 사람이라도 주저 없이 배신할 거야."

나는 가슴에 손바닥을 대고 욱신거리는 고통을 달래려 했다. 왠지 모르겠지만 원식이 어떤 대가를 치러서라도 가차 없이 진실을 좇으리라는 사실은 나도 알고 있었다. 그 대가로 무너져 내릴 것이라는 사실도. 더는 생각하고 싶지 않았다.

"그림이 멋있어요."

내가 화제를 돌리며 말했다.

"직접 가 보신 곳이에요?"

"대부분은 상상이야."

대현이 냉정하게 말했다.

"시에 나온 곳이거나."

"거사가 끝나고 모든 게 안정되면 이곳들도 가 보실 수 있겠네요. 어디든."

"나는 지금 이 자리만 지키려고 해. 1년이든, 5년이든, 10년이든 미래는 생각하지 않아."

"하지만 꼭 생각해야 한다면요."

내가 포기하지 않고 물었다.

"어디를 먼저 가 보고 싶으세요?"

오랜 시간 말없이 서 있어 우리의 대화가 끝났다고 생각했을 때, 대현이 드디어 입을 열었다.

"우리나라는 바다에 둘러싸여 있지만 나는 아직 바다를 한 번도 못 봤어…."

대현이 한마디를 할 때마다 고심하며 고백했다.

"문인들의 글에 담긴 그 광활한 공간 앞에 직접 서 보고 싶어. 드넓은 영원을 목격하는 거지."

잠시 정적이 흐른 후 대현이 작은 소리로 중얼거렸다.

"이 비참한 순간이 전부가 아니라 삶은 더 위대한 것이라고 믿고 싶어."

"보시게 될 거예요, 분명."

대현은 회의적인 표정이었다.

"우리 다 언젠가는 죽죠."

내가 가볍게 말했다.

"하지만 대부분 언제 죽을지는 모르잖아요."

나는 거사가 끝나면 다시는 대현을 만나지 못할 것이다. 그렇게 생각하니 다정한 말을 몇 마디 건넬 용기가 생겼다.

"자기께 남은 날이 많든 적든, 하루하루 보듬으며 지내시기를 빌어요. 바다를 보러 가시고 같이 갈 좋은 친구도 찾으시기를 빌어요. 원식 아저씨가 같이 가 줄 수도 있겠네요."

대현이 감정 없는 웃음을 내뱉었다.

"가는 내내 잔소리를 들으라고?"

터져 나오려는 웃음을 참았다.

조금 더 어색한 분위기가 이어졌다. 나는 책상을 짚은 대현의 손을 바라보고, 대현은 다른 방향을 멍하니 응시하고 있었다. 이른 아침의 어둠 속에서 가까이 붙어 있으니 너무도 은밀한 느낌이 들었다. 나는 긴장해서 흘러내린 머리카락을 귀 뒤에 꽂고 꽃병 앞으로 몸을 피해 꽃병을 관찰하는 시늉을 했다.

"옛날 집에도 귀한 꽃병이 여러 개 있었는데."

내 곁을 맴도는 대현의 따가운 시선을 느끼며 주절거렸다.

"제가 절반은 깨뜨렸어요."

"놀랍지 않네."

"원식 아저씨와 저 언제 떠나면 될까요?"

내가 물었다.

"우리 다 한 시간쯤 후에 떠날 거야."

"같이 가시게요?"

"영호와 만나기로 했어."

내가 고개를 끄덕였다.

"네, 그럼 이따 봬…."

"잠깐만."

대현이 내 뒤에 가까이 다가오자 심장이 빠르게 뛰었고 나는 그 자리에 얼어붙었다. 서늘한 손이 내 손목을 쥐었고 빳빳한 종이가 내 손에 들렸다.

"오늘 아침 궁에서 하인이 전해 왔어."

종이를 내려다보자 내 안의 모든 소리가 사라졌다. 편지였다. 펼쳐 보기 전부터 손이 떨리기 시작했다. 종이에서 언니의 목소리가 들리는 것만 같았다.

내 동생 이슬에게.

네가 왔다 간 뒤로 다른 생각은 나지 않더라. 냉정했던 말은 부디 잊어 줘. 사실 너를 보고 큰 위로를 받았어. 네 기억은 어둠을 비추는 한 줄기 빛처럼 이 나라에 아직 선하고 사랑스러운 것들이 남아 있다는 사실을 일깨워 주었단다. 하고 싶은 말이 더 많지만 편지를 쓰는 걸 들키면 큰일 나. 나 쓰러져도 다시 일어나는 사람인 거 알지. 한 번 더 다시 만나는 날까지 버티고 있을게. 사랑해, 동생아.

언제까지나 너를 사랑할 거야.

황수연

내 발이 저절로 움직였다. 무슨 생각이었는지 모르겠지만 나는 대현을 껴안았다. 내가 공격하려 달려들었다고 생각했는지 대현이 놀라서 내 어깨에 손을 올렸다. 나는 그의 몸을 더 꽉 껴안았고 대현은 죽은 사람처럼 꼼짝도 하지 않았다. 호흡마저 멈춘 것 같았다. 하지만 조금 있으니 근육의 긴장이 풀리고 방어적으로 나를 붙잡았던 손의 힘도 약해졌다. 대현은 그 자리에 나를 안은 채로 가만히 서 있었다.

"저를 위해 이렇게까지 해 주신 거예요…?"

내가 비단옷에 대고 말했다.

"왜요?"

대현은 한참이나 반응을 하지 않다가 당황해서 이마를 찌푸린 표정으로 나를 내려다보았다.

"나는… 글쎄."

마음에 드는 대답은 아니었지만 그래도 감사한 마음은 변함이 없었다.

대현을 놓고 창문으로 달려갔다. 화로 불빛에 대고 편지를 몇 번이고 다시 읽었다. 가슴 저리게 익숙한 언니의 손 글씨에서 눈을 뗄 수가 없었다. 언니가 나를 사랑한다고 했다. 아직도 나를 사랑한단다. 언제까지나 나를 사랑하겠다고 했다. 가슴에서 기쁨이 타올랐고 뜨거운 열기가 솟구치며 눈물이 고였다.

"만족해?"

나를 따라 창가로 다가온 대현이 물었다.

"편지 감사해요. 진심으로."

감정에 북받쳐 목이 메어 속삭였다.

"제 생각만큼 못된 분이 아니셨네요."

"처음 만났을 때는 내가 조금 못되게 굴었지."

대현이 창문을 살짝 열며 중얼거렸다. 비 냄새가 훅 들어왔다.

"다음 생에 다시 만날 때는 달라지기를 빌어."

그가 나를 내려다보며 말했다.

"더 우호적인 상황에서 보자."

고개를 들고 그에게 작은 미소를 지어 보였다.

"저도 그러기를 빌어요."

24

대현

주막에 도착했을 무렵에는 장대비가 쏟아져 모두 뼛속까지 흠뻑 젖었다. 방마다 물웅덩이가 생겨 부엌으로 몸을 피할 수밖에 없었다.

율이 쏟아지는 빗줄기처럼 빠르게 움직이며 서둘러 차를 준비했다.

"이따 전부 얘기해 줘요."

율이 말하며 빗물 받는 그릇을 집어 들었다.

"원식 삼촌! 몇 개 더 가져와요! 비 때문에 방 다 망가지면 큰일 나!"

대현은 아궁이 앞에 쭈그리고 앉아 차를 마셨지만 아무 맛도 느낄 수 없었다. 그의 정신은 다른 곳에 있었다. 그의 옆에 웅크리고 있는 이슬에게. 아궁이의 따스한 불빛이 이슬의 얼굴을 부드럽게 비추었다. 이슬이 젖은 머리카락을 다시 묶자 우아한 목과 왼쪽 귀 아래에 오종종하게 난 주근깨가 드러났고 대현은 자기도 모르게 자꾸만 그쪽을 쳐다보았다. 억지로 시선을 돌렸다. 이슬은 자꾸만 그의 집중력을 시험하고 있었다.

"네 할 일은 끝났어."

대현이 냉정한 말투로 말했다.

"원한다면 집으로 가도 좋아. 성공하면 네 언니를 집으로 돌려보낼게."

이슬이 황당하다는 표정으로 그를 보았다.

"그럴 수 없다는 거 알잖아요."

"내가?"

"언니는 제가 여기 있다는 걸 알아야 해요. 언니가 풀려나기 전까지는 못 떠나요."

대현이 손가락으로 찻잔을 세게 쥐었다. 그는 이슬이 죽지 않고 살기를 원했다. 그를 끌어안았던 이 소녀의 온기가 아직도 기억에 남아 있었다.

"거사가 일어나면 우리 다 죽을지도 몰라."

대현이 나직이 경고했다.

"하지만 네가 지금 떠나면 네 언니는 돌아갈 집이 있겠지."

이슬이 어깨를 으쓱했다.

"죽으면 죽는 거죠."

대현이 짜증스럽게 한숨을 푹 내쉬었다.

"너처럼 자기 인생에 아무 관심 없는 여자는 처음 봤다. 죽음으로 돌진하는 건데도 두렵지 않아?"

"당연히 두렵죠. 하지만 그보다 더 두려운 건 후회예요."

두 사람은 차를 홀짝이며 아궁이의 선명한 주황색 불빛을 바라보았다.

"어떤…."

대현이 질문을 하려다 망설였다. 하지만 이슬을 더 알고 싶었다.

"어떤 후회가 남는다는 거지?"

이슬이 다시 차를 마셨다. 하지만 찻잔은 이미 비어 있었다.

"언니가 편지를 보냈다는 걸 아직도 믿을 수 없어요… 내가 한 짓이 있는데."

이슬이 찻잔을 더 꽉 쥐었다.

"언니가 그 빌어먹을 궁에 갇혀 있잖아요. 언니를 거기로 보낸 게 저거든요."

이슬이 그렇게 생각하고 있다니 충격이었다.

"어떻게 네가 언니를 궁으로 들여보냈다는 거야."

"하지만 제 잘못으로 그렇게 된 걸요. 우리는 집 밖을 나가서는 안 됐어요. 언니랑 나요."

이슬이 속삭였다.

"그런데 언니와 싸우고 제가 집에서 나왔고 나를 따라 나온 언니가… 그 괴물의 손아귀에 곧바로 잡혀 들어간 거예요."

"네 언니가 잡혀 간 건 네 잘못이 아니야."

대현이 당연하다는 말투로 말했다.

"잡아간 왕의 잘못이지."

"하지만 제가 아니었다면…."

"자매니까 싸우고 다투는 거지. 서로를 미워하고 또 사랑하는 것도 자매고. 서로를 견딜 수 없지만 상대가 피를 흘리면 나도 피를 흘리는 사이. 그게 가족이야. 그러니 지금 상황에 죄책감 느끼지 마. 그 무엇도 네 잘못이 아니야. 왕이 혼자 모든 범죄의 무게를 짊어지라고 하자. 왕이 벌인 놀이판에 희생되지 마. 그는 사람들이 반목하는 걸, 대립하는 걸 즐기고 있어. 아니, 그렇게 만들어야 한다고 생각해."

대현이 차에 비친 자신의 모습을 내려다보았다.

"자신의 괴물 같은 행동을 정당화하려고 다른 사람도 괴물이 되라 부추기는 거지."

이슬이 망설이다 눈을 내리깔고 물었다.

"자가께도 그런 거예요? 형님들…."

쭈뼛쭈뼛 말을 꺼냈다가 다시 입을 다물었다.

"아무것도 아니에요."

대현은 평소 이 주제가 나왔을 때처럼 몸이 굳고 대화를 회피하리라 예상했다. 하지만 지금은 이슬에게 가장 깊은 속마음을 털어놓아도 괜찮겠다는 생각이 들었다.

"정 귀인과 아들들이 어떻게 죽었는지 알아?"

대현이 작은 목소리로 천천히 물었다.

"내게는 가족이나 마찬가지였던 사람들 말이야."

"모르는 사람이 없죠. 이복형님들이 자기들 생모를 때려 죽였다면서요."

대현은 움찔하지 않았다. 머릿속으로 그 장면을 수도 없이 반복한 탓이었다.

"어머니라는 사실을 몰랐어. 하지만 스스로를 용납할 수 없었겠지. 그래도 형님들은 나를 구하고 싶어 하셨어. 정 귀인이 내 어머니와 친자매처럼 가까운 사이였고, 아들들에게 나를 가족처럼 대하고 보호하라 하셨거든. 형님들은 그 말씀을 따랐고."

이슬이 고개를 들고 대현을 쳐다보았지만 대현은 이슬의 눈을 피했다.

"모두 이렇게 알고 있겠지."

대현이 말했다.

"내가 형님들을 배신했다고. 어떻게 보면 사실이야. 형님들은 내가 전하의 신임을 얻기를 원해서 군사들이 체포하러 왔을 때 도망치셨어."

"형님들이 왕명을 거역했나요? 왜 체포하려고 한 거예요?"

"형님들이 복수를 꾀할 것을 왕이 알았으니까. 그래서 형님들은 탈출하는 척 연기하고 죽었든 살았든 두 분을 붙잡아서 전하께 바침으로써 충심을 증명하라고 하셨어. 전하께서도 동의하신 일이었지. 제일 좋아하는 전략이거든. 자기 가족을 체포하라고 보내는 거. 그래서 나는 시키는 대로 한 거야. 형님들은 순순히 붙잡혔고 내게 살아남아서 대신 복수를 해 달라고 하셨어."

"그렇다면 배신이 아니네요."

이슬이 안도하는 표정으로 말했다.

"자가께서는 형님들의 소원을 들어주셨을 뿐이에요."

대현이 조용해졌다. 약한 모습을 감추고 싶었지만 모닥불의 은은한 불빛 앞에 있으니 평소에 느끼지 못했던 안정감이 찾아

들었다. 이슬이 옆에 있기 때문일까.

"죽음을 불사하고라도 가족을 구해야 했어."

이슬이 고개를 저었다.

"저는 눈앞에서 어머니가 살해당하는 모습을 보고도 도망쳤어요. 언덕에 숨어서 아버지가 처형당하는 모습도 보았고요. 왕이 분노를 표출할 때 우리가 지켜보는 것 말고는 또 뭘 할 수 있을까요? 우리는 병사를 천 명씩 거느린 장군이 아닌걸요. 저나 왕자님이나 아직 어린아이들이었어요. 이런 가혹한 일을 당할 준비가 전혀 되어 있지 않은 사람들이었다고요. 제게 하신 말씀을 그대로 들려드릴게요. 왕이 혼자 모든 범죄의 무게를 짊어지라고 해요."

침묵이 내려앉았다. 처음에는 긴장감이 섞여 있었지만 이내 서로의 마음을 이해하는 분위기로 바뀌었다. 책장이 넘어간 것처럼.

"처음 만났을 때는 이럴 줄 몰랐는데."

이슬이 속삭였다.

"자가께서 제게 현명한 조언을 해 주시고 솔직한 마음도 고백하게 되는 날이 올 줄은 몰랐어요."

그러다 진심으로 고맙다는 표정으로 대현을 올려다보았다. 지금 보니 이슬의 눈은 꿀 같은 갈색이었다.

"마음이 조금 가벼워졌어요."

이슬이 나직이 말했고 입가에 엷은 미소가 스쳤다.

대현은 못내 아쉬운 기분이었다.

하지만 대화를 이어갈 새도 없이 원식이 삿갓에서 빗물을 뚝뚝 흘리며 뛰어들어 왔다.

"최 대감 댁 하인이 왔습니다. 자가께 긴급히 서찰을 보내셨답니다."

대현이 잠시 편지를 읽고 속삭였다.

"네 숙부가 박 지사의 연락을 받았대. 일주일 후 전원이 명화각에서 모일 거야."

"전원이라면 누구를 말하는 걸까요."

이슬이 입구를 내다보며 중얼거렸다.

"숙부님이 다른 중신들도 포섭한 걸까요?"

대현은 편지를 내려다보았다. 지금까지 이날을 위해 준비했지만 진짜 반정에 합류하는 것이 어떤 기분일지 상상도 하지 못했다. 혁진과 수개월 동안 논의하고 이론을 세운 가상의 반정과는 차원이 달랐다.

이슬이 갑자기 자기 목에 손을 올렸다.

"저보다는 자가께 더 필요할 것 같아요."

그러더니 쌍가락지가 달려 있는 목걸이를 풀었다. 어머니의 가락지로 보였다.

"안전하게 지켜 주는 부적쯤으로 생각해 주세요."

대현은 망설이다 가락지를 받아 들었다.

"미신을 믿는구나."

"뭐라도 믿어야죠. 거사가 끝나고 새로운 왕국이 건설되면 그 가락지는 돌려주셔야 해요. 안 그러면 죽을 때까지 귀신처럼 쫓아다닐 줄 아세요."

25

이슬

"정말로 숙부의 초대를 받았소?"

"네."

내가 거짓말을 했다.

"오라고 전갈을 보내셨어요."

원식이 경계하는 눈빛으로 나를 보다 다시 움직였다.

서둘러 원식을 쫓아갔다. 기골이 장대한 검사였지만 표정만 보면 엄마 닭이 떠올랐다. 원식은 집 없이 돌아다니는 아이들을 전부 품에 안고 보살폈지만 오늘 그가 걱정하는 대상은 나나 대현이나 율이 아니었다. 자신의 친아들이었지. 지난 일주일 동안 원식은 건우-내가 내금위 까마귀로 알고 있던 사람-를 미행했고, 나도 가끔씩 동행했다. 뒤를 밟을 때마다 까마귀의 검은 머리카락에 기름이 지고 하얀 얼굴이 더 창백해지는 모습을 보았다. 마치 양심의 가책으로 온몸의 피가 빠져나가는 느낌이었다. 우리는 까마귀가 매일 아침 억지로 발을 끌며 집에서 나오는 모습, 생기 없이 궁궐 문을 지키고 서 있는 모습을 지켜보았다. 어느 날 밤에는 홍등 주막까지 먼 길을 와서 몇 시간이나 마당 밖을 맴돌았다.

"며칠 전에 율이가 말하더군."

원식이 중얼거렸다.

"주막을 얼쩡거리며 감시하는 검은 형체가 있다면서 손님들이 불평한다고. 혹시 그 녀석인가…."

나는 아직도 이해할 수 없었다. 아들이 아버지와 이렇게 다를 수가 있을까….

"일주일이 지났어요."

다른 생각을 털어놓기로 하고 내가 말했다.

"그사이 아무 일도 없었잖아요. 만약에 도착했는데 방이 비어 있으면 어쩌죠? 가담하겠다는 관료들이 아무도 없으면 어떡해요?"

"두고 봐야지."

원식이 낮은 목소리로 답했다.

"낭자의 숙부와 자가께서는 왕에게 들킬 수 있으니 연락을 주고받으면 안 된다고 합의했소. 그래서 일이 어떻게 진행되는지 나도 모르겠군. 가 봐야 알 것 같소."

"그리고 왜 하필 기방에서 만나는 거예요? 보는 눈이 많을 텐데요."

"관료들이 단체로 만나도 의심을 사지 않을 유일한 장소이기 때문이오. 여기는 술과 유흥을 즐기러 오지 또 무슨 목적이 있겠소?"

"없겠죠."

내가 중얼거렸다.

멀리 돌아 명화각으로 가는 길을 걷던 우리는 공연 중인 연극을 보러 멈춰 섰다.

"잠깐만 봅시다."

원식이 말했다.

"그런 다음에는 떠나야 하오."

광대들은 현장을 밝히는 모닥불의 소음에 묻히지 않게 가면 너머로 목청 높여 대사를 외쳐야 했다. 연극은 머나먼 나라의 왕이 삼촌의 아내를 훔치는 내용이었다. 왕과 승평부부인의 이야기가 분명했다.

"이게 대현 왕자님이 의뢰한 연극이에요?"

내가 원식에게 속삭였다.

"그렇소. 어제부터 영호의 광대 패가 여러 마을에서 공연을 하고 있는데 벌써 상당한 반향을 일으키고 있나 보오."

원식이 나를 쳐다보았다.

"갑시다. 늦으면 안 되니."

"연극이 사람들의 마음에 불을 지르면 좋겠네요. 정말 백성들이 왕에 맞서 들고일어나면 좋겠어요."

한양에 들어서며 희망과 불안이 뒤섞여 떨리는 목소리로 내가 말했다.

"전부 잘되면 저도 예전의 삶을 되찾을 수 있겠죠. 이제야말로 조정 대신의 아들과 결혼하게 될지도 모르고요. 그게 우리 아버지의 소망이었거든요."

한참 동안 정적이 흘러 대화가 끝난 줄 알았는데 원식이 갑자기 물었다.

"누가 정해 주면 좋겠소?"

"정해 주다니요?"

"혼인 상대."

"우리 나이에 그런 걸 원하는 사람이 있을까요? 하지만 유력한 가문과 연을 맺는 게 가장 중요하잖아요."

말은 그렇게 했지만 왠지 나도 그런 생각이 내키지 않았다.

"가장 중요하지만…."

내가 고개를 저었다.

"그 정도로 중요한 거요? 어째서 사랑하는 사람과 혼인하지 않고?"

내가 콧잔등을 찡그리며 원식을 올려다보았다.

"아저씨는 쓸데없이 감정에 약하시네요."

원식이 떡 벌어진 어깨를 으쓱했다.

"내가 낭자 나이였을 때는 돌덩어리 같았소. 눈물 한 방울 흘리지 않았지."

"확실히 달라지셨군요."

"그러게. 율이 말처럼 늙은 영감이 됐나 보오."

원식이 근엄하고 심각한 얼굴로 말했다.

"늙으면서 아무리 큰 권력도 다른 이의 탐욕과 분노로부터 우리를 보호할 수 없다는 사실을 깨달았소. 또한 권력은 우리 자신을 보호해 주지도 못하오. 권력을 위한 혼인은 불신의 그물에 더 깊이 걸리게 할 뿐. 산과 강에 둘러싸여 소박하게 사는 삶을 선택하는 쪽이 훨씬 행복할 거요. 마음의 평화가 가장 귀중한 선물이니까. 산과 강 얘기가 나와서 하는 말인데…."

원식이 주위를 살폈다.

"이번 일이 다 끝나면 장흥에서 수사를 이어갑시다."

"한양을 떠나는 거예요?"

"당장은 말고. 거사가 언제 일어날지 몰라 지금은 범인을 찾을 시간이 없소. 끝나고도 우리가 살아남을 경우 장흥에 가면 사건의 비밀을 밝혀낼 수 있을 듯하오. 그때까지는 조심합시다. 누구를 믿어야 할지 특히 더 조심해요."

원식의 잔소리를 한 귀로 듣고 흘리는 사이 우리는 산기슭에 위풍당당하게 서 있는 명화각 앞에 도착했다. 매달린 등불이 떨어진 별처럼 빛나며 고급스러운 차림의 남자들과 선녀 같은 옷을 입은 기생들에 금빛을 뿌렸다.

낯익은 형체가 사람들을 어깨로 밀치고 우리 앞에 멈춰 섰다. 내 심장이 얼음으로 변했다. 우리 부모님을 처형한 기관인 의금부의 금부도사였다.

"스승님."

구 도사가 말했지만 시선은 내게 박혀 있었다.

"어쩐 일로 예까지 오셨습니까?"

"내 눈이 아직 쓸 만하군. 멀리서도 알아보았다, 구진영. 우리는 무명화를 추적하다 여기까지 왔다."

원식이 거짓말을 했다.

"살인자를 찾는 이유가 정확히 무엇입니까?"

"나는 두 해 전에도 전하께 충성하는 신하였고 지금도 마찬가지다."

원식이 거짓말을 이었다.

"전하를 비방하는 살인자를 견딜 수 있어야지."

구 도사가 믿지 못하겠다는 듯 눈썹을 찌푸렸다.

"자네도 같은 이유로 이곳에 왔나?"

원식이 물었다.

"백 도령의 죽음에 관해 기생들이 아는 것이 있는지 알아보러 오셨습니까? 그 도령이 이곳에 자주 드나들기는 했지만 기생들에게는 제가 진작 물어보았습니다. 아무것도 모른다던데요."

"내가 직접 묻고…."

"어제도 말씀드렸지만 지금 시간 낭비 하시는 겁니다, 스승님."

어제? 내가 원식을 힐끗 쳐다보았다. 그러고 보니 어제저녁 원식이 아무에게도 말하지 않고 주막을 떠났다. 내게 말하지 않고….

구 도사가 말을 계속했다.

"하지만 무슨 상관이 있겠습니까? 어떻게 수사를 진행하시든… 누구와 수사를 같이 하든."

그러고는 나를 마지막으로 한 번 더 쳐다보고 가 버렸다. 나는 그가 으슥한 길로 사라지는 모습을 지켜보았다.

"의금부의 구 도사요."

원식이 설명했다.

"혁진의 살해 현장에서 봤을 테지."

"기억나요."

속삭이는 내 목소리가 떨렸다. 구 도사 같은 사람이 내 정체를 알아내면 나는 당장이라도 체포되어 유배될 수 있었다. 마음을 가라앉히려 심호흡을 했다.

"어떤 사람이에요? 구 도사라는 분?"

"한때 내 제자였소."

원식이 나를 앞으로 밀었다.

"선하고 정의로운 조사관으로 성장했지. 전하께서 자애롭다고 믿었을 때는 말이오. 하지만 전하께서 폭군으로 변하며 그도 타락했다오. 백성들을 위하려고는 하지만 그보다 자신의 이름과 명예, 가족을 지키는 데 관심이 많아졌지. 그래서 반역죄로 붙잡힌 이들을 계속 벌하는 거요. 분명 마음 깊은 곳에서는 전하의 많은 정책들에 반대하고 있으면서도."

말해야 할까? 망설이며 속을 태우다 결국에는 고백하고 말았다.

"제가 왜 혼자인지 아세요? 왜 두 해 동안 부모님 없이 살았는지?"

원식이 나를 힐끗 쳐다보았다.

"낭자의 가족에 끔찍한 비극이 닥쳤나 보다 생각했소. 갑자년

사화와 관련이 있지 않을까 생각했지.”

“어떻게 아셨어요?”

내가 속삭였다.

“갑자년 사화를 모르는 사람은 없지 않소. 낭자처럼 유력 가문 출신이 이런 신세가 되었을 때는 전하의 소행이라고밖에 생각이 되지 않고.”

내가 이를 갈았다.

“전부 왕의 짓이었어요.”

원식이 내 어깨에 다정하게 손을 올렸다.

“이슬 낭자, 이 얘기는 나중에 자세히 합시다. 누가 엿들을 위험이 없는 곳에서 말이오.”

내가 고개를 끄덕였다. 따스하고 연민으로 가득한 시선 앞에서 가슴이 사르르 녹아내렸다.

“서둘러요, 아저씨.”

내가 마음을 추스르며 말했다.

“우리 벌써 늦었어요.”

건물 안으로 들어가자 하인이 북적이는 복도로 우리를 안내했다. 안이 너무 어두워 누가 누구인지 얼굴을 알아볼 수도 없었다. 한 양반이 내 쪽으로 비틀거렸고 나는 그가 든 술병에 부딪히지 않으려 재빨리 피했다. 또 다른 취객을 옆으로 급히 피하다 뒤에 있는 다른 사람의 몸과 스쳤다. 뒤를 홱 돌아본 나는 향과 사향 냄새에 에워싸였다.

“조심하시죠, 낭자.”

나는 왕자를 올려다보았다. 등불의 불빛이 눈을 따스하게 비추고 날카로운 얼굴을 부드럽게 만들었다. 일주일 만에 처음 보는 얼굴이었다.

"올 줄 알았어."

대현이 말했다.

나도 지지 않고 그를 똑바로 쳐다보았다.

"어떻게요?"

"네 숙부가 오지 말라고 했으니까."

웃음을 참고 있다는 듯 뺨 근육이 움찔거렸다.

"남의 명령을 따른 적이 있기나 한 거요, 낭자?"

내가 대현의 가슴을 살짝 밀고 옆으로 물러났다.

"기분 좋아 보이시네요."

"당연하지. 일이 착착 진행되고 있는데."

대현이 말했다.

복도를 따라 계속 걸으니 아름다운 기생 한 명이 걸음을 멈추고 대현에게 인사를 했다. 두 사람이 의미심장한 눈빛을 주고받는 모습을 보자 가슴 깊은 곳이 고통스럽게 뒤틀렸다.

"정보원이오. 율의 친구이기도 하고."

내 생각을 읽은 것처럼 원식이 속삭였다.

"그게 다요."

나는 코웃음으로 안도감을 감추려 했지만 내 감정을 살필 새도 없이 우리는 기방의 가장 끝에 있는 방 앞에 도착했다. 사납게 생긴 하인 두 명이 창살문을 지키고 서 있었다.

"수상한 사람이 접근하는지 복도를 순찰하게."

하인들이 문을 양쪽으로 여는 사이 대현이 원식에게 말했다.

"누가 보이면 당장 알리도록 하고."

"알겠습니다, 자가."

왕자를 따라 들어간 나는 방 안을 가득 채운 사람들의 모습에 가슴이 뛰었다. 중책을 맡고 있는 듯 보이는 남자들이 열 명도 넘게 긴 탁자에 둘러앉아 우리를 응시했고, 그중에는 나를 보고 당황한 삼촌도 있었다. 삼촌이 헛기침을 하고 작은 소리로 말했다.

"제 조카딸입니다. 다들 들어서 아시겠지요."

주변에서 수군거리는 소리가 들렸고 몇 명은 알겠다는 듯 고개를 끄덕였다.

나는 심장이 더 빠르게 뛰는 것을 느끼며 대현의 옆자리에 앉았다. 나는 이 나라가 어떻게 되든 별 관심 없는 사람이라고 생각했다. 하지만 사실은 관심이 있었나 보다. 지금 나는 우리 언니 같은 사람들을 위해, 백성들을 위해 싸우고 하늘을 움직일 수 있는 사람들과 같은 공간에 있었다.

대현이 몸을 기울이고 속삭였다.

"저쪽은 신윤무 대감이야. 그 옆은 성희안 대감, 유순정…."

대현이 이름을 쭉 알려 주었지만 나는 누가 누구인지 구분할 수 없었다. 다 똑같은 생김새였다. 나보다 세 배는 나이가 많고 천 배는 권력이 막강한 듯했다.

"오늘 이렇게 모두 모여 기쁩니다."

상석에 앉은 대감이 말했다. 검은 수염이 덥수룩했고 눈썹도

짙고 숱이 많았다. 대현의 소개에 따르면 중추부지사 박원종, 누구보다 강력한 힘으로 왕을 끌어내릴 수 있는 사람이었다.

"우리는 모두 벗이지만 밤낮으로 우리를 괴롭혔던 가장 내밀한 생각들을 조심스러운 마음에 서로 표현하지 않았던 것 같소. 이제 이 위험한 통치를 끝내고 새로운 후계자를 옥좌에 올려야 할 시간이 왔습니다. 자애로우신 진성대군 말이오."

또 다른 중신이 감정에 젖어 떨리는 목소리로 발언했다.

"저 또한 같은 생각입니다. 저는 박 대감이 있어 이번 반정이 성공할 것이라 믿습니다. 최 대감에게 그랬지요. 박 대감의 입장을 확인해 주면 나도 동참하겠다고. 이곳에서 뵈니 안심이 됩니다."

"박 대감께서 거사를 이끌어 주시니 틀림없이 성공할 겁니다."

삼촌이 말했다.

"조정은 분노에 끓어 돌아설 준비가 된 관리들로 가득하고, 이대로 놔두었다가는 재앙이 일어날 것이 불 보듯 뻔합니다. 그러나 다른 이들이 들고일어나기 전에 우리가 빠르게 움직여야 합니다. 먼저 나서지 않으면 전하의 동조자로 몰려 숙청을 당할 수도 있어요."

그 말에 대신들이 허리를 곧게 폈고 동의하는 목소리가 웅성웅성 들렸다.

"우리는 평생을 이 나라에 충성한 사람들입니다."

중추부지사가 말을 이었다.

"목숨을 바쳐서라도 지켜야지요. 더는 폭군을 옥좌에 앉히는 역사를 되풀이하지 맙시다. 우리 중 한 사람이 모두를 억누르는 일이 없게 권력을 분배하도록 함께 노력해야 합니다. 그렇게 하지 않으면 얼마나 참담한 결과가 나타나는지 우리 모두 보지 않았습니까."

나는 한 줄기 희망을 느끼며 치마를 움켜쥐었다. 손만 뻗으면 밝은 미래가 잡힐 듯했다.

"전하의 여인들은요?"

내 입에서 질문이 저절로 나왔다. 모두 나를 돌아보았다.

"그들은 어떻게 되나요?"

내가 조금 더 구체적으로 물었다.

"가족이 있는 집으로 돌아가나요?"

삼촌이 헛기침을 하고 불편하게 자세를 바꿨다.

"어른들이 대화하고 있을 때 함부로 발언해서는 안 된다."

박 지사가 손을 들었다.

"내가 대답하지요. 약속할 수 있는 것은⋯."

문이 드르륵 열리고 새로운 인물이 걸어 들어왔다.

"늦어서 죄송합니다."

낮고 거친 목소리가 들렸다.

"아, 우 대감. 드디어 오셨구려. 와서 앉아요."

남자가 바닥 등 불빛에 들어서자 얼굴의 형태가 드러났고 그 즉시 모든 소리와 감각이 배경으로 묻혀 버렸다. 이 공간에 그와 나 두 사람만 남은 것처럼. 키가 큰 남자는 눈에 띄게 마른 체격이었고 볼이 홀쭉했으며 긴 손가락으로 다른 이들과 인사를 나누었다. 피부는 흰 벌레처럼 창백했다. 토할 것 같았다.

"구더기."

"누가?"

대현이 속삭였다.

구더기가 나를 바라보았다.

박 지사의 목소리가 꿈에서 들리는 듯 흐릿하게 내 귀에 들어왔다 나갔다.

"나와 친척 관계인 박 장군이 수원의 군영에 있습니다. 며칠 전 방문해… 성공할 가능성을 신중하게 계산… 무엇보다도 기회를 잡는 것이 중요… 그 기회가 왔습니다."

박 지사의 말을 듣는 동안 내 얼굴에 식은땀이 흘렀다. 구더기를 쳐다볼 때마다 나를 빤히 보는 시선과 마주했다. 우리 언니를 대하던 역겨운 말투를 기억에서 지울 수 없었다.

구더기와는 잠시도 같은 공간에 있을 수 없어 나는 대현의 옆자리에서 일어나 서둘러 밖으로 나갔다.

26

대현

분노한 중신들이 웅성거리는 가운데 누군가 상을 주먹으로 내리쳤다.

"지금 그 말씀은….""

발언한 사람은 눈에 띄게 몸을 떨었다.

"오늘부터 일주일 뒤로 반정을 계획하고 싶다는 거요?!"

중추부지사가 고개를 끄덕였다.

"9월 열여드레에 공격을 개시할 겁니다."

"이해가 되지 않습니다."

다른 중신이 물었다.

"왜 열여드레입니까?"

대현이 단호한 말투로 끼어들었다.

"그날 전하께서 한양을 떠나 개성으로 행차하실 예정입니다. 그날이 절호의 기회예요. 이번에 기회를 잡지 않으면 다시는 오지 않을 수도 있습니다."

투덜대는 소리가 더 커졌다.

"자, 모두 여기를 보세요."

박원종이 명령했다.

"전하께서는 8만 명이 넘는 군대를 가지고 계시지만 병력이 전국 각지에 퍼져 있습니다. 수천 명은 국경에 주둔하고 있어요. 그러니 우리는 도성에 남아 있는 병력 사만여 명만 신경 쓰면 됩니다."

"사만 명이 아무것도 아니라고 생각하십니까?"

한 중신이 턱을 덜덜 떨며 외쳤다.

"우리는 얼마나 있는데요?"

"전하께서는 개성으로 떠나며 장군과 보병 만 명을 데리고 가실 겁니다. 지켜야 할 왕이 없으니 도성의 병력은 더 약해지겠지요."

중신들이 하나둘 고개를 젓기 시작했다.

"약해지는 것으로는 충분하지 않습니다."

"위화도 회군."

모두의 기억이 살아나며 침묵이 내려앉았다.

"위화도 회군."

대현이 다시 말을 꺼냈다.

"1388년 당시 고려의 장군이었던 태조께서는 군대를 이끌고 북쪽으로 행군해 요동반도를 점령하라는 명령을 받았습니다. 본인은 결사반대했던 일이었지요. 하지만 수적으로 열세임을 확인하고는 개성으로 회군해 반란을 일으키기로 합니다. 이런 사례와 마찬가지로 때때로 반란은 본능적인 판단으로 일어나기도 합니다. 모의 기간이 길어지면 살아서 계획이 실현되는 모습을 볼 수나 있을지 누가 알겠습니까. 지금 전하의 분노는 바람처럼 변덕을 부리고 있습니다."

"왕자 자가 말씀이 사실입니다."

한 사람이 중얼거리고 중추부지사를 쳐다보았다.

"듣자 하니 전하께서 가장 아끼던 측근들도 최근 들어 신임을 잃기 시작했답니다."

또 다른 중신이 한숨을 쉬었다.

"저를 설득하시려면 이 질문에 대답이 가능하셔야 할 겁니다. 우리가 어떻게 일주일 안에 군대를 모은단 말입니까? 부대에 호소문을 써서 우리를 위해 봉기해 달라고 빌어요? 편지가 엉뚱한 사람 손에 들어가면 어떡하고요?"

"중앙의 다섯 개 군영은 월등한 병사들로 구성되어 있습니다. 침략자들로부터 해안을 지키기 위해 배치된 병력 말이에요."

박 지사가 대답했다.

"대규모 군대를 짤 시간은 부족하겠지만 이미 우리 손에 있는 자원을 활용할 수는 있습니다. 일주일이면 최대 만 명을 동원하기에 충분한 시간입니다."

"어디서부터요?"

"수원부사였던 장정이 군기시첨정 박영문과 함께 사천 명을 집결시키는 임무를 맡을 겁니다. 그리고 장군은…."

박 지사가 햇볕에 검게 그을리고 엄하게 생긴 중년 남성을 탁자 너머로 바라보았다.

"전하의 지시로 왕실 마구간에서 일하고 계시지요. 그곳에서 최소 오천 명의 병사가 매일 근무하고 있습니다. 그들도 포섭할 수 있다면 규모는 크지 않지만 얼마든지 힘 있는 군대를 조직하는 게 가능해집니다."

사람들의 얼굴에서 핏기가 사라졌다. 이곳에 모인 중신들은 겁에 질려 경계심을 드러냈다. 누군가가 이 공간에 퍼진 감정을 드디어 입 밖으로 내뱉었다.

"반정을 시도하려면 승리할 가능성이 참패할 위험을 압도해야 하는데…."

그가 말했다.

"계획이 무엇입니까?"

27

이슬

나는 기생들의 달콤한 향기와 웃음소리에 둘러싸여 명화각에서 나왔다. 멀리 떨어진 처마 밑 그림자에 몸을 숨기고 기생들이 손님을 맞이하는 모습을 지켜보았다.

"너는 네 언니와 영 다르게 생겼구나."

움찔하고 돌아보니 구더기가 서 있었다.

"최 대감의 조카라지."

구더기가 말을 이었다.

"수연의 여동생이고."

내가 그를 노려보았다.

"여기 왜 있죠?"

"여기 있으면 안 되는 이유라도 있나?"

"백성들의 삶은 안중에도 없으시잖아요."

구더기의 입꼬리가 실룩였다.

"어린것이 나에 대해 아주 잘 아는 것 같구나. 만난 적도 없을 텐데 말이야. 아니면 만난 적이 있나?"

"한 번 봤었죠."

내가 경멸에 찬 목소리로 말했다.

"악몽에서."

구더기가 마음에도 없는 웃음을 터뜨렸다.

"묘한 아이로군. 또 정확히 알고 있어. 나는 백성들 따위 안중에도 없지."

구더기가 내 옆으로 슬그머니 다가와 나를 내려다보았다.

"헌데 저 안에 있는 자들은 다르다고 생각하나?"

내가 이마를 찌푸렸다.

"당연하죠!"

구더기가 동정하는 척 얼굴을 찡그렸다.

"꼬마야, 너는 박 지사 대감이 하는 말을 믿는 거냐? 그자가…."

구더기가 과장되게 손을 흔들었다.

"정의 같은 것들을 신경 쓴다고 믿어?"

"그럼요. 설령 백성들을 위해서가 아니라도 누님을 위해…."

"누님, 누님, 누님."

구더기가 혀를 쯧쯧 찼다.

"그 할망구. 박 지사 대감은 겉으로만 슬퍼할 뿐이다. 자기 행동을 정당화할 이유가 필요해서…."

구더기가 주위를 살폈다. 그들은 명화각 툇마루의 끝에 서 있었다. 모여 있는 사람들과는 멀리 떨어져 있었지만 그럼에도 구더기는 암호 같은 말을 사용했다.

"거사를 일으키고 임금의 부패와 잔혹함과 음탕함을 강조하려고. 박 지사와 세 측근의 진짜 동기는 전하의 분노가 이제 자기들을 향할까 두렵기 때문이다. 다른 자들은? 혹독한 세금 때문에 전하를 원망하는 것이지. 그렇다면 나와 같은 부류는? 말이 절벽 아래로 떨어지려 하면 말을 바꿔 타는 것이 자연스러운 수순 아니겠는가? 또한 지도부에서 우리에게 큰 상을 약속했다. 내가 무엇을 부탁했는지 알고 싶으냐?"

뜸을 들이던 그가 씩 웃으며 말했다.

"네 언니를 달라 했지."

가슴이 서늘해졌지만 두려움을 밀어냈다.

"중추부지사 대감께서는 여자들을 풀어 주겠다고 약속하셨어요."

"그래? 내가 들은 얘기와는 다른데. 네 언니를 가족에 돌려주겠다고 약속했는지 모르겠지만 내가 지금 협상 중이라서 말이야. 내가 종1품 한성판윤 우사용이다. 한성부가 어떤 곳인지는 아느냐? 한양 전체를 총괄하는 부서다. 나는 수많은 관료들에게 영향력을 행사할 수 있지. 지도부는 나를 필요로 하고 내가 무엇을 요청하든 들어줄 것이니…."

더는 들을 것도 없었다.

"숙부님이 당신한테 우리 언니를 줄 리 없어요."

"숙부라면… 네 부모님을 저버린 배신자 말인가?"

나는 충격으로 할 말을 잃고 얼어붙은 채 서 있었다.

"무슨 뜻이죠?"

겨우 그 질문을 내뱉었다.

"궁에 드나들면 모르는 사람이 없을 텐데. 전하께서 정2품에서 종9품까지 강등할 때 정전 바닥에 엎드려 그 난리를 피웠으니. 굴욕을 견디지 못하고 자기 누이의 남편이 폐비 윤씨 사사 당시 궁에 있었다고 발설해 버렸다지. 사돈이 아무에게도 말하지 말라 간청했는데 말이야. 죄가 있으니 장장 이십 년 동안 비밀을 묻은 게지. 전하께서는 충심을 보인 최 대감에게 승진을 약속했지만 끝내 이루어지지 않았다. 승진을 위해 한 번 네 가족을 배신한 숙부가 또 그러지 말라는 법은 없지."

내 가슴이 새까맣게 변했다. 이 세상에 나 말고 아무도 없는 느낌이었다.

"거짓말."

내가 그럴 리 없다고 생각하며 말했다.

"당신 말은 안 믿어."

나는 툇마루를 다급히 내려가 사람들을 뚫고 숨이 턱 끝에 차오를 때까지 달렸다. 어느 순간 한양을 나와 저무는 태양의 빛에 붉게 물든 외딴길에 서 있었다.

피곤했지만 걸음을 재촉했다. 율과 대화하고 율의 생각을 물어보고 싶었다. 구더기 말이 사실일까? 아니면 나를 가지고 노는 것일까? 숲의 반대쪽에 있는 주막까지는 걸어서 반 시간도 걸리지 않았다. 숲에 들어서자 머리 위에서 나뭇잎이 바스락거리고 머릿속에서 기억들이 속삭였다. 삼촌은 우리 집을 자주 방문했고 아버지와 친했다. 문 너머로 진지하게 대화하는 목소리가 들렸다. 구불구불한 숲길을 걷고 있으니 또 다른 기억이 불쑥 떠올랐다.

내 앞날이 창창해질 것이라며 기뻐하던 삼촌. 그때도 위화감이 들던 삼촌의 말을 돌이키자 피가 차갑게 식었다.

속죄를 하는 거지. 삼촌은 말했다. 오랜 세월이 지나 이제야!

산산이 부서진 과거의 조각이 저절로 맞춰지며 나는 그 자리에 멈춰 섰다. 남도, 친구도 아니었다. 우리 부모님을 배신한 것은 가족이었다. 삼촌은 우리 집 대문을 활짝 열고 훔치고 죽이고 파괴할 도적 떼를 불러들였다.

갑자기 다리의 힘이 풀렸다. 나는 바닥에 쓰러졌다. 우리 부모님은 한 남자의 탐욕으로 죽었다. 헛되이 세상과 작별했다.

뒤에서 들리는 말발굽 소리가 처음에는 머리에 들어오지 않았다. 다섯 남자가 말을 타고 오고 있었다. 나는 얼른 눈물을 닦고 일어나 장식용 칼집에서 패도를 뽑았다. 삼촌의 심장에 칼을 꽂아 버리고 싶다는 기분으로 칼자루를 꼭 쥐었다.

"안녕하신가, 아가씨."

나긋나긋한 목소리가 들렸다.

가슴의 두려움이 날카로워졌다. 나를 지나치리라 생각했는데. 칼은 혹시 몰라서 꺼냈을 뿐이었다. 내가 천천히 고개를 들었다.

"윤 순찰사라 하오."

남자가 천천히 말하며 씩 미소를 짓자 진주처럼 하얀 치아가 드러났다. 뺨을 따라 염증이 생긴 딱지가 앉아 있었다.

누구인지 깨달은 내가 비틀거리며 물러났고 가슴에 한기가 번졌다.

"우리 전에도 만난 적이 있지요."

그가 한 손을 높이 들고 승리에 도취된 목소리로 외쳤다.

"묶어라, 얘들아!"

"그러기만 해."

나는 치맛자락에 칼날을 숨기고 작은 칼을 더 꽉 움켜쥐었다. 내 앞에 모여든 남자들을 올려다보았다. 삼촌 같은 자들이었다. 왕의 기분을 맞추기 위해서라면 패륜도 불사하지 않을 인간들.

"내 몸에 손대지 마!"

내가 비명을 질렀다.

"아이고."

딱지 뺨이 동료들을 둘러보았다.

"우리가 사나운 암고양이를 잡았나 보다. 체포하되 얼굴이나 눈에 보이는 부분은 다치지 않게 하라. 상품은 손상 없이 바쳐야지."

한 관원이 말에서 내려 밧줄을 들고 다가왔다. 내가 칼을 쥔 손을 휘두르자 그가 팔 옆을 붙들고 뒷걸음치며 놀라서 소리를 질렀다.

"저년이 나를 칼로 그었어!"

"저리 가!"

내가 경고했다.

"가까이 오면 죽인다! 전부 다!"

딱지 뺨이 빙긋 웃으며 안장에서 내렸고 손을 재빠르게 움직임과 동시에 칼자루를 번쩍 들어 내 쪽으로 내리쳤다. 배에서 고통이 폭발했다. 나는 땅에 쓰러져 숨을 헐떡였다. 칼은 이미 손에서 날아간 뒤였다. 피부를 지지는 듯한 고통을 참고 칼을 찾아 더듬거렸다. 하지만 내 손이 대신 감싸 쥔 것은 날카로운 돌멩이였다.

채홍사 관원들이 다시 나를 둘러쌌을 때는 순응하는 연기를 했다. 내 몸을 밧줄로 묶고 끌고 갈 때도 가만히 내버려두었다. 숲으로 더 깊이 들어가니 핏빛 하늘이 시야에서 사라졌다. 그들이 앞만 바라보는 사이, 나는 말의 안장과 연결되어 내 손목을 결박한 밧줄을 풀 수 있는지 시험해 보았다. 울퉁불퉁한 길에 발이 걸리며 반쯤 끌려가다시피 하는 동안에도 손에 꽉 쥔 돌멩이는 놓지 않았다.

"안됐군."

딱지 뺨이 뒤를 돌아보며 느긋하게 말했다.

"자기가 용감하다고 생각했다니. 그 계집을 구하려고 했지만 결국에는 내가 잡았단 말이지. 이제는 너도 네가 있어야 할 궁에서 그 계집과 함께 지내게 될 거다."

"오해가 있는 것 같아요."

내가 두려운 듯한 목소리를 꾸몄다.

"다른 사람과 착각하신⋯."

"이런, 이런."

그의 목소리는 징그럽게 다정했다.

"내가 그 얼굴을 잊을 수 있을 것 같나? 네 꿈을 얼마나 많이 꿨는데."

사악한 미소로 입술이 일그러졌다.

"꿈속에서 네가 죽여 달라 사정하는 모습을 보았지. 내가 전하의 품에 너를 바칠 때 분명 그 소리가 나올 것이다. 그분에게 안기면 숨도 못 쉴 테니까."

나는 돌멩이의 각도를 재고 뾰족한 끝으로 밧줄을 갈다가 딱지 뺨이 내 쪽을 볼 때마다 손을 가만히 두었다. 밧줄과 피부를 동시에 긁어 손목에서 피가 흘러내렸지만 어두워서 잘 보이지 않았다.

"우리 어디 가는 거예요?"

상대가 대화하는 데만 집중하도록 내가 질문했다.

"너를 전하의 창녀로 등록하러 가지."

나는 그가 들고 있는 칼에 신경 쓰느라 두려움을 느낄 겨를도 없었다. 내 머릿속은 다음 질문을 던져야 한다는 생각뿐이었다. 딱지 뺨이 잠깐이라도 나를 관찰할 새를 주면 안 됐다.

"나를 어떻게 찾았죠?"

"한참 전부터 너를 찾고 있었는데 운 좋게도 내 부하 하나가 명화각에서 너를 봤다지 뭐냐."

딱지 뺨이 자기 무릎을 문질렀다.

"요새는 검은 바다에서 진주를 찾는 것처럼 미인을 보기 힘들어. 그러니 우리가 마주쳐서 내가 얼마나 기쁘겠나. 너를 선물로 바치면 이제야말로 전하께서 나를 승진시켜 주실지도 모르지."

추잡한 뜻이 담긴 대답에 머리가 아찔해졌다. 공포가 내 생각을 덮치고 나를 빨아들이려 했다. 하지만 이성이 나를 끌어냈다. 현재에 집중해. 드디어 밧줄이 몇 가닥만 남고 다 잘렸다.

딱지 뺨이 인상을 썼다.

"지금 뭐 하는….".

나는 손목을 비틀어 풀고 울창한 나무들의 그림자 속으로 숲길을 달렸다. 땅이 너무 캄캄해 앞도 보이지 않았다. 발이 미끄러지고 땅바닥이 쑥 꺼졌다. 시야가 빙글빙글 돌았다. 땅 하늘 나무 땅 하늘 나무. 마침내 어딘가에 쿵 부딪치며 멈춘 나는 숨이 막힌 채 잠시 그 자리에 누워 있었다. 그러다 다시 일어나 어지럽게 도는 어둠 속을 내달리며 숲으로 뛰어들어 가고 나무뿌리에 걸려 넘어졌다. 말발굽 소리가 내 쪽으로 빠르게 다가왔다.

가까이.

더 가까이.

누군가의 손이 나를 낚아채 나무 뒤로 끌어당기자마자 말을 탄 남자들이 달그락거리며 지나쳤다.

대현이었다.

안도감이 파도처럼 강하게 나를 덮쳤다. 몸을 가누기 힘들어 대현에게 기댔다. 가까이 붙자 빠르게 뛰는 심장이 등으로 느껴졌다. 그제야 대현의 손에 들린 작은 칼이 보였다. 내가 떨어뜨린 패도였다.

횃불을 들고 말을 탄 남자가 한 명 더 천천히 접근했다.

"뛸 수 있겠어?"

대현이 속삭였다.

"네."

대현이 내 손을 잡았고 우리는 뒤엉킨 나뭇가지를 밀치고 좁은 나무 사이를 힘겹게 통과하며 소리 없이 움직였다. 작은 빈터로 나온 후에야 왼팔이 욱신거리고 왼쪽 갈비뼈에 통증이 퍼지는 것을 느낄 수 있었다. 걸음을 내디딜 때마다 온몸의 뼈가 못 견디겠다고 비명을 질렀다. 하지만 공포가 덮치며 고통은 다시 사라졌다. 덤불 뒤에서 무언가가 잎사귀를 바스락거리며 움직이더니 네 명의 관원이 말을 타고 나왔다.

"찾았다."

딱지 뺨이 미소를 짓다가 나를 뒤로 잡아당긴 대현에게 시선을 돌렸다.

"저건 누구야? 정인…?"

"잠깐."

다른 관원이 속삭였다.

"저, 저분 대현 왕자 아니야? 전하께서 가장 아끼는 동생."

일당은 주저하는 듯했다. 한 명이 말에서 내려 고개 숙여 인사하자 딱지 뺨을 비롯한 다른 관원들도 뒤를 따랐다.

"송구하옵니다, 왕자 자가."

딱지 뺨이 이를 악물고 말했다.

"하지만 그 아이는 전하의 소유이니 저희에게 넘겨주셔야겠습니다."

대현이 더없이 차분한 태도로 대답했다.

"이 여인은 누구의 소유도 아니다."

"허나 왕자 자가."

딱지 뺨이 지적했다.

"자가께서는 전하의 충신이시고, 그 계집은…."

멀리 있는 나무 사이로 횃불 불빛이 보였다. 말발굽 소리가 땅을 뒤흔들었다. 배 속이 두려움으로 더 조여 왔다.

"지원군이 도착했습니다. 저 계집이 금부도사로 악명 높았던 장원식과 함께 있다는 얘기를 듣고 도움을 청해야겠다 생각했지요."

딱지 뺨이 더는 예의를 차리지 않고 일어나 활과 화살을 들었다.

"왜 대현 왕자님이 돌아가셨냐고 하면 평민 복장을 하고 있어 평민이라 생각해 죽였다고 전하께 말씀드려야겠군요."

도망칠 수 없어. 나는 생각했고 대현도 내 손을 더 꽉 쥐었다. 내게 무언가를 속삭였지만 머릿속을 채우는 소음 때문에 들리지 않았다. 나는 이 만남이 어떻게 끝날지 알았다.

왕자는 죽임을 당할 것이다.

나는 도망치든 여기 남든 결국에는 궁으로 끌려가 갇히고 잡아먹힐 것이다.

언니는 견디지 못할 것이다. 동생이 눈앞에서 살해되는 모습을 본다면 죽고 말리라.

갑자기 딱지 뺨이 움찔하며 무기를 내리고 뒤를 쳐다보았다.

키가 크고 건장한 남자가 채홍사 관원 하나를 칼로 겨누고 서 있었다.

"너희 중 누가 가장 강하지?"

남자가 조롱조로 말했다.

많이 들어 본 목소리였다.

"아저씨."

내가 목이 메어 간신히 말했다.

원식이 단번에 채홍사 관원의 목을 베었다. 삿갓과 망토에 피가 튀었다.

"덤벼라. 너희 셋을 산 채로 씹어 먹을 테니."

딱지 뺨이 욕을 하며 쏜 화살은 원식이 방패로 내세운 시체에 꽂혔다. 화살이 또 한 대 날아갔다. 다리를 맞은 원식이 쓰러질 위기에 처했고 두 명이 그에게 달려들었다. 원식은 화살을 꺾고 아수라장으로 뛰어들어 번쩍하고 날아든 칼을 쳐냈다. 다음 순간에는 도포를 휘날리며 나무의 옆을 밟고 뛰어 상대를 칼로 베고 말에서 떨어뜨렸다.

원식이 비틀거리며 자세를 잡더니 그에게 달려드는 다음 관원을 향해 칼을 겨누었다. 가만히 있다가 관원이 칼을 휘두른 순간 옆으로 빠르게 피했고 칼날이 울창한 나뭇가지에 걸렸다. 딱지 뺨이 화살을 한 대 더 걸었다. 원식은 그를 등지고 있었다.

"여기 있어."

대현이 내게 속삭이고 어둠 속으로 뛰어가 소리를 내지 않고 마흔 걸음 정도 이동했다. 대현은 죽은 관원의 검을 빼앗아 들었고 딱지 뺨이 활을 겨냥한 바로 그 순간 앞으로 돌진했다. 쇠가 번쩍거렸고 딱지 뺨은 앞발을 하늘 높이 치켜든 말에서 떨어지고 말았다.

한 명도 빠짐없이 처치되었다. 유일하게 움직이는 딱지 뺨은 다리가 소름 끼치는 각도로 꺾이고 뼈가 밖으로 튀어나와 고통스럽게 몸부림쳤다.

"죽여야 해요."

내가 앞으로 달려가며 말했다.

"제가 왕자님과 여기 있었다는 걸 알아요."

원식이 칼을 치켜들자 대현이 내 몸을 옆으로 돌렸다. 단말마의 비명이 밤하늘에 울려 퍼졌다. 뒤이은 침묵 속에서 나는 가까이 있는 채홍사 관원들의 형체를 비추는 횃불을 쳐다보았다.

"도망쳐요."

원식이 검에서 피를 닦으며 말했다.

"시간을 벌어 드릴 테니."

그의 말이 칼처럼 나를 찔렀다.

"같이 가요!"

내가 울부짖었다.

"나 때문에 지체되면 안 되오."

그 말을 듣고 보니 원식의 얼굴이 섬뜩할 만큼 창백했고 몸 전체가 미세하게 떨리고 있었다. 부러진 칼이 다리에 깊이 박혔고 철릭의 옆구리 부분은 피로 흠뻑 젖은 상태였다.

대현이 자신의 검을 꽉 쥐었다.

"같이 싸우지."

나도 검을 집어 들고 두 손으로 힘겹게 들어 올렸다.

"저도 남아요."

"어리석은 짓 하지 마세요. 이럴 시간 없습니다."

원식이 말하며 개떼처럼 달려오는 남자들을 돌아보았다.

"이슬 낭자는 언니가 기다리고 있지 않소. 왕자 자가께서는 지금 계시는 길에서 벗어나시면 안 됩니다. 하늘을 움직이셔야지요."

"이슬아, 도망쳐."

대현이 거칠게 말했다.

"나는 여기서…."

"제가 자가의 목숨을 지키느라 보냈던 세월을 헛되이 만들지 마세요! 죽어가는 순간까지 자가를 지켜 드리겠다고 어머님과 한 약속을 깨뜨리게 하지 말라는 말씀입니다."

원식의 목소리가 갈라졌다. 그래도 대현과 내가 망설이자 원식이 활에 화살을 걸고 우리 앞의 땅을 조준했다.

"가라고!"

거칠게 명령하는 원식의 목소리에 눈물이 왈칵 솟았다. 원식의 눈도 벌겋게 충혈되어 있었다.

"가셔야 합니다. 그리고 부디… 돌아보지 마세요."

모든 것이 흐릿해졌다.

숲과 그 너머의 탁 트인 하늘도. 발목까지 올라와 내 치마를 무겁게 적시는 개울도, 내 살갗을 찢는 뾰족한 바위도. 내 깍지를 낀 대현 왕자의 손도. 숨을 고르며 가쁜 호흡을 가라앉힐 때에야 정신이 들었다. 어느새 비탈길 밑으로 내려온 우리는 흙과 나무뿌리에 등을 대고 있었고 대현이 손으로 내 입을 틀어막았다. 위의 땅을 지나가는 말발굽 소리가 들렸고 수색을 이어가는 동안 횃불이 타올랐다.

"저기 있다!"

남자의 우렁찬 목소리가 들렸다.

"천 조각이야. 치마에서 뜯긴 거네. 동쪽으로 갔어!"

공포로 가슴이 뛰었지만 대현이 나를 못 움직이게 붙잡았다. 침착한 모습을 보니 군인들의 말에 놀라지 않은 듯했다. 대현이 그곳에 천 조각을 놓아둔 것이 분명했다.

마지막 말들이 떠난 후에도 우리는 움직이지 않았다. 감히 말을 할 수 없었다. 한 번의 오판으로 병사들이 달려올 수 있었다. 멀리서 서로 크게 외치는 소리가 아직도 들렸다.

대현이 마침내 내 얼굴에서 손을 내리고 내 어깨를 두드리며 앞에 쌓여 있는 커다란 화강암 바위를 가리켰다. 우리는 소리 죽여 바위를 넘고 깊고 좁은 틈에 몸을 구겨 넣었다. 두 사람이 숨을 공간이 충분하지 않아 한 몸이 되어야 했다. 대현의 팔이 내 등을 감쌌고 나는 그의 몸통에 뺨을 묻었다. 맞닿은 우리의 심장이 고통스럽게 쿵쾅거렸다.

지나간 시간은 짧은 듯하다가도 영원처럼 길게 느껴졌다. 마지막 남은 햇빛마저 나무 꼭대기에서 사라지고 밤이 깊어 가며 별들이 하늘을 수놓았다. 사방이 고요해진 가운데 야행성 동물들이 움직이고 날개를 퍼덕이는 소리가 들리니 내 마음은 차가운 암흑으로 가라앉았다. 손이 떨리기 시작했고 떨림은 온몸으로 번졌다. 참으려 해도 이가 딱딱 부딪쳤다.

아직 살아 계셔. 나는 생각했다. 빈터에서 우리를 기다리고 있을 거야.

그곳으로 가면 삿갓과 망토 차림으로 검을 등에 매고 서 있을 것이다. 처음 만났을 때처럼 피 묻은 주먹을 치료하고 있을 것이다. 선량한 친구의 다정한 눈빛으로 나를 올려다보리라. 아마도 이렇게 외치겠지. 낭자, 다 끝났소. 무엇 때문에 그렇게 두려워하는 거요?

아직 살아 있을 거야. 내가 이를 악물었다. 아직 살아 있어.

하지만 시간이 흐르고 하나의 질문이 가슴에 스멀스멀 들어와 온몸에 냉기를 퍼뜨렸다. 아니면 어쩌지?

내가 고개를 저었다. 설마 하늘이 그 정도로 잔혹할까? 원식은 험한 세상에서도 따뜻함을 잃지 않은 사람이었다. 멍청한 내가 죽음을 자초했을 때 죽게 놔두지 않고 내게도 친절한 손을 뻗어 주었다. 무자비하게 그를 등진 아들을 다음 생에도 다시 사랑할 것이라고 한 아버지였다. 원식은 이 암울한 세상의 등불과도 같았다.

제발 아저씨의 빛을 꺼뜨리지 말아 주세요. 내가 간절한 마음을 하늘에 보냈다. 제발, 제발, 제발, 이렇게 빌게요. 제발 아저씨를 살려 주세요. 제발 손을 뻗어 칼과 화살의 비에서 아저씨를 감싸안아 주세요. 부디 제 착한 친구를 구해 주세요.

하늘이 칙칙한 청회색으로 밝아졌다. 어둠이 걷히고 첫 햇살이 나무 꼭대기를 적셨다. 천 가지 기도를 속삭이느라 머리가 어지러웠고 기도는 향에서 피어오르는 연기처럼 내 생각들을 다 집어삼켰다. 뿌연 머릿속을 잠시 들여다보니 저녁 이후로 군관을 단 한 명도 못 봤다는 깨달음이 들었다.

"돌아가자."

대현이 슬픔에 찬 눈빛으로 무뚝뚝하게 말했다.

"이 정도 빛이면 이동할 수 있어."

"동감이에요."

내가 겨우 속삭였다.

우리는 서둘러 다시 강을 건너고 숲을 지났다. 뒤엉킨 나뭇가지들을 하나씩 밀치자 빈터가 보였다. 움직이지 않는 채홍사 관원들의 시체가 여기저기 널브러져 있었다. 살육의 현장 한가운데에 어깨가 떡 벌어진 남자가 아이처럼 웅크리고 있었다. 피곤해. 그의 목소리가 바람에 실려 왔다. 이제 좀 쉬어야겠어.

나는 비틀거리며 앞으로 걸어가 원식을 하염없이 바라보며 기억을 떠올렸다.

거인으로 가득한 왕국에서 나를 길 잃은 고양이라도 되는 것처럼 돌아보던 모습.

긴 하루 끝에 주막으로 돌아가면 늘 식사를 했는지 묻고 직접 상을 차려 주던 모습.

마음의 상처와 밤하늘 아래에서 내게 들려주던 잔소리를 떠올렸다.

그의 몸에 걸려 넘어져 무릎으로 쓰러지며 내 목구멍에서 울음이 터져 나왔다. 내 치마가 피 묻은 흙으로 물들었고 원식은 움직이지 않았다.

"아저씨, 제발요."

내가 원식의 소매 끝을 잡아당겼다.

"아저씨, 우리 왔어요."

깊은 상처로 살이 찢겼고 온몸이 상처투성이였다. 한 무리의 군인들이 칼을 휘둘러 장난질을 친 것 같았다. 가슴에 칼을 꽂아 비튼 것이 최후의 일격이었다. 인간이 이리도 잔혹할 수 있나?

나는 아버지처럼 강하고 거친 손을 움켜쥐었다. 그제야 시작되었다. 밀려드는 슬픔이 내 가슴을 천 개로 쪼갰고 숨을 쉴 때마다 유리 조각이 갈비뼈에 박혔다.

원식이 죽었다.

아침이 되어도, 주말이 되어도, 몇 년이 지나도 돌아오지 않을 것이다. 다시는 주막에 나타나 따뜻한 눈빛과 친절한 말을 보내지 않을 것이다. 원식은 영영 떠났다. 몸은 내 앞에 누워 있지만 지상에서 연기처럼 사라졌다.

"다 내 잘못이에요."

떨려서 말도 제대로 나오지 않았다.

"내가 멋대로 가지 않았으면, 그 관원을 때리지 않았으면, 워, 원식 아저씨가 이런 데 누워서…"

대현은 어깨가 굳은 채 서서 움직이지 않았다. 죽은 사람의 눈빛을 하고 있었다. 나를 쳐다보지도 않았다. 차갑게 말할 뿐이었다.

"묻어야 해. 왕의 졸개들이 시체를 발견하면 안 되니. 죽은 사람도 왕의 분노는 피하지 못해."

대현이 한 걸음 앞으로 나아갔다 멈췄다. 어깨에 힘이 들어가고 미세하게 몸이 떨렸다.

"주막으로 돌아가서 도와줄 사람들을 찾자."

나는 떠날 수 없었다. 아직도 원식의 소매를 붙잡고 있었다.

"아저씨를 또 두고 가라고요? 이렇게 덩그러니⋯."

"정신 차려."

대현이 얼음처럼 차가운 목소리로 나를 질타했다.

"원식은 죽었고 지금은 슬퍼할 때가 아니야. 이 빌어먹을 지옥에 애도할 시간 따위는 없다고."

대현의 턱 근육이 움찔거렸고 미간에 주름이 잡혔다. 고통을 봤다고 생각했지만 그는 일그러졌던 얼굴에 다시 가면을 썼다.

"작별 인사를 하고 있을 때가 아니라고, 보연 낭자. 살인범을 찾고 왕과 싸워야지. 그러니 일어나."

나는 눈물을 닦고 벌떡 일어났다. 무정한 말이 쇳덩이처럼 내 혈관에 박혔다.

"원식 아저씨의 죽음을 슬퍼하지 말라고요?"

내가 감정 없는 바위처럼 앞에 서 있는 남자에게 달려갔다. 주먹을 쥐고 그의 가슴을 때렸다. 대현은 꿈쩍도 하지 않았다. 더 세게 때려도 표정의 변화 하나 없었다.

"느끼지 못하는 모든 고통과 슬픔에 짓눌리기를 빌어요."

내가 비수 같은 말을 던졌다. 그리고 흔들림 없는 시선으로 그를 응시하며 속삭였다.

"당신이 죽어도 눈물 한 방울 흘리는 사람 하나 없었으면 좋겠네요. 애초에 울어 줄 사람도 없겠지만."

그런 다음 그의 어깨를 치고 지나갔다. 후회로 가슴이 따끔거렸지만 돌아보지 않았다. 마지막으로 싸운 날 언니를 두고 떠났던 것처럼 대현을 두고 떠났다.

28

대현

그날 오후 원식을 묻었다. 누구도 밟지 않을 덤불 깊숙이 묘를 만들고 바위를 쌓아 표시했다.

"금부도사들이 마을에서 이슬이를 찾고 있어요."

숲에서 그의 옆에 선 율이 속삭였다. 율과 영호는 수레에 삽을 가득 싣고 전투가 벌어졌던 현장으로 그를 따라왔고 율은 땅을 파는 내내 엉엉 울었다.

"원식 삼촌이 어디 머물고 있었는지 아는 것 같아요. 홍등 주막을 계속 감시하겠죠."

대현은 고개를 들고 무덤가에 힘없이 앉아 있는 이슬을 바라보았다. 땅에 묻기 전 원식의 옷 속에서 꺼낸 수사 일지를 더 꽉 움켜쥐었다. 이슬이 이 책을 원하리라는 것을 알았지만 차마 이슬과 마주할 용기가 나지 않았다.

"무슨 뜻이야."

한참 만에 대현이 입을 열었다.

"이슬이를 찾고 있다니?"

"구 도사가 받은 보고서에 채홍사 관원들이 오늘 저녁 이슬이를 잡아갈 계획이라고 쓰여 있었대요. 하지만 지금 그 무리가 죽었잖아요."

율이 설명했다.

"구 도사도 그래서 오늘 주막을 찾아왔었어요. 자가께서 찾아오시기 직전에요. 저와 주막에 있던 모든 사람이 조사를 받았어요. 다들 이슬이가 어디 있는지 모른다고 하기는 했죠. 우리에게는 남이나 마찬가지라고요. 그러니 조심해야 해요. 이슬이를 다른 곳에 숨겨야 할 것 같아요."

"적당한 장소를 알아."

여전히 이슬을 곁눈질로 주시하며 대현이 속삭였다. 치마를 움켜쥐는 모습, 어깨가 굳는 모습을 전부 지켜보았다. 차라리 전처럼 울기를 바랐지만 그의 냉정한 말을 들은 이후로는 눈물 한 방울 흘리지 않았다.

"저기…."

그의 목소리가 갈라졌다.

"저기 깊은 산중에 폐가가 있어."

"혁진이가 말했던 그 오두막요?"

율이 젖은 눈가를 닦으며 물었다. 그러고는 목을 가다듬었다.

"들은 적 있어요."

"그 집에 혼자 있을 수는 없어. 너도 같이 머물러야 할 거야."

"온종일요? 제가 없으면 더 의심을 살 텐데요. 안 그래도 구 도사가 저를 감시하고 있고….”

“제가 도울게요.”

영호가 나섰다. 그는 지금껏 이슬을 계속 지켜보며 옆에 쭈그
리고 앉아 이따금 위로의 말을 건네고 있었다.

“저는 우리 패에 보조 역할일 뿐이니까요. 궁에서 공연하는 경
우도 드물어서 제가 없다고 눈치채는 사람은 없을 거예요. 산대
도감 사람들도 제 존재를 잊을 때가 있는데요. 언제든 필요하면
이슬이 옆에 있을 수 있어요. 아무 일도 일어나지 않게 할게요.”

영호가 다시 이슬을 바라보며 다정하게 말했다.

“친구가 필요할 거예요. 그 아저씨를 많이 좋아했잖아요.”

깊은 곳에서 흐르는 분노가 대현을 자극했다. 왜인지 모르겠
지만 저 멍청이의 다정한 눈길과 친절한 말이 신경에 거슬렸다.

“그럴 수는 없네.”

대현이 단호히 말했고 영호가 항의하려 입을 열자 이렇게 쏘
아붙였다.

“자네 입 다물고 있어. 그러지 않으면….”

율이 진정하라고 대현의 어깨에 손을 올렸다.

“다들 신경이 예민해져 있어요. 그래도 우리 싸우지 마요. 뭉
쳐야죠. 원식 삼촌도 그러기를 원할 거예요. 부, 분명….”

율이 떨리는 한숨을 내쉬었고 촉촉해진 눈으로 무덤가를 돌
아보았다.

“정말 완전히 돌아가신 거죠?”

율의 목소리가 떨렸다.

"저, 저는요, 원식 삼촌 같은 사람을 싫어해요. 사람이 어쩜 그렇게 짜증나게 고결하고 희생정신이 투철한지."

대현은 잠시 눈을 감았다. 슬퍼하는 소리를 듣고 있으니 더 고통스러웠다.

율은 떠느라 말을 잇지도 못했다. 손으로 입을 틀어막고 목소리의 떨림이 가라앉기를 기다렸다.

"만약 워, 원식 삼촌이 여기 있었다면 이슬이에게 가 보라고 했을 거예요. 무슨 일인지 모르지만 두 사람 서로 눈도 못 마주치고 있잖아요."

대현은 마지막으로 이슬을 한 번 더 쳐다보고 중얼거렸다.

"차라리 이 편이 나아."

29

이슬

원식이 죽었다.

잠시도 이 사실을 잊을 수 없었다. 나흘째가 되자 극심한 슬픔은 끈질긴 통증으로 가라앉았고 뼈와 근육까지 피로가 배어들었다. 그래도 나는 율에게 도움이 되고자 노력했다. 율은 폐가로 두 번 찾아와 이곳에서 밤을 보내며 내게 식사 준비하는 법을 가르쳐 주었고 새벽에 떠나기 전에는 나와 함께 풀과 산나물을 캤다.

"언니는 원식 아저씨와 오래 알았잖아…."

우리가 캐낸 것들을 모아 율이 밥상을 차리는 모습을 보며 내가 중얼거렸다.

"그런데 어디서 힘이 나서 주막을 운영하고 나를 보러 여기까지 와 주는 거야? 내가 언니라면 아무한테도 도움을 못 줬을 텐데."

율이 한숨을 내쉬었다.

"슬픔이 견딜 수 없이 커지면 원식 삼촌이 지금쯤 뭘 하고 있을지 상상해. 저승으로 가지 못하고 귀신이 되었겠지. 억울한 운명을 맞았으니까…."

율이 빨개진 눈을 하고 깻잎 한 장마다 양념을 발라 겹쳤다. 그러다 창문으로 고개를 돌려 하늘을 빨간색과 보라색으로 물들이는 일출을 바라보았다.

"이 순간에도 다른 귀신들에게 각자의 죽음을 어떻게 해결할지 훈계할 삼촌을 상상해."

율이 목소리를 낮추고 원식의 걸걸한 말투를 따라 했다.

"사소한 것들에 집중하시오. 진실은 그대들의 눈앞에 있소."

내 입에서 웃음이 터져 나왔지만 금세 눈물로 변해 목이 메었다.

결국 우리 둘 다 울며 작은 상에 그릇과 수저를 내려놓았다. 아침을 먹으며 원식에 대한 이야기를 듣고 있으니 내 눈시울이 더 뜨거워졌다. 눈물이 마르고 이야기도 바닥났을 때 우리는 벽에 기대어 나란히 앉아 있었다. 율은 나와 팔짱을 끼고 내 어깨에 머리를 기댔다. 그러더니 나를 올려다보았다.

"왕자님은 어때?"

내가 긴장했다.

"그걸 내가 어떻게 알아?"

율이 혀를 끌끌 찼다.

"둘이 같이…."

말을 멈추고 날짜를 셌다.

"사흘이나 있었잖아!"

"감정 없는 돌과 사흘 있었지."

내가 중얼거렸다.

처음 이틀은 말을 걸어 보았다. 몇 번 어색한 대화를 했을 뿐 대현은 여기 있는 시간의 대부분을 집 밖에서 보냈다. 낮에 반정군 지도자들과 회의를 하러 집을 비웠을 때는 편지를 쓸 의욕조차 나지 않았다. 사흘째에는 얼마나 오래 침묵이 이어졌는지 깰 수가 없었다.

"아이고."

율이 팔꿈치로 내 옆구리를 찔렀다.

"감정 있는 거 알면서. 안 그래도 나한테 걱정된다고 하셨어. 원식 삼촌 돌아가신 일로 네가 자책할까 걱정되시나 봐."

나는 치맛자락을 움켜쥐었다. 고통이 가슴을 꾹꾹 짓밟았다.

"원래 성격이 이렇지만 내가 너무 무모하고 경솔했어."

내가 속삭였다.

"혼자 떠나지 말았어야…."

"네 잘못이 아니야, 이슬아. 이런 옛말이 있지… 문경지교. 목숨을 바쳐도 아깝지 않을 우정. 원식 삼촌은 그 말대로 살다 간 거야. 친구를 위해서라면 기꺼이 목숨을 버릴 분이었어. 그래, 슬픈 게 당연하지만 슬픔에 잡아먹히지는 마."

축 처진 내 어깨를 봤는지 율이 말을 멈췄다.

"그리고 혼자 떠났다고 네가 왜 죄책감을 느껴? 네가 이 끔찍한 일을 계획한 것도 아니잖아?"

"그러게."

내가 중얼거렸다.

잠시 후, 율이 공책 한 권을 꺼냈다.

"자가께서 네게 이걸 전해 달랬는데 깜박했다."

나는 망설이다 피 묻은 공책을 쥐었다. 원식이 생각을 이 책장에 쏟아붓는 모습을 자주 봤다. 내 어깨를 짓누르던 무게가 가벼워졌고 이 순간만을 기다리고 있었던 듯 내 안의 목적의식이 강해졌다.

"네가 무명화를 계속 추적하기를 바라시나 봐."

그러더니 율이 소지품을 챙기기 시작했다.

"금부도사가 주막을 다시 찾아올 거야. 한 번 더 우리를 심문하겠지. 그러니 오늘 밤에는 못 올 거야. 나 보고 싶어도 울지 마."

손을 흔들어 율을 배웅하고 나는 마침내 손 글씨로 가득한 수사 일지를 펼쳤다. 피해자의 상처를 요약한 부분은 빠르게 훑고 현장을 목격했을 사람 목록과 그 사람들에게서 얻은 정보도 지나쳤다. 적혀 있는 이름과 날짜가 너무 많았고 각 범죄 현장에서 발견된 꽃의 묘사도 상당했다. 그러다 나는 마지막 장에서 멈칫했다. 급하게 휘갈겨 쓴 글씨는 사람 이름이었다.

구 도사

붓으로 그 이름에 밑줄을 쳤고 밑에 또 이렇게 적어 두었다.

장흥

심장 박동이 빨라졌다. 앞으로 돌아가 적힌 내용을 다시 읽어 보았지만 구 도사나 장흥에 대한 언급은 딱히 없었다.

차가운 물방울이 코에 떨어졌다. 나무 대들보와 초가지붕을 올려다보니 썩은 지푸라기 사이로 빗방울이 더 많이 떨어지고 있었다. 가장 먼저 율이 떠올랐다. 지난번처럼 수레를 빌려 타고 주막에 무사히 도착했기를 빌었다.

나는 빗물을 받는 양동이를 들고 바닥 곳곳에 놓다가 멈춰 섰다. 문득 기억 하나가 나를 사로잡았다.

"장흥."

내가 속삭였다. 뼛속까지 소름이 끼쳤다. 원식은 우리가 그곳에서 수사를 계속할 것이라 말했다. 장흥에 무엇이 있기에?

구 도사는 답을 알고 있을지도 모른다.

나는 생각에 잠겨 천천히 움직이며 너덜너덜 찢긴 창문을 닫고 양동이 위치를 조정했다. 그때 문이 스르륵 열렸다. 율이 돌아왔나? 뒤를 힐끗 돌아본 내가 얼어붙었다.

한 남자가 고개를 숙이고 낮은 입구를 지나 갓에서 빗물을 뚝뚝 떨어뜨리며 방 안으로 들어왔다. 짚으로 만든 우의를 벗고 문을 닫은 다음 내게로 돌아섰다. 쌀쌀맞은 얼굴에는 아무 감정도 표정도 없었다.

"오는 데 한 시간도 넘게 걸려요."

내가 원식의 수사 일지를 대강 넘기며 말했다.

"왕자님이나 율 언니나 자주 안 오셔도 돼요. 어린애도 아니고. 내가 알아서 할 수 있어요."

"산 한가운데야."

대현이 대답했다.

"곁에 누가 있어야지."

내가 공책을 더 세게 쥐었다. 움집이 좁아서 피할 공간이 없었고 비가 폭포처럼 쏟아져 우리는 어두운 집 안에 갇힌 신세가 되었다. 사과하려 입을 여는데 대현이 내 앞의 탁자에 작은 주머니를 내려놓았다.

"뭐예요?"

내가 물었다.

"직접 봐."

망설이며 안을 들여다본 나는 깜짝 놀랐다. 잔치 때나 맛볼 수 있었던 형형색색의 달콤한 한과가 보였기 때문이다. 과일 절임, 끈적거리는 엿가락도 있었다.

"화해의 선물이야."

대현이 무뚝뚝한 말투로 말했다.

나는 당황해서 그를 올려다보며 눈만 깜박거렸다.

대현이 갓을 벗고 내 앞에 앉아 눈을 내리깔았다.

"내가…."

턱 근육에 경련이 일었고 얼굴은 한층 더 창백해졌다.

"내가 더 일찍 사과해야 했는데… 못되게 말해서 미안해. 상처 줄 마음은 없었어, 정말로. 하지만 그렇게 됐다."

대현이 적당한 말을 찾는 듯 잠시 주저했다.

"얼마나 후회하는지 구구절절 말하고 싶지만 내가 감정을 표현하는 데 서툴러서…."

나는 탁자 아래 떨리는 두 손을 꼭 쥐고 고개를 저었다.

"저도 사과할게요."

안도와 기쁨으로 벅차올라 내가 속삭였다.

"그런 말을 한 건 화가 났기 때문이었어요. 진심은 아니었어요. 정말로."

마침내 대현이 나를 올려다보았다. 잠깐이나마 가면이 벗겨지며 연약한 청년의 얼굴을 엿볼 수 있었다.

"다행이다. 네가 나를 미워하지 않는다니."

그러고는 가지고 온 주머니를 겸연쩍게 가리켰다.

"먹어 봐. 수라간에서 가져온 거라 전국 어디에서도 맛볼 수 없는 과자야."

"좋아요."

내가 유자 절임을 집어 들고 입에 넣었다. 입에서 만족의 한숨이 터져 나왔다. 달콤한 과일은 바삭하고 쫄깃하고 햇살과 웃음의 기억으로 가득했다.

"우리 더 자주 싸워야겠어요."

나는 화해의 선물 주머니에 손을 뻗어 연근 절임을 집었다.

"우리는 성격이 워낙 달라서 앞으로도 싸울 일이 많을 거야."

대현이 건조하게 말했다.

시간이 흐르며 우리 사이를 가로막았던 얼음덩어리는 조심스럽지만 따스한 우정으로 녹아내렸다. 간간이 대화를 주고받았지만 나는 촛불 옆에 앉아서, 대현은 문가를 서성이며 각자의 자리를 지켰다. 우리를 이어주는 끈은 원식의 수사 일지였다.

"원식의 옷 속에서 발견했어."

대현이 촛불에 비춰 보며 책장을 넘겼다. 그의 옆에 앉다가 실수로 무릎이 닿았지만 대현은 피하지 않았다.

"수사를 계속할 거야?"

대현이 물었다.

내가 고개를 끄덕였다.

"원식 아저씨가 시작한 걸 마무리하고 싶어요."

"거사 전에 무명화를 찾으면 좋겠다. 왕이 쫓겨나면 범인이 무슨 이유로 또 살인을 저지르겠어? 그때가 되면 잡는 게 훨씬 힘들어질 거야."

또 고개를 끄덕였다.

"그렇다면 이틀밖에 안 남았네요."

"같이 생각해 보자. 너와 나, 율 셋이."

대현이 공책의 내용을 살펴보는 동안 나는 곁에 가만히 앉아 있었다. 하지만 내가 붕대 두른 손목을 무심결에 만졌을 때, 대현의 시선이 그리로 향했다.

"두고 봐."

대현이 혼잣말을 하듯 낮은 목소리로 속삭였다.

"누가 또 너를 다치게 하면 내 손으로 죽일 거야."

붕대를 만지작거리던 내가 귀를 의심하고 손을 멈칫했다.

"뭐라고 하셨어요?"

"이제 한양은 네게 위험해."

대현이 말을 이었다.

"네 숙부가 옳았어. 너는 떠나. 최 대감의 친척 집에…."

"숙부?"

그를 언급하는 것만으로 소름이 돋았다.

"그 사람은 내 안전 따위 관심 없어요."

대현이 나를 한참 뜯어보더니 천천히 책을 덮었다.

"무슨 일이 있었구나. 뭐야?"

"숙부님이…."

속에서 분노가 끓어오르며 목소리가 떨렸다.

"왕에게 우리 부모님을 배신한 사람이었어요."

대현의 미간에 주름이 잡혔다.

"네 숙부가 네 부모님을 배신했다고?"

"아버지가 처형당한 건 오랫동안 묵혀 있던 비밀이 밝혀졌기 때문이에요. 폐비 윤씨 사사 당시 궁에 있었다는 게 드러나서요. 그날 궁에 있었다는 이유만으로 왕이 관료들을 죽인 거 아시잖아요. 우리 아버지도 같은 경우였던 거예요."

대현이 더 험악하게 인상을 썼다.

"계획대로 독살을 했어야 하나?"

내가 팔꿈치로 그를 쿡 찔렀다.

"반정에 방해가 될 행동은 절대 안 돼요. 사적인 복수라 해도요."

대현이 한쪽 눈썹을 세웠다.

"역시 현명하군."

"우리 언니가 궁에 있는 거 잊었어요? 언니를 데려오겠다는 계획은 절대로 망칠 수 없어요."

"당연하지."

대현이 속삭였다.

"다른 문제 말이에요."

내가 잠시 그의 팔을 잡으니 손바닥에 온기가 스며들었다.

"장흥에서 무슨 일이 있었던 거죠? 원식 아저씨가 거기서 수사를 진행하고 싶다고 했어요."

"장흥?"

대현이 말없이 기억을 더듬었다.

"장흥이라면 왕이 무너진 곳 아냐."

"무슨 뜻이에요?"

"상상해 봐."

대현이 작은 소리로 말했다.

"어머니의 처형 사실을 모르는 척 외면하는 왕이 있어. 궁 안의 다른 사람들은 폐비의 억울한 운명을 숨기려 하지. 폐비를 죽이라며 성종대왕을 조종한 자들도."

그의 말을 이해하지 못하고 내가 몸을 더 가까이 기울였다.

"왕은 분노를 억누르고 십 년 동안 예의와 자비심을 가지고 국정을 운영했어. 그러면서 믿을 만한 신하들을 곁에 두고 권력을 키우고 있었지…."

내가 너무 가까이 다가갔는지 대현이 말을 멈추고 나를 힐끗 쳐다보았다. 힐끔거리는 시선은 내 턱을 따라 움직여 왼쪽 귀 아래에 머물렀다. 나는 무의식적으로 손을 올려 검은 주근깨를 가렸다. 별것 아니지만 내게는 숨기고 싶은 부분이었기 때문이다.

"폐비 윤씨가 사사된 후."

대현이 아주 잠깐 내 입술을 쳐다보고는 말을 이었다.

"그 어머니인 고령 신씨 가문의 신씨 부인은 전라도로 유배를 갔고. 장흥으로."

내 손이 툭 떨어졌다.

"네? 왕의 외할머니가 장흥에 산다고요?"

"살았었어. 지금은 죽었고."

대현이 마지막으로 한 번 더 수사 일지를 넘겨 보고는 내게 돌려주었다.

"세상을 떠나기 전에 임사홍이라는 관리의 주선으로 전하께서는 외조모인 신씨 부인을 만날 수 있었어. 그때까지는 살아 계시는지도 몰랐대."

"그래서요?"

두려움으로 숨이 막혀 목소리도 잘 나오지 않았다.

"어떻게 됐어요?"

"신씨 부인은 외손자에게 폐비 윤씨가 사약을 마실 때 입었던 옷을 보여 주었고 그 옷에는 아들에게 마지막으로 전하는 편지가 피로 적혀 있었어. 내 원한을 풀어 달라고."

나는 입을 틀어막고 자세를 다시 바로 고쳤다.

"무명화도 옷에 혈서를 남기잖아요."

내가 지적했다. 가슴에서 심장이 쿵쾅거렸다.

"그냥 우연의 일치일 거야. 범인은 왕을 조롱하려고 글씨를 쓸 수 있는 공간에 편지를 남기는 거고…."

대현이 팔짱을 끼고 고개를 저었다.

"그리고 폐비 윤씨의 피 묻은 적삼에 관해 아는 사람은 많지 않아. 혈서를 남겼다는 사실을 아는 사람은 더 적고."

"하지만 자가께서는 아시잖아요. 왕과 가까운 사람은 누구든 알 수 있어요."

내가 아랫입술을 꼬집으며 생각에 잠겼다.

"왠지 전부 구 도사와 연결되어 있는 것 같아요. 원식 아저씨도 돌아가시기 전날에 나랑 같이 명화각으로 가다가 구 도사를 만났는데 둘이 그 만남에 대한 얘기도 얼핏 했어요. 그리고 원식 아저씨가 마지막으로 적은 것도 구 도사의 이름…."

치지직 하는 소리가 들리더니 순간 어둠이 집 안을 채웠다.

비가 지붕을 뚫고 촛불을 꺼뜨린 것이다.

재빨리 상자에서 부싯돌을 꺼내 초를 다시 켜려 했지만 도통 불이 붙지 않았다.

"심지가 푹 젖었네."

내가 중얼거렸다. 빛이 희미하게 들어온 내부를 둘러보며 율이 남기고 간 다른 초를 찾으려 더듬더듬 움직이는데 내 얼굴이 단단하고 따스한 가슴과 부딪혔다. 황급히 뒷걸음치던 내가 치마를 밟고 팔다리를 마구 흔들며 뒤로 쓰러지려 할 때 대현이 내 허리를 붙잡았다. 우리는 낮은 탁자로 쓰러져 바닥으로 나동그라졌다. 나는 넋이 나가 움직일 수 없었다. 그러다 내가 누구를 깔고 있는지 정신이 들었다.

"아무것도 안 보이네요."

내가 긴장된 목소리로 속삭이며 팔로 몸을 일으키려 했지만 대현이 내 등허리에 손을 올리고 나를 붙잡았다. 지구와 별이 서로를 가리는 순간이 있다고 들었다. 하지만 내 마음과 정신이 그렇게 움직일 수 있다고는 한 번도 생각하지 못했다. 드넓은 공간 안에서 움직이며 내 앞의 남자에 온 관심을 집중하게 될 줄이야. 마치 대현을 처음 본 것처럼 사소한 부분들이 눈에 들어왔다. 입술의 모양, 오른쪽 뺨에 있는 작고 희미한 흉터, 내 시선을 받고 흔들리는 반짝이는 검은 눈. 그의 눈은 욕망과 욕망 사이를 오가며 감정을 드러내고 있었다.

내 등을 타고 올라간 대현의 손이 내 뒷목을 쥐고 나를 부드럽게 끌어당겼다. 입술이 뜨거워졌다. 그와 입술을 겹치고 그를 맛보고픈 호기심이 생겼다. 하지만 손바닥에 그의 심장 박동이 느껴지던 그 순간, 나약한 마음이 파도처럼 나를 덮쳤다.

조심해. 귀신의 목소리 같은 속삭임이 귓가에 울려 퍼졌다. 네가 아끼는 사람들은 다 죽잖아. 이 사람도 죽을 거야.

미래에 내 주위를 맴돌며 괴롭힐 메아리를, 갈가리 찢기는 고통을 벌써부터 느낄 수 있었다. 나는 그 많은 슬픔을 안고 살아갈 방법을 모른 채 상실감에 빠져 하루하루를 보내리라.

다시는 그런 느낌을 받고 싶지 않았다.

"안 돼요."

내가 떨리는 목소리로 말하고 몸을 일으켰다.

대현도 일어났다. 한편으로는 내 손목을 잡고 나를 잡아당길 것이라는 기대도 있었다.

"그런 눈으로 볼 필요는 없잖아."

대현이 말했다.

"무슨 눈요?"

"내가 억지로 덮칠 것처럼."

"나한테… 입 맞추고 싶지 않아요?"

대현이 쓸쓸한 미소를 지어 보였다.

"내 마음이 뭐가 중요해?"

그는 나직이 말하며 다가와 흘러내린 내 머리카락을 귀 뒤로 넘겨 주었다.

"네가 안 된다고 했잖아. 나는 네 말을 왕명처럼 받들 거야."

목이 바짝 말랐다. 아무 반응도 할 수가 없었다.

"비가 그쳤다."

대현이 나를 놓고 방을 급히 가로질렀다. 하지만 달아오른 뺨을 완전히 숨기지는 못했다.

"나는 밖에서 보초를 서고 있을게. 구 도사가 주막에 있어. 조심해야지."

대현이 나가며 문을 닫자 내 무릎의 힘이 풀렸다.

조용히 문가에 주저앉아 두근거리는 가슴에 손바닥을 댔다. 왕자님은 죽지 않아. 나는 수도 없이 그 생각을 반복하며 점점 커지는 두려움을 떨치려 했다. 바보 같은 예언일 뿐이야. 올해 돌아가실 리 없잖아. 올해는 거의 다 지났는데.

파도처럼 밀려들었던 불안감이 서서히 가라앉으며 약간의 불편함만 남았다. 숨을 깊이 들이마시고 지금 이 순간의 현실을 똑바로 쳐다보았다. 나는 왕자와 입을 맞출 뻔했다. 더 충격적인 사실은 그도 내게 입을 맞추고 싶어 했다는 것이다. 나는 바닥에 손을 뻗어 먼지 위로 글씨를 쓰며 싸리나무 문 밖에서 들리는 대현의 움직임에 귀를 기울였다.

"왕자 자가?"

내가 속삭였다. 심장이 두근거렸다. 당황스러웠지만 내 앞에 놓인 임무를 등한시할 수는 없었다.

"구 도사를 대신 만나 주실 수 있어요? 저는 불가능해서요. 그리고 우리 까마귀와도 대화를 해 봐야 해요."

"까마귀가 누구야?"

"원식 아저씨 아들요. 제가 붙인 별명 있잖아요."

그의 목소리를 다시 듣고 싶어 내가 설명했다.

"왜인지 모르겠지만 아저씨는 아들을 의심하고 있었어요. 까마귀가 혈서에 대해 알고 있을지도…."

어느 시점부터는 내가 무슨 말을 하는지도 몰랐다. 내 생각은 다른 곳에 가 있었다. 아래를 내려다본 내가 멈칫했다. 지금까지 나도 모르게 그의 이름을 쓰고 있었기 때문이다.

대현

대현

대현

30

대현

집중해. 대현은 스스로를 채찍질했다. 집중하라고.

감정에 빠져서는 안 된다. 반란을 코앞에 두고 몰락의 낭떠러지에 서 있는 지금 공상에 빠지는 것은 어리석은 자만이 하는 짓이었다. 하지만 아무리 노력해도 멍한 정신이 돌아오지 않았다. 하인들이 가구와 벽을 멍하니 응시하는 대현을 발견했다. 책을 읽으면서도 몇 시간째 같은 장을 보는 왕자에게 어디 아프냐고 질문하기도 했다. 실제로도 아팠다. 어디를 봐도 이슬이 보였다. 연분홍색 옷을 입은 이슬. 까르르 웃는 이슬.

이슬

이슬

이슬

하지만 지금은 집중할 일이 있었다. 이슬이 범인을 찾도록 도와야 했다.

"왕자 자가?"

대현이 고개를 들었다.

"구 도사."

제복을 입고 다가오는 청년을 보며 그가 인사했다.

"이곳은 출입이 금지된 곳입니다."

구 도사가 혼란스러운 듯 밀위청을 둘러보며 말했다.

"누가 들어오시라 했는지 모르겠지만 감옥에 멋대로 들어가실 수는 없습니다."

대현은 경치를 즐기는 여행자의 표정을 연기하며 주위를 둘러보았다. 마당 가장자리에 긴 감옥이 있었고 여러 개의 감방이 있는 각각의 건물에서는 절망에 빠진 역적들의 신음이 울려 퍼졌다.

"왕자 자가."

구 도사는 물러나지 않았다.

"이곳은 입장이 불가…."

"그런가? 내 신분을 알리자마자 경비들이 들어가도 좋다고 하던데. 그리고 내가 왜 감옥에 와 있느냐면, 전하께서 내게 이곳을 방문하여 당신의 심기를 거스른 자들이 어떻게 되었는지 보라고 하셨기 때문이네. 경고를 하고 싶으셨나 보지."

구 도사가 입을 다물었다.

감옥의 통로를 지나며 대현은 그 안에 갇힌 역적들을 살폈고 구 도사가 그의 뒤를 바짝 따랐다.

"장원식이 죽었다고."

대현이 뒤를 힐끗 돌아보며 말을 꺼냈다. 아무것도 모르는 척 이런 질문도 덧붙였다.

"무명화가 죽였나?"

"아닙니다, 자가."

"나는 그랬을 거라 생각하네. 장원식이 범인의 정체를 거의 다 밝혀냈다는 소문을 들었어. 늘 그렇듯 아무에게도 자기 생각을 말해 주지 않았다고 하지만. 자네에게는 말하지 않았을까? 예전에 스승과 제자 사이였다며."

"송구하옵니다만 이 사건에 왜 관심을 보이시는지요?"

이슬이 관심을 보이니까. 안 그러면 반정이 실패할 테니까.

"다른 대신들이 무명화를 궁금해하는 이유와 똑같지."

대현이 대답했다.

"다들 전하의 신임을 얻고 또 지키려 하지 않나. 범인의 정체를 발견한다면 막대한 신임을 얻을 수 있고."

구 도사가 고개를 저었다.

"장원식은 제게 어떤 물건을 확인해 달라 했습니다. 그것뿐입니다."

"그 물건이 뭔데?"

구 도사는 입을 굳게 다물고 꿈쩍도 하지 않았다.

"말씀드릴 수 없습니다. 기밀이라서요."

"그래?"

대현은 걸음을 멈추고 감방 바닥의 지푸라기를 움켜쥐고 씹어 먹는 죄수를 돌아보았다.

"전하께서 구 도사 자네에게 인내심을 잃어 가고 계시네. 우리 함께 살아남기 위해 서로를 도와야 하지 않겠는가.”

대현이 밉살스러운 연기를 그만두고 진지하게 말했다.

“나를 믿어도 좋네. 내 어머니의 무덤에 걸고 맹세하건대 귀중한 정보를 가지고 있어.”

구 도사가 그를 힐끗 쳐다보았다. 대현의 양어머니가 누구이고 어떻게 죽었는지 모르는 사람은 한양에 없었다.

“비녀입니다.”

오랜 침묵 끝에 구 도사가 대답했다.

“장원식은 비녀의 진짜 주인을 확인해 달라 했습니다.”

“그냥 비녀?”

“왕족의 비녀였습니다. 독특한 특징 덕분에 과거 폐비 윤씨의 소유였다고 알아볼 수 있었습니다.”

대현이 얼굴을 찌푸렸다.

“그분은 스물네 해 전에 사사당하셨는데.”

“제가 알기로 폐비 윤씨의 노모가 계속 간직하고 있다가 친한 여인에게 선물로 줬다고 합니다.”

“왜 선물을 줬지?”

“손자인 전하께서 여인의 아들을 구타한 일로 대신 사과를 하고 싶었다는 것 같습니다. 그 아들의 이름은 남승민…”

“잠깐.”

대현의 주름이 더 깊어졌다.

“전하께서는 외조모를 딱 한 번 뵈러 간 것으로 알고 있다. 폐비 윤씨의 피 묻은 옷을 보여 드렸을 때였지. 구타도 그때 일어난 일인가?"

"예, 왕자 자가."

왜지? 어째서 왕은 술에 취할 때마다 피 묻은 적삼에 관한 이야기를 지겹도록 반복하면서 다른 남자를 구타했다는 사실은 언급하지 않았던 것일까? 자신의 폭력 행위를 대수롭지 않게 생각해 기억에서 완전히 지워 버렸나?

"남승민이라는 자는 왜 맞은 것인가?"

"남승민은 전하의 외조모 댁 주변을 자주 얼씬거렸습니다. 그 집의 하녀를 꾀려고요. 전하께서 외조모 댁을 방문하셨던 날에도 그곳에 있었고, 그때 무언가를 목격한 모양입니다. 왜냐하면 나중에 그가 웃으며 이렇게 말한 것이 발각되었기 때문입니다. '임금님이 자기 어머니의 피 묻은 옷을 들고 어린애처럼 울었다.' 전하께서 그 말을 듣고 폭력을 휘두르신 겁니다. 그자의 어머니가 막아서지 않았다면 죽었을지도 모르죠."

"그 어머니는 사과의 의미로 비녀를 받았고."

뒤엉킨 생각을 정리하며 대현이 중얼거렸다.

"아시다시피 전하께서 워낙 어머니라는 존재에 약하시다 보니 남승민을 살려 주셨습니다."

"자네가 이걸 다 어떻게 알지?"

"제가 맡았던 다른 사건과 연관되어 있어 이 사건에 관해 전하께 질문을 드려야 했기 때문입니다."

대현이 관자놀이를 문질렀다.

"다른 사건이라면?"

"며칠 뒤에 전하께서는 그 여인을 기녀로 궁에 들이시려 사람을 보냈습니다. 하지만 전하께서 떠나신 날 이후로 그 여인은 실종 상태였습니다. 그래서 가장 유능한 조사관이었던 장원식에게 수색을 맡기셨죠. 하지만 장원식은 당시 신참이었던 저를 대신 조사관으로 보냈습니다."

"그 여인을 찾았나?"

"도착하자마자 발견했습니다. 자기 집 정원에 묻힌 것을요."

등줄기를 타고 전율이 흘렀다. 죽은 정원 사건은 대현도 전에 들어 본 적이 있었다.

"조사를 시작하기도 전에 다시 한양으로 부름을 받았습니다."

구 도사의 얼굴이 창백해졌고 그는 불편한 듯 헛기침을 했다.

"갑자년 4월이었죠."

더는 설명할 필요도 없었다. 그때라면 사화가 발발했고 매일같이 조정 관료들이 죽어 나간 시기였다. 이미 무덤에 누워 있는 이들도 왕의 분노를 피하지 못했다. 왕은 무덤을 파서 뼈만 남은 시체의 목을 베라 명령했다.

"돌아와 보니 장원식은 이미 사직한 후였습니다. 사건은 그렇게 종결되었고요."

"어떤 경위로 이 비녀가 한양으로 흘러 들어왔다는 건가? 어떻게 된 일인지 원식에게 듣지 못했어?"

"말해 주지 않았습니다. 압박해도 입을 꾹 다물고…."

구 도사가 말을 흐리더니 대현을 돌아보고 고개를 숙였다.

"왕자 자가, 제가 아는 것은 다 말씀드렸습니다."

대현은 말을 잇지 않고 나중에 이슬과 검토하기 위해 새로 알게 된 사실들을 신중하게 머리에 담았다.

"최근 조사하다 발견한 사실인데 원식이 장흥을 방문하기로 했다더군. 알고 있었나?"

고개를 숙이고 있었지만 구 도사의 턱에 숨길 수 없는 짜증이 드러났다.

"몰랐습니다. 다른 질문은 없으십니까, 자가?"

"나는 원식이 그곳에서 범인의 단서를 찾을 수 있다고 생각하지 않았나 추측하네. 어떻게 이런 결론에 이르렀는지는 모르겠지만… 흥미롭지 않나? 다른 곳도 아니고 장흥이라니. 남승민이 살인자일까?"

구 도사가 껄껄 웃음을 터뜨리다 금세 감정을 추슬렀다.

"그렇게 성급히 결론을 내리시면 안 됩니다, 자가. 증거가 얼마 없는…."

"전하께서 적삼을 보신 날, 그 천에도 피로 글씨가 쓰여 있었지. 전하의 어머니께서는 자신의 죽음에 복수를 해 달라 하셨네."

대현이 고개를 옆으로 기울였고 구 도사는 놀란 눈으로 대현을 쳐다보았다.

"자네도 알고 있었나?"

"저는… 몰랐습니다."

"그런데 남승민의 어머니가 가지고 있던 비녀가 한양에 이르렀고, 옷에 전하를 조롱하는 문구를 피로 적는 것도 반복되었다. 둘 사이에 연관성이 있는 것 같은데."

334

구 도사가 얼굴을 찌푸리며 짧은 턱수염을 문질렀다.

"한번 생각해 보시게."

대현이 말했다. 그러다 잠시 멈칫했다.

"예전에 장흥을 방문했을 때 보고서를 썼을 테지. 찾으면 사본을 만들어 우리 집으로 보내 주기를 바라네."

구 도사에게 거부할 틈도 주지 않고 대현이 덧붙였다.

"나도 도움이 될 만한 정보를 얻으면 자네에게 전해 주겠네."

대현은 이곳을 나가려 돌아서다 멈췄다. 아직 건초를 씹어 먹던 죄수와 눈이 마주쳤다. 남자의 눈에서는 이슬의 눈에서 본 것과 같은 눈빛이 불타고 있었다. 한이 보였다. 분노, 무력감, 견딜 수 없는 슬픔이 타오르고 있었다.

"이 감옥 안에 몇 명이나 있나?"

대현이 물었다.

생각에 깊이 빠져 있던 구 도사가 툭 대답했다.

"팔백 명입니다."

팔백 명.

팔백 명의 역적들.

대현은 건초를 먹는 남자를 다시 돌아보았다. 경멸의 눈동자가 아직도 그를 바라보고 있었다. 역적들이 거리로 쏟아져 나온다고 상상해 봐. 그 생각이 머릿속에서 속닥거렸다. 백성들의 마음에 불을 지피는 거야. 어떤 소동이 일어날지 상상해 보라고. 왕을 지키는 사만 군대가 정신을 못 차리게 대혼란을 일으키는 거야.

31
이슬

왕국은 흥하고 망한다. 눈물로 얼룩진 땅에서 일어나고 또 쓰러진다. 슬픔은 태초부터 존재했다. 지금의 왕이 그 감정을 더 악화시켰을 뿐이다. 순진했던 나는 인생이 결코 평범하지 않다는 것, 우리 집 담장 밖에 언제나 어둠이 도사리고 있다는 것을 몰랐다.

이제는 어디에서도 영혼을 유린하는 이 어둠이 보였다.

하지만 원식의 수사 일지를 넘겨 보고 있으니 내게 진실을 찾는 법을 배워야 한다고 고집했던 이유가 궁금해졌다. 정말로 진실이 커다란 슬픔을 없앨 수 있을까? 나는 책장 한 장을 펼쳐 놓고 범죄 현장에 놓여 있던 꽃 그림을 내려다보았다. 그 밑에는 이렇게 적혀 있었다.

백두옹.

예로부터 약초로 사용.

봄에 피고 여름까지 생존.

빛을 좋아한다. 그늘에서는 자라지 못하고 흙이 축축해야 한다.

보라색.

간혹 빨간색.

이 꽃의 자세한 부분에는 별다른 관심을 두지 않았다. 백 도령이나 민혁진의 시체에서 봤을 때는. 그때는 눈에 잘 띄지 않았다. 꽃이 꽃이지. 밤하늘에 뜬 달이 늘 그 달이듯이. 한 달을, 어쩌면 평생을 올려다보지 않고도 살 수 있다. 하지만 나는 그림을 보며 종 모양으로 축 늘어진 꽃의 머리와 아래에 솜털이 덮인 여섯 장의 꽃잎을 유심히 관찰했다. 마음속에 이 꽃을 담고 서서히 줄기를 돌리자 순간 어떤 기억이 떠올랐다.

언니와 나는 모르는 사람의 무덤 앞에 서 있었다. 우리는 무덤을 깨끗하게 관리하고 고인을 기리기 위해 한 가족이 언덕에서 잡초를 뽑고 가지를 치는 모습을 지켜보았다. 부모님이 어디에 묻혔는지도 알지 못해 평생 부모님의 묘소를 관리할 수 없다는 고통스러운 진실 앞에서 우리 자매는 눈물을 흘렸다.

이후 몇 달 동안 우리는 그런 마음으로 더 많은 무덤 앞에서 걸음을 멈췄다. 봉분 주변에 늘 종 모양의 보라색 꽃이 피어 있다는 사실을 발견한 것은 언니였다. 언니는 그 꽃이 우리를 지나치게 반갑게 맞이하는 것 같다고 했다. 그래서 언니는 그 꽃을 "소름 끼치는 할아버지 꽃"이라 불렀다. 털이 부숭부숭하고 노인의 등처럼 구부러져 있었기 때문이었다.

그림을 다시 내려다보았다. 내가 기억하는 꽃과 눈앞의 꽃은 소름 끼치게 닮아 있었다.

누군가 싸리문을 두드리는 소리에 가슴이 벅차올라 생각의 흐름이 끊겼다. 드디어 대현이 왔다. 나는 방에서 나오며 녹이 슨 작은 거울로 내 모습을 살폈다. 혈색이 돌 때까지 뺨을 꼬집고 입술을 깨물었다. 또 문을 두드리는 소리가 나자 얼른 다가가 문을 열었다.

그리고 얼어붙었다.

한쪽 눈 아래 커다란 점이 있는 하인이 서 있었다. 하인이 고개를 숙이고 옆으로 비켜서자 드러난 남자의 모습은 내 가슴을 가시 같은 분노와 슬픔으로 채웠다. 숨을 쉴 때마다 고통스러웠다. 지금 내 앞에 있는 사람은 배신자였다.

"왕자 자가를 찾고 계시다면 아직 안 오셨습니다."

내가 이를 악물고 말했다.

삼촌은 가까이 오지 않고 몇 걸음 거리를 유지했다.

"너를 보러 왔다. 며칠 전 그 주막 주인의 뒤를 밟으라고 하인을 시켜 이렇게 오게 되었지."

그러면서 뒤를 돌아보자 기다렸다는 듯이 하인 네 명이 가마를 들고 와 집 앞에 내려놓았다. 나보고 그 안에 타라는 의미로 작은 문을 젖혀 열었다.

"왜 나를 보러 와요?"

내 목소리는 거의 들리지도 않았다. 나는 흥분하지 않으려 안간힘을 쓰고 있었다.

338

삼촌은 주위를 둘러보는 데 여념이 없었다.

"황 현감의 딸이 이런 곳에서 지내야 하다니 딱하기 그지없구나."

그러더니 가마가 있는 곳으로 걸어와 지붕을 두드렸다.

"낯빛이 안 좋구나. 갑작스럽겠지만 너를 위해서라도 이곳을 떠나는 게 좋겠다. 내 누이의 집 하인 수십 명이 네 수발을 들어줄⋯."

"내가 왜 떠나야 하죠?"

날카로운 반응에 놀라 삼촌이 얼굴을 찌푸렸다.

"황보연, 내가 어떻게 너를 이런 곳에 두고 갈 거라 생각하니."

그러면서 썩어 가는 집을 손으로 가리켰다.

"너는 거사가 일어나기 전에 떠나야 해. 너무 위험하고, 나는 숙부로서 네 안전을 책임질 의무가 있다."

내가 그에게 성큼성큼 다가갔다. 어른의 눈을 똑바로 쳐다보지 마라. 줄곧 그렇게 배웠다. 하지만 어른이라고 다 존중받을 가치가 있지는 않았다.

"왕에게 우리 아버지를 배신할 때도 의무감을 느끼셨나요?"

내가 뱀같이 소곤거렸다.

삼촌의 입술에 경련이 일어났다.

"지금 무슨 말을 하는지⋯."

내가 삼촌을 후려쳤다. 얼굴이 한쪽으로 꺾일 만큼 세게.

"당신이 한 잘못으로 천벌을 받기를 바라요. 죽을 때 천 개의 칼날로 써는 듯한 고통을 느끼기를 바랍니다."

내가 다시 손을 들었지만 이번에는 삼촌이 내 손을 막고 강하게 쥐었다.

"네게는 진실을 감추고 싶었다."

삼촌이 내 팔을 마구 흔들며 작은 소리로 으름장을 놓았다.

"하지만 정 이곳에 남겠다면 이 사실을 아는 편이 낫겠지…."

그가 몸을 가까이 기울이고 위협조로 말했다.

"다시는 네 언니를 보지 못할 줄 알거라."

"내가 당신이 하는 말 따위 믿을…."

"거짓말이었으면 좋겠다만 왕의 여자들이 집으로 돌아갈 방법은 없다."

삼촌이 내 귀에만 들리게 목소리를 낮추고 말을 이었다.

"우리에 가세한 모든 대신들에게 선물로 나눠 줄 테니까. 네 언니는 우 대감에게 갈 것이다."

무릎에 힘이 풀렸다. 우리 언니가 구더기에게 간다고?

"그것이 인생이다."

그의 얼굴에서 후회의 빛이 희미하게 깜박거렸다.

"왕자도 승리의 대가를 치러야…."

"그게 무슨 뜻이오?"

뒤에서 차갑고 고압적인 목소리가 말을 잘랐다.

동시에 돌아보니 삼촌 뒤에 누군가 우뚝 솟아 있었다. 공포에 사로잡혀 나는 대현이 도착한 것도 알아차리지 못했다.

"누가 결정한 거지?"

대현이 추궁했다.

삼촌의 얼굴 전체에 긴장으로 경련이 일었다.

"중추부지사의 결정…."

"결정은 바꿀 수 있소. 당연한 소리. 이슬의 언니라면 대감의 조카딸 아니오."

대현이 말을 멈추고 둔하고 비겁하고 보잘것없는 남자를 뜯어보았다.

"우 대감의 요청을 들었을 때 아무것도 하지 않았군?"

경련이 더 심해졌다.

"왕자 자가, 구태여 갈등을 조장할 필요가 있습니까? 상대는 우사용 대감입니다. 중추부지사 다음으로 조정에 강력한 영향력을 휘두르는 사람 아닙니까. 이미 오십 명이 넘는 대신들을 우리 쪽으로 설득해 끌어들였습니다!"

삼촌이 불편하게 나를 힐끗 쳐다보고는 중얼거렸다.

"그리고 사실을 말하면 그 아이는… 이슬이의 언니는 더 이상 양반 사회에 설 자리가 없습니다. 그…."

목소리를 한껏 낮췄지만 내 귀에는 너무도 똑똑히 들렸다.

"왕의 창녀 아닙니까. 남은 평생 손가락질을 받으며 살 것입니다. 하지만 권력자의 소실로 인정을 받는다면 그보다 큰 영광이 어디…."

대현이 겁에 질린 삼촌의 팔을 붙잡고 덤불로 끌고 가자 하인이 걱정스럽게 허둥지둥 뒤따라갔다. 비명을 질렀는지 모르겠지만 내 귀에는 들리지 않았다. 내 머릿속에 삼촌의 협박이 너무나 큰 소리로 울려 퍼지고 있었기 때문이다. 나는 털썩 웅크리고 앉아 떨리는 손을 보며 숫자를 셌다.

언니가 실종되고 35일이 지났다.

언니가 왕에게 짓밟힌 35일.

그 절반의 시간을 나는 반정군 지도자들이 언니를 풀어 주기를 기다렸다. 반정이 언니에게 가는 길을 만들어 주리라 믿으며 바보처럼 기다리고 또 기다렸다. 하지만 권력을 가진 그 남자들도 다 똑같은 늑대였고, 옥좌를 차지한 후 왕의 여자들을 약탈하려고 눈에 불을 켰다.

"이슬아."

대현이 내 옆에 쪼그리고 앉은 것도 몰랐다. 흰 옷깃에 피가 튀었고 손등은 멍들고 찢겨 있었다. 멀리서 신음하는 주인을 위로하는 하인들의 목소리가 들렸다.

"네 언니를 데려올 방법은 우리가 찾자."

대현이 속삭였다.

"하나뿐이에요."

내가 피부에 손톱을 박으며 말했다. 피를 내고 싶었다. 내 가슴을 찢어대는 고통이 아닌 다른 고통을 느끼고 싶었다.

"제가 했던 말 기억하세요? 사랑하는 사람이 잡혀 갔으면 호랑이 굴에 들어가야 한다고. 땅끝까지 이 나라를 가로지르는 한이 있어도 그곳으로 가야 해요."

딱딱 부딪치는 이를 악물었다.

"저 기녀들이 있는 원각사에 들어가려고요. 들어가서 직접 수연 언니를 데리고 나올 거예요."

대현의 눈이 살짝 커지는가 싶더니 날카로워졌다. 대현이 경고의 눈빛을 보냈다.

"말도 안 돼. 너는 절에 못 들어가. 명령이야."

"나한테 이래라저래라 하지 마세요."

내가 쏘아붙이고 독한 말로 고통스러운 마음을 다 퍼붓기 전에 벌떡 일어나 집을 뛰쳐나왔다. 나뭇가지를 옆으로 치우며 나무 사이를 헤치고 뿌리에 걸려 넘어질 때마다 욕을 하며 좁은 숲길을 달렸다. 그러다 넓은 개울에 막혀 더는 걸을 수 없었다. 분노로 파르르 떠는 여자의 모습이 나를 올려다보았다.

내가 악을 썼다.

빌어먹을 남자들! 구더기가 언니에게 손끝 하나 대기 전에 언니를 빼내어 오고 말 것이다. 아니, 기녀들을 모조리 데리고 나올 것이다. 상이 없어졌다고 자기들끼리 불평하라지. 새로운 정부가 무너지든 말든 관심 없었다. 그 작자들이 멋대로 설치게 두지 않으리라.

화강암 위에 기어올라 무릎을 꿇고 얼음장처럼 차가운 시냇물을 손바닥에 퍼 올렸다. 여자들을 집에 돌려보낼 수 있어. 다짐하며 뼛속까지 떨릴 만큼 차가운 얼음물을 얼굴에 끼얹었다. 그렇게 하고 말 거야. 반정 중에는 여자들을 붙잡을 겨를이 없다. 혼란스러운 와중에 내가 먼저 몰래 데리고 나가면 된다….

내 옆에 그림자가 드리워졌다. 대현이 손수건을 내밀었다.

"이미 결심했어요."

얼굴에서 물을 뚝뚝 떨어뜨리며 내가 퉁명스럽게 말했다.

"설득하려 하지 마세요. 언니를 가까이서 지켜볼 수 있는 사람은 다른 포로뿐이고, 그 포로는 제가 돼야 해요."

"네가 절에 들어갔는데 반정이 실패하면 어떡하려고."

대현이 내 손에 천을 거칠게 쥐여 주며 말했다.

"너는 거기서 나오지 못해. 들어가기는 쉬워도 나오는 건 거의 불가능하고, 나온다 해도 너와 네 언니는 평생을 쫓겨 다녀야 해. 그러기를 원하는 거야?"

내가 마지못해 얼굴의 물기를 닦았다.

"그러니 반정이 성공해야죠."

"황이슬."

대현의 턱 근육이 움찔거렸다.

"결정은 장난이 아니야. 신중하게 생각해야 해. 내가 일단 박대감과 대화해 볼게. 마음이 바뀔 수도 있어."

"마음을 바꾸지 않을 거예요. 그러기에는 구더기가 너무 대단하고 위협적인 존재예요. 그 인간은 우리 언니를 데려가기로 작정했고 우리가 막지 않으면…."

"나를 믿어."

대현의 목소리는 소란스러운 생각을 비우고 오직 그로 내 머리를 채우게 했다. 나는 천천히 고개를 들어 흔들림 없는 눈빛을 마주했다. 나를 달래려 하는 말이겠지.

"자가께서는 반정에 집중하세요."

내가 중얼거렸다.

"제 걱정은 하지 마시고요. 제가 알아서 절에 들어가는 방법을

344

찾고 언니를 집으로…."

"이리 와 봐."

대현이 속삭였다.

"옆에 앉아."

"그런 눈으로 그만 보세요."

"무슨 눈?"

가슴이 고통스럽게 조여 왔지만 최대한 가벼운 말투로 말할 수 있었다.

"저를 좋아하는 것 같은 눈으로요."

대현이 내 손목을 잡고 나를 끌어당겼다. 내 얼굴이 가슴에 묻힐 때까지. 따스한 품이 나를 감싸 안았고 나는 차마 밀어낼 수 없었다.

"이슬아."

말도 안 되게 낮은 목소리가 내 귓가에 속삭였다.

"내가 있잖아. 나를 이용해. 나는 네 친구고 너를 돕기 위해서라면 가진 힘을 다 쓸 거야. 내가 돕게 해 줘."

나는 고개를 젓고 눈물 사이로 대현의 옷에 있는 은색 장식을 노려보았다.

"반정군이라면 도와줄 거라 생각했어요. 그 사람들을 믿었다니 바보가 된 기분이에요. 언니를 구더기에게 빼앗긴다면 절대 저를 용서하지 못할 거예요."

"빼앗기지 않아."

대현이 속삭였다.

"하지만 시도해 볼 기회라도 줘. 내가 박 대감을 설득할게. 성공하면 다시 생각하겠다고 약속해."

"왕은 이틀 후에 개성으로 떠나요."

내가 눈물을 닦으며 대현을 일깨웠다.

"늦어도 내일 저녁에는 들어가야 해요."

"그럼 아침까지 시간을 줘."

나는 내 머리카락을 쓰다듬는 엄지에 정신이 팔려 대답하지 않고 가만히 있었다. 지금껏 한 번도 여자를 위로한 경험이 없었는지 망설이는 듯한 손길이 부드러웠다. 그러다 내 등으로 손을 내렸다. 무슨 일이 일어나려나 봐. 강렬한 눈빛과 내 허리를 붙든 손가락의 힘을 느끼며 내가 생각했다. 대현 왕자님이 내게 입을 맞추려 해.

순간 어떤 생각이 내 머릿속에 나부끼며 나를 유혹했다. 이번에는 허락하자. 예전처럼 근심 걱정 없는 철부지 아가씨로 잠깐이나마 돌아갈 수 있었다. 입맞춤은 입맞춤일 뿐이고 삶과 죽음의 무게로 고민할 필요 없었던 그때의 나처럼. 죽을 운명인 왕자와 마음이 얽혔어도 앞날을 걱정하지 않아도 된다. 그 세계의 나는 우리 사이에 싹 트는 애정을 받아들이고 그의 손길을 피하지 않고 나를 눕혀도 이끼 위에 머리카락을 펴뜨릴 것이다. 그러고는 집으로 오는 내내 키득거리며 우리의 만남을 일기에 남기겠지. 내 감정이 사랑인지 열병인지 혼란스러워 하는 마음까지 다. 그 답을 고민하며 몇 날 며칠을 괴로워하리라.

하지만 나는 그런 세계에 살지 않았다.

346

내 세계에서 우리 언니는 절벽 끝에 매달려 나를 기다리고 있었다. 낭만적인 생각에 빠질 여유 따위 없었다. 나는 무언의 결심을 하고 지금 우리에게 닥친 문제로 주의를 돌렸다.

"오늘 율 언니에게 말하고 준비할 거예요."

내가 단호히 말했다.

"하지만 연락을 기다릴게요. 만약 실패하셔도…."

시선을 들어 올리자 대현의 얼굴이 놀라울 정도로 내 얼굴과 가까이 있었다. 그 눈은, 아름다운 검은 눈은….

"원망하지 않을 거예요. 하지만 원각사에 들어갈 수 있게 도와준다고 약속해요. 내 마음을 돌리려 하지 말고요."

대현의 얼굴이 굳었고 나를 붙잡은 손은 느슨해졌다.

"약속해요."

내가 본심과 달리 단호한 목소리로 재촉했다.

"나를 설득하지 않겠다고 약속해 주세요."

대현이 입을 벌렸다가 다물고 한참을 망설였다.

"약속해."

마침내 내게서 시선을 돌리며 말했다.

"그렇게 할게."

32

대현

옆방에서 술병이 부딪히고 웃음소리가 터져 나왔다. 낮인데
도 명화각은 음악과 흥겨운 분위기로 가득했다.

"자가께서는 누구든 가지실 수 있습니다."

박 지사가 목소리를 낮추고 낮은 탁자의 맞은편을 쳐다보았다.

"아무 기녀나 원하는 만큼 데려가실 수 있고 일이 마무리되면
조정에 영향력을 행사하실 수도 있습니다. 이처럼 밝은 앞날이
자가를 기다리고 있다는 말입니다. 고작 계집 하나로 위험을 자
초하지 마십시오. 이슬이라는 아이가 언니와 재회하기를 원한
다고요? 거사가 끝난 후에 하라고 하세요. 멀지 않은 우사용의
집으로 가면 거기서 언니를 만날 수 있습니다."

대현은 옻칠한 상판을 손가락으로 두드리며 애써 평정을 유
지했다. 거의 세 시간째 박 지사와 대화를 하며 마음을 돌리려
했지만 결론은 간단했다. 여자 한 명만 풀어 줄 수는 없다. 뇌물
이 필요하다.

"같은 말을 또 해야겠습니까?"

대현이 내뱉었다.

"이슬의 언니인 수연은 집으로 돌아가야 합니다. 이게 제 요청이에요."

"무례함을 용서해 주세요, 왕자 자가… 허나 이 나라의 미래는 자가가 아니라 이 일에 참여한 중신들의 손에 달려 있습니다. 제가 청을 들어줄 사람은 그들이라는 말입니다."

박 지사의 말은 모욕적이었지만 불쾌하지 않았다. 그만큼 대현은 자신의 처지를 잘 알았다. 서자로 태어났고 부모를 다 잃은 버림받은 왕자에 불과했다. 그가 죽든 살든 박 지사에게는 중요하지 않았다. 그는 진성대군이 아니고, 이 나라의 미래도 아니었다.

대현이 차분하게 말했다.

"결정을 번복하지 않으면 내가 가만히 있을 것이라 생각하지 마세요."

박 지사의 입술에 희미한 비웃음이 스쳤다.

"새로운 정권이 탄생하려면 누군가는 마음에 상처가 남기 마련입니다. 아픔을 이겨내셔야 합니다, 자가. 아직 젊지 않으십니까. 자가의 상처도, 그 아이의 상처도 치유될 겁니다. 하지만 우리는 피를 최소한으로 흘려야 하고, 그러려면 가능한 한 많은 중신들을 우리 쪽으로 설득해 끌어들여야 합니다. 수단과 방법을 가리지 않고…."

"밀위청."

대현이 말을 끊었다.

"만약 내가 거사 당일 도성 안에 역적 팔백 명 이상을 모을 수 있다면, 그때는 다시 생각해 보시겠습니까?"

박 지사는 말을 잇지 못했다. 이마의 주름이 펴지고 흥미롭다는 표정이 떠올랐다.

"그러니까… 밀위청 감옥에서 역적들을 풀겠다는…?"

그는 허리를 똑바로 세우고 생각에 잠겨 바닥만 보았다.

"영양실조로 제대로 싸우지도 못할 텐데요."

"불안감을 증폭시키는 역할입니다."

대현이 실낱같은 희망을 움켜쥐고 주장했다.

"백성들의 의기에 불을 붙이는 불꽃이 될 겁니다. 한양이 왕과 왕의 군대에 대항하도록요."

중추부지사가 고개를 끄덕이고 서서히 고개를 들어 대현을 보았다.

"제가 보기에는 시간이 너무 많으셔서 황씨 자매를 걱정하시는 듯합니다. 말씀하신 사안을 자가께 맡기고 제 사병도 지원해 드리겠습니다. 저희가 성을 공격할 때 밀위청에 침투하십시오. 혼란한 틈이라 어렵지 않을 겁니다."

"그렇다면 약속하시는 겁니까?"

대현이 흔들림 없는 시선으로 상대를 보며 물었다.

"수연을 건들지 말라고 우 판윤을 설득해 주실…."

"자가께서는 저를 오해하시는군요. 우리는 이 나라와 백성을 위해 싸우려 모인 사람들입니다. 두 자매가 아니라."

"대감…!"

"저는 약속을 지키는 사람으로서 우사용에게 한 약속을 되돌릴 수 없습니다."

그 말만 남기고 중추부지사는 일어나 문으로 걸어가다 멈춰 섰다.

"실패하면 우리는 전부 체포되어 재판도 받지 못하고 처형될 겁니다. 이슬이라는 아이가 살아서 언니의 운명을 걱정할 일도 없겠지요. 그러니 중요한 문제에 정신을 집중합시다. 승리 말입니다."

혼자 남은 대현의 주위에 두려움이 바다처럼 퍼졌다. 손바닥에 얼굴을 묻고 눈앞의 암흑을 바라보았다. 또 한 명의 친구를 지키지 못했다는 현실을 받아들일 수 없었다. 혁진은 죽었다. 원식도 죽었다. 이제는 이슬도….

사람들이 계속 명화각을 드나들었지만 시간이 흘러도 대현은 움직일 수 없었다. 문을 긁는 소리가 들렸을 때 겨우 고개를 돌릴 뿐이었다.

"왕자 자가."

여자가 속삭였다.

가슴이 철렁 내려앉았다. 그의 정보원인 기생이었다. 왜 그를 찾아왔는지 짐작이 갔다.

"도착했습니다."

여자가 말했다.

"율과 다른 여인이…."

"가 보거라."

대현의 목소리가 갈라졌다.

"그럼… 저희끼리 진행할까요? 화장을 하는 데 시간이 걸릴 것입니다."

대현은 대답하지 않았다. 이슬의 계획에 조금도 관여하고 싶지 않았다.

"기녀 의상을 구해 왔습니다. 율이 부탁한 대로…."

"가라니까."

대현이 더 날카로워진 목소리로 다시 명령했다.

기생은 방에서 물러났지만 대현은 그 자리에서 꼼짝하지 않고 모든 대안을 궁리했다. 가장 현실성 있는 방안은 이슬의 언니를 지켜보라고 무수리 지유를 들여보내는 것이겠지만 지유는 가까이 접근하기 어려웠다. 멀리서는 결코 수연을 안전하게 지킬 수 없었다. 다른 기녀에게 그 임무를 믿고 맡길 수도 없었다. 그 안에는 대현의 정보원이 없었기 때문이다. 믿을 사람이 한 명도 없었다.

대현이 나직이 욕설을 내뱉었다.

이슬 말이 옳았다. 자기 언니를 보호할 수 있는 사람은 이슬뿐이었다.

대현은 억지로 몸을 일으켰고 날카롭게 가슴을 찢는 고통을 느끼며 복도를 지나 제일 끝에 있는 방으로 향했다. 양쪽으로 열리는 창살문 앞에 멈춰 섰다. 얇은 한지를 통해 여자들의 목소리가 흘러나왔다.

"우리나라에서는 여성의 아름다움을 세 가지 기준으로 평가해."

안에서 기생의 목소리가 들렸다.

"궁녀들의 의심을 피하려면 반드시 그 역할에 어우러져야 해, 슬기야."

"얘 이름은 이슬이야."

율의 목소리가 쩌렁쩌렁 울렸다.

"이슬."

"첫 번째 기준은 삼백이야."

기생이 설명을 이었다.

"피부, 치아, 흰자가 백옥 같아야 한다는 거지. 너도 뒤의 두 가지는 아름답지만 피부가… 궁에 있는 다른 여인들과 비교했을 때 너무 그을렸어. 이쪽으로 와 봐. 얼굴 움직이지 말고."

햇빛을 받은 그림자가 창호지문 앞에 나타났고, 대현은 그 사람이 누구인지 단번에 알았다. 수도 없이 관찰했으니 이슬의 형체를 몰라볼 수는 없었다. 언제나 하늘 높이 치켜든 턱, 긴 목, 늘 모으고 있는 손.

"두 번째는 삼흑. 눈동자, 눈썹, 머리카락이 칠흑같이 까매야 한다는 거고…."

한지에 비친 손의 그림자가 이슬의 눈썹을 빗었다.

"세 번째는 삼홍으로, 뺨과 입술이 빨갛고 손톱이 분홍색이어야 한다는 뜻이야."

작은 단지에 손가락을 넣던 손이 멈칫했다.

"이런. 연지가 떨어졌네."

문이 벌컥 열리고 율이 뒤에 대고 속삭이며 밖으로 나왔다.

"다른 것 찾아서 돌아올…."

그러다 대현의 앞에 멈춰 섰다. 율이 눈을 가늘게 뜨고 콧대를 긁었다.

"왜 여기 서 계세요, 자가? 들어가세요."

대현은 율을 지나쳐 햇살에 금빛으로 물든 방으로 들어갔다.

"대화할 때는 목소리를 낮추도록 해."

대현이 그림자가 진 곳으로 걸어가며 중얼거렸다.

"다 들리겠…."

이슬이 그를 돌아본 순간, 가슴에 냉기가 스며들었다. 이슬의 얼굴은 언뜻 봐도 아름다운 자태가 되어 있었다. 흰 무명을 걸쳤던 몸은 입궐하는 여인의 복장으로 화려하게 변신했다. 새하얀 저고리는 목과 어깨를 드러냈고 비단 치마는 작약과 같이 밝은 분홍색이었다.

"박 대감을 설득했어요?"

이슬이 물었다.

대현은 고개를 돌렸다. 이렇게 충격을 받을 줄은 미처 몰랐다. 창밖에 펼쳐진 정원을 내다보았지만 눈에 아무것도 들어오지 않았다.

"그럴 줄 알았어요."

그의 옆으로 다가오며 이슬이 말했다.

"걱정하지 마세요. 아무도 저를 몰라볼 거예요. 왕이나 채홍사 관원들이 제 얼굴 그림을 봤다 해도요. 저도 몰라보겠는걸요."

대현은 이슬을 보고 싶지 않았다. 이슬의 무모한 결정에 동참한다는 사실을 인정하고 싶지 않았다. 하지만 앞만 보고 있으면서도 이슬의 감정을 느낄 수 있었다. 뜨거운 태양과 차가운 달처럼 고스란히 느껴졌다. 이슬은 긴장한 상태였다. 대현의 경계심이 무너지고 마침내 이슬을 돌아보았다.

이슬의 모습을 알아보기는 힘들었다. 도톰한 입술은 뾰로통하게 내민 것처럼 작아졌고 갈색 눈썹이 있던 자리에는 버드나무 잎처럼 휘어지는 검은 선이 있었다. 하지만 그를 이런 눈빛으로 보는 여자는 이슬뿐이었다. 두려움 없는 눈빛은 그의 존재에 깊숙이 박혔다. 이슬은 어떤 모습을 하든, 어떻게 변하든 똑같이 이슬이었다.

"이슬아⋯."

대현이 마음을 표현할 적당한 말을 찾지 못하고 말끝을 흐렸다.

"무슨 일이 생기면⋯."

문이 활짝 열렸다. 공포에 질린 눈으로 뛰어들어 오는 율을 보자 대현의 배 속이 두려움으로 뒤집혔다. 이렇게 두려워하는 율의 모습은 좀처럼 보지 못했다.

"대화를 엿들었어요, 자가."

율이 떨리는 목소리로 말했다.

"무명화가 또 나타났대요."

그러고는 흥분을 가라앉히려는 듯 자신의 목에 손을 올렸다.

"이슬이 숙부님이 죽었어요."

33
이슬

대현이 내 머리 위로 장옷을 씌워 종로에 북적이는 사람들에게서 내 얼굴을 가렸다. 장옷의 양쪽에서 손을 내리지 않고 나를 내려다보며 중얼거렸다.

"무슨 생각해?"

나는 멍한 얼굴로 그를 올려다보았다. 삼촌이 어떻게 죽었다는 말인지 이해가 되지 않았다. 바로 어제도 폐가에 온 삼촌을 봤는데. 하지만 그 순간과 삼촌이 죽은 순간 사이에 무명화는 삼촌의 행방을 알고 살인을 하기 위해 움직였다.

"왜 꼭 무명화가 나를 놀리는 것 같죠?"

내가 속삭였다.

"생각나는 사람 없어?"

대현은 장옷이 날아가지 않도록 끈을 묶었다.

"네 삼촌을 해치기를 원하는 사람? 과거에 알던 사람 중에서?"

"삼촌 한 분이 있지만 지금은 돌아가셨어요."

"정말 유감…."

"그래요? 나는 아닌데."

그러다 내가 얼굴을 찌푸렸다. 혈관을 타고 불안감이 고동쳤다.

"계속 수사할 수 있다면 좋겠어요. 무명화가 누구인지 알아낼 수 있으면 좋을 텐데."

"절 안에서도 계속 생각할 수 있을 거야."

대현의 손가락이 내 턱 아래를 스쳤고 끈을 다 묶고 난 대현이 자신의 옷 속에 손을 넣었다. 접힌 종이가 나왔다.

"구 도사의 보고서야. 하지만 나중에 읽어."

그러면서 내 손목에 걸린 주머니에 종이를 넣었다.

"지금은 눈앞의 임무에 집중하고."

나는 대현과 행인들의 뒤로 보이는 원각사를 쳐다보았다. 담장에 에워싸인 절은 북악산의 먼 그림자 아래 안긴 모습이었다. 마치 궁궐 담장을 지키듯 부지 주변에 경비병들이 서 있었다. 출입구 말고는 절에 들어갈 방법이 정말로 없었다.

"아직이야."

율이 우리 쪽으로 길을 건너오며 외쳤다. 그러다 목소리를 낮추고 설명했다.

"절에서 일하는 하인에게 물어봤어. 기녀들이 성균관을 떠나지 않았대. 아직 준비 중이라나 봐."

율이 주위를 둘러보며 이마의 땀을 닦았다.

"다른 하인과도 얘기해 보고 여자들이 줄을 서기 시작하면 다

시 올게. 지금은 숨어 있어, 이슬아. 경비병들이 네 옷을 알아차
릴지도 몰라."

그러더니 먼 곳을 손으로 가리켰다.

"저 세책점 안에서 기다려. 통금 시간 전까지는 문이 열려 있
는 곳이야."

대현과 눈빛을 교환하고 우리는 세책점으로 걸어가 책장에
쌓인 책을 구경하는 손님들 틈에 섞였다. 제일 끝에 있는 선비들
무리 사이에 서기로 했다. 대현이 책을 한 권 집어 들었고, 나도
따라서 책을 들었지만 눈으로 책을 보면서도 지금의 현실에 머
리는 정지되었다. 나는 원각사에 들어갈 예정이었다. 호랑이 굴
에 들어간다. 짐승을 깨우지 않기를 기도하며 피 묻은 발톱과 뼈
만 남은 먹이 주위에 조금씩 다가가려 했다. 언니가 어떤 모습으
로 변해 있을지 두려웠다.

"떨고 있네."

갑자기 대현의 목소리가 들리는 바람에 내가 움찔하고 책을
큰 소리 나게 바닥에 떨어뜨렸다.

"조심하쇼!"

서점 주인이 책장 사이를 쳐다보며 우리를 향해 외치고 뒷방
으로 사라졌다.

나는 침착하게 숨을 들이마시고 주위를 둘러보았다. 텅 빈 세
책점이 석양빛으로 붉게 물들었다. 시간이 언제 이렇게 흘렀지?
책을 얼른 집어 들고 꽉 쥐었다. 이제 곧 떠나야 할 시간이었다.
포로들 속으로 들어갈 시간이 임박했다.

"아직 늦지 않았어."

대현이 속삭였다.

"마음을 바꿔도 괜찮⋯."

"안 돼요."

나는 대현의 그림자에 안긴 채 하얗게 변할 만큼 세게 주먹을 쥔 내 손등만 바라보았다.

"약속하셨잖아요. 설득하지 않겠다고."

"나 봐."

그의 말을 따랐다. 처음에는 내 두려움밖에 보이지 않았다. 나를 기다리고 있을 미지의 공포. 과연 반란이 성공할 것인가 하는 불안감. 하지만 서서히, 햇빛 사이를 떠다니는 먼지처럼 서서히 대현이 눈에 들어왔다. 날카로운 검은색 눈썹, 오뚝하지만 오른쪽으로 아주 살짝 비뚤어진 콧날, 긴장으로 굳어 얇아진 입술. 며칠 동안 내가 묵는 움집 앞에서 나를 지키며 주변을 경계한 이 남자가 이제는 내 옆에서 사라진다.

대현이 내 팔꿈치를 쥐었다. 나도 모르게 몸을 기댔고 그의 가슴에 이마를 묻었다.

"설득하지 않을게. 하지만 필요하면 언제든 내게 전갈을 보내."

대현이 내 귀에 입술을 가까이 대고 속삭였다.

"주저하지 말고. 네가 있는 곳이면 어디든 갈 테니까."

나는 대현에게 기댄 상태로 아직 내 곁에 머무는 입술과 내 팔꿈치를 붙잡은 손을 느꼈다. 그는 존재만으로 나를 홀리고 내 안의 감정을 깨웠다. 대현을 떠난다고 생각하니 두려웠고 결심을 포기하고 싶었다. 나는 생각도 하지 않고 따뜻한 품 안에서 고개를 돌렸다. 서로의 뺨이 부드럽게 밀착되다 떨어지더니 입술이 만났다. 스치는 열기와 같은 입맞춤으로 숨결이 뒤섞였다. 대현의 손가락이 내 턱을 쥐고 내 고개를 들었다. 내 입술에 시선을 고정한 채 서가에 나를 밀어붙였다. 더 깊게 입을 맞추려 몸을 기울였지만 그러지 않았다. 그 대신 내 입가에 부드럽게 입술을 대고 맛을 음미하더니 몸을 뗐다.

"얼굴이 너무 상기됐다."

대현의 목소리는 거칠었다.

"화장이 녹아서 벗겨지겠어."

내가 얼굴에 바른 분의 상태를 확인하려 손을 들었지만 대현이 내 손목을 붙잡았다.

"만지지 마. 화장이 번질 거야. 연지만 조금 번져도 왕이 여자들을 벌한다고 들었어."

삐걱거리는 바닥을 밟고 세책점으로 들어오는 발소리가 들렸다.

"벌써 줄을 서고 있어."

율이 속삭였다.

"생각보다 빠르다. 지금 떠나야 해."

정신이 혼미해졌다. 나는 머리에 안개가 낀 채로 두 사람과 서둘러 가게를 나왔지만 길가에 모여 있는 군중을 보자 현실 감각이 날카롭게 깨어났다. 그들은 살해당한 사람들의 관을 보는 것처럼 미인들의 행렬을 바라보고 있었다. 슬픔과 분노로 가득한 통곡 소리가 터져 나왔다. 들이미는 창 사이로 자기 자식들을 향해 손을 내밀었다. 나와 같은 어머니와 아버지 들이 있었고, 거울에 비친 내 모습 같은 자매들도 있었다.

"비켜라!"

경비들이 창을 휘두르며 외쳤다.

가슴 찢어지는 울음소리가 그치지 않고 나를 뼛속까지 뒤흔들었다.

"지금이야."

긴장한 율이 갈라지는 목소리로 속삭이며 급히 끈을 풀고 내 머리에서 장옷을 벗겼다.

"지금 가야 해."

내가 앞으로 나아갔지만 대현은 내 손가락 끝까지 붙잡고 마지막까지 나를 놓지 않았다. 내가 결심의 파도에 휩쓸려 사라질 때까지.

나는 언니에게 가야 한다.

한때 원망했던 언니에게.

평생 사랑했던 언니에게.

34
대현

"내가 무슨 짓을 한 거지?"

대현은 그의 손을 내려다보았다. 텅 빈 거리에서 율이 그의 옆
으로 와서 섰다.

"내가 어떻게 이 일에 동의한 거야?"

"자가께서 허락하셨든 아니든 이슬이는 들어갔을 거예요."

율이 걱정스러운 눈으로 그를 보며 속삭였다.

"그래도 우리가 여기 있다는 걸 아니 안심이죠. 이슬이도 용기
가 날 거예요."

대현은 움직일 수 없었다. 공포와 절망이 가슴을 꿰뚫었다.

"생각만 해도 견딜 수가….."

그의 목소리가 흔들렸다. 평정을 되찾으려 애쓰며 대현이 속
삭였다.

"무사하지 못할까 봐 걱정이야."

"이슬이는 능력 있는 애예요. 그 사실을 잊지 마세요."

율이 말을 이었다.

"그리고 이슬이와 다시 만나고 싶다면 딱 하나만 하시면 돼요."

입술의 핏기가 사라진 대현이 마침내 구겨진 얼굴을 들어 율을 보았다.

"하늘을 움직이셔야죠. 가세요. 가서 이슬이를 위해 하늘을 움직여 주세요."

35
이슬

언니를 찾을 수 없었다.

성균관에 들어온 이후 무수한 얼굴들을 훑었지만 누가 누구의 얼굴인지 더는 구분할 수조차 없게 된 새벽, 나는 피로에 지쳐 제정신이 아니었다. 하인들이 술에 취해 왕좌에서 내려오려는 왕을 부축하러 급히 달려갔을 때 우리는 아무도 없는 캄캄한 거리로 이끌려 나왔다. 아직 통금 시간이었다. 나는 내 옆, 뒤, 앞에 줄을 선 여자들로 시선을 억지로 옮기며 언니를 계속 찾았지만 여전히 언니는 보이지 않았다.

당황하지 말자.

그 대신 발에 집중하기로 했다. 비단신을 신은 발이 비틀거리며 문을 지나 원각사로 들어갔다. 나는 걸음에만 신경 쓰자고 되뇌었다. 왼발, 오른발. 고개를 들 때마다 두려움으로 사방이 일그러져 보였다. 발밑의 마당이 액체로 변하고 횃불에 밝게 빛나는 커다란 건물들이 흔들리다가 똑바로 서기를 반복했다.

"너 말이야."

자그마한 목소리가 들렸다.

눈을 찡그리자 한 얼굴이 초점에 들어왔다. 주근깨가 난 아이가 나를 쳐다보고 있었다. 우리는 천장이 높고 긴 창살문이 달린 넓은 방에 서 있었다. 바닥의 등불이 각자의 이부자리에 지쳐 쓰러져 쑤시는 다리를 문지르는 여자들 수백 명을 비추었다.

"나 알아?"

내가 속삭였다.

"천비라고 해."

그쪽에서 손을 내밀며 대답했다.

"몇 주 전 네가 구해 준 게 나야."

불안감 때문에 얼어붙었던 내 머리는 그 아이의 말을 이해할 수 없었다. 그러다 딱지 뺨과 그가 납치하려 했던 여자애가 떠올랐다.

"결국 잡혔구나."

내가 작은 손을 쥐며 중얼거렸다.

"이번에는 네 도움이 필요한데 말이야… 혹시 종금이라는 사람 알아?"

"보통은 모르지. 여기 천 명이 넘게 있으니까. 처음 왔을 때는 모두의 이름을 외우려고도 해 봤지만 불가능하더라고."

천비가 말을 멈췄다.

"하지만 종금은 알아."

내 심장 박동이 빨라졌다.

"어디 있는지 데려다 줘. 부탁이야."

천비는 절의 본채 밖으로 나를 데리고 나와 작은 문 몇 개를 통과하고 마당도 여러 번 가로지르며 조잘거렸다.

"너는 새로 온 거지?"

"응, 맞아."

두려움으로 목이 막혀 말을 하기가 힘들었다.

"그래, 너도 궁에서 일만 하게 되기를 빌어. 전하께 가지 않은 나 같은 애들은 대부분 궁에서 허드렛일만 하면서 보내거든. 나는 침방 소속이지만 왕족들의 옷감을 염색하는 상의원이나 수라간 일을 보조하고 싶어. 바느질은 질색인데 매일 그곳으로 가야 해."

마침내 우리는 앞치마를 입고 머리 위에 치렁치렁한 비단 가리마를 얹은 의녀들로 북적이는 건물 앞에 섰다. 나는 양손을 깍지 끼고 손등에 손톱을 박았다.

"왜 여기로 데려온 거야?"

내가 물었다.

"종금이는 의방에 있어."

내 목소리가 떨렸다.

"무슨 일 있었던 거야?"

"마지막으로 전하의 부름을 받았던 날 이후로 상태가 좋지 않았거든. 무슨 일이 있었는지는 모르고, 너도 괜히 묻지 마. 여기 있는 여자들이 지켜야 할 규칙이 있어. 절대 다른 사람의 악몽을 궁금해하지 말 것."

내 손톱이 살갗을 찢고 손등에 더 깊이 파고들었지만 고작 그런 아픔으로는 가슴을 찌르는 절망을 이길 수 없었다. 내가 황급히 계단을 뛰어오르자 천비도 서둘러 나를 따라왔다. 건물에 들어선 순간, 쇠약해진 여자들의 냄새가 코를 찔렀다.

"어디 있어?"

나는 여자들이 웅크리고 누워 있는 요들을 둘러보았다.

"우리 언니 어디 있냐고?"

"너, 너희 언니?"

천비가 눈을 깜박이다 손가락으로 가리켰다.

"저기야."

방의 한구석에 한 여자가 팔로 무릎을 감싸고 앉아 아래만 보고 있었다. 수연 언니. 내가 속으로 부르며 더 빠르게 걸었다. 한편으로는 언니가 바닥에 책을 펼쳐 놓고 있을 것이라 생각했다. 언니는 자랄 때도 손에서 책을 놓지 않았으니까. 또 한편으로는 나를 보자마자 혼을 낼 것이라 생각했다. 멍청하기는! 걱정스럽게 이마를 찌푸리며 꾸짖겠지. 왜 위험을 자초해?

하지만 내 앞에 있는 여자는 벽과 바닥 사이의 공간을 멍하니 응시하고 있었다.

"황수연."

내가 속삭였다.

언니가 나를 올려다보았다. 눈이 텅 비어 있었다. 암흑 속에서 잃어버린 가족을 찾는 것처럼 불꽃같은 빛을 찾아보려 했다. 따스함을 간절히 바라며 손을 뻗어 보았지만 더 새까만 암흑에 부딪힐 뿐이었다. 나는 손톱에 피가 맺힐 때까지 아픈 손등을 할퀴어댔다. 언니를 찾았지만 내가 찾던 언니는 이곳에 없었다.

"나야."

내가 몸을 떨며 언니 앞에 무릎을 꿇고 언니의 소매를 잡아당겼다.

"언니, 나야, 이슬이."

나는 반응을 기다리며 언니의 멍한 얼굴을 보았다. 지금처럼 언니에게 혼나기를 간절히 바란 적이 없었다. 평생 규칙을 철저히 지키고 사는 언니, 내가 규칙을 어길 때까지 길길이 뛰던 언니가 그리웠다. 그 분노가 그리웠다. 언니의 꺼진 눈빛을 되살려야겠다는 생각에 축 늘어진 손을 들고 손바닥에 한 단어를 적었다.

반정

다시 언니를 보았다. 아무 반응이 없었다. 그 단어를 다시 적었다. 한때 내 혈관에 희망을 주입했던 바로 그 단어를.

반정

아주 작은 움직임이 나타났다. 속눈썹이 파르르 떨렸다. 그 단어에 눈빛이 희미하게 반짝였다. 잘못을 바로잡기 위한 정당한 반란. 껍데기를 두고 멀리 사라졌던 우리 언니가 돌아왔다. 내게로.

"황보연."

언니가 중얼거렸다. 눈의 초점이 흐릿했지만 아직 그 자리에서 나를 바라보고 있었다.

"네가 내 앞에 있는 게 악몽이어야 할 거야."

"악몽이야."

내가 속삭였다.

"내일 밤이면 깨어날 꿈. 곧 있으면 다 끝날 거야. 혼내고 싶으면 혼내도 돼. 남은 평생."

긴 침묵이 흐르는 동안 언니는 내가 손바닥에 쓴 보이지 않는 단어를 가만히 응시했다. 눈꺼풀이 떨리고 고개가 흔들렸다.

"며칠이나 잠을 못 잤어. 눈을 감을 때마다 그들이 보여."

그들이 누구인지 묻지 않았다. 그 대신 언니에게 가까이 다가가 내 어깨에 언니의 머리를 올렸다.

"그럼 쉬어, 언니야."

내가 속삭였고 언니의 눈빛이 다시 꺼지는 모습에 배 속이 고통스럽게 뒤틀렸다. 이 사람은 우리 언니야. 온몸으로 무거운 감사함을 느끼며 생각했다. 그래도 살아 있으면 됐어. 살아 있잖아.

조심스럽게 손을 뻗어 어머니가 나를 재울 때 그랬던 것처럼 언니의 콧등을 쓰다듬었다.

"그 무엇도, 그 누구도 언니를 해치지 못해."

내가 떨리는 목소리로 속삭였다.

"언니 동생이 여기 있는 동안은 그럴 수 없어."

언니가 잠이 들었는지 어깨에 기댄 머리가 점점 무거워졌다.

나는 한참이나 움직이지 않고 언니의 무게를 느꼈다. 내 정신을 지탱하는 무게였다. 우리 언니, 우리 언니, 우리 언니. 한때는 공기처럼 한없이 가볍게 느껴졌던 그 말이 내 가슴을 강하게 조였다. 우리는 자매였다. 서로의 일부를 공유하고 무언의 유대, 따스한 애착으로 엮인 사이. 우리는 아무리 싸워도 쉽게 끊어지지 않는 끈으로 이어져 있었다. 우리는 자매였다. 같은 배에서 태어난 동지였다.

정말로 내 옆에 있는지 확인하기 위해 백 번째로 언니를 돌아보았다. 마침내 깨달음을 얻었을 때는 언니에게 오기까지의 긴 여정이 머릿속에 펼쳐졌다. 그 과정에서 처음 만났지만 소중한 친구가 된 다정한 사람들의 기억도.

대현. 율. 원식….

원식이 살아 있었다면… 내가 드디어 언니와 재회했다고 얼마나 기뻐했을까.

나는 무거운 한숨을 쉬고 언니를 건드리지 않으려 손을 조심스럽게 움직이며 주위를 둘러보았다. 천비는 떠난 듯했고 우리 쪽을 쳐다보는 의녀도 없었다. 대현에게 받은 종이를 주머니에서 슬쩍 꺼냈다. 원식의 수사는 아직 미해결 상태였고 거사가 끝날 때까지 보류해야 했다. 하지만 대현의 글씨를 보고 싶었다. 지금 내게 남은 것은 그뿐이었다.

처음에는 종이를 들여다봐도 집중할 수 없었다. 글자가 빼곡히 적혀 있어 머리가 어지러웠다. 내가 왜 죽은 정원 사건에 관해 읽고 있는지 이해가 되지 않았다. 지나가는 말로 들은 적 있지만 그 사건이 무명화와 무슨 관련이 있지? 하지만 정신을 집중하고 세 번 읽고 나니 그 의미를 마침내 이해할 수 있었다.

"두 사건이 연결되어 있어."

내가 속삭였다. 등줄기를 타고 전율이 흘렀다.

나는 구 도사의 보고서를 네 번째로 다시 읽고 세 가지 핵심으로 요약했다.

첫째, 한 여인이 자기 집 뒷마당에 묻혔다. 범인으로 지목된 이는 피해자의 남편이자 상부에 불복종했다는 이유로 내금위에서 쫓겨난 전직 군인이었다. 두 사람에게는 아들이 하나 있었는데, 그 아들은 부모님에 관해 떠도는 소문을 피해 몇 달 뒤 고향을 떠났다.

둘째, 피해자는 왕의 외조모인 신씨 부인의 집과 엎어지면 코 닿을 거리에 살았다. 신씨 부인과 친구처럼 지냈고 사망하기 이틀 전 신씨 부인에게 비녀를 선물로 받았다. 마지막으로 피해자의 집에서 피해자를 본 술집 주인은 그녀가 금비녀를 착용하고 있었다고 주장했다.

셋째, 그 비녀는 폐비 윤씨의 용잠 비녀로 드러났다. 구 도사는 신씨 부인을 만나 비녀가 도난당한 것이 아니며 사과의 의미로 준 선물이라는 사실을 알아냈다.

나는 종이를 뒤집어 잠시 대현의 글씨를 뜯어보았다. 깔끔하지만 대담한 필체였다.

피 묻은 적삼 사건은 보고서에 나와 있지 않더라고. 피해자에게는 남승민이라는 아들이 있었는데, 그 아들이 폐비의 옷을 쥐고 울던 왕을 놀렸다가 구타를 당했어. 그래서 신씨 부인이 사과의 의미로 그렇게 사치스러운 선물을 준 거지. 하지만 장흥에서 일어난 두 가지 사건과 무명화 사이의 연관성이 확실하다고 원식이 결론 내린 이유는 잘 모르겠어. 옷에 혈서를 남겼다는 점은 일치하지만 원식이 이렇게 약한 연결 고리를 인정할 리는 없어. 아무래도 다른 정보를 알고 있는 것 같아. 아마도 살인범과 두 해 전 왕을 조롱했던 소년과의 마지막 연결 고리를 말이야.

나는 편지를 내리며 단번에 내금위의 까마귀를 떠올렸다. 그는 민혁진이 죽은 곳에서 무언가를 감췄다. 많은 비밀을 숨기고 있는 듯했다. 그중 하나가 언젠가는 이 사건의 수수께끼를 풀 수도 있을 것이다. 하지만 지금은….

언니가 아직 내 옆에 있는지, 정말로 꿈이 아닌지 확인하기 위해 언니를 한 번 더 쳐다보았다. 그러자 냉기가 나를 덮쳤다. 언니는 잠을 자지 않고 앞만 멍하니 보고 있었다. 창백한 뺨을 따라 눈물이 한 방울 흘러내렸다.

"언니."

내가 속삭였다.

"쉬어야…."

"한 여자가 아이를 낳는 걸 도왔어. 내 친구였는데."

언니가 무미건조한 목소리로 말했다.

"납치당했을 때 이미 남편의 아이를 임신하고 있었어. 그런데…."

언니가 바라보고 있는 벽처럼 텅 빈 눈을 깜박였다.

"아이를 낳은 그 애를 왕이 죽였어. 오작인이 둘의 시체를 처리했고… 내 친구와 갓난아이를."

내가 공포에 질려 편지를 움켜쥐었다.

"나 내일 떠나."

언니가 여전히 으스스한 목소리로 말을 이었다.

"내일이 되면 왕이 개성으로 떠난대. 나를 포함해서 모든 여자들도 따라갈 거야. 네가 말하는 그 일이 일어나지 않는다면 나도 내가 어떻게 될지 모르겠어, 이슬아."

내 눈에 눈물이 고였다. 가시 같은 말들을 내뱉지 않으려 입술을 굳게 다물었다. 어떻게 죽음을 생각할 수 있어? 어떻게 나를 떠난다는 거야? 언니를 다시 만나려고 내가 얼마나 고생했는데?

하지만 언니에게 따질 수 없었다. 내가 무슨 자격으로? 나는 언니가 견뎌야 했던 입에 올릴 수도 없는 잔학한 행위들을 보지 못했다. 자신의 삶을 뒤로 하고 잡혀 온 비참한 여자들 틈에서 몇 주나 보내지 않았다. 시체를 버리는 오작인이 갓난아이를 데리고 가는 가슴 찢어지는 모습도 목격하지 못했다. 나는 언니의 감정에 가타부타 할 자격이 없었다.

그저 언니의 손을 꼭 잡을 뿐이었다.

"일어날 거야, 언니."

그 말이 내 목구멍을 뜨겁게 달궜다.

반드시.

36

대현

명화각 밖에는 바람과 어둠이 휘몰아쳤고 안에는 불안감이
꿈틀거렸다.

"반정이 하루 앞으로 다가왔는데 최익준이 죽었군요."

구더기가 가느다란 눈으로 대현을 힐끗 보며 말했다.

대현도 마주 쳐다보았다. 이슬이 우사용에게 붙인 별명은 더
없이 잘 어울렸다. 이자는 썩은 것을 먹어 치우는 물컹거리는 벌
레처럼 보고 있기가 역겨웠다. 하지만 대현의 증오는 다른 사람
을 노렸다. 아직도 잡히지 않고 반정 전날 혼란을 일으킨 범인.
이슬이 부탁한 대로 원식의 아들을 찾았지만 두 가지 사실밖에
알아내지 못했다. 건우는 실종 상태였고, 사라지기 직전 '이슬이
라는 여자'를 찾고 있었다고 했다.

어쩌면 이슬이 원각사 안에 갇혀 있는 것이 다행일지도….

구더기가 대현의 신경을 건드리는 째지는 목소리로 말을 이
었다.

"알려진 사실은 최익준이 경복궁을 바라보는 길에 놓인 가마에서 발견되었다는 것뿐입니다."

"무명화가 또 혈서를 남겼답니까?"

성 대감이 물었다.

"아무도 모르는 듯합니다. 의금부가 빠르게 출동해 달리 목격된 것이 없고, 전하께서 이 일에 관해 반드시 침묵하라 명령하셨으니까요. 제가 종1품 관직에 있다 해도 전하께서 제게 비밀 이야기를 하시겠습니까. 하지만…"

구더기의 시선은 반정 지도자들이 둘러앉은 긴 탁상을 지나 대현 앞에 멈췄다.

"자가께서는 아시지 않을까요? 그 가마는 이슬이라는 계집아이를 위한 거였지요. 어째서 그 아이의 숙부가 안에 들어가게 되었답니까?"

"최 대감이 우 대감과 상의를 했나 보군요."

대현이 퉁명스레 대꾸했다.

"혹시 그 아이를 납치하는 것이 대감의 제안인…?"

"여러분."

박원종 중추부지사가 탁상에 활짝 편 손을 올렸다. 그의 시선은 앞에 놓인 지도에 고정되어 있었다.

"이 문제는 반정이 끝나면 조사합시다."

"저는 이 점이 걱정스럽습니다."

구더기는 끈질겼다.

"우리 중 하나가 다음 차례가 되지 않을까 해서요."

그 자리에 있던 다른 중신 여섯 명이 불안한 눈빛을 주고받
았다.

"우리에게는 사병이 있지 않습니까?"

박 지사가 두려움을 차단하려는 듯 한 명씩 얼굴을 바라보
았다.

"그들을 늘 곁에 두도록 하세요. 이제 하루밖에 남지 않았으니
모든 생각과 걱정을 붙들어 매고 오로지 거사에만 집중해야 합
니다."

구더기가 손으로 턱을 쓸어 올리자 수염이 쏠리는 소리가 났다.

"그럼요. 지당하신 말씀입니다, 대감."

"자."

박 지사가 손등으로 지도를 두드렸다.

"박영문이 수원에서 군사를 이끌고 첫 경계 시간 전에 한강에
도착할 것입니다. 아마 지금도 진군하고 있을 거예요. 일단 강을
건너면…."

손가락이 지도 위에서 움직였다.

"여기 있는 군사 훈련장에서 우리와 만날 겁니다. 사복시의 병
사들은 물론 사냥을 담당하는 쪽에서 새로 합류한 장군과 군사
들도 도착할 예정이고요. 최대 오천 명까지 가능하다 약속했습
니다."

"그렇다면 원래 계획보다 더 많은 병력을 동원하겠군요."

구더기가 말했다.

"총 만 오천…."

박 지사가 걸걸한 목소리로 설명을 이어가는 동안, 대현은 구더기에게 시선을 돌렸다. 이슬의 언니만이 아니라 다른 여자들이라 해도 이자에게 넘겨준다고 생각하니 구역질이 나왔다.

"왕자 자가."

박 지사가 얼굴을 찌푸리며 대현을 보았다.

"제 말씀을 귀담아 듣지 않으시는 것 같습니다."

"군대는 동북쪽의 혜화문과 서북쪽의 창의문에서 공격을 개시할 겁니다."

대현이 대답했다.

"저는 밀위청에서 죄수 팔백 명을 풀겠습니다."

박 지사가 턱을 움찔하고는 말을 이었다.

"윤형로 대감이 진성대군을 보호하러 갈 예정입니다. 운산군께서는 그 외의 무관 수십 명을 이끌고 예기치 못한 상황을 대비하기로 하셨습니다. 또 주요 인사를 처단할…."

"대비 마마께는 누가 갑니까?"

다른 중신이 말을 잘랐다.

"아드님을 추대하려면 대비 마마의 허락을 받아야 하지 않습니까. 반정의 성패는 그분의 결정에 달려 있습니다."

"당연히 박 대감께서 가셔야지요."

구더기가 중얼거리며 박원종에게 시선을 옮기자 중추부지사가 어깨를 쫙 펴고 수염 난 턱을 치켜들었다.

"대비 마마께서 아드님을 옹립하는 것을 거부하신다면 기꺼이 왕위에 오르려 하는 다른 왕자들이 있다고 말씀하세요."

내일이 다가올수록 불안감이 치솟는지 이 자리에 모인 중신들 사이에서 더 많은 질문이 터져 나왔다. 반정에 참여하기를 거부한 진성대군의 처가에 관한 질문, 그들이 장악해야 할 주요 거점들에 관한 질문이 이어졌다. 몇 번이고 반복해 나오는 질문도 있었다.

"박 대감, 전하께서 내일 한양을 비우시는 게 확실합니까? 개성으로 떠나는 것이 정말로 확실하느냐는 말입니다."

"그래서 열여드레로 택일한 것입니다."

질문이 나올 때마다 박 지사는 대신들을 달랬다.

"우리는 비어 있는 한양을 차지하면 됩니다."

하지만 박 지사가 아무리 안심시켜도 토론의 열기가 가라앉기는커녕 더 격앙되었다. 다들 자신의 생명줄을 철저히 점검하는 것만 같았다. 질문과 요구 사항이 마침내 잠잠해졌을 때 하늘은 칙칙한 회색으로 변해 있었다.

"왕자 자가."

박 지사가 대현의 어깨에 조심스럽게 손을 올렸다.

"계획에 변동이 없도록 하십시오. 추가적인 계획을 마련하기 위해 오후에 진 장군이 홍등 주막으로 뵈러 갈 것입니다."

대현이 갓을 내려 쓰고 출발하려는데 그림자가 옆에 슬그머니 다가왔다.

"잠깐."

구더기가 대현을 한쪽으로 끌고 갔다.

"밀위청 이야기 말입니다. 자가께서 제안하셨다고 들었습니다. 그런 발상을 하시다니 자가의 앞날은 창창하다고 사료됩니다."

"그런가?"

더 이상은 예의를 차리고 싶지 않았다.

"그래, 원하는 게 뭡니까?"

구더기의 미소는 더욱 환해졌다.

"무엇을 원하느냐고 물으셨습니까? 자가의 밝은 미래를 기원할 뿐입니다."

구더기가 한 걸음 더 다가와 속삭였다.

"누구의 편을 들지 잘 선택하십시오. 아무런 연줄 따위 없는 계집의 편을 드시겠습니까? 아니면 곧 이 나라를 다스리게 될 저희와 함께하시겠습니까? 배신하느냐, 배신당하느냐 둘 중 하나겠지요. 그것이 세상의 이치입니다, 자가."

37

이슬

드디어 그날이 왔다.

9월 18일.

동이 트자 어마어마한 수의 수행단이 원각사로 쏟아져 들어왔다. 그들은 왕의 위풍당당한 행차를 위해 서둘러 우리를 준비시켰다. 팥물로 얼굴을 씻기고 머리카락이 비단처럼 흐를 때까지 빗질을 했다. 기름을 가볍게 발라 피부에 광을 냈다. 곧 백단유 향기가 절을 가득 채웠다.

"행진 규모가 얼마나 큰 거예요? 상상이 안 가서…."

내가 누에고치로 분을 칠하며 목소리를 낮춰 물었다.

"전하께서 행차하시는데 병사들도 많이 가나요?"

"그럼요, 병사들도 아주 많이 가지요."

하녀가 대답했다.

"삼중의 호위대에 싸여 이동하실 거고, 만 명이 넘는 군대와 이천 마리 말이 전체 행렬을 이룰 거래요!"

나는 누에고치를 더 꽉 쥐고 청동 거울에 비친 내 모습을 바라보았다. 모르는 여자가 나를 보고 있었다. 싸워야 할 상대가 만 명줄어든다. 승리에 만 걸음 더 가까워졌다.

머릿속으로 그 말을 계속 되뇌는 동안 우리는 줄지어 거리로 나갔다. 나는 언니의 팔을 잡아 부축했고 북적거리는 길로 나오며 동쪽을 쳐다보았다. 장엄한 처마가 달린 성문을 상상할 수 있었다. 병사들은 오늘도 여느 때와 같으리라 생각하고 흉벽 위에서 순찰을 하고 있겠지. 다리가 아프다고, 태양의 열기가 뜨겁다고 불평하고 다음 식사에 무엇이 나올지 이야기하고 있을지도 모르겠다. 하지만 오늘 밤은 달랐다. 어둠이 내려앉을 때 흉벽위의 병사들은 다가오는 횃불의 바다를 향해 혼란스러운 눈을깜박일 것이다. 수천 명의 반란군이 이 나라를 되찾기 위해 다가올 것이다.

제발 우리가 이기게 해 주세요. 나는 하늘에 빌었다. 제발….

행진하는 방향이 바뀌었다. 우리는 이제 종로를 걷고 있지 않았다. 성벽이 시야에서 사라졌다. 여자들의 행렬이 한 줄씩 창경궁으로 들어갔다. 나는 혼란에 빠진 상태로 흐름에 휩쓸려 한 쌍의 붉은 문을 지나고 화려한 나무와 왕궁의 전각으로 둘러싸인드넓은 들판에 이르렀다.

"전하께서 아직 주무시고 계신가 봐."

내 불안감을 감지한 듯 언니가 속삭였다.

"가끔 술을 너무 많이 마셔서 늦잠을 자거든."

이 말을 간절히 믿고 싶었다.

"언니 말이 맞을 거야."

내가 속삭이며 팔짱 낀 언니의 몸에 더 바짝 붙었다.

"금방 다시 출발하겠지…."

"아닐걸."

이렇게 말하는 목소리가 들렸다. 붙잡힌 여자들 중 한 명이 우리를 돌아보았다.

"전하께서 마음을 바꾸셨다나 봐. 앞에 있는 애들이 내관과 궁녀들 대화를 들었대."

"무슨 대화?"

내가 다그쳐 물었다.

그녀가 수상한 눈으로 나를 보았다.

"간단히 말해서 개성 여행은 취소됐어. 천만다행이지. 그렇게 먼 지방까지 걸어가지 않아도 되니 말이야. 여기 있는 네 친구는 성벽에 도착하기도 전에 쓰러졌을걸."

충격적인 소식이었다. 제대로 숨을 쉴 수가 없었다. 말도 안 돼. 해 질 녘에는 행렬이 출발해야 했다. 한양은 비어 있어야 마땅했다. 반정은 한 번뿐인 이 기회를 노리고 계획되었다.

내가 상황을 파악하려 노력하는 사이, 또 다른 기녀가 다가와 속삭였다.

"무명화 때문이래. 새로운 피해자에 또 혈서를 남겼는데 지금까지 남긴 것 중 제일 약 올리는 내용이어서. 전하와 밤을 보낸 애가 전하께서 금부도사와 대화하는 내용을 다 들었다잖아."

밀려드는 공포에 머리가 지끈거려 똑바로 생각할 수 없었다.

"전하께서는 오늘 밤 반드시 무명화를 찾아낼 작정이야."

기녀가 말을 이었다.

"글을 아는 사람이라면 글 네 편을 관헌에 내야 했던 거 기억하지? 비방문이 나올 때 전하께서 글씨를 비교할 수 있도록 한 거. 그게, 몇 주 전부터 범인의 글씨와 대조하고 있었대. 이제… 천 장 정도로 추려서…."

"저기."

내가 겨우 질문했다.

"이번에는 범인이 뭐라고 썼대?"

기녀는 주위를 살피고 아랫입술을 깨물더니 작은 소리로 속삭였다.

"당신이 가장 증오하는 나 무명화를 머지않아 보게 될 것이다. 역사는 왕을 죽인 자로 영원히 나를 기억하리라."

목소리가 흐릿해지고 내 귀에서 피가 끓었다. 무명화는 반정이 일어난다는 사실을 알고 있었다. 대현에게 경고해야 했지만 사방에 무장한 경비병이 깔려 있었고 언니 곁을 떠날 수도 없었다. 등에 식은땀이 흘렀고 나는 태양이 하늘을 가로지르며 시간이 알 수 없는 미래로 향하고 있다는 표지를 남기는 모습을 무력하게 보고 있었다.

저녁이 되며 우리를 둘러싼 하늘이 어두워지고 바람은 더 쌀쌀해졌다. 통금을 알리는 종이 울리기 시작했다. 한 번 울릴 때마다 영겁의 시간이 흐르는 듯했고, 마지막 스물여덟 번째 종이 울렸을 무렵에는 궁궐 문이 끼이익 소리를 내며 닫혔다. 내일 아침까지는 열리지 않을 것이다.

우리를 감시하는 병사들이 당황하고 혼란스러운 표정으로 주위를 둘러보았다.

우리 다 같은 심정이었다. 계획이 완벽하게 틀어졌는데 지금이 어떤 상황인지 나를 비롯해 그 누구도 알지 못했다.

이따금 들리는 순찰대의 발소리를 제외하면 한양은 정적에 휩싸였다. 산에서 불어오는 바람에 주변의 검은 나무들이 흔들렸다. 쥐 한 마리가 끽끽 울며 후다닥 지나갔다.

나는 눈을 감았다. 눈은 뜬 채로 아무것도 보이지 않는 평온한 궁궐 담벼락 너머를 응시하고 있다가는 제정신을 잃을 것만 같았다. 천천히 작은 소리로 숫자를 셌다.

"하나, 둘, 셋….."

가슴에서 몽둥이질하는 심장 박동을 느끼며 어렴풋이 드는 생각을 떨치려 했다. 반정이 일어나지 않는 것이 아닐까. 무명화가 작전을 폭로해 우리 다 죽게 되는 것이 아닐까. 섬뜩한 상상이 올가미처럼 내 심장을 쥐어짜 숨을 쉴 수 없었다.

"사백, 사백 일, 사백 이…."

시간이 흐를수록 추위는 뼛속 깊이 파고들었다. 언니는 이곳을 빠져나가야 했다. 반정이 실패할 경우 언니는 분명 궁궐 담장을 넘으려 할 것이고 그렇게 되면 나도 뒤를 따를 수밖에….

어쩌면 우리는 한양을 탈출해 죽을 때까지 숨어 살지도 모른다. 하지만 그보다는 궁궐 담장을 넘자마자 흙바닥에 얼굴이 처박히고 등에 화살이 꽂혀 죽을 가능성이 더 높았다. 죽으면 많이 아플까? 만약 죽어야 한다면 금방 끝나기를 빌었다. 고통이 폭발하더라도 그 즉시 평온한 침묵이 뒤따르기를.

"구백 구십 구, 천, 천 일…."

숨을 헉 들이마시는 소리가 침묵을 깼다.

눈을 번쩍 뜨자 먼 하늘을 가리키는 사람들의 손이 보였다. 화살 한 대가 환하게 타오르더니 사라졌다.

"뭐, 뭐지?"

내 옆의 여자가 말을 더듬었다.

아무도 움직이지 않았다. 그러다 무언가 충돌하는 굉음에 다들 움찔했다.

"들었어?"

경비병이 우리를 버려두고 자기들끼리 모여 속닥거렸다.

"어디서 난 소리야?"

"창의문 쪽이야."

걸어서 한 시간은 걸리는 거리였다.

이번에는 동북쪽에서 굉음이 밤공기를 꿰뚫었다. 모든 사람이 이리저리 고개를 돌렸다. 사방에서 큰 소리가 들리면서 분위기는 더욱 혼란스러워졌다.

"제기랄!"

턱이 각진 경비병이 전립을 벗어 던졌다.

"종일 여기 서 있었잖아. 누가 가서 무슨 일인지 알아…!"

그의 입에서 말이 더 이상 나오지 않았고 눈이 휘둥그레졌다.

"이게 무슨…."

궁궐 담장 위로 수백 개의 횃불이 타올랐다. 폭풍에 휩싸인 파도처럼 돌벽에 고함과 비명이 부딪쳤다. 우리는 침몰하는 배에 갇힌 듯했다. 갑판 위에서 무슨 일이 일어나고 있는지 모르고 축축하고 음산한 짐칸에 버려진 기분이었다.

"호, 혹시 왜군 아닐까?"

한 여자가 속삭였다.

"드디어 조선을 침략한 거야."

"반란이 일어났다고 들었어."

또 다른 여자가 기쁨에 찬 목소리로 외쳤다.

"우리 아버지와 남편들이야. 우리를 구하러 왔어!"

열 명이 넘는 여자들이 서로를 밀치고 가장 가까운 문을 향해 인파를 헤쳤다.

"집에 간다!"

그들이 흐느껴 울었다. 군중들 사이에 절박함이 흘렀고 걷잡을 수 없는 해일처럼 좁은 문으로 밀려가기 시작했다. 여자들이 경비병들을 밀치고 잠긴 문을 두드리며 외쳤다.

"우리 안에 있어요! 우리를 두고 가지 마세요!"

밀치고 밀리는 힘이 강해지며 나는 꼼짝없이 언니와 바다 한가운데에 갇혀 붉은 문을 향해 떠밀려 갔다.

"안 돼요! 반란군은 우리를 구하러 온 게 아니라고요!"

내가 얇은 저고리와 분홍 치마만 입고 대로로 쏟아지려는 기녀들을 막기 위해 목청껏 소리쳤다. 이들은 잔혹한 짐승의 배 속으로 직행하고 있었다.

"침착하게 단합해서 움직여요! 집에 가고 싶으면 산으로 가야 해요. 옆 사람한테 전해요! 산으로 가라고! 무슨 일이 있어도 반란군을 피해야…!"

누군가의 어깨가 내 등을 치며 나를 땅바닥으로 넘어뜨렸다. 나는 멍하니 누워 허둥지둥 움직이는 사람들의 발만 보고 있었다. 위에서 언니의 비명이 울려 퍼졌다. 내 손이 신발들에 밟혔다.

나는 신음하며 팔꿈치로 몸을 일으켰다. 장화 신은 발이 내게로 돌진했지만 나는 재빨리 피할 수 없었다. 엄청난 무게가 내 등을 짓밟고 지나갔다.

갈비뼈에서 고통이 폭발했고 어둠이 나를 덮쳤다.

"여기, 도와줄게요."

남자 목소리가 들렸다.

흙바닥이 내 뺨을 할퀴었다. 누가 내 어깨를 조심스럽게 흔들어 준 덕분에 잠시 정신이 들었다. 한 여자가 나를 굽어보고 있었지만 얼굴은 달빛에 가려 보이지 않았다.

"우리 서로 놓치면 안 돼."

욱신거리는 머리에 여자의 목소리가 울려 퍼졌다.

"두 번 다시는."

달빛이 움직였다. 눈부신 빛이 내 눈을 찔렀고 나는 어느새 집에 돌아와 있었다. 언니와 나는 서로를 부둥켜 안은 채 수많은 횃불들이 환하게 불을 밝히고 우리 집에 쳐들어와 우리를 찾고 있는 모습을 지켜보았다. 어머니가 뺨에 눈물을 흘리며 우리를 품에 안았다.

이 나라에 절대 혼자 남지 말거라. 주먹이 우리 방 문을 쿵쿵 두드리는 동안 어머니가 흐느끼며 기도했다. 이 나라가 바다에 침몰하는 순간까지 너희를 붙잡아 줄 좋은 친구들을 찾아. 그렇게만 된다면 이 어미는 후회 없이 눈 감을 수 있어.

나는 계속 이어지는 꿈속으로 떨어지다가도, 기억이 악몽으로 흐릿해지는 얼음물에 잠겨 있었다. 쌀쌀한 밤으로 다시 떠오르자 겁에 질린 목소리가 나를 맞이했다. 여자들이 속삭이며 대화하고 있었다.

"반정군이 궁에 들어왔대. 여자들이 다 그리로 달려가고 있어."

"안 돼. 그 말이 사실이라면 도망쳐야 해."

"어느 쪽으로?"

"산으로."

나는 언니의 몸에 기댄 채로 정신이 들었다. 언니의 얼굴은 멍 투성이였고 우리는 혼자가 아니었다. 전각 뒤편의 마당에 백 명이 조금 넘는 여자들과 모여 서 있었다. 땀과 눈물로 분과 연지가 녹아내렸다. 겁에 질린 눈이 달빛에 반짝였다.

"어디야?"

내가 속삭였다.

언니가 나를 쳐다보았다.

"일어났구나. 뛸 수 있겠어?"

내가 쑤시는 갈비뼈를 부여잡았다.

"당연하지."

"창덕궁으로 탈출했어. 둘이 연결되어 있잖아. 우리는 산과 가장 가까운 길로 갈 거야. 통금으로 문이 다 잠겨서 탈출하려면 시간이 필요해."

"이미 들어왔어? 반정군?"

내가 관자놀이에서 지끈거리는 맥박을 느끼며 속삭였다.

언니가 고개를 끄덕였다.

"내금위 병사들도 막지 못했어. 대부분 자기 자리를 버리고 도망쳤대. 왕의 호위 무사도 도망쳐서 반정군에 합류했대. 반정군이 궁의 남쪽으로 거의 다 밀고 들어와서 마주치기 전에 빨리 떠나야 해."

우리 앞에 있던 여자가 뒤를 돌아보았다. 천비였다.

"우리 다 왕의 군대를 피해 도망치는 걸 상상했거든."

천비가 속삭였다.

"매일 밤 이런 꿈을 꿨어. 절대로 탈출하지 못하는 미로 속을 뛰어다니는 꿈. 하지만 오늘 밤은 탈출할 수 있을지도 모르겠다."

천비가 뒤로 물러나 손을 흔들었다.

"지금 출발하자!"

여자들이 앞으로 달려 나가는 동안에도 천비는 그 자리에서 더 빨리 움직이라고 손짓하며 외쳤다.

"잊지 마! 줄에서 벗어나면 안 돼! 대열이 흐트러지는 순간 집으로 돌아갈 기회는 사라지는 거야!"

백 명이 넘는 여자들의 가쁜 숨이 밤공기를 채웠다. 이들은 언니와 나를 따라 조심스럽게 걸으며 둘이 한 쌍이 되어 안뜰과 안뜰 사이의 좁은 문을 빠르게 통과했다. 길은 끝도 없어 보였다. 안뜰이 계속 펼쳐진 악몽의 세계에 떨어진 기분이었다. 내 헐떡이는 호흡이 거칠어졌다. 숨을 쉴 때마다 팽창하는 갈비뼈에서 고통이 터져 옆구리를 움켜쥐었다. 하지만 잡힐지도 모른다는 두려움과 비교하면 고통은 아무것도 아니었다.

"거의 다 왔어!"

우리 앞으로 천비가 달려왔다.

"아까 네 말 들었어. 여러 명이 들었지. 정말이야? 반정군이 우리를 구하러 온 게 아니라고?"

내가 고개를 끄덕였다.

"지도부는 기녀들을 자기들끼리 상으로 나눠 가질 생각이야."

천비가 창백해진 얼굴로 고개를 끄덕였다.

언니는 당황하지 않는 표정이었다.

"그렇다면 다행이다. 그쪽에 가까이 가지 말라고 최대한 많이 설득해서."

"언니 도와줬던 사람은 누구야?"

잠시 후에 내가 물었다.

"남자 목소리가 들리던데."

"내금위 사람."

언니가 무심히 대답했다.

"자, 어서 가자."

우리는 고개를 푹 숙이고 왕족들의 처소 옆을 살금살금 지나 갔다. 강아지 한 마리가 잠시 우리를 따라오는가 싶더니 달빛이 얼룩진 그림자로 뛰어가 버렸다. 이윽고 궁의 안뜰과 전각 대신 울창한 나무들이 나타났다. 담장에 둘러싸인 궁궐 안의 야트막 한 숲이었다. 우리는 숨을 헐떡이며 개울과 연못과 탑을 지나쳐 구불구불한 길을 빠르게 걸었다. 그러다 길에서 나온 후에는 비 틀거리며 땅을 손으로 움켜쥐며 가파른 언덕을 올랐다.

"계속 갈 수 있겠어?"

내가 언니에게 간신히 물었다.

땀범벅이 되어 얼굴이 새파랗게 질리고 몸도 부들부들 떨고 있었지만 언니의 눈빛만큼은 환히 빛났다.

"집 생각을 하면 힘이 나서 괜찮아. 봐, 도착했잖아."

여자들은 땅에 주저앉거나 나무에 기대앉아 숨을 몰아쉬며 구름이 달을 지나갈 때마다 나타났다 사라지는 붉은 문을 응시 했다.

"궁은 북악산의 왼쪽 기슭에서 응봉을 따라 뻗어 있어."

언니가 헉헉거리며 설명했다.

"이게 산과 제일 가까운 문이야. 외딴곳에 있으니 부술 시간은 충분할 거야."

나는 여전히 옆구리를 부여잡고 비틀거리며 문으로 향했다. 숨을 쉴 때마다 천 개의 바늘로 찔리는 느낌이었다. 다른 여자 한 명과 함께 이끼로 뒤덮인 나무 빗장을 뜯어냈다. 놋쇠 손잡이 를 당겨 보았지만 두꺼운 쇠사슬로 단단히 엮여 있었다.

"내가 해 볼게."

커다란 돌을 든 천비가 팔을 들었다가 돌로 쇠사슬을 강하게 찍었다. 달라지는 것은 없었다. 다른 여자도 몇 명 도전했다. 처음에는 쇠사슬이 끊어지거나 나무가 쪼개질 것이라 자신했지만 여러 번의 시도 끝에 자신감은 사라졌다.

"기어 넘으면 어때."

한 명이 가볍게 제안했다.

모두 돌담을 올려다보았다.

"군인들이 타고 넘는 모습을 봤어."

"하지만 우리보다 키가 크잖아… 차라리 변소를 통해서 탈출한 내관들을 쫓아갈 걸 그랬어."

"왕의 똥으로 가득한 곳으로 탈출한다고?"

천비가 인상을 썼다.

"그러느니 여기서 죽지."

내가 궁궐 담장 꼭대기로 손을 뻗으며 얼굴을 찌푸렸다. 손가락 끝이 기와지붕을 스쳤다.

"아주 높지는 않아."

내가 말했다.

"우리 다 넘으려면 시간이 걸리겠지만 해 봐야지. 담벼락 근처에 바위가 있을지도 몰라. 밟고 올라갈 수 있는 크기…."

"저 위에 있습니다."

아래에서 여자 목소리가 들렸다.

내 피가 차갑게 식었고 주위의 여자들은 입을 틀어막았다.

"뒤를 쫓았습니다."

여자의 목소리는 계속되었다.

"명하신 대로요."

입안에 욕이 차올랐다. 코앞에 다가온 자유를 이제 와서 빼앗길 수는 없었다.

"모두 문 옆의 벽에 딱 달라붙어 있으라고 해. 다른 데로 가지 말고."

내가 천비에게 속삭였다.

"지금 담을 넘는 거야. 서로의 등을 이용해서."

"너는?"

"나는 반정군의 시선을 끌어서 최대한 다른 곳으로 유인할게. 하지만 우리 언니 먼저 탈출시키겠다고 약속해. 말 안 들으면 끌고 가도 좋아."

천비가 고개를 끄덕였고 곧바로 나는 문가에 뒹구는 돌멩이를 집어 들었다. 조심스럽게 비탈길을 내려갔다. 구름이 달빛을 막고 있어 온 세상이 암흑이나 다름없었다. 여자들에게서 멀어진 후에는 나무 기둥 뒤에 몸을 숨기고 구더기의 얼굴을 돌로 후려칠 준비를 했다. 아니면 구더기의 부하라도. 공격하고 달아나는 것이 내 작전이었다. 부하들이 나를 쫓겠지만….

묵직한 발자국 소리가 비탈길을 올라왔다.

땀이 나는 손바닥을 치마에 닦고 돌멩이를 더 꽉 쥐며 힘을 끌어모았다. 제발 구더기가 제일 앞에 있어라.

나무 바로 앞에서 잔가지가 부러졌다.

지금이야, 이슬아!

내가 몸을 빙글 돌려 돌을 내리쳤다. 하지만 손목이 잡혔다. 팔을 빼려고 몸부림을 쳤지만 강철 같은 손은 나를 놓아주지 않았다. 반대쪽 손으로 남자의 옷깃을 더듬어 붙잡고 끌어당겼다. 물어뜯든 머리를 찧든 하려는데 구름이 한 번 더 걷혔다. 그림자가 옆으로 움직이고 나는 눈을 의심하며 숨을 들이마셨다. 꿈을 꾸는 중이라고 생각했다. 온몸을 떨고 있는데 그가 내 팔을 손에서 놓았다. 손에 들려 있던 돌이 땅으로 떨어졌다.

"이슬이 너다운 무기다."

대현이 애정 어린 목소리로 속삭였다.

"치명적인 돌을 들려서 너를 보내면 될 걸 우리는 왜 수고스럽게 반정이니 뭐니 하는 걸 시작했을까?"

대현이 이토록 반가운 적이 없었다. 긴박한 상황만 아니었다면 몸을 날려 그를 끌어안고 싶은 심정이었다. 대현은 혼자가 아니었다. 흰 죄수복 차림으로 밧줄에 묶인 남자 세 명이 서 있었다.

"누구예요?"

내가 물었다.

"내가 밀위청에서 빼낸 죄수들. 나머지는 궁궐 밖에서 사람들을 떼로 모았어."

대현의 뒤에서 한 여자가 고개를 빼꼼 내밀고 멋쩍게 손을 흔들었다. 무수리였다.

"안뜰에서부터 여러분을 쫓아오면서 왕자 자가 보시라고 흔

394

적을 남겼어요."

또 다른 여자가 나타났다. 율을 보자 내 가슴이 기쁨으로 벅차 올랐다.

"다른 사람들은 어디 갔어?"

율이 물었다.

"왕이 사라졌어."

대현이 덧붙였다.

"반정군 지도부가 이쪽으로 오고 있으니 여기 있는 사람들 당장 도망쳐야 해."

"따라오세요."

내가 재빨리 두 사람을 이끌었고 언덕 위로 다가가 외쳤다.

"내 친구들이야!"

여자들의 그림자는 공포로 계속 굳어 있었지만 대현이 이렇게 말하자 긴장이 풀어졌다.

"그쪽 셋 무릎 꿇고 엎드리게."

대현이 죄수들을 가리키며 명령했고 그들은 투덜대면서도 시키는 대로 했다.

"이자들의 등을 밟고 담장을 넘을 거네. 율이 너는 여자들이 잘 넘을 수 있게 들어 올려 주고."

대현이 다음으로 나를 돌아보았다.

"네 언니는 어디…?"

"종금 언니요? 강제로 밀어서 넘겼어요."

천비가 당당하게 말했다.

"깃털처럼 가볍더라고요."

죄수의 등을 밟고 올라 담장을 넘어간 천비가 반대쪽에 있는 누군가에게 외쳤다.

"아무 문제없어! 이슬이도 정인과 함께 왔어!"

정인?

아니. 오늘 밤 이후의 우리 관계는 생각하면 안 된다.

구더기가 살아 있는 한 나는 결코 한양으로 돌아올 수 없다. 구더기의 욕망은 평생 우리 언니의 행복을 위협할 것이다. 나를 따스하게 맞아 주었던 홍등 주막으로도 다시는 돌아갈 수 없다. 벽하나만 사이에 두고 대현과 보냈던 그 나날들로는….

괴로워하는 내 마음을 알아챈 듯 대현이 나와 눈을 맞추고 내손목을 잡았다. 그리고 천천히 나를 끌어안았다. 따스한 품에 안겨 그의 손길을 느끼자 영혼까지 고통스럽게 욱신거렸다. 내 머리카락에 입술을 스치며 대현이 속삭였다.

"담을 넘으면 조심하도록 해. 무명화가 아직 밖에 있으니까."

나는 대현에 기댄 채로 가만히 있었다. 한마디도 할 수 없었다. 지금은 그의 옆을 떠나야 한다는 것이 가장 공포스러웠다.

"율이 너와 다른 사람들을 안전하게 데리고 가 줄 거야."

대현이 내 머리카락을 쓸어 넘기고 내 눈썹에 입을 맞췄다.

"이제 가."

대현이 내 허리에 손을 올리더니 단번에 담벼락 위로 나를 들어 올렸다.

"황이슬."

대현이 쉰 목소리로 말하며 내 치마를 꼭 움켜쥐었다.

"만약 우리가 이번 생에 다시 만나지 못한다면 다음 생에는 내가 너를 찾아갈게. 몇 번을 다시 죽었다 태어나도 너를 다시 만나러 갈 거야."

멀리서 수십 명이 다가오는 발소리가 들렸다.

"이슬아!"

율이 거칠게 속삭였다.

"내려와, 어서! 우리 당장 떠나야 해!"

눈시울이 뜨거워져 앞이 보이지 않았다. 기와를 붙잡고 담장을 넘는 동안 가슴에서 흐느낌이 터져 나오려 했다. 나는 어머니에게도 담장을 사이에 두고 같은 식으로 작별 인사를 했다. 그리고 다시는 어머니를 보지 못했다.

"죽지 마세요."

내가 왕자에게 속삭였다. 대현이 고개를 들고 슬픔에 찬 눈으로 나를 응시했다. 이 순간 내가 무슨 말을 할 수 있을까? 어떤 말을 할 수 있단 말인가? 내가 떨리는 목소리로 말했다.

"살아 있는 한, 우리 죽을 때까지 서로를 찾기로 해요. 다시 찾을 거예요. 약속해요."

38

대현

대현은 원식의 수사 일지를 내려다보았다. 이슬에게 어머니의 반지와 함께 돌려주고 싶었지만 그럴 기회를 잡지 못했다. 대현은 공책을 옷 속에 다시 넣고 허리띠로 떨어지지 않게 고정했다. 다시 만나게 될 거야. 그는 자신을 위로하고 주위의 반정군과 죄수 세 명을 향해 고개를 들었다. 태연한 표정을 지으며 땀 흘리는 남자들 주위를 빙글빙글 돌고 있는 구더기를 응시했다.

"등에 묻은 흙과 발자국."

구더기가 조롱했다.

"참으로 앙증맞은 발자국이 아닌가…"

그러고는 다가와 대현의 옷 냄새를 쿵쿵 맡았다.

"몸에서 기녀들의 냄새가 나는군요. 이건 국화와 백단향인데."

대현은 구더기를 후려치고 싶은 마음을 겨우 억제했다. 지금은 언덕길에 남은 자취를 숨기고 돈으로 죄수들의 입을 막았다는 사실로 충분했다.

"무슨 뜻인지 모르겠네."

대현이 순진하게 대꾸했다.

구더기가 포식자의 미소를 지었다.

"반정이 일어난 날 밤 한 사람이 갑자기 죽은 채로 발견된다 한들 제가 의심을 살까요? 자가께서는 어떻게 생각하십니까?"

더 많은 횃불이 언덕을 황급히 내려왔다.

"중추부지사께서 저희에게 궁을 나가라 명령하셨습니다."

그렇게 말한 병사가 숨을 헐떡였고 뒤에 있는 병사들도 마찬가지였다.

"북쪽 끝까지 수색을 했습니다. 목격자들에 따르면 폐왕이 탈출해 남쪽으로 걸어가는 모습을 봤다고 합니다. 아마도 용산으로 향했을 겁니다. 한강변에 작은 항구 시설이 있으니… 잠깐!"

그가 손을 들어 올리며 움직이려는 사람들을 제지했다.

"폐왕을 생포해 데려오라는 새 전하의 엄명이 계셨습니다."

이 말에 대현이 멈칫했다. 다른 이들도 동작을 멈췄다.

"새 전하께서 만세를 누리시기를."

대현이 속삭이고 구더기를 세게 밀며 지나갔다. 구더기가 쓰러지지 않으려 옆의 병사를 붙잡아야 할 만큼 강한 힘이었다.

"대감도 음탕한 마음은 잠시 접어 두고 폐왕을 찾는 데 집중하시지요?"

대현이 비열한 괴물을 쳐다보며 거칠게 말했다.

"어떻게 생각하십니까?"

구더기의 얼굴이 분노로 창백해졌다. 그 순간 대현은 자신이 사형 선고를 받았음을 알았다. 그의 이야기가 어떻게 끝날지는 의외로 신경 쓰이지 않았다. 그에게 중요한 것은 어두운 산으로 탈출한 여자의 미래 하나뿐이었다.

도망쳐, 이슬아. 오르막길을 마지막으로 한 번 더 올려다보는 대현의 뺨으로 빗방울이 떨어졌다. 무사히 잘 있어야 해.

39
이슬

우리는 빗줄기를 뚫고 이동했다. 분과 연지가 벗겨져 맨얼굴이 드러났고 강의 바위들이 쑤시는 발바닥을 찔렀다.

"우리 어디로 가는 거야?"

내가 외쳤다.

"이 사람들 데리고 한양에서 나가야 해."

율이 지쳐 쓰러진 우리 언니를 업고 대답했다.

"그러니 산을 넘어 창의문으로 가야지. 세 시간 정도 걸리는데, 일단은 비를 피할 곳부터 찾자. 이런 날씨에 계속 움직이는 건 너무 위험해."

우리는 북악산 발치를 따라 계속 나아갔지만 날카로운 돌과 뒤엉킨 나무뿌리 때문에 길은 아직도 위험했다. 여자들이 미끄러지며 진흙이 튀기고 무릎과 팔꿈치에서 피가 흘렀다. 하지만 마침내 우리는 산속 깊숙이 들어가 커다란 잡목림 아래서 비를 피할 수 있었다.

"비가 우리 흔적을 씻어 낼 거야."

율이 언니를 땅에 내려놓으며 여자들을 안심시켰다.

"이제는 반정군과 멀리 떨어져 있고. 반정 중에 여자 몇 명 쫓으러 오지도 않겠지만."

그런 다음 언니 앞에 쭈그리고 앉아 중얼거렸다.

"두려워할 것 없어."

"고마워."

언니가 핏기 없는 입술로 속삭였다.

율이 고개를 끄덕이고 주위를 둘러보았다.

"여기서 잠깐만 기다려. 금방 돌아올게."

두려워할 것 없어. 나도 속으로 이 말을 되뇌며 언니 옆에 서서 율이 사라진 방향인 어둑한 나무 덤불 너머를 바라보았다. 불안 감으로 뒷목이 따끔거렸다. 두려워할 것 없어, 이슬아.

그런데도 어둠에서 눈을 돌릴 수 없었다.

"다들 여기 계속 있을 거야?"

근처에 함께 웅크리고 있던 몇 명 중에서 한 여자가 속삭였다.

"나는 내일 아침 집으로 떠나려고."

또 다른 여자가 대답했다.

"하지만 부모님이 받아 주실까?"

"당연하지. 몇 달 동안 우리를 배 속에 품고 우리를 기르고 사랑해 준 어머니잖아. 궁에서 딸을 탈출시키려다 목숨을 잃은 아버지들은 어떻고. 우리를 기다리고 있을 거야. 분명히."

돌아온 딸을 반갑게 받아 주는 가족도 있겠지. 나는 생각했다. 하지만 다른 가족은? 어두운 상상이 내 정신에 침투했고 나는 이들의 운명을 생각하지 않으려 애썼다. 내가 산으로 데리고 오지 못한 수백 명의 운명 또한.

율은 치마폭 가득 새빨간 열매를 들고 돌아왔다. 독이 있어 보였지만 나는 고개를 저었다. 율이라면 믿을 수 있었다. 채집의 달인이 아니던가.

"오미자야."

율이 여자들에게 열매를 나눠 주며 말했다.

"먹으면 기운이 날 거야."

열매, 나뭇가지가 톡 부러지는 소리, 어두운 그림자… 점점 커진 불안감이 배 속에 똬리를 틀었다. 일이 단단히 잘못될 것이라는 예감이 들었다. 아니면 언니가 마침내 집으로 돌아가게 되었다는 것이 정말 사실인지 실감이 나지 않아 이런 생각이 드는 걸까.

율과 언니가 조용히 대화를 나누는 동안, 나는 두 사람을 등지고 나무 몸통 뒤편에 앉았다. 쓸데없이 괴로워하는 모습을 언니에게 보이고 싶지 않았다. 언니는 쉬어야 하니까. 손이 무의식적으로 움직였고, 어느새 나는 대현이 옮겨 적은 구 도사의 보고서를 내려다보고 있었다. 순간 불안감이 걷히며 기억 하나가 떠올랐다. 반정 전날 왕에게 마지막으로 남긴 살인자의 말.

당신이 가장 증오하는 나 무명화를 머지않아 보게 될 것이다. 역사는 왕을 죽인 자로 영원히 나를 기억하리라.

무명화는 반정이 일어난다는 사실을 아는 듯했다. 하지만 자기가 왕을 죽이든 말든 무슨 상관이지? 우리나 거사를 위태롭게 하지 않는….

갑자기 내 옆에 그림자가 나타나 화들짝 놀랐다. 내 옆에 쪼그려 앉은 것은 천비였다.

"먹을래?"

천비가 열매를 한 움큼 내밀며 물었다.

나는 천비가 열매를 입안에 털어 넣는 모습을 보고만 있었다. 붉은 과즙이 턱에 흘렸고 열매의 신맛, 단맛, 쓴맛이 동시에 터지며 표정이 일그러졌다.

"아니야."

내가 속삭이며 종이를 다시 내려다보았다. 대현의 손 글씨를.

"정인이 준 거니?"

대현의 손 글씨를 쓰다듬던 내 손가락은 그가 동그라미를 친 단어 위에 머물렀다. 용잠 비녀. 내가 얼굴을 찌푸렸다.

"이 비녀는 왕비 마마의 장신구였는데."

혼잣말로 중얼거리다 천비를 돌아보았다.

"전에 용잠 비녀 본 적 있어?"

"당연하지. 왕족들 틈에서 꽤 오래 살았으니까."

천비가 열매를 하나 더 입에 넣고 또 얼굴을 구기고는 말했다.

"금색으로 된 긴 비녀 끝에 용무늬가 새겨져 있어."

머리를 때리는 익숙한 느낌에 내가 긴장했다. 바스락거리는 소리가 들려 뒤돌아보니 율이 떨어뜨린 열매 뭉치를 서둘러 주워 담고 있었다. 율이 고개를 든 순간, 나와 눈이 마주쳤고 율의 얼굴은 섬뜩할 만큼 창백해졌다. 무언가를 알고 있다는 뜻이었다.

종이를 접고 걸어가는 동안 한 가지 기억이 머리에 떠올랐다. 율이 내게서 황급히 감추었던 비녀. 용무늬가 새겨진 금비녀. 나를 무겁게 짓누르는 불안감에 숨이 막혔다.

"용잠 비녀 있지."

내가 속삭였다.

"누가 줬어?"

율은 계속 열매를 주웠지만 얼굴이 점점 더 새하얗게 질렸다.

"그 비녀는 범인과 연결되어 있어."

내가 쭈그리고 앉아 율과 눈높이를 맞췄다.

"원식 아저씨 생각으로는."

"원식 삼촌이 아무한테도 말하지 말라고 했어. 그 사실을 아는 사람의 목숨이 위험해진다고."

"나는 아무나가 아니잖아. 원식 아저씨도 내가 알기를 바라셨을 거야."

율이 동작을 멈추고 손바닥에 올린 열매들을 빤히 보았다.

"우리 부모님은 금지 구역에서 돌아가셨어. 너도 알겠지만…."

율이 줄기에서 열매를 따서 언니의 입에 넣어 주며 말했다.

"이 소식을 듣고 어떤 광대 아저씨가 비녀를 선물했어. 이게 내 앞날을 지켜 줄 거라면서. 그 아저씨가 우리 아버지와 한 약속이 있었거든. 끝까지 나를 보호해 주겠다고. 우리 아버지도 어머니와 혼인하기 전에는 광대였어."

"그런데… 왜 숨긴 거야?"

내가 추궁했다.

"무서웠어. 광대 아저씨가 준 선물이 너무 귀한 것이었으니까. 어디서 훔친 물건이라고 생각했어. 아저씨는 다음 날 시체로 발견되었고. 그게 일 년 전쯤이야. 그때 이후로는 비녀를 숨기고 아예 기억을 지우려고 했어."

나는 오미자 열매만 계속 바라보았다. 광대 패 안에서 반정에 관한 자세한 정보를 아는 사람은 한 명뿐인데⋯. 내가 고개를 가로저었다. 영호를 의심할 수는 없었다.

"원식 아저씨는 그걸 어떻게 알았어?"

"네가 내 방에서 그걸 발견하고 나서 땅에 묻으려는 모습을 보셨어. 그림을 그려 달라고 하더라."

율이 손가락 사이로 열매를 굴리다 드디어 입에 넣었다.

"왕이 쫓겨나고 무명화가 살인을 멈출 때까지 숨기고 있다가 나보고 팔아서 그 돈을 가지고 있으라고 했어."

나도 율의 손에서 열매를 가져와 입에 털어 넣었다. 혀에서 다섯 가지 맛이 터지자 그동안 내가 얼마나 굶주렸는지 깨달았다. 한 알을 더 먹으며 나는 두 여자 옆에 앉아 내가 아는 정보들을 꿰어 맞추기 시작했다.

"비녀는 폐비 윤씨의 것이었어."

내 말에 언니가 움찔했고 창백한 얼굴에 희미하게 주름이 잡혔다.

"그 어머니인 신씨 부인이 보관하고 있었는데 노부인이 생각 없이 친구에게 선물로 준 거야. 그사이에 복잡한 사정이 있지만 어쨌든 비녀를 받은 친구는 죽은 정원 사건 때 땅에 묻혔고 비녀는 전라도에서 한양까지 흘러 들어와 광대들의 손에….”

“네 말만 들으면 불가능하게 복잡한 사건 같아.”

언니가 속삭였다.

“하지만 너는 남들이 불가능하다고 생각한 것에도 얽매이지 않는 성격이었지.”

내가 고개를 들었다. 위의 나뭇가지처럼 머리가 복잡하게 뒤엉켰다. 의심과 우연과 가능성이 단단히 꼬여 있었다. 두 해 간격으로 벌어진 두 사건 사이에 알 수 없는 연결 고리가 존재했다.

사소한 부분에 집중하시오. 원식이 이곳에 있었다면 그렇게 말했을 것이다.

내 옆의 숲 바닥에 앉아 있는 원식을 상상했다. 삿갓으로 까칠한 얼굴을, 도롱이로 검을 감추고 있었겠지. 영호는 전라도 사투리를 쓰잖아요. 그것도 사소한 부분인가요, 아저씨? 아니면 우연일 뿐인가요?

절대 우연을 무시하면 안 되오. 원식의 따뜻한 저음이 내 영혼을 울렸다. 연관성이 없다는 절대적인 확신이 들 때까지 분석해요.

죽은 정원 사건의 부부에게는 아들이 하나 있었죠…. 영호가 그 아들이라면요? 아들은 일 년 전에 가출했고 영호는 비슷한 시기에 광대패에 모습을 드러냈어요. 그것도 일치해요.

그렇지.

하지만 영호가 죽은 정원 사건의 아들이라 해도…. 머리가 지끈거려 한숨을 쉬었다. 그 사건과 무명화 사이에 확실한 연관성은 없잖아요. 피해자의 옷에 남은 혈서에 관한 이론을 제외하면….

그렇다면 진실로 인도할 길을 마침내 찾을 때까지 증거를 더 찾아야겠군.

내가 무릎을 감싸안았다. 아셨어요, 아저씨? 돌아가시기 전에 살인범이 누구인지 알아내셨나요?

텅 빈 공간이 나를 마주했다. 원식이 없다는 사실을 깨닫자 내 가슴에는 구멍만이 남았다.

원식은 죽었고 나는 홀로 진실을 찾아야 했다.

다시 어둠을 내다보며 이 진실을 더는 피할 수 없다는 것을 깨달았다. 수사를 내일로 미루면 끔찍한 일이 터지리라는 예감이 들었다.

쌀쌀한 밤이 지나 새벽이 밝으며 온기가 돌고 짙은 안개가 소용돌이처럼 움직여 지상을 덮었다. 안개가 얼마나 짙은지 숲에서 나오는데 내 발조차 보이지 않았다. 불안감도 함께라 나는 나무 사이의 그림자에서 시선을 떼지 못했다. 초가집 사이, 사람들 사이를 계속 주시했다. 정말 많은 사람이 모여 있었다.

남녀노소 할 것 없이 거리로 뛰쳐나왔다. 아이들이 어른들 틈을 비집고 뛰어다녔고 농부들은 엄마와 아기를 가득 태운 수레를 밀었다.

"아직 경복궁 앞에 모여 있대!"

사람들이 외쳤다.

"대비 마마를 설득했어! 진성대군이 새로운 왕이 되셨다!"

몇몇은 분홍색 비단옷에 진흙을 잔뜩 묻히고 줄지어 걸어가는 우리를 보고 독특한 복장에 호기심을 드러냈다. 하지만 관심은 금세 사라졌다. 멀리서 들리는 승리의 함성에 이끌려 누구도 한자리에 머물지 않았다.

시끌벅적한 군중의 수가 점점 줄어들고 창의문에 다가가자 부상을 입고 죽은 병사들이 보였다. 가슴에 화살이 꽂혀 있고 팔다리가 부러져 뒤틀렸다. 막이 덮인 듯한 눈은 하늘을 멍하니 바라보았다. 사방이 피 천지였다. 우리는 재빨리 시체를 넘었다. 시체가 쌓여 있을 줄 알았는데 의외로 여기저기 조금 흩어져 있을 뿐이었다. 대부분 도망치거나 반정군에 합류한 듯했다.

우리는 얼른 시체들을 지나 창의문 밖으로 나갔다. 넓은 흙길은 나무가 늘어선 언덕으로 이어져 있었다.

"안개가 있으니 대로로 가도 안전할 것 같아."

율이 여자들에게 작은 소리로 말했다. 이제는 십여 명밖에 남지 않았다. 대부분 한양에 있는 집으로 돌아가 숨기로 하고 날이 밝자마자 각자 갈 길을 떠났다. 가족들이 받아 줄 것이라 확신하고.

"홍등 주막으로 가자. 다들 집에 어떻게 돌아갈지 거기서 생각할…"

"나는 집이 없어."

시체를 넘는 천비가 눈물을 글썽거리며 말했다.

"부모님은 나를 받아 주시겠지만 마을 사람들은 다를 거야. 우리 가족을 모욕하고 괴롭혀서 집에 있어도 안전하다고 느끼지 못하겠지. 가족들에게 그런 고통을 줄 수는 없어. 이 나라에 사는 한 나는 더럽혀진 여자야."

"내금위에서 우리를 뭐라고 불렀는지 알아?"

눈 밑에 주근깨가 있는 여자가 입을 열었고 율의 옆에 모이는 여자의 수는 점점 늘어났다.

"우리가 못 듣는다고 생각했을 때? 왕의 창녀들이랬어."

"예전의 삶으로 돌아갈 수 없어."

앞니가 부러진 여자가 쓸쓸하게 덧붙였다.

"자유를 찾았을지는 모르지만 우리에게 앞날은 없어. 망가졌으니까."

율이 한숨을 쉬었다.

"망가져? 비단이 찢어지고 도자기가 깨진 것도 아니고 무슨 소리야. 내가 너희를 볼 때 뭐가 보이는지 알아?"

율이 앞에 모인 사람들을 향해 팔을 휘저으며 말했다.

"희망과 두려움이라는 감정이 있는 사람들. 강한 사람들, 큰 사랑을 받을 수 있는 사람들이 보여. 너희도 밝은 미래를 누릴 자격이 있어. 아니라고 하는 사람이 있으면 나한테 데리고 와. 정신 똑바로 들게 해 줄 테니까. 아니…!"

율이 뺨을 붉히고 더 격하게 손짓을 했다.

"망가진 건 너희가 아니야! 왕, 채홍사, 반정군… 자기들이 저지른 죄로 너희를 욕하는 사람들이지! 부끄러워할 건 그 자식들이야!"

율의 가슴이 들썩였다. 마침내 숨을 고른 후에는 옷 앞의 주름을 펴고 차분하게 말했다.

"다 같이 방법을 강구해 보자. 하지만 일단은 계속 움직여야 해."

내 입가에 옅은 미소가 걸렸다. 율은 여기 있는 여자들이 원했던 희망의 빛이었다. 나는 말로 잘 설명할 수 없었던 생각을 소리 내어….

내가 멈칫했다. 손을 들고 안개 쪽으로 귀를 쫑긋 세웠다. 그림자가 일렁이더니 말을 타고 있는 호리호리한 남자의 형체가 선명하게 나타났다. 나는 죽은 병사의 시체에서 단검을 집어 들고 귀신처럼 하얀 안개를 뚫고 나온 내금위의 까마귀와 마주했다. 상투가 풀리고 기름진 검은 머리카락이 얼굴에서 쏟아져 내렸다. 손에는 검을 들고 있었다.

피 묻은 단검을 휘두르며 내가 다그쳤다.

"언제부터 우리 뒤를 밟은 거지?"

"궁을 떠났을 때부터."

율이 내 뒤에 바짝 다가왔다.

"왕자 자가 말씀으로는 당신이 사라졌다던데요. 그리고 사라지기 직전까지 이슬이를 찾고 있었다고 하셨어요."

"맞습니다."

까마귀가 굳은 목소리로 대답하며 안장에서 내려왔다.

"주막 근처를 지나다 보면 아버지와 항상 무명화에 관해 이야기하는 여자를 못 볼 수가 없죠."

"당신이었군요."

율이 날 선 목소리로 말했다.

"이상한 시간에 주막 근처를 어슬렁거리는 시커먼 사람이 있다고 손님들이 불편해 하더라니."

까마귀가 칼을 움직이는 모습에 내가 단검을 더 꽉 쥐었다.

"가만히 있어요! 도발하지 말고."

화도 나고 답답한 마음에 내가 쏘아붙였다.

"도대체 남자들은 여자들을 가만히 내버려두는 걸 왜 이렇게 못 하지?!"

까마귀가 손목을 휘둘러 검을 칼집에 넣고 손바닥을 들어 보였다.

"옳은 일을 하는 것도 잘 못 하죠."

여자들을 둘러보는 생기 없는 눈에 언뜻 슬픔이 스쳤다.

"내가 아버지를 버린 이유는 내 수치심을 마주할 수 없었기 때문입니다…. 왕의 신임을 잃지 않으려고 동생을 배신한 수치심을요."

까마귀가 눈을 내리깔고 이를 악물었다.

"아버지가 돌아가시고 나서."

입에서는 쉰 목소리가 나왔다.

"그제야 동생의 묘를 찾았습니다. 그곳에서 죽을까 생각했어요. 양심의 가책을 떨칠 수가 없어서요. 그러다 이런 생각이 들었습니다. 내가 반정을 돕는다면 언젠가는 죽어서 아버지와 동생 얼굴을 볼 수 있을지도 모른다고."

내가 얼굴을 찌푸렸다.

"반정이 일어날 걸 알았다고요?"

"아버지에게 들은 건 아닙니다."

내 생각을 읽은 듯 까마귀가 말했다.

"하지만 주막에 오래 있다 보면… 이것저것 보고 듣게 되지요. 영호라는 자가 눈에 띄더군요. 자기 얘기를 굉장히 좋아하는 친구 같았어요. 다른 광대들에게 이제 곧 하늘이 움직일 것이고 자기도 그걸 돕겠다고 떠벌리는 말을 들었습니다."

"그 멍청이가."

율이 기막혀 했다.

"이슬 낭자가 궁에 몰래 들어갔다는 말도 들었고요."

까마귀가 나를 보며 중얼거렸다.

"그래서 어떻게든 도울 수 있나 보려고 오늘 출근한 겁니다. 반정이 이렇게 일찍 일어날 줄은 몰랐지만요."

"저 사람이었어."

천비가 떨리는 손가락으로 가리키며 속삭였다.

"네 언니가 군중에 휩쓸리지 않게 잡아 주고 밟히려는 너를 구해 준 사람."

당황한 내가 마침내 칼을 내렸다.

"원하는 게 뭐죠? 왜 여기 있어요?"

"홍등으로 돌아가려 한다면서요. 먼 길인데 제가 안전하게 모셔다 드리지요."

"당신을 어떻게 믿고?"

내가 따져 물었다.

"죽이려고 마음먹었으면 벌써 죽였을 겁니다."

까마귀가 건조하게 말했다.

"그쪽은 나를 막지 못했을 테고."

일리 있는 지적이었다.

"같이 가자."

율이 내게 말했다.

"반란으로 사람들이 다 나왔을 텐데 그중에 못된 짓을 하는 놈들도 있을 거야. 우리가 직접 상대하지 않아도 되면 좋잖아."

여자들이 마지못해 동의했을 때도 나는 단검을 손에 쥔 채 까마귀를 주시하며 움직였다. 까마귀는 다시 말에 올라타 선두에 섰고 우리는 안개 속의 그림자로 보이는 그를 뒤따랐다. 여자들은 가까이 붙어 까마귀에게서 경계의 시선을 떨어뜨리지 않았다. 어쨌거나 아직 내금위 소속이었으니까.

아주 오래전부터 만나서 묻고 싶었던 남자이기도 했다. 나는 서둘러 다가가 그의 말과 발을 맞춰 걸었다.

"영호 얘기를 하셨는데요."

옆에 도착해 내가 물었다.

"영호가 의심스럽다고 아버님이 말씀하신 적 있어요?"

"아니. 내 아버지는 다른 사람과 자신의 이론을 공유하지 않아요."

까마귀가 나를 내려다보았다.

"함께 일하기 힘든 조사관이라고 하더군요."

"무슨 뜻이에요?"

"내 아버지에 대한 소문은 늘 내 귀에 들려요."

까마귀가 기름진 머리카락을 쓸어 넘겼다.

"다른 조사관들은 아버지 성격이 불같다고 합니다. 이기적이기도 했죠. 수사 막바지에 진실을 찾았다는 확신이 들기 전까지는 사건에 관한 생각을 절대로 다른 사람과 공유하지 않는 게. 남에게 자기 추측을 설명하기 싫어한다나. 또 젊은 조사관들이 주변의 단서를 못 본다고 꾸짖기만 했고요."

그 말은 원식다웠고, 한편으로는 원식답지 않았다.

"아버님은 친절하고 다정한 분이셨어요."

내가 말했다.

"그랬나요? 왕에게 딸을 잃고도 속수무책으로 있어야 했던 경험이 사람을 아주 겸허하게 만들었나 보군요."

까마귀가 중얼거렸다.

"하지만 뿌리 깊이 박힌 습관은 안 바뀌지요. 의심을 그쪽에게 전혀 들려주지 않은 것을 보면."

"아버님은 나중에 말씀해 주시겠다고 했어요."

내가 불현듯 깨달았다.

"전라도에 가서요."

까마귀가 고삐를 더 꽉 쥐고 고개를 끄덕였다.

"돌아가시던 날 아침 저와 대화했을 때 뭔가를 알고 계셨네요."

등줄기를 타고 전율이 흘렀다.

"무슨 얘기를 했는데요?"

"이상한 일이죠. 저는 절대로 아버지에게 진실을 고백하지 않을 작정이었습니다. 이 나라에는 무명화 같은 사람이 필요하다고 믿었으니까요."

까마귀가 말했다.

"하지만 그의 조롱이 결국 아버지를 돌아가시게 했다면…."

"뭘 고백했어요?"

내가 추궁했다.

"제일 첫 번째 피해자의 옷에 혈서가 있었다고요. 지원군을 부르러 가기 전에 읽었는데 무명화가 돌아와 그 위를 피로 칠해 버렸죠. 이런 내용이었습니다. 왕에게서는 아직도 엄마의 젖비린내가 난다. 엄마가 남긴 마지막 말에 어린애처럼 울었기 때문이다."

새로운 사실을 듣고 내가 얼굴을 찌푸렸다. 슬픔에 빠진 왕을 놀렸다가 두들겨 맞은 남자가 역시 무명화였다. 범인은 혈서로 자신의 정체를 드러냈다. 순간의 기분에 휩쓸려 적었다가 실수를 깨닫고 돌아가 덮어 버린 것이다.

"나는 범인을 돕고 싶었습니다. 진정으로 백성들의 수호자라 생각해서요. 내게 없는 용기를 가진 사람이라고…."

까마귀가 고개를 절레절레 저었다.

"어리석었죠. 모든 사실을 진작 아버지께 고백했어야…."

"한 가지 더 숨기고 있죠."

어떤 기억이 머리를 스치며 내가 말했다.

"민혁진이 살해당한 날, 덤불 아래 뭘 숨겼어요?"

까마귀의 눈썹이 놀라서 위로 솟았다. 그러다 평정을 되찾고 말했다.

"별것 아니었습니다. 그냥 소금으로 가득한 금색 주머니였어요. 딱히 중요한 단서 같지 않아 아버지께 말씀드리지 않았습니다만… 낭자의 얼굴을 보니 제가 틀린 걸까요?"

나는 놀라서 입이 벌어졌다.

"영호의 주머니야."

내가 속삭였다.

까마귀가 얼굴을 찌푸렸다. 율이 달려와 무슨 일이냐고 물었지만 율의 목소리는 안개에 묻혀 들리지 않았고 나는 가만히 서서 영호의 기억을 떠올릴 뿐이었다. 환한 웃음, 커다란 귀, 언니를 볼 수 있게 성균관으로 데려다주며 내 손을 잡았던 거친 손. 그가 무명화였다. 왕을 조롱한… 왕을 죽이겠다 맹세한 인물.

"영호가 범인이라면…."

"영호?"

율이 믿을 수 없다는 듯 목소리를 높였다.

"무슨 소리를 하는 거야?"

"혹시 왕자님도 왕을 찾을 생각이셔?"

내가 물었다.

"그럼, 당연하지."

율이 대답했다.

"너를 도와준 후에 왕을 찾으러 가실 거라고 했어."

내 가슴이 공포라는 얼음 덩어리와 충돌했다.

"영호도, 왕자님도 왕을 찾으러 갈 거야. 둘이 만나게 돼."

까마귀와 율이 황당하다는 표정으로 나를 쳐다보았지만 설명할 시간이 없었다. 대현에게 경고해야 했다.

"왕이 어디로 갔을까요?"

"남쪽에 있는 용산으로 갈 것 같다고 들었습니다."

까마귀가 말했다.

"그곳에 선착장이 있어서요. 하지만 보나 마나 이미 찾았을⋯."

"용산은 얼마나 더 가야 해요?"

"한 시간 정도."

"이슬아."

율이 이마를 찌푸리고 내 팔을 잡았다.

"지금 무슨 생각을 하는지 짐작할 수도 없지만 이것만 대답해줘. 왕자 자가께서 위험한 거니?"

내 다리가, 팔이 떨리기 시작했다.

"그게⋯ 모르겠어."

"네 언니는 내가 맡을게."

율이 속삭였다.

"하지만 왕자 자가는 혼자 몸이시니⋯."

내가 망설이며 언니를 보았다. 어쩔 줄을 몰랐다.

하지만 언니는 내게 고개를 끄덕였다. 그 사람에게 가.

"까마귀⋯."

그를 올려다보다가 진짜 이름이 아니라는 사실을 떠올렸다.

"건우 님, 혹시 용산 선착장으로 가는 길 아세요?"

"알기는 합니다만⋯."

"그럼 나 좀 데려다줘요."

까마귀의 몸이 굳었고 얼굴도 불만스럽게 일그러졌지만 그럼에도 손을 뻗어 나를 자기 말에 태워 주었다. 내가 올라타기 무섭게 출발하자 바람이 내 얼굴에 불어닥쳤다.

멀리 있던 산들이 커져 안개 속을 헤엄치는 검은 용처럼 우리를 에워쌌다. 여러 마을을 빠르게 지나는 동안 우레와 같은 말발굽 소리가 내 머리를 채웠다. 마침내 한강이 보이자 우리는 속도를 늦추고 멈춰 섰다. 흰 안개가 어두운 강변을 가렸고 강한 물살에 출렁이는 배들의 윤곽선밖에 보이지 않았다.

"젠장!"

남자의 욕 하는 소리에 내 신경이 곤두섰다. 손을 뻗고 하늘을 올려다보는 건장한 남자가 시야에 들어왔다.

"또 비가 오잖아!"

"저기."

내가 불러 보았다.

"혹시 반정군을 보셨나요? 이쪽으로 왔어요?"

남자가 한 손으로 덥수룩한 수염을 쓸었고 다른 뱃사공들도 다가왔다.

"한참 전에 봤수. 이미 떠났는데."

"벌써 왕을 찾은 거예요?"

"왕이라고!"

뱃사공들이 고개를 저으며 키득키득 웃었다.

"내 눈을 의심했다니까. 임금이라는 게 어린애처럼 떨다니. 이런 날씨에는 배를 띄울 수 없다고 하니까 난동을 부렸지, 아마?
우리가 강하게 나갔더니 똥개처럼 꽁무니를 빼고 도망치더
라고!"

"어느 쪽으로요?"

상처 난 손이 가리키는 방향으로 시선을 따라가니 그곳에는
강이 내려다보이는 절벽과 구릉이 있었다.

"군대는 저쪽으로 갔수."

왕자도 그곳으로 갔을 것이다.

40

대현

붉은 비단 조각이 나뭇가지에서 휘날렸다.

천을 낚아챈 대현은 이것이 어디에서 찢겼는지 알아보았다. 왕의 곤룡포였다.

"근처에 있을 거야."

대현이 속삭이며 자취를 확인했다. 그러다 시선을 동쪽으로 돌렸다. 금방 그치기는 했지만 조금 전까지만 해도 폭우 속에서 병사들이 그와 함께 수색을 이어 가며 폐왕을 찾아 이곳을 뒤지고 있었다. 하지만 지금은 주위에 짙은 안개뿐이었고 그의 손끝 너머로는 아무것도 보이지 않았다.

대현이 나무 호루라기를 들고 날카롭게 신호를 보냈다.

한참 있으니 병사 하나의 형체가 나타났다.

"병사들을 이쪽으로 불러 이 자취를 따르라."

대현이 명령했다.

병사가 절을 하고 나무에 노란 천을 묶어 표시한 후 안개 속으로 다시 뛰어들어 갔다.

대현은 진흙을 밟은 자국을 따라 계속 언덕을 올랐다. 자신의 극악무도한 범죄에서 벗어나려 필사적으로 도망친 남자의 발자국이었다. 핏빛 기억들이 머리를 감싸며 대현은 붉은 천 조각을 더 꽉 움켜쥐었다. 사랑하는 가족을 잔인하게 빼앗긴 기억, 밤이고 낮이고 목이 쉬도록 울부짖었던 기억….

생각이 소용돌이치며 대현의 걸음이 빨라졌고 눈앞에 닥친 임무가 이내 그의 머리를 가득 채웠다. 세상을 떠난 가족의 복수를 해야 했다. 왕을 죽이기 위해 얼마나 깊은 무덤을 파야 하는지도 잘 알았다. 두 번째 무덤도 파야 했다. 대현 자신의 무덤도. 폐왕을 생포하라는 새로운 왕의 명령을 어긴 대현의 목숨을 부지해 줄 사람은 그 어디에도 없었다.

하지만 그자의 몸에 칼을 꽂는 만족감은….

거부하기에는 너무도 강렬한 유혹이었다.

대현은 자취의 끝에 빈터가 나오자 칼을 꺼냈다. 주위를 살펴보았다. 그러다 갑자기 동작을 멈췄다. 안개가 걷히고 낭떠러지가 드러났기 때문이었다. 조금 더 가까이 다가가 아래를 내려다보았다. 보이지는 않았지만 저 아래에서 흐르는 강물 소리가 들렸다. 너무도 격렬하고 빠르게 흐르고 있어 그가 폐왕을 떠민다 해도 시체는 급류에 휩쓸리고 누가 죽였는지 아무도 모를….

"대현 왕자님!"

대현이 움찔하며 뒤를 돌았다. 덤불에서 비틀거리며 나오는 이슬을 보자 피비린내로 가득한 살인 충동이 사라졌다. 대현은 떨리는 손으로 검을 칼자루에 다시 넣었다. 무의식의 세계에서 겨우 끌려 나온 것처럼 온몸이 충격으로 후들거렸다.

"병사들 말이… 여기 계시다고…."

이슬이 그의 소매를 붙잡고 가쁜 숨을 골랐다.

대현은 이슬의 뒤통수를 손으로 감싸고 흩날리는 머리카락을 내려다보며 가만히 서 있었다. 하마터면 잊을 뻔했다. 복수로는 만족할 수 없다는 사실을. 왕은 수백, 수천 명을 숙청했지만 그의 복수욕은 더 커질 뿐이었다. 지독한 욕망은 영혼에 각인되어 세상과 단절된 혹독한 삶을 살게 만들 것이다. 이슬은 그를 경멸하게 되리라. 그렇게는 살 수 없었다.

죽은 사람은 죽은 거야. 혁진도, 원식도, 그의 어머니와 형제들도 그렇게 말할 것이다. 하지만 이슬은 산 사람들 사이에 있잖아. 아직 살아 있는 사람에게 잘해야지.

대현은 떨리는 숨을 들이마시고 앞에 있는 여인에게 정신을 날카롭게 집중했다. 지난밤 어둠에 가려 보이지 않았던 것들이 이제는 선명하게 보였다. 옆얼굴에 난 검푸른 상처, 콧등의 긁힌 자국, 충혈된 왼쪽 눈.

"다 끝났어."

그는 고통스럽게 조이는 가슴을 느끼며 이슬의 뺨에 손을 올렸다.

"이제 안전해. 아무도 너를 해치지 못할…."

"대현 왕자님."

이슬이 작은 소리로 다급히 외쳤다.

"끝나지 않았어요. 아직이에요."

대현이 얼굴을 찌푸리고 몸을 곧추세웠다.

"네 언니는 어디 있어?"

그의 목소리가 갈라졌다.

"무슨 일 생긴 거야?"

"언니는 율이 보살피고 있어요. 제가 여기 온 건 경고하기 위해서예요. 살인범은 영호예요. 영호가 무명화라고요. 당장 체포하셔야 해요!"

대현은 놀랐다. 하지만 그 소식을 전하려 이슬이 언니도 두고 여기까지 왔다는 사실에 더 큰 충격을 받았다.

"나를 좋아하는구나."

"그걸 몰라요? 멍청이 같아!"

이슬이 거의 흐느껴 울었고 대현은 가슴이 터질 것만 같았다.

"틀림없이 근처에 영호가 있어요. 왕을 찾는 사람들 사이에 있을 거예요. 먼저 공격하기 전에 붙잡아야 해요!"

"저기."

대현이 흘러내린 머리카락을 쓸어 넘겨 주며 나직이 말했다.

"내가 왜 위험한지 잘 모르겠거든. 알려 줄 수 있어? 처음부터 전부 설명해 줘. 어떻게 그런 결론이 나왔는지."

41

이슬

모든 것을 설명한 후, 나는 계속 대현 앞에 남아 그를 살폈다. 다친 데는 없었다. 내 끔찍했던 상상은 기우에 불과했다.

"제가 틀렸을 수도 있어요."

내가 속삭였다. 생각이 다시 꼬이며 머리가 지끈거렸다.

"그래도 체포하는 게 최선이라고 생각해요."

"근거가 있으니 의심하는 거겠지. 병사들이 도착하는 대로 영호를 체포하라고 지시할게. 하지만 체포되기 전에 영호가 폐왕을 죽이는 데 성공했으면 좋겠다. 그러면 우리 모두에게 이득이잖아."

"만백성 앞에서 목을 베야 마땅한데."

내가 불평했다.

"새 전하께서 처형하시면 안 되는 이유가 뭐예요?"

대현이 고개를 저었다.

"왕은 하늘이 거룩하게 내려 준 통치자이기 때문에 지금 이 반란이 옳은 행위임을 증명해야 해. 그러니 평화롭고 안정적인 권력 이양을 위해 새 전하께서는 하늘의 선택을 받은 자애로운 통치자라는 것을 세상에 보여 줘야 하지. 폐왕에 자비를 베풀어 죽이지 않고 유배를 보낼 수밖에 없어."

정말이지 머리가 아팠다.

"백성들이 왕을 살려 둘까요? 저지른 범죄들이 있는데?"

"그럴 리가. 때가 되면 반정군 수장들이 암살할 거야."

나는 안도감에 숨을 내쉬고 흐릿하게 윤곽만 보이는 나무들을 힐끔거렸다.

"아까 그 병사 말로는 왕자님이 흔적을 찾았다고 했어요. 무명화가 왕을 찾고 있을…."

내가 얼굴을 찌푸렸다.

"왕이 아직 여기 있는 걸 어떻게 알죠?"

"왕이 아니라 폐왕."

대현이 부드럽게 고쳐 주었다.

"비가 언제 그쳤는지 기억 나?"

폐왕. 아직도 믿을 수가 없었다. 반정이 성공했다니. 그래서 처음에는 대현의 질문을 바로 이해하지 못했다.

"오래되지는 않았어요."

한참 만에 겨우 대답했다.

대현이 가리킨 땅으로 시선을 돌리자 산등성이를 따라 진흙 묻은 발자국이 있었다.

"비가 이 발자국을 씻어 냈을 거야."

우리는 가까이 붙은 채로 발자국을 살펴보았다. 그러는 동안 살짝 움직여도 서로의 손등이 스쳤다.

"폭군이 자유롭게 활보하고 있고."

대현이 중얼거렸다.

"살인자는 우리 뒤를 밟을지도 몰라. 이 어둠은 끝이 보이지 않는 것 같지만…."

대현이 나를 돌아보았다. 그의 손이 내 손목에서 손가락 끝까지 내려와 깍지를 꼈다.

"이슬이 네가 있어 밤이 더 밝아졌어."

대현의 말이 가슴 깊이 잠겨 기쁨과 아픔이 뒤섞인 따스한 울림을 전했다.

"다 끝나면 너를 데리고 갈까 봐."

"어디로요?"

"바다로…."

나뭇가지가 꺾이고 잎사귀가 바스락거렸다.

대현이 칼에 손을 뻗었다.

내 어깨가 긴장으로 굳었다. 제발 병사들이기를.

"드디어 왔나 봐요. 까마귀일지도 모르고요. 아까 숲에서 헤어졌는데…."

한 사람에 시선이 고정되며 나는 말을 맺지 못했다. 그는 우리를 향해 반갑게 손을 흔들며 뒤엉킨 나뭇가지를 밀고 숲에서 나오고 있었다.

싱글싱글 웃는 얼굴이 나타났다.

대현이 칼자루에 손을 댄 채로 움직여 내 앞에 섰다. 영호와 그의 손에 들린 긴 활을 보자 피가 차갑게 식었다.

"왕을 찾았나?"

대현이 침착한 목소리로 외쳤다.

"아직요….."

영호가 미소를 거두고 나를 빤히 쳐다보았다.

"얘가 왜 여기 있어요? 다른 여자들하고 홍등 주막으로 간 줄 알았는데."

"계획이 바뀌었네. 이슬이가 수색을 돕고 싶다고 해서."

영호가 머리를 벅벅 긁으며 뒤를 돌아보았다가 다시 나를 응시했다.

"사람들 사이에서 원식 아저씨 아들을 봤는데… 나를 봤냐고 묻고 다니던….."

깨달음에 소리가 있다면 지금 이 소리일 것이다. 찰칵 하는 섬뜩한 소리.

"내가 누구인지 아는구나?"

대현과 나는 움직이지 않았다. 모르는 척 연기할 수도 있었지만 핏기가 사라진 내 얼굴과 커다래진 눈을 보고 영호가 이미 진실을 간파했다는 느낌을 받았다. 하지만 속일 수 있지 않을까? 내가 다른 일로 충격을 받았다고 하면….

그림자가 스쳐 지나갔다. 두 남자가 무기를 들었고 대현이 한 번의 동작으로 칼집에서 검을 뽑는 순간 영호는 화살을 시위에 물렸다. 그림자는 토끼일 뿐이었지만 이제는 다 틀렸다.

"움직이기만 해."

영호가 화살촉을 대현에게 겨누며 경고했다.

"당신을 쏘고 다음은 이슬이야."

대현의 어깨가 굳었다.

나는 도망칠 방법을 찾아 계속 머리를 굴렸다.

"내 능력을 의심하지 마."

영호가 활시위를 팽팽하게 당겼다.

"나는 대대로 무관을 배출한 집안 출신이야. 수많은 무기 제조 장인의 제자로 일했고 왕이 성질을 부려서 내 인생을 망치지만 않았어도 우수한 성적으로 무과에 급제했을 거야. 그러니 이만 큼이라도 움직이면 활을 쏜다."

"무기를 내리지."

대현이 차분하게 명령했다.

"병사들은 두 번 생각하지도 않고 너를 사살할 거야."

영호가 히죽거렸다.

"무슨 병사들? 지금 서쪽으로 가고 있는데. 왕이 그쪽으로 가는 걸 봤다고 했거든. 너희 둘을 찾으러 올 사람은 없어."

그러고는 고갯짓을 했다.

"이쪽으로 검을 버리시지."

"오해가 있었나 본데."

내가 대현의 뒤에서 외쳤다.

"네가 누구든 우리는 관심 없어."

"그래? 왕자와 절친한 친구인 그 거만한 민혁진을 죽인 게 나인데도 관심이 없다고?"

영호가 하 하고 웃음을 터뜨렸다.

"거짓말 한번 구차하군. 칼을 버리시죠, 왕자님."

대현은 손등이 하얗게 변할 만큼 검을 꽉 쥔 채로 움직이지 않았다. 아무리 살펴봐도 빠져나갈 구멍이 보이지 않았다.

"당장 버리라니까!"

바람을 가르는 소리가 났고, 날카로운 것이 내 치맛자락을 찢고 지나가자 내가 깜짝 놀라 옆으로 비켜섰다. 내 발 오른쪽에 화살이 박혔다.

영호는 재빨리 두 번째 화살을 시위에 걸었다.

"안 돼요…!"

대현이 검을 던지는 순간 내 입에서 비명이 터져 나왔다. 칼이 챙 소리를 내며 바위에 부딪히더니 빙글빙글 돌다 우리와 영호 사이에 떨어졌다.

"왕이 없었다면 우리 인생이 어떻게 달라졌을지 생각해 본 적 있나?"

영호가 검에 다가가며 외쳤다.

"나는 무관이 되었을 거야. 장군까지 되었겠지! 그게 내 운명이었어. 돌잔치 날도 나는 손을 뻗어 우리 아버지가 차고 있던 검의 자루를 쥐었지. 새로운 왕국에서 내가 차지해야 마땅했을 자리를 되찾을 몸으로서 너희의 방해를 허락하지 않겠다."

대현의 고개가 미세하게 움직이는 모습에 내 시선이 따라 갔다. 연기처럼 짙은 안개가 우리를 향해 다가오며 온 세상을 감추고 있었다. 곧 영호의 시야가 안개에 뒤덮이고 영호는 조준점을 잃을 것이다. 검은 달려가면 손에 닿을 거리에 떨어져 있었다.

"너는 궁중 광대야."

내가 어리둥절한 목소리를 연기하며 말했다.

"새 왕국에 네가 설 자리가 어디 있다는 거야?"

영호가 또 웃음을 터뜨렸다.

"나는 목표를 이루려고 나 자신을 밑바닥으로 떨어뜨린 거야. 적을 가까이 둬야 한다고 하잖아? 왕의 광대가 되는 것보다 왕을 가까이 둘 방법이 또 어디 있지? 그래, 원래 내 자리를 되찾기 위해서라면 무슨 짓이든 하려고 해. 나는 왕을 죽인 사람이 될 거야. 모두가 나를 알게 되겠지. 사람들에게 칭송을 받을 거야!"

안개는 고통스러울 정도로 천천히 우리를 향해 다가왔다.

시간을 조금 더 끌어야 했다.

"자, 그렇게 무서운 표정 짓지 말라고."

영호가 말했다.

"사람이 죽으면 꽃이 되잖아. 우리 어머니도 꽃이 되었지."

"네가 죽였다고? 네 어머니를?"

대현이 외쳤다.

"내 아버지가 어머니를 죽였어. 어머니가 비녀를 못 팔게 했다고 때려죽인 거야. 어머니를 묻은 게 나였고."

영호가 감정 없는 목소리로 말했다.

"그렇게 어머니는 꽃이 되었지."

"무슨 뜻이야?"

내가 물었다. 안개는 이제 코앞까지 도착했다. 더 빨리. 내가
짙은 안개에 빌었다. 더 빨리 와 줘.

"무덤가에서 백두옹을 본 적 있어? 내가 연습 삼아 사람을 죽
이고 만든 작은 무덤마다 그 꽃이 자라는데. 어머니의 무덤에도
자랐지."

내가 얼굴을 찌푸렸다. 영호의 말뜻을 마침내 알아들으며 한
가지 기억이 떠올랐다. 무덤 근처에 징그러운 할아버지 꽃이 자라잖
아. 아는 체하기 좋아하는 언니가 설명한 적 있었다. 봉분을 쌓는
데 석회 가루를 써서 그래.

"죽은 사람들에 석회 가루를 뿌렸구나."

내가 속삭였다.

영호가 어깨를 으쓱했다.

"유교 의식인데 알고 있었어? 석회 가루가 시체를 보존하게
해 준다고 어디선가 읽었어. 내 유물들로 정원을 채우고 싶었거
든. 내가 심장을 쏴서 죽인 작은 동물들로. 어린 시절의 취미였
거든."

그러더니 한숨을 쉬었다.

"점점 지겨워지네. 나 왕을 죽여야 한단 말이야."

"가서 죽여."

대현이 말했다.

"도망치기 전에 서둘러야 할 거야."

"그럴 거야. 첫 번째 임무부터 끝내고. 결국에는 내가 너를 죽
일 줄 알았지."

영호가 다시 한번 활을 겨누고 시위를 귀까지 당겼다. 지금도 영호가 어디를 조준하는지 볼 수 있었다. 나였다. 내가 표적이었다.

"나를 잡으려는 것들 때문에 내 앞날을 망칠 수는 없지."

"아니야, 안 돼, 제발. 쏘지 마."

내 속삭임은 영호가 화살을 쏘자 비명으로 변했다.

"쏘지 마…!"

너무 빨랐다. 바람을 가르는 소리. 반짝이는 화살촉. 갑자기 대현이 번개처럼 빠르게 내 앞을 막아섰다. 그 순간, 대현의 움직임이 멈추고 큰 키가 저절로 꺾였다. 대현의 손을 내려다보자 내 가슴에 공포가 번졌다. 앞으로 뻗은 손이 피로 물들어 있었다. 반짝거릴 정도로 피가 새빨갰다. 머리가 멍해졌다. 내가 고개를 가로저었다. 이건 악몽이야….

영호가 무거운 한숨을 또 한 번 내쉬고 세 번째 화살을 걸었다.

"이슬이를 먼저 죽이고 싶었는데."

영호가 어깨를 다시 돌리며 시위를 팽팽하게 당겼다.

"사랑하는 여자의 시체를 내려다보는 왕자님의 얼굴을 보고 싶었다고. 자기 힘으로는 아무것도 못 하는 완전한 무력감을 느끼기를 바랐는데. 궁궐 담장 밖에서 사는 게 어떤 느낌인지 알려주고 싶었어. 당신 형 때문에 망가진 우리 같은 백성의 삶을 말이야."

영호가 비틀거리기 시작하는 대현을 다음 화살로 겨냥하며 미소를 지었다.

"왕의 가족에게는 자비를 베풀 수 없지. 첩과 아들들은 독으로 벌하고, 왕의 수많은 죄에 눈 감았던 왕자들은 처단해야 마땅해. 모든 왕족과 대신은 방관한 죄로…."

하얀 장막이 우리를 감쌌다.

나는 대현을 붙잡아 화살이 큰 소리로 바람을 가르는 순간 옆으로 밀쳤다. 나는 빈 공간으로 달려갔고 바람이 안개를 걷어 냈다. 대현은 땅에 피를 흘리며 쓰러져 내 이름을 토하고 있었다. 영호는 검을 찾아 두리번거렸고, 나는 양손으로 차가운 손잡이를 쥐고 일어섰다.

영호가 멈춰 섰다. 고개를 돌린 바로 그 순간, 내가 칼날을 앞으로 찌르고 뼈와 힘줄을 지나 등에 더 깊숙이 꽂아 넣었다. 귀가 먹먹해지는 침묵이 흘렀다. 내 손에서 흔들린 검은 앞으로 쓰러진 영호의 갈비뼈에 걸렸다. 영호의 비명이 귀를 찢었고 영호가 일어나며 칼자루가 내 손에서 미끄러졌다. 영호가 몸에 박힌 칼을 뽑고 나를 돌아보았다.

나는 얼굴에 식은땀을 흘리며 허둥지둥 뒷걸음쳤다. 금속이 번쩍이며 나를 향해 내리꽂히자 옆으로 몸을 굴렸다. 어깨가 나무에 부딪쳤다. 반대쪽으로 몸을 틀었다. 겁에 질려 숲이 흐릿하게 보였고 나는 나무뿌리에 걸려 넘어졌다.

위에서 나를 노리는 검을 피해 땅바닥을 기었다.

그때 팔 하나가 영호의 목을 감쌌다. 사람도 검도 안개 속으로 빨려 들어갔다.

나는 땅에 쓰러져 얼어붙은 채로 몸싸움을 하는 그림자를 쳐다보았다. 두 사람은 목을 조르고 팔을 휘젓고 땅 위로 발을 끌었다. 그러다 고요해졌다. 나는 악몽에 들어가는 것처럼 백색 안개의 바다로 들어갔다. 그의 온기를 느낄 수 있기를 바라며 손을 뻗었다.

"대현 왕자님?"

내가 외쳤지만 대답은 거센 강물 소리뿐이었다.

무릎의 힘이 풀렸다. 나는 땅에 쓰러져 절벽 너머로 사라진 핏자국을 따라 절벽을 기어올랐다. 아래의 검은 강을 보자 내 정신은 무너져 내렸다.

조금 전까지만 해도 대현은 내 앞에 서 있었다. 나와 손을 잡았다. 내 이름을 속삭였다.

그런 그가 사라졌다.

42
대현

43

이슬

동이 틀 때까지 밤새도록 강가를 수색했다. 나는 피부에 아침 이슬을 묻힌 채로 비틀거리며 강변을 따라 걷고 눈을 부릅뜨며 그림자와 바위가 나올 때마다 퍼뜩 놀랐다.

살아 있어. 살아 있어야 해.

이성을 잃은 정신은 그 생각만을 붙잡았다. 죽음은 절대적인 종결로 느껴졌다. 내 삶과 단단히 얽힌 왕자에게 그런 종결은 너무도 가혹했다.

제발, 살아만 있어….

물 위에 검은 것이 떠 있었다. 또 숨을 쉴 수 없었다.

"대현."

나는 넘어지며 비탈길을 달려 내려가 물속으로 뛰어들어 갔다. 마침내 내 왕자님과 그의 기억이 내 품에 안겼다. 세책점에서 큰 키로 내 앞에 서 있던 기억, 내 허리에 손을 올리던 기억, 내 이름을 속삭이던 기억. 이슬아, 이슬아….

누군가의 손이 내 옷깃을 붙잡고 나를 뒤로 잡아끌었다.

"너 미쳤어?"

율이 외쳤다.

율은 우리 언니와 함께 나를 계속 끌었고 나는 강가에 앉아 뒤엉킨 빈 어망을 품에 꼭 안고 있었다.

고개를 젓고 밧줄에 손톱을 박았다. 견딜 수 없는 고통이 가슴을 뒤흔들었다. 갔구나. 정말로 갔어. 정말 도저히 믿을 수 없었다. 이해가 되지 않았다.

차마 그 말을 입 밖으로 낼 수도 없었다.

나의 대현은 죽었다.

44

이슬

인생은 덧없는 것이지…. 나는 계속 원식의 말을 곱씹었다. 우리는 한 계절만을 살다 죽지만 영원에 구속된 듯 사랑을 하니.

내가 사랑의 의미를 정확히 안다고 말할 수는 없었다. 하지만 대현이 세상을 떠나고 두 달째에 접어들자 그의 기억은 오래된 책처럼 변했다. 책등이 구겨지고 책장은 눈물로 얼룩졌다. 견딜 수 없을 만큼 고통스러운 이야기였지만 내 기억 속에 그를 살려 두고 싶다는 간절함에 수시로 그 책을 찾아 읽었다. 우리가 나눈 모든 기억의 조각을 붙들었다.

대현을 잊으면 그의 무덤인 차디찬 강물 속에 그를 버리는 것일까 두려웠다.

그래서 나는 대현의 유령을 놓지 못했다.

언니를 돌보다가도 긴 하루 끝이면 늘 대현의 기억을 찾았다. 언니는 괜찮은 날도 있고, 그렇지 못한 날도 있었다. 마을 사람들이 무슨 말을 할지 모른다며 우리를 받아 줄 수 없다는 할머니

편지를 받은 날 아침은 유독 심했다. 내가 전에 숨어 살던 산속의 폐가 말고는 언니와 내게 돌아갈 집이 없었다. 율이 아니었다면 언니는 완전한 어둠에 빠져 헤어 나오지 못했을 것이다.

다른 이들의 삶도 그리 나아지지 않았다. 일반 백성들은 조정 대신들이 받는 막대한 보상의 버팀목으로 전락했다. 새로운 지도층에 토지를 주기 위해 백성들의 토지를 빼앗았다. 새로운 지도층의 세금을 감면해 주며 백성들의 세금 부담은 늘어났다. 전국 각지에서 분노한 농민과 정부 내 불만 세력이 이끄는 크고 작은 반란이 계속되었다.

폐왕이 납치한 여자들은 어떻게 되었냐면, 그 여자들을 생각할 때가 가장 괴로웠다. 반정 공신들과 국경에 주둔한 군대가 여자들을 나눠 가졌다. 잔치가 끝나고 욕심 많은 아이들에게 선물을 나눠 주는 것처럼. 폐왕의 여자들을 가장 많이 차지한 사람은 구더기도 아닌 중추부지사로, 그 여자들을 전부 수용할 저택까지 지었다.

이 나라를 생각하면 고통뿐이었기에 나는 언니의 손에 신경을 집중했다. 봉선화를 으깨 언니의 손톱에 발랐다.

"오늘 아침에 율이 왔었어."

내게 손을 내민 채로 언니가 중얼거렸다.

"폐왕이 죽었대."

내가 앉아 있던 자리에서 고개를 들었다. 밖에서 꽃을 따느라 나는 율을 보지 못했다.

"어떻게 죽었대? 독살? 질식사? 칼에 찔렸대?"

언니가 한숨을 푹 쉬었다.

"암살 시도가 있었지만 호위병들 때문에 전부 실패로 돌아갔다고 들었어. 아직 남아 있는 충성심으로 보호를 한 거지. 사인은… 자연사야. 병들어 죽었대."

할 말이 없었다. 실망감이 깊어 움직이기조차 힘들었다.

"사형시킬 이유가 넘쳐나는데도 전하께서는 폭군을 죽이지 않으셨어."

내가 떨리는 목소리로 한탄했다.

"이제는 평온하게 자연사로 죽었다고? 벌도 안 받고? 내가 왕이었다면 사지를 찢어…."

"어쨌든 한때 우리의 왕이셨으니 과거에 충성했던 백성들의 마음도 생각해야 하셨겠지요."

문 밖에 서 있던 까마귀가 말했다. 까마귀는 우리의 수호자를 자처하고 언니와 구더기 사이에 산처럼 듬직하게 서 있었다.

"한때 하늘이 점지했던 이를 죽이는 것은 우리 왕국의 법도가 아니지 않습니까."

쓰디쓴 실망감이 올가미처럼 고통스럽게 내 목을 조였다. 나는 그 기분을 쳐냈다. 이 나라는 엉망으로 황폐해졌고 그런 현실을 내가 어떻게 할 수는 없었다. 하지만 내게는 언니가 있었고, 아직 언니의 손가락을 나뭇잎으로 부드럽게 감싸 손톱을 환한 주황색으로 물들일 수도 있었다.

어머니가 들려준 옛날이야기가 진짜이기를 바랐다. 첫눈이 올 때까지 봉선화 물이 남아 있다면 진정한 사랑을 찾게 될 것이라지. 나는 언니가 그렇게 되기를 바랐다. 사랑을 찾고 반짝이는 눈빛을 되찾는 모습을 보고 싶었다.

"이번에는 내가 네 손톱 물들여 줄게."

언니가 속삭였다.

가슴이 욱신거려 동작을 멈췄다.

"됐어."

나는 엷은 미소를 지어 보였다.

"정말이야. 필요 없어."

내 손톱에는 봉선화 물을 들여도 금방 물이 빠지고 첫눈이 오기도 전에 사라져 버릴 것이다.

내 미래에는 진정한 사랑이 없었다. 나는 사랑을 진작 찾았지만 금세 잃어버리고 말았기에.

45
이슬

구더기는 초봄에 자기 피 웅덩이에 쓰러져 죽은 채로 발견되었다. 암살이 분명했다. 이 역시 박원종과 다른 반정 종신들에 불만을 품고 그들을 조정에서 제거하려는 관료들의 소행으로 추정되었다. 구더기가 죽었다는 소식은 우리 자매에게 한 줄기 빛처럼 다가왔다.

구더기도 죽었겠다 우리는 홍등 주막으로 돌아왔고 언니는 기녀로 있던 친구들과 다시 만나 활기를 찾았다. 친구들과 주막을 꾸려 나가는 모습이 즐거워 보였다. 언제나 그들과 함께였다.

일은 고됐지만 오히려 우리 모두 다른 생각을 할 수 없어 좋았다. 매일같이 새로운 여행객이 쏟아져 들어와 계절의 변화를 알아차릴 새도 없었다. 어느 순간 눈을 뚫고 초록색 새순이 돋아나더니 눈 깜짝할 새 나뭇가지에서 매화꽃이 떨어졌다. 또 한 번 눈을 깜박이면 그 시기가 찾아왔다는 생각이 들었다. 아무리 비질을 해도 마당으로 붉은 낙엽이 불어오는 그때는 주막의 여자들이 가장 우울해지는 시기이기도 했다.

우리는 명절 중에서도 추석을 제일 싫어했다. 마을 사람들이 가족들과 보내기 위해 고향으로 떠나고 풍년을 기원하며 요리하고 맛있는 음식을 먹는 모습을 보고만 있어야 했기 때문이다.

우리에게는 이제 가족이 없었으니까.

"홍등이 왜 초상집으로 변했지?"

율이 낙담한 여자들을 마당에 모으더니 말했다. 율은 국자를 칼처럼 휘둘렀다.

"언젠가 원식 삼촌이 이런 말을 했어. 삶은 언제나 외롭고 괴로웠고 앞으로도 그럴 것이다. 이 삶을 견뎌 내려면 서로를 위해 다 같이 힘을 합치는 방법뿐이다. 다들 옛날의 집은 잃었을지 몰라도 새로운 집이 생겼잖아. 우리도 다른 사람들처럼 추석을 즐기자고!"

그렇게 율은 우리 모두의 가슴을 설레게 하는 계획을 제안했다. 우리끼리 호화로운 잔치를 준비하자는 것이었다.

우리는 얼마 없는 동전과 따뜻한 기억과 소망을 모두 담아 잔치를 위해 일주일치 재료를 모았다. 울고 웃으며 반달 모양 쌀떡을 빚어 팥소를 채우고 완벽하게 쪄냈다. 추석 아침에는 포슬포슬한 흰밥, 생선찜, 뭇국, 김치, 감자전, 잘게 썬 생강으로 장식한 오이장아찌로 집밥 같은 잔칫상을 차렸다.

우리는 귀빈처럼 식탁에 둘러앉아 배가 터질 때까지 만족스럽게 식사를 했다.

나는 계속 히죽히죽 웃으며 그릇을 잔뜩 얹은 쟁반 두 개를 들고 캄캄한 부엌으로 들어갔다. 이런 즐거움을 얼마 만에 느껴 보는지도 모르겠다. 얼마나 웃었는지 얼굴이 다 아팠다.

"이게 마지막이야, 천비야."

천비는 설거지로 가득한 대야 앞에 쭈그리고 앉아 있었다.

"여기 둬."

천비가 입이 찢어져라 하품을 하고 고개를 저었다.

"와, 눈이 안 떠져. 나머지는 날이 밝으면 치워야겠다."

그러고는 일어나며 중얼거렸다.

"너도 가서 쉬어."

나도 쑤시는 팔다리를 문지르며 천비를 따라 부엌에서 나오다 걸음을 멈추고 주위를 둘러보았다. 둥근 등불이 밤하늘을 환하게 밝혔다. 몇 명은 별이 쏟아지는 하늘 아래 평상에 누워 잠을 자고 있었다. 평소에는 잔뜩 찌푸렸던 얼굴에 주름 하나 보이지 않았다. 나는 까치발을 하고 언니와 율을 지나쳤다. 다른 사람들 사이에서 그 둘은 서로 기대앉아 작은 소리로 속삭이며 웃고 있었다.

하품을 흘리며 내 방으로 다가갔다. 안에서 삐걱 하는 발소리가 들렸다. 천비가 또 방을 잘못 찾았나 보다.

"천비야."

내가 문을 드르륵 열며 말했다.

"네 방은 여기…."

심장이 빠르게 뛰었다. 나는 지금 보고 있는 것이 귀신이라 확신했다. 키가 큰 젊은 남자는 얼굴이 창백할 정도로 새하얗고 등

445

불에 비쳐 거의 투명하게 보였다.

"깜짝이야."

나는 까마귀의 모습에 아까보다 편안해진 심장을 부여잡았다.

"여기서 뭐 하는 거예요?"

"아무것도 아닙니다."

반짝이는 은빛이 까마귀의 주먹 속으로 사라졌다.

"그, 그만 가 보지요."

"지난달에 어디 있었어요?"

내가 물었다.

"여기 있었다면 박 대감을 쫓아낼 수 있었을 텐데. 나를 체포하려고 했어요. 구더기가 죽은 일로 심문하려 했겠죠. 구 도사님이 아니었다면 고문을 당해…."

"가 보겠습니다."

까마귀가 다시 중얼거리고 은색 물체를 주머니에 쑤셔 넣으려 했지만 물건은 손가락 사이로 빠져나와 챙 소리를 내며 바닥에 떨어졌다. 까마귀가 당황해서 물건을 찾았다.

"젠장, 어디 갔지?"

은색 물체가 내 발밑으로 굴러 떨어졌다. 붉은 실로 엮인 쌍가락지였다. 내가 가락지를 집어 들며 빙그레 웃었다.

"드디어 정인을 찾은…."

은가락지에는 꽃 한 송이가 새겨져 있었다.

잎이 다섯 개인 꽃.

어머니의 가락지처럼.

불안감으로 등골이 오싹해진 내가 얼른 가락지를 들고 불빛에 비추어 보았다. 첫 번째 가락지 안에 각인된 이름은 김정임, 두 번째는 황희재였다. 나는 온몸이 부들부들 떨리는 채로 고개를 가로저으며 가락지를 불빛에 더 가까이 가져갔다. 내가 글씨를 잘못 읽었겠지. 틀림없었다.

"어떻게…."

호흡이 가빠지고 가슴이 답답하게 조여 왔다. 여전히 우리 부모님의 이름이 보였기 때문이다.

"내가 준 건데. 그 사람이 가지고 있었어…."

머릿속에 안개가 스며들어 내 생각을 뿌옇게 뒤덮었고 내 세상이 출렁이며 일 년 전으로 돌아갔다. 나는 무릎을 꿇고 절벽 아래로 사라진 그의 핏자국을 하염없이 바라보고 있었다. 그를 집어삼킨 강물의 소름 끼치는 소리가 계속 귓가에 맴돌아 밤이 되어도 잠들 수가 없었다.

숨을 깊게 들이마셨지만 폐에 공기가 차오르지 않았다. 머리가 어지러워졌다.

"어디서 난 거예요?"

내가 간신히 물었다.

까마귀가 손으로 얼굴을 쓸고는 고개를 저었다.

"모르는 편이…."

"대답해요!"

내가 외쳤다.

"이 가락지 어디서 났냐니까요?"

뛰어오는 발소리가 들리고 이내 율과 언니가 내 옆에 섰다. 내게 말을 하고 있었지만 귀에 철썩이는 강물 소리 때문에 하나도 들리지 않았다.

"낭자도 들었겠지만 영호의 시체가 발견되었고…."

소음에 눌린 까마귀의 목소리가 조각조각 귀에 들어왔다.

"다들 대현 왕자님도 근처에 계실 거라는 예상에 따라… 최근 의금부에서 그분을 발견했고… 낚시꾼이 매장한… 낭자에게 돌려줘야겠다 생각했습니다."

토할 것 같아 배에 손을 올렸다. 지난 일 년 동안 나는 불가능한 희망을 붙잡았다 놓았다 반복했다. 대현을 봤다고 확신해 희망에 사로잡힌 순간 시장 통을 달려가 전혀 모르는 남자에게 말을 걸기 일쑤였다.

"나쁜 소식을 전하게 되어 죄송합니다."

까마귀가 수척한 얼굴을 쓸어내리며 속삭였다.

"계속 모르고 있기를 바랐지만 차라리 이게 나을지도 모르겠군요. 정식으로 장례를 치르도록 합시다. 낭자가 애도를 할 수 있는 자리를 마련하죠."

대현의 기억이 하나둘 깜박이며 깨어나 촛불처럼 내 생각의 어둠을 밝혔다. 반쯤 짓는 미소, 조용하고 다정한 행동, 내내 나를 붙잡아 주었던 따스한 손, 그리고 목소리. 무엇보다도 대현의 듣기 편한 저음이 그리웠다. 내 이름을 부를 때면 더 그런 목소리가 났다. 이슬아. 내 이름을 그렇게 은근하게 부른 사람은 없었다. 우리만의 비밀스러운 의미가 담긴 것처럼.

수개월 동안 조심스럽게 막아 왔지만 그 소중한 기억들이 연기만 남기고 사라지자 목구멍이 고통스럽게 조였다.

"주, 죽었다고요."

가슴 찢어지는 고통을 느끼며 내가 말을 더듬었다.

"죽었….”

"이미 일 년 전에 돌아가셨습니다."

까마귀가 조심스럽게 알렸다.

나는 고개를 저었다.

"아직 받아들일 수 없어요. 지금도."

내가 떨리는 목소리로 말하며 반지를 내려다보았다.

"정말로 이 세상에 없다니….”

원식의 단단한 목소리가 머릿속에 울려 퍼졌다. 사소한 부분에 집중하시오.

여전히 가슴이 고통스럽게 뒤틀리고 손이 떨렸지만 나는 눈앞에 반지를 들어 올렸다.

진실에 집중해요. 감정에 휩쓸리지 말고.

반지를 돌려 보고 있으니 어떤 생각이 머리에 번뜩였다.

"이 반지는 내가 대현 왕자님께 드린 거예요."

내 목소리가 갈라지고 서서히 미간에 주름이 잡혔다.

"우리는 반정 전날까지도 당신을 의심하고 있었어요. 그런데 왕자님이 갑자기 고백을 했다고요?"

"저… 무슨 말을 하는지 모르겠군요."

"이 반지가 내 것인지 어떻게 알았죠?"

내 목소리가 날카로워졌다.

"반정 이후 왕자님께 듣지 않은 이상?"

그 말을 내뱉은 순간, 끔찍한 생각이 떠올랐고 손바닥에 놓인 반지가 얼음처럼 차가워졌다.

"아직 살아 있는 거죠. 같이 연기해 달라고 명령했고요."

까마귀가 뭐라 중얼거리며 문으로 향했다. 언니가 냉큼 앞을 가로막았다.

"이 반지를 왜 가지고 있어요?"

내가 캐물었다.

"왜 갑자기 돌려주라고 해요?"

"내가 거짓말을 못 한다고 자기께 말씀드렸는데…."

까마귀가 소매에서 뜯어진 실밥을 초조하게 만지작거렸다.

"곧 먼 길을 떠나실 예정이라 이 반지를 낭자에게 돌려주고 싶다 하셨어요."

차가운 거리감이 나를 덮쳤다. 꼭 모르는 사람에 대해 묻는 기분이 들었다.

"지금 어디 있는데요?"

"빨리 말해요!"

언니가 다그쳤다.

"현재는 어디 계신지 모릅니다. 체포를 피하려 지역을 옮겨 다니셔서요. 하지만 열사흘 후에는 어디 계실지 압니다."

"어디예요."

속삭이는 내 목소리는 차갑고 가차 없었다.

46
이슬

열사흘 후 아침, 우리는 수평선을 따라 반짝이는 푸른 바다를 보았다.

"다행이다."

내가 몸을 떨며 속삭였다.

무자비한 여정이 끝나가고 있었다. 우리는 하늘에 빛이 있는 한 걸음을 멈추지 않았고, 최대한 빨리 목포에 도착하려는 마음으로 이틀은 밤새도록 쉬지 않고 이동했다. 만나는 나그네마다 열사흘 안에 항구에 도착할 수 없다고 장담하며 우리를 설득하려 했다. 하지만 결국 도착하고야 말았다.

나는 드넓은 초원과 구불구불한 언덕부터 질척한 거리에 끝없이 늘어선 상점, 석양에 보라색으로 빛나는 남쪽의 항구까지 변화하는 경치를 지켜보았다. 우리는 말에서 내려 주위를 살폈다. 줄지은 죄인들을 배에 태우는 한 무리의 군인들 말고는 길에 아무도 없었다.

"우리가 너무 늦은 걸까요?"

내가 물었다.

"자가께서는 인파를 피해 마지막 배를 탄다고 하셨습니다."

까마귀가 하늘을 올려다보았다.

"가서 뱃사공을 찾아보지요. 낭자는 여기 남아 말들을 지켜요."

나는 고삐를 묶고 심호흡하며 불안을 잠재웠다. 여기까지 오기는 했지만 무엇을 기대할지는 알 수 없었다. 예전의 감정은 되살아나지 않겠지. 익숙함이 밀려들 리 없다. 우리를 하나로 엮던 유대는 힘없이 길게 늘어졌다. 나는 작별 인사를 하러 왔다. 그것뿐이었다.

"이슬 낭자."

까마귀가 고개를 저으며 뛰어왔다.

"제주로 가는 마지막 배는 이미 떠났답니다. 다음 배는 내일 들어오고요. 저기 있는 배는 군인과 죄수들 전용이랍니다."

"떠났다는 거네요."

내가 속삭였다.

"떠났어요. 하지만 제주 어디에 계시는지 압니다. 먼 친척인 군관 집에요. 편지를 쓰면 전해 줄 사람을 찾아볼게요. 여자 몸으로 거기까지 가는 것은 위험합니다. 제주도는 유배지라 범죄자들로 가득해서…."

까마귀가 말을 계속했지만 칼날처럼 가슴을 찌르는 실망감 때문에 내 귀에는 아무 소리도 들리지 않았다. 대현을 다시 보고 싶은 마음이 얼마나 간절한지 지금까지는 나도 미처 몰랐다. 살아 있다는 증거를 눈으로 보고 싶었다. 뇌리를 떠나지 않는 안개 너머로 마침내 대현을 보고 섬뜩한 물줄기 소리를 그만 듣고 싶었다.

"확실해요?"

주막에 들어서며 내가 속삭였다.

"정말 살아 계세요?"

"아니면 제가 지난 몇 달 동안 누구와 대화를 했겠습니까? 귀신?"

"물론….."

내 어깨가 한 선비와 부딪쳤다. 갓을 깊이 눌러쓴 남자가 멈춰 서서 사과의 말을 중얼거렸다.

"거짓말 아닌 거 알겠어요."

내가 말을 이었다.

"하지만 정말 살아 있다는 사실을 믿을 수 없다고요."

"뭐, 그 편이 차라리 낫겠지요. 돌아가셨다고 생각하는 게."

까마귀가 손을 흔들며 외쳤다.

"주모! 방 하나 주시오!"

내가 화끈거리는 얼굴로 주위를 둘러보았다. 우리 쪽을 돌아본 사람들이 미혼 여성을 상징하는 내 댕기 머리를 보고 있었다. 내가 까마귀의 가슴을 쳤다.

"여행하는 동안 남매인 척하기로 했잖아요."

내가 가까이 다가가 짜증을 냈다.

"방 두 개 잡아야죠."

"나는 오늘 여기서 묵지 않습니다. 목포까지 열사흘이 걸렸는데 떠나기 전에 신선한 해산물 맛이라도 봐야 해요. 마침 근처에 주둔 중인 군인 친구들도 있고요. 새벽에 돌아오겠습니다."

주모가 나타나 방을 안내했고 곧이어 까마귀는 떠났다.

나는 그제야 한숨을 내쉬며 바닥에 주저앉았고 까마귀가 주문해 준 음식은 한 입도 먹지 못했다. 슬픔은 피로를 불렀다. 바닥에 웅크리고 누워 석양에 보라색으로 물든 창호지문을 바라보았다. 내 의식이 나갔다 들어왔다 하는 사이, 불이 켜진 등불은 문에 따스한 빛을 드리웠다. 나도 모르게 깜박 졸았나 보다. 눈을 뜨니 내 문 앞에서 머뭇거리는 남자의 그림자가 보였다. 눈을 문지르자 그는 사라지고 없었다. 나는 피로에 이끌려 꿈도 꾸지 않고 깊은 잠에 빠져들었다.

다음 날 아침 일찍, 그 어느 때보다 피곤한 몸으로 잠에서 깼고 한양으로 돌아가야 한다고 생각하니 막막하기 이를 데 없었다. 목포까지 무려 열사흘을 여행했다. 지쳐서 몇 번이나 말에서 떨어질 뻔했다. 잠들지 않으려고 할퀸 손등에는 피투성이 상처가 남았다. 대체 무엇을 위해 이런 고생을 했단 말인가?

밖으로 나오니 해가 뜨며 하늘이 선명한 빛으로 물들어 있었다. 바다는 금색으로 반짝거렸지만 그렇게 아름다운 광경을 보고도 감동이 느껴지지는 않았다. 오히려 슬펐다. 대현은 왜 하필 많고 많은 섬 중에서 나와 가장 멀리 떨어진 섬을 선택했을까?

저벅저벅 흙을 밟고 지나가는 발소리에 신경이 집중되었다.

고개를 돌리니 한 양반이 갓을 기울여 얼굴을 가리고 바닷바람에 도포자락을 휘날리며 마당을 가로지르고 있었다. 나와 가까워지며 걸음이 느려졌고 내가 툇마루에 서 있다 보니 우뚝 선 키가 나와 거의 비슷했다. 남자가 천천히 고개를 들었다. 숨이 막혔다. 나는 머리에 이 얼굴을 아로새기고 기억 속에 남은 윤곽을 고통스럽게 더듬으며 간절한 마음으로 그의 죽음을 위로하려 했다. 그 얼굴이 지금 나를 마주보고 있었다.

"안녕."

대현이 검은 눈동자로 내 눈을 들여다보며 속삭였다.

"오랜만이야."

헛웃음이 나오려 했다. 잠깐 여행을 갔다 돌아와 인사를 나누는 친구 사이처럼 가벼운 말투는 충격적이고 분노를 일깨웠다.

"진짜 죽은 사람으로 만들까 말까 생각 중이에요."

대현이 내 양손을 잡으려 했지만 나는 손을 빼냈다. 그의 존재 자체가 고통이고 모욕이었다.

"사람이 어쩜 그래요?"

멱살을 잡고 흔들고 싶은 마음으로 내가 거칠게 속삭였다. 헛된 망상에서 깨어나고 싶었다.

"일 년을 아무렇지 않게 숨어 있다가 이제 나타나요?"

"아무렇지 않게?"

대현이 찰나의 순간 미간을 찌푸리다가 다시 표정을 폈다.

"얼마나 힘들었는지 너는 몰라."

"그럼 계속 그렇게 있었어야죠."

내가 뒷걸음치며 쏘아붙였다. 차마 가까이 서 있을 수가 없었다. 그를 보기만 해도 차디찬 물이 온몸에 쏟아지는 듯했다.

"가요."

내가 몸을 떨며 말했다.

"가서 원하는 대로 살아요. 나도 최대한 멀리 떨어져서 내 인생을 살 테니까. 그걸 원하시잖아요."

내가 자리를 뜨려는데 거친 목소리가 나를 멈춰 세웠다.

"알고 싶으면 전부 말해 줄게."

"알고 싶지 않아요."

내가 거짓말을 했다.

"그때 나는 옷 속에 원식의 수사 일지를 넣고 있었어."

대현이 낮은 목소리로 주저하며 말을 꺼냈다.

"화살이 책에 꽂히며 부상을 입었지만 죽을 정도는 아니었어. 나중에는 까마귀가 나를 발견했고."

"그래서 어디로 갔…."

물어보려다 참았다. 아직도 그를 생각하는 듯한 질문이었기 때문이다.

"내 친구 혁진이에게 궁녀인 동생이 있었어. 손희라고. 손희가 퇴궐해 원주에 있는 이모 댁으로 가 있었거든."

대현이 설명했다.

"충분히 회복될 때까지 처음 몇 달은 거기 머물렀어."

이번에는 진짜로 웃었다. 감정 없이 차가운 웃음이 터져 나왔다. 대현이 살아 있으면서 내게 진실을 감추었다는 사실만으로 몸의 절반이 잘려 나가는 기분이었다. 몇 달을 다른 여자와 함께 살았다는 사실은 나머지 반쪽도 도려내고 말았다.

"우리는 아무 일도 없었어."

대현이 나를 안심시키려고 말했다.

"그럴 리가요."

내가 대답하고 얼른 또 덧붙였다.

"왜 저를 찾아오지 않았는지 이제 알겠네요."

"진심으로 하는 말 아니지. 그런 생각을 할 수는…."

대현의 목소리가 갈라지고 가면에 어렴풋이 금이 갔다.

"너를 찾아가야 할지 고민하느라 하루를 다 보내며 살았어. 내 머리에는 너, 너 하나밖에 없었다고. 내가 너를 얼마나 좋아하는 지 벌써 잊은 거야? 내가… 내가 뭘 어떻게 해서?"

"뭘 어떻게 했냐고요? 나를 버렸잖아요. 사랑하는 사람을 잃 는 고통을 아는 분이. 어쩜 그렇게 잔인할 수 있어요?"

"나보고 어쩌라고?"

대현의 눈가가 빨개졌다. 초인적인 자제력이 한 가닥씩 풀리 며 절박한 심정이 드러나고 있었다.

"나는 수배자야. 어떻게 감히 너를 찾아갈 수 있겠어? 어떻게 감히 너를 위험에 빠뜨려?"

"무슨 위험을 말하는 거예요? 언니를 탈출시킨 일로 박 대감 이 분노하기는 했지만 그렇다고 죽이기까지야 했겠어요? 그리 고 구더기는 죽었다고요!"

대현이 이를 악물고 눈을 내리깔았다. 내 시선을 피하려는 것처럼.

"구더기는 암살당했어요. 이 세상에 없고…."

내가 말을 멈추고 굳어가는 대현의 표정을, 옷 뒤로 사라지는 대현의 손을 지켜보았다. 스멀스멀 의심이 싹텄다.

"죽인 거예요?"

대현은 고개를 숙이고 갓으로 얼굴을 가린 채 침묵을 지켰다.

"나는 새로운 지배 세력의 일원인 고위 관리를 죽였어. 네 행복을 지키기 위해서라면 백 명도 더 죽였을 거야."

대현이 작은 소리로 말했다.

"그래서 나는 죽은 사람으로 살아야 해. 네게도."

갑자기 차오르는 눈물을 감추려 내가 순간적으로 얼굴을 감쌌다. 불과 다섯 걸음 떨어져 있었지만 상처가 찢기고 우리 사이에 건널 수 없는 틈이 생긴 느낌이었다.

"못 하겠어요."

내가 들리지도 않을 목소리로 속삭이고 아무도 없는 내 방으로 물러났다. 혼자 남게 되자 입에서 떨리는 숨이 터져 나왔다. 대현은 뒤틀린 생각으로 자신의 죽음이 우리 두 사람 모두에게 최선이라 믿었다.

하지만….

대현이 최후를 맞은 곳이라 생각했던 강변에 앉아 보낸 나날들이 떠올랐다. 고통스러운 마지막을 상상하며 얼마나 많은 시간을 바위 위에 가만히 앉아 괴로워했던가? 남은 슬픔을, 내 뼛속 깊이 스며든 슬픔을 어떻게 하면 쫓아 버릴 수 있는지 알지 못했다.

속눈썹에서 눈물을 한 방울 떨어뜨리며 나는 아래를 보고 소매의 실밥을 만지작거렸다. 대현의 잘못은 어디에도 없었다. 언니는 살아남았고 웃고 있다. 대현이 우리를 떠나기로 한 덕분이었다. 정식으로 감사 인사를 해야 했다. 작별 인사도.

"이슬아."

깊은 목소리가 들렸다.

내 주위로 그의 그림자가 퍼지고 넓은 어깨가 빛을 가렸다. 그가 다가오자 심장이 방망이질을 했다. 애타는 시선이 내 뒷목을 뜨겁게 꿰뚫었고 내가 계속 움직이지 않고 있으면 그냥 떠날지도 모르겠다는 생각이 들었다. 하지만 예상과 달리 그의 팔이 내 어깨를 감싸안았다. 단순히 다른 사람과의 접촉에서 오는 온기 때문에 전율이 이는 것인지 몸이 파르르 떨렸다.

"나를 용서하지 않아도 돼. 하지만 이것만큼은 알아줘."

거친 목소리가 내 머리카락을 스쳤다.

"내가 있으면 너는 네 언니와 나 둘 중 하나를 선택해야 했을 거야. 자유로운 여인의 삶과 도망자의 삶 중 하나를 말이야."

"저 때문에 희생하기를 원한 적은 없었어요."

"네가 내 희생을 원치 않았듯, 나도 네 희생을 원하지 않았어."

"그래서 지금 우리 꼴을 봐요."

우리가 포옹을 풀지 않고 서 있는 동안, 햇빛의 각도가 바뀌며 긴 그림자가 구석까지 드리워졌다. 멀리서 갈매기의 울음소리가 해변에 노랫가락처럼 철썩이는 파도 소리와 뒤섞였다.

나는 눈을 감고 밀려왔다 밀려가는 기억에 빠져들었다. 십 년 전처럼 느껴지는 먼 기억들이 떠올랐다. 나는 그 기억들을 끄집어냈다. 은빛으로 반짝이는 푸른 옷을 입은 왕자님이 월장석처럼 빛을 뿜으며 내 쪽으로 화살을 조준했다. 적대감으로 끝났어야 할 만남은 변덕스러운 운명 탓에 해류처럼 변했다. 친구가 된 그는 나와 언니의 짐을 짊어지고 떠났다.

내 손이 그의 소매로 떨어졌다.

"널 만나러 올 생각은 없었어."

한참 만에 대현이 말했다.

"오늘 아침 떠나기 전에 잠깐 얼굴만 보고 싶었던 거야. 아주 잠깐. 그런데 저기 서 있는 너를 봤어. 내 꿈의 모든 구석을 차지하는 여인을…."

대현의 목소리가 흔들렸고 차마 하지 못한 말들이 묵직하게 내려앉았다. 그러다 대현이 고개를 저었다.

"내가 무슨 생각을 했는지 모르겠다. 떠나라고 말해 줘."

대현이 내게 간절히 부탁했다.

작별 인사를 해야 한다는 것을 알았지만 그의 소매에서 손이 떨어지지 않았다.

"그러지 않으면요?"

긴장된 침묵이 한참 흐르더니 대현이 몸을 기울이고 내 목과 어깨 사이에 이마를 조심히 기댔다.

"그러면 나는 네 남자가 되겠지."

부드럽게 어루만지는 듯한 목소리로 그가 고백했다.

"나로 인해 네 인생이 망가질 거고."

품 안에서 뒤를 돌아 그를 올려다보았다. 대현은 살아 있었다. 내 손바닥 아래의 심장이 강하게, 거침없이 뛰었다. 일 년여 만에 처음으로 그의 얼굴을 뜯어보았다. 세련되고 깔끔한 모습은 사라지고 없었다. 흉터투성이의 초췌한 얼굴이 거친 풍경에 녹아들었다. 달라졌지만 한편으로는 달라지지 않았다.

"내 인생이 망가진다고요?"

내가 중얼거렸다.

"망칠 게 뭐가 있어서요? 언니와 나 사이? 우리 언니는 주막에서 율 언니와 행복하고 단란하게 살고 있어요. 아니면 내 자유? 가장 소중한 친구와 나눌 수 없으면 자유가 무슨 소용이죠? 밝은 미래? 나는 내일에 대한 생각도 그만둔 지 오래인 사람이에요."

내일, 이 나라는 바다에 잠길 수 있었다.

내일, 우리가 믿었던 어른들이 우리를 배신할 수 있었다.

내일, 우리가 사랑한 모든 것을 안개가 집어삼킬 수도 있었다.

하지만 오늘 내게는 대현이 있었다. 그에게도 내가 있었다.

"마지막 기회야. 떠나라고 말해 줘. 그러지 않으면 다시는 너를 떠나보내겠다는 바보 같은 생각을…."

내가 발꿈치를 들고 그의 차가운 뺨에 입을 맞췄다. 놀라서 미간에 주름이 잡히고 눈이 살짝 커지는 것이 보였다.

"떠나지 마요, 대현 왕자님. 다시는 죽지도 말고요."

대현이 움직이지 않고 한참 동안 나를 뜯어보다 조심스럽게

461

내 뺨을 어루만졌다.

"경이라고 불러 줘."

목소리를 낮추고 거칠게 속삭였다.

"이경, 그게 내 본명이야."

"이경…."

그의 이름을 입안에서 굴려 보았다. 앞으로 그 이름을 오래도록 부를 수 있기를 바라며.

"경아."

그가 나지막한 한숨을 토했다. 내 허리를 붙잡고 내 몸이 그와 단단히 밀착될 때까지 나를 가까이, 더 가까이 끌어당겼다. 처음 입을 맞췄을 때는 온기를 스치는 듯 가볍게 입술을 찍었다. 그러더니 몸을 뗐다.

"확실한 거야?"

그가 또 주저하며 거칠게 속삭였다.

"정말 나와 함께 갈 수 있겠어?"

"생을 함께할 자신 있어요."

내가 그에게 기댄 채 중얼거렸다.

"천 번을 다시 태어나도요."

대현이 입꼬리를 살짝 올려 미소를 짓더니 고개를 숙였다. 혀가 내 아랫입술을 스쳤고 내가 입을 벌려 주었을 때 그는 뒷목을 잡아 내 입을 더 가까이 끌어당기고는 더욱 깊게 입을 맞췄다. 그 순간, 모든 것이 사라졌다. 방의 벽들이 안개로 흩어지고 아침을 맞아 불협화음으로 지저귀던 새들도 고요해졌다. 이 세상에는 경과 나 둘뿐이었다. 우리의 심장은 하나가 되어 쿵쾅쿵쾅 뛰고 단 하나의 충동적인 결정에 이르렀다.

나는 제주로 가리라.

돌과 바람과 고난의 섬으로.

내가 꿈꾸던 삶은 아니겠지만 두렵지 않았다. 전에도 인생은 나를 별별 이상하고 무서운 곳들로 끌고 가지 않았던가. 가장 외롭고 암울한 시기에도 나는 깊이 숨어 있는 보물을 발견했다. 이번에도 보물을 찾을 수 있다는 확신이 들었다.

그 후 이야기

경

반정 공신들이 마지막 한 사람까지 다 죽이기까지는 여덟 해
가 걸렸다. 마침내 그들이 전부 세상을 뜬 후 이경은 용기 내어
이슬과 제주를 떠났다. 원식의 무덤에 참배하고 싶은 마음이 예
전부터 간절했기 때문이었다. 원식이 죽은 지도 이제 아홉 해가
되었다.

"오래도 걸렸네."

경이 고삐로 끌고 온 말에 우아하게 올라타며 이슬이 말했다.

"육지로 다시는 못 돌아갈지도 모른다고 생각했어."

"많은 소망이 이루어지지 않을 거라 생각했지."

경이 아내를 바라보며 대답했다.

"하지만 다 이루어졌어."

"당신 궁이 있는 동쪽을 하염없이 바라볼 때가 있던데 예전의
삶이 그리운 거야?"

"예전의 삶이라… 어느 정도는 그렇다고 할 수 있지. 그 시절

464

을 뒤덮었던 끔찍한 악몽과 거미줄 같은 배신이 그립기도 해."

"농담하지 말고. 진심을 말해 봐."

"내 대답 알잖아. 나는 당신만 있으면 어디서든 행복한 사람이라는 거."

이슬의 어깨에서 긴장이 풀렸다.

"솔직히 말하면 나도 제주가 좋아졌어."

"그렇다면 제주에 남도록 하자. 우리 거기서 즐겁게 살았지. 처형과 멀다는 점만 빼면."

"그래도 언니는 언니 나름대로 잘 살고 있으니까. 편지를 받으면 흥미진진한 손님들 이야기가 절반이야."

"나머지는 율이 얼마나 잘해 줬는지 설명하는 이야기고."

대현이 말하고 개울가에 다가가 말을 멈춰 세웠다.

"여기서 잠깐 말을 쉬게 하고…."

"하지만 당신이 돌아가고 싶다면 주저 없이 따라갈 거야."

이슬이 진지하게 말했다.

"어쩌면 전하께서도 윤허하시고 품계를 하사해 주실지도 모르지. 전에는 처벌할 수밖에 없지만 유배된 관료들을 많이 불러 올리셨잖아."

과거에는 반정 공신들의 막대한 권력에 왕권을 휘두르지 못하고 왕좌에 꼭두각시로 앉아 있던 왕도 이제는 자유의 몸이 되었고 전국적으로 대규모 개혁이 일어나고 있었다. 백성들에게 토지를 더 균등하게 분배했고 농민이라도 머리가 비상하면 관직을 수여하는 계획이 준비되었다. 경도 원한다면 한양에서 좋은 자리를 하나 차지할 수 있었다.

"어쨌거나 아직 왕자님답네."

이슬이 중얼거렸다.

"역사에 흔적을 남길 수 없다는 부담감이 있겠지."

"나는 역사에 기억되고 싶지 않아. 궁으로 돌아가는 것은 죽음을 자초하는 행위일 테고. 당신도 아는 것 아니었어?"

"알지."

이슬이 한숨을 쉬었다.

"하지만 문득 궁금해져서. 우리의 조용하고 소박한 삶이 아니라 그 이상을 원하지 않을까 하는 생각이 자꾸만 들더라고."

경의 입가에 미소가 번졌다.

"우리 삶은 조용함과 거리가 멀지 않나."

하지만 이슬은 그 말을 듣지 않았다.

"솔직히 말해 봐. 진정으로 원하는 삶이 뭐야?"

말의 고삐를 맨 경이 이슬의 치맛자락 아래 손을 넣어 발목을 붙잡고 말에서 내리는 이슬을 그의 앞에 내려놓았다. 어떤 각도에서는 녹회색으로도 보이는 꿀 같은 갈색 눈동자를, 세월이 흐르며 조금 짙게 변한 그 눈을 바라보았다. 아직도 그 안에 빠져들 것 같은 눈이었다.

"내 소망은 간단해."

그가 이슬의 머리카락을 부드럽게 어루만지며 속삭였다.

"평온하고 명예롭게 살다가 이 세상을 떠난 후에도 당신에게 기억되는 것. 다음 생에도 당신이 나를 지나치지 않게."

"지나칠 리가."

이슬이 다정하게 대답했다.

"내가 먼저 당신을 발견하거든 활부터 들이대지나 마시죠."

경이 쿡쿡 웃으며 미안하다는 듯 이슬의 어깨를 쓰다듬었고 개울가에서 말이 물을 마시는 동안 둘은 끌어안고 입맞춤을 나눴다. 바람이 불어 숲 바닥에 붉은 단풍잎이 휘날릴 때에야 여행을 계속했다. 한때 금지 구역으로 지정되었던 땅을 가로질렀다. 이제 그곳에는 벼가 잘 자라는 논과 재건된 마을이 있었다. 이어 단풍과 억새, 때 이른 서리로 뒤덮인 작은 산과 골짜기를 지났다.

"율아!"

멀리서 외치는 여자 목소리가 들렸다.

"왔어! 저기 보여!"

앞에 홍등 주막의 황금색 초가지붕이 보였고 이내 한 사람의 형체가 드러났다. 이슬의 언니가 앞치마를 휘날리며 뛰어오고 있었다.

"이슬아!"

수연이 기쁨에 차서 손을 마구 흔들었다.

"황이슬!"

두 자매가 달려가 껴안는 모습에 경의 가슴이 벅차올랐다. 열아홉 살 때는 상상도 할 수 없는 기쁨이었다. 그때는 그의 인생이 메마른 뼈처럼 부서지리라 생각했는데.

어린 대현은 미처 알지 못했지만 그가 죽는다는 예언은 삶의 끝이 아닌 새로운 시작을 가리키고 있었다.

역사적 배경

    이 책에 묘사된 연산군의 잔인무도한 행위들은 실록에 있는 내용을 그대로 옮긴 것이다. 실록은 사관들이 직접 목격하고 기록한 역사로서 신성하게 여겨졌기 때문에 아무리 임금이라 해도 고쳐 쓸 수 없었다.

    일례로 1504년 3월 20일 이런 일이 있었다고 실록에 기록되어 있다. 왕자 두 명이 선왕의 후궁인 정 귀인과 엄 귀인을 죽이라는 왕명을 받았다. 두 왕자는 안양군과 봉안군이었고 두 여인은 연산군의 어머니인 폐비 윤씨의 사사에 관여한 인물들이었다. 명을 듣지 않으면 죽이겠다는 왕의 협박에 안양군과 봉안군은 두 여인을 죽였는데, 그중에는 친어머니도 포함되어 있었다.

    연산군이 한국의 문자인 한글(통속 문자인 언문으로도 불린다)을 금지한 기록도 남아 있다. 금지 조치는 왕이 익명의 비방문을 받은 다음 날인 1504년 7월 20일에 시행되었다. 7월 25일에는 글을 쓸 줄 아는 사람이라면 각 지역 관헌에 네 편의 글을 써서 제출하라는 왕명이 떨어졌다. 연산군은 글을 아는 여인들을 모아 놓고 이와 같은 견본 글 수천 장을 검토해 익명의 비방문을 쓴 범인을 잡을 작정이었다. 현대의 우리가 사람들의 지문을 수집해 범인의 지문과 대조하는 방식과 비슷하다 하겠다.

그러나 이야기의 전개상 반정이 일어난 시간대는 실제와 다르게 바꾸었다. 역사 기록에 따르면 반정군은 1506년 7월 20일 승평부부인이 자결한 후 반정을 모의하기 시작해 1506년 9월 18일 유혈 사태 없이 계획을 실행했지만 이 책에서는 준비 과정을 몇 주로 단축하고자 했다. 역사에 맞춰 불필요한 장면을 채워 넣기보다는 시간을 압축해 줄거리의 짜임새를 강화하기로 한 것이다.

언급하고 넘어가야 할 사항은 하나 더 있다. 우사용(일명 '구더기')은 실존 인물인 구수영을 바탕으로 창조한 가상의 캐릭터다. 중추부지사 박원종 같은 인물들은 실제 역사에 존재했고 그가 연산군의 첩들을 차지하고 별채까지 지어 주었다는 사실도 실록에 나와 있다.

되도록이면 정확한 역사를 담고 싶어 연산군의 통치기에 관한 자료들을 닥치는 대로 찾아 읽던 중, 새롭게 알게 된 몇몇 사실들로 굉장한 충격을 받고 책의 개요를 다시 짜야 했던 적도 있었다. 가장 큰 충격은 중종반정의 주역들이 내 바람과 달리 명예로운 영웅들이 아니었다는 것이다. 백성들을 폭정에서 벗어나게 해 주었다고는 하지만 해방된 백성들은 이들로 인해 혹독한 대가를 치러야 했다. 심지어 연산군 시절보다 반정 이후 백성들의 삶이 더 팍팍해졌다는 주장도 제기되었다.

그 배경에는 '공신 책봉'이 있었다. 공신 책봉이란 나라에 특별히 공헌한 개인에게 명예 관직을 수여하는 전통을 말한다. 연산군을 축출한 후 중종반정에 기여한 관료 117명이 공신으로 책봉되었다. 그러나 절반은 반정을 실제로 돕지 않았으면서 반정의 주역들과 친척 관계라는 이유만으로 공신 칭호를 받았다는 추측도 있다.

이들은 세금 면제, 승진, 넓은 토지, 사병 10명, 하인 20명, 금전, 말 등 다양한 혜택을 상으로 받았다. 가족도 정치적으로 혜택을 누릴 수 있게 되었다. 하지만 1392년 조선 개국에 공헌에 공신으로 책봉된 이들은 50명밖에 되지 않아 중종반정의 공신 수인 117명과 비교하면 극명한 차이가 아닐 수 없다. 이 사실은 중종반정을 이끈 인물들의 사치스러운 성향을 여실히 드러낸다. 그런 의미에서 중종반정은 절반의 성공밖에 이루지 못한 셈이다. 왕을 퇴출하는 데는 성공했지만 백성들이 번영할 수 있는 사회 체제를 만드는 데는 실패했기 때문이다.

이 책을 쓰기 위해 자료를 조사하는 과정은 여러모로 매우 불편한 경험이었다. 연산군이 얼마나 잔학한 짓들을 저질렀고 반정 주역들이 얼마나 부패했는지 더 깊이 파헤칠수록 이 암담한 시기를 작품의 배경으로 써도 될까 하는 의문이 들었다. 하지만 충격적인 역사를 직시하는 책의 역할이 중요하다는 독자들의 목소리가 있었다. 똑바로 마주하지 않고 외면한 역사는 언젠가 반복되기 마련이다.

그러니 이 책을 다 읽고 한국 역사의 비극적인 한 장을 괴로워도 끝까지 목격한 독자 여러분에게도 감사 인사를 전해야겠다.

외면하지 않아 준 점에 감사드린다.

감사의 말

작가로 성장할 수 있도록 늘 도전 과제를 주고 안전지대를 벗어날 수 있게 영감을 주는 에밀리 세틀에게 감사하고 싶습니다. 에밀리의 지도가 없었다면 지금의 저는 존재하지 않았을 거예요.

출판계에서 바위처럼 든든하게 지탱해 주는 에이미 엘리자베스 비숍은 영원한 지지자로 항상 열정적으로 응원해 주는 고마운 사람입니다.

파이월&프렌즈Feiwel&Friends 출판사의 환상적인 홍보 담당자 샨탈 거쉬, 교열 담당자 트레이시 쿤츠, 교정 담당자 린지 와그너, 표지 일러스트레이터 예진 박, 책임 편집자 던 라이언, 선임 제작 편집자, 아비아 페레즈, 디자이너 오로라 팔라그레코, 제작 담당자 알렌 카사날에게도 고맙다고 말하고 싶습니다. 번역을 해 준 로렌 아브라모도요.

정치적이고 민감한 문제가 생겼을 때 조언해 준 세라 무갈, 뜬금없이 질문해도 넓은 마음으로 대답해 준 조안 헤, 함께 한국 역사를 조사해 준 유니스 김에게도 고마움을 전합니다. 최고의 응원단 기해 정, 크리스티나 리, 케스 코스테일, 샤론 허에게도 고맙다고 말하고 싶습니다. 인사이트 가득한 피드백을 해 준 무사에게는 특별히 더 고맙고요.

재정 지원을 아끼지 않은 캐나다 예술위원회에도 감사합니다.

제 작품을 지지해 준 모든 사서, 서점 관계자, 리뷰어, 독자 여러분에게는 평생 감사한 마음뿐입니다. 여러분의 열정이 있기에 저는 좋아하는 일, 즉 소설을 통해 한국 역사를 탐구하는 작업을 계속할 수 있습니다.

이야기에 대한 사랑을 심어 준 부모님에게도 감사를 드립니다. 엄마와 아빠가 저를 작가로 만들어 주셨어요. 아이들을 돌봐 준 시부모님에게도 감사합니다. 두 분이 없었다면 저는 어떻게 했을까요!

남편 보스코에게도 특별한 감사를 전합니다. 당신의 두뇌는 내 비밀 병기고, 당신의 친절과 사랑은 내 영감의 원천이에요.

이 책을 쓸 수 있게 해 준 많은 자료들도 있습니다.

• 강해원Haewon Kang, 이고은Goeun Lee, 린지 트와이닝Lyndsey Twining, 신정수Jeongsoo Shin "An Annotated Translation of Daily Records of King Yeonsangun, Chapter One (the 25th Day to the 29th Day of the 12th Month of 1494)"

• 다그 태너버그Dag Tanneberg 〈The Politics of Repression Under Authoritarian Rule: How Steadfast is the Iron Throne?〉

- 애나 톨먼 스미스Anna Tolman Smith "Some Nursery Rhymes of Korea"
- 루궤이전Lu Gwei, Djen, 조지프 니덤Joseph Needham "A History of Forensic Medicine in China"
- 데이비드 M. 로빈슨David M. Robinson "Disturbing Images: Rebellion, Usurpation, and Rulership in Early Sixteenth, Century East Asia— Korean Writings on Emperor Wuzong"
- 데이비드 W. 김David W. Kim "Royal Taoist Sogyeokseo: The Political Encumbrance of Confucian Sarims in the Gimyo Literati Purge (1519)"
- 에드워드 윌렛 와그너Edward Willett Wagner "The Literati Purges: Political Conflict in Early Yi Korea"
- 미나 경혜 권Mina Kyounghye Kwon "'Bak Cheomji's Sightseeing' from Kkokdugaksi Noreum, a Korean Traditional Puppet Play"

연산군일기의 한국어 번역본을 전부 볼 수 있게 해 준 sillok. history.go.kr에도 고마움을 전합니다.

마지막으로 나의 주 구원의 예수님, 항상 피난처가 되어 주심에 감사합니다.

옮긴이의 말

1506년 7월, 연산군의 폭정이 극에 달하고 온 백성이 피눈물을 흘리고 있던 그때 한 소녀가 한양으로 온다. 그로부터 약 두 달 후인 9월 초, 희대의 폭군 연산군은 우리가 잘 아는 중종반정으로 쫓겨나 폐왕의 운명을 맞는다. 연산군 시대를 배경으로 연산군의 악행, 연산군의 공포, 연산군의 최후를 다루지만 이 소설은 연산군이나, 연산군을 몰아낸 중종반정 주역들의 이야기가 아니다. 그보다는 왕에게 잡혀간 언니를 찾아야 한다는 일념으로 한양에 왔던 열일곱 소녀 황이슬이 왕을 바꾸는 데 일조한 이야기다.

언제나처럼 작가 허주은은 실제 조선 역사에 가상의 인물을 넣고 역사에 없는 새로운 이야기를 창조해 낸다. 《사라진 소녀들의 숲》에서는 고려와 조선 시대에 있었던 공녀 조공 문화를, 《붉은 궁》에서는 사도세자가 뒤주에서 죽은 임오화변을 다루었다. 전작의 주인공들이 비극적인 역사의 피해자 혹은 목격자로

서 자신만의 이야기를 그려 나갔다고 한다면, 이번 작품 《늑대 사이의 학》의 주인공 이슬은 그와 더불어 실제 역사에 조금 더 적극적으로 개입한다. 역사적 사실과 픽션을 조화롭고도 절묘 하게 엮어 내는 상상력은 이슬과 가상의 왕자 대현이 손을 잡고 중종반정의 물꼬를 트기까지의 과정을 설득력 있게 그린다.

백성들을 위해서가 아니라 자신의 이익을 위해 반정을 일으 킨 세력에 큰 실망과 충격을 느꼈다는 저자는 그 시절 권력이 벗 어난 곳에서 힘들게 살아야만 했던 이들을 반정군과 대비되는 역할로 내세웠다. 갑자사화로 부모님을 잃고 언니마저 채홍사 에 빼앗긴 이슬, 왕자로 태어났지만 이복형의 만행을 누구보다 가까이서 겪어야 했던 대현, 역시 연산군에 가족을 잃은 율과 원 식. 이들이 왕의 폐위에 가담하기로 한 이유는 부와 명예가 아니 다. 사사로운 이익이 아니라 생존을 위해, 아끼고 사랑하는 사람 의 행복과 미래를 위해 하늘을 움직이기로 한다. 역사에 기록된 권력층의 승리는 이 작품 속에서 스스로를 희생해서라도 가족, 친구, 연인을 지키고자 하는 사랑의 승리가 되었다.

그리고 이 중심에 있는 주인공 이슬에 대해 추가로 이야기하 지 않을 수 없겠다. 《사라진 소녀들의 숲》의 환이와 《붉은 궁》의 현이 성숙하고 사려 깊은 성격이었던 반면, 이슬은 자기 중심적 이고 생각보다 행동이 앞서는 캐릭터로 출발한다. 가족, 친구도 필요 없다는 이기적인 소녀는 자신 때문에 납치당한 언니를 구 출하러 가는 여정에서 동료들을 만나고 그들에게 인생을 배우 며 한 뼘 성장한다. 물불을 가리지 않는 행동력과 추진력으로 위험을 자초하고 동료들을 위기에 빠뜨리는 이슬을 보며 가슴을 치다가도 결정적인 순간 정면 돌파로 위기를 극복하는 모습에 박수를 보내고 만다. 추리 소설에서 영특한 머리로 사건을 해결하는 탐정부터 로맨스 소설에서 왕자와 사랑에 빠지는 히로인, 전쟁 소설에서 적진에 뛰어들어 사람들을 구하는 영웅까지 1인 다역을 완벽하게 소화하는 이슬을 독자들도 결국에는 응원하고 또 사랑하지 않을 수 없을 것이다. 번역하는 동안 내가 그러했듯이.

영어로 쓰여 있지만 한국을 배경으로 한국 사람의 한국 이야기를 들려주는 허주은 작가의 작품들을 번역하며 영미소설 번역가로서 좀처럼 하기 힘든 귀중한 경험을 했다. 참고 자료를 찾아보는 동안 한국 역사를 더 깊이 이해할 수 있었고, 작품 속 인물들의 갈등과 모험은 그 시대를 힘겹게 버텼을 보통 사람들의 희망과 절망, 기쁨과 슬픔을 한 번 더 떠올리는 계기가 되었다.

어느덧 세 권째 작업을 마치고 옮긴이의 말을 쓰고 있는 지금, 더없이 기쁘고 뿌듯한 마음이다. 하지만 동시에 한국과 한국 역사를 사랑하는 마음을 꼭꼭 담아 쓴 러브 레터를 잘 전달해야 할 텐데 하는 막중한 책임감도 느낀다. 바라건대 이 작품도 국내 독자들에게 많은 사랑을 받기를 바란다.

2024년 10월
유혜인

늑대 사이의 학

초판 1쇄 인쇄일 2024년 10월 15일
초판 1쇄 발행일 2024년 10월 30일

지은이 허주은
옮긴이 유혜인

발행인 조윤성

편집 이지혜 **디자인** 정은경 **마케팅** 이지희, 이아연
발행처 ㈜SIGONGSA **주소** 서울시 성동구 광나루로172 린하우스 4층(04791)
대표전화 02-3486-6877 **팩스(주문)** 02-585-1755
홈페이지 www.sigongsa.com / www.sigongjunior.com

이 책의 출판권은 ㈜SIGONGSA에 있습니다. 저작권법에 의해
한국 내에서 보호받는 저작물이므로 무단 전재와 무단 복제를 금합니다.

ISBN 979-11-7125-751-5 (43840)

WEPUB 원스톱 출판 투고 플랫폼 '위펍' _wepub.kr
위펍은 다양한 콘텐츠 발굴과 확장의 기회를 높여주는
SIGONGSA의 출판IP 투고·매칭 플랫폼입니다.